KB000884

용서받지
못한
밤

RAIJIN by MICHIO Shusuke
Copyright © Shusuke Michio 2021

All rights reserved.
Original Japanese edition published in 2021 by SHINCHOSHA Publishing Co., Ltd.
Korean translation rights arranged with SHINCHOSHA Publishing Co., Ltd.
through Danny Hong Agency
Korean translation copyrights © 2022 by DasanBooks Corporation

이 책의 한국어판 저작권은 대니홍 에이전시를 통한 저작권사와의 독점 계약으로 (주)다산북스에
있습니다. 저작권법에 의해 한국 내에서 보호를 받는 저작물이므로 무단전재와 복제를 금합니다.

미치오 슈스케 장편소설

김은모 옮김

용서받지
못한

밤

"유 짱, 그러다 잘못하면 떨어진다."

오전 11시가 지난 시간, 장을 보고 돌아온 에쓰코가 베란다에 소리를 질렀다.

비가 내린 칠석 다음 날인 토요일, 맨션 4층에서 보이는 하늘은 페인트를 칠한 것처럼 파랬다. 네 살배기 유미는 그 파란 하늘과 빨래걸이에 널린 세 사람의 빨래를 뒤로하고 베란다에 쪼그려 앉아 있었다. 거기서 납석으로 낙서도 하고, 날아가는 비행기도 올려다보고, 집집의 지붕도 헤아린다.

"유 군, 칼질 연습도 좋지만 유 짱을 제대로 봐야지. 저런 곳에서 놀면 위험하잖아."

나는 유키히토니까 '유 군'. 유미는 '유 짱'. 헷갈릴 것 같지만 실은 그렇지도 않아서, 잘못 알아들은 적도 없고 잘못 부른 적도 없다.

"잘 보고 있었어."

"거짓말."

에쓰코는 식탁 의자 등받이에 핸드백을 걸고, 비닐봉지에서 장 본 물건을 꺼내 냉장고에 넣었다.

"진짜야, 정말이라니까."

실제로 나는 부엌에서 칼질 연습을 하면서 가끔 고개를 돌려 유미를 확인했다. 하지만 그냥 딸이 뭘 하고 있는지 궁금했을 뿐, *떨어질까 봐* 걱정하지는 않았다. 난간은 네 살배기 딸이 아무리 기를 써도 넘을 수 없는 높이다.

"혼자 놀기에 딱 좋은 곳이지?"

유미는 아직 혼자 밖에 놀러 나갈 수 있는 나이가 아니다. 하지만 나도 에쓰코도 이래저래 바빠서 함께 놀아주거나 공원에 데려갈 여유가 좀처럼 나지 않았다. 어쩔 수 없이 방에서 텔레비전만 보여주다가 이래서는 발달에 별로 좋지 않겠다고 에쓰코와 대화한 것이 바로 어젯밤이다.

"안 돼, 위험해. 우리 학교에서도 어른은 상상도 못 한 곳에서 애들이 크게 다치곤 한단 말이야."

에쓰코는 대학교를 졸업한 뒤 초등학교 교사로 취직했다. 올해로 6년 차다.

"에이, 플라스틱 양동이처럼 아이가 기어오를 만한 물건이 있으면 위험하겠지만, 우리 집 베란다에는 아무것도 없으니까 괜찮아. 키도 아직 난간 위에 겨우 손이 닿을 정도고."

베란다를 보자 유미는 화분에 코끝을 바싹 갖다 댄 채 엉겅퀴를 가만히 관찰하고 있었다. 입술에 힘을 주고 눈을 동그랗게 뜬 옆얼굴. 뭔가에 강한 흥미를 느꼈을 때 나오는 표정이다.

저 엉겅퀴는 일주일쯤 전에 꽃이 피었다. 가요에서 그런 인상을 받아서인지 가을을 엉겅퀴의 계절로 알고 있는 사람이 많지만, 엉겅퀴 꽃은 여름에 핀다. 베란다의 엉겅퀴도 매년 7월이면 예쁜 자홍색 꽃을 피운다. 꽃이 지고 나면 나는 늘 씨를 모은다. 시든 엉겅퀴를 뽑은 뒤 씨를 뿌리고, 물과 비료를 주며 이듬해 여름에 다시 꽃이 피기를 기다린다. 유미가 하얀 화분에 매직펜으로 '아빠의 엉겅키'라고 친절하게 써주었다.

"그러고 보니 올해는 엉겅퀴가 좀 작네. 비료가 모자랐나."

이야기를 돌리려고 했지만 통하지 않았는지, 에쓰코는 또 베란다에 소리쳤다.

"유 짱, 위험하니까 들어와."

유미는 엉겅퀴에 대고 뭔가 짤막하게 말한 뒤 고분고분하게 방으로 돌아왔다.

"이제 뭐 하고 놀아?"

"알아서 생각해보렴. 오, 제법 괜찮은걸, 유 군."

에쓰코가 내 손 언저리를 보고 작게 박수를 쳤다. 도마에 놓여 있는 흰색 물체는 밀가루 반죽이다. 오이를 대신해 그걸로 장식 만드는 연습을 하는 중이다. 점토처럼 몇 번이나 사용할 수 있어서 연습에 안성맞춤이다. 아버지도 옛날에 요리 공부를 시작했을 때 밀가루 반죽으로 장식 만드는 연습을 했다는 것 같다.

"속도도 많이 빨라졌어."

"오늘부터 가게에서 시켜주신다고 했나?"

"응, 맞아."

나는 대학을 졸업한 뒤 주방용품 회사에 취직했다. 하지만 대학생 시절부터 사귀던 에쓰코와 결혼하고 다음 해에 유미가 태어났을 때 회사가 망했다. 마침 아버지가 운영하는 일식 요리점 '일취'의 파트타임 종업원이 그만두면서, 나는 취업 준비를 하는 동안 시급제로 잠시 주방 일을 돕기로 했다. 처음에는 어디까지나 아르바이트처럼 잠깐 일하다가 그만두려고 했는데, 어느 날 주방에서 채소를 씻고 있자니 아버지가 중얼거리듯이 말했다.

"나중에 가게를 물려받을 테냐."

집에 와서 그 일을 에쓰코에게 상의하자, 하고 싶으면 그렇게 하라고 불평이나 불안 섞인 말 한마디 없이 찬성해주었다.

그로부터 약 1년. 나는 현재 스물여덟 살의 수습 요리사다.

"실전 갈까?"

에쓰코가 냉장고에 시선을 주며 눈썹을 위아래로 움직였다. 이렇게 밀가루 반죽으로 장식 만들기 연습을 한 뒤, 진짜 오이로 도전하는 것이 평소 패턴이었다.

"아니, 한 번만 더."

손가락에 물을 묻혀 밀가루 반죽을 짓뭉갠 뒤, 다시 오이 모양으로 반죽했다. 식칼 다루는 실력은 좀처럼 안 느는데, 밀가루 반죽으로 진짜 같은 오이 만드는 실력만 좋아졌다.

"가게 도마로 연습할 수 있으면 좋을 텐데."

"가게 도마는 아버지가 영업 준비할 때 쓰시기도 하고, 내가 집에서 연습하면 유미도 볼 수 있잖아."

에쓰코가 유미를 보기는 뭘 봤느냐고 핀잔을 줄 줄 알았는데 그러지 않았다.

"……같이 살면 여러모로 편할지도 모르겠네."

"누구랑?"

"아버님."

"진심으로 하는 소리야?"

"유 군은 앞으로 쭉 가게에서 아버님이랑 같이 일할 거잖아? 가깝다고 해도 전철로 세 역은 떨어져 있으니, 우리가 그쪽으로 이사 가는 편이 이래저래 편하지. 도마가 비는 시간에 칼 다루는 연습도 할 수 있고. 뭐, 이사한다고 해봤자 유 군은 다시 돌아가는 거지만."

예전에 나는 가게 2층의 집에서 아버지와 함께 살았다.

실은 누나 아사미도 같이 살았어야 했다. 우리 가족 세 명은 니가타에서 여기 사이타마로 올라온 뒤에 한동안 좁은 연립주택에 살았지만, 내가 중학교 3학년 때 아버지가 집이 딸린 상가 건물을 통째로 사서 가게를 차리기로 했다. 하지만 아버지가 그 계획을 우리에게 알린 직후에 누나는 집을 나갔다. 결과적으로 나와 아버지 둘이서 새집에 살게 됐지만, 결국은 나도 결혼해서 맨션으로 이사했기에 지금은 아버지 혼자 가게 2층에서 생활하고 있다.

"거기 방도 많은데 비워두기 아깝잖아. 어차피 나중에 아버님 나이 드시면 모시고 살 텐데."

나는 하지만, 하고 꺼내려던 말을 꿀꺽 삼켰다.

에쓰코는 우리 아버지의 진짜 모습을 본 적이 없다. 에쓰코가 알고 있는 아버지의 모습은 가게 주방에서 일하거나, 우리가 유미를 데려가면 놀아주는 모습뿐이다. 일거리가 없는 시간 또는 일을 마친 뒤에 문득 눈길을 주면, 아버지는 동굴 같은 눈으로 아무것도 없는 곳을 바라보고 있다.

아버지가 뭘 바라보고 있는지 나는 안다. 그러나 에쓰코에게 이야기한 적은 없다. 언젠가 이야기해야 한다는 건 알고 있지만, 결혼하기 전에도 결혼한 뒤에도 말을 꺼내지 못하고 세월만 흘러갔다.

"아버님, 올해 연세가 어떻게 되시더라. 쉰……?"

"넷."

"유 짱이 열 살 될 때 환갑이신가."

둘이 함께 거실을 돌아보았다. 유미는 카펫에 그림책을 펼쳐놓고 입술을 달싹거리며 한자 없는 글씨를 읽고 있었다. 예전에 누나가 사준 그림책인데, 반딧불이와 장수풍뎅이가 나온다. 먼 옛날 장수풍 뎅이는 뿔 끝에 빛의 궤짝을 끼우고 다녔는데, 어느 날 반딧불이가 그걸 훔쳐 가서 어쩌고저쩌고 하는 내용이다. 하지만 그림책의 반딧 불이나 장수풍뎅이보다 유미가 빨간 매직 펜으로 그려 넣은 '하트 사람'이 훨씬 눈에 띄었다. 몇 번이고 같은 그림책을 읽어서 질리면 유미는 늘 그렇게 독자적인 캐릭터를 등장시킨다. 처음에는 주의를 주었지만, 마음대로 하도록 놔두는 게 좋지 않겠느냐는 에쓰코의 말 에 더는 참견하지 않기로 했다. '교각살우'라는 사자성어를 그때 에 쓰코에게 처음으로 들었다.

"아, 천."

에쓰코가 갑자기 내 어깨를 찰싹 때렸다.

"응?"

"가방 만들 천을 사는 걸 깜빡했어."

유미가 어린이집에 등하원할 때 들고 다니는 가방 이야기다.

다른 어린이집도 그런지는 모르겠지만 등하원용 가방은 부모가 손수 만든 것을 사용해야 한다는 규칙이 있어서 어린이집에 입학하

• 소의 뿔을 바로잡으려다가 소를 죽인다는 뜻으로, 잘못된 점을 고치려다가 그 방법이나 정도가 지나쳐 오히려 일을 그르침을 이르는 말.

기 전날 에쓰코가 밤늦게까지 만들었다. 그게 어제 찢어지고 말았다. 에쓰코가 어린이집에 유미를 데리러 갔다가 교실 안쪽 선반에서 가방을 집어 들었을 때 알아차렸다. 마치 세게 잡아당긴 것처럼 손잡이 밑부터 가방 본체까지 쭉 찢어졌다. 어린이집에 다니는 다른 아이가 놀다가 실수로 찢었는지, 아니면 장난 삼아 일부러 그랬는지는 모르겠다. 하여튼 꿰맨다고 어떻게 될 상태가 아니라서 주말 동안 에쓰코가 새로 만들기로 했다.

"유 짱, 엄마가 금방 가서 가방 만들 천 사 올게."

유미는 그림책에서 고개를 들고, 벌써 가방이 다 만들어진 것처럼 분홍빛 뺨을 끌어올려 웃었다.

"똑같은 거."

"똑같은 거? 알았어, 찾아볼게."

찢어진 가방을 보았을 때 유미는 아무렇지도 않은 표정이었다고 한다. 하지만 둘이서 집에 돌아온 뒤 느닷없이 엉엉 울음을 터뜨렸다. 에쓰코가 가방을 쓰레기통에 버리려 하자, 버리지 않고 보관해두겠다며 달래도 좀처럼 울음을 그치지 않았다는 모양이다. 사실은 가방이 찢어져서 아주 슬펐지만 내내 참았던 걸까. 아니면 가방과 이별하는 게 괴로웠던 걸까. 가게에서 일을 마치고 돌아와 에쓰코에게 그 이야기를 듣고 나는 딸의 심정을 상상하며 잠든 얼굴을 들여다보았다. 작은 콧구멍에서 숨소리가 색색 새어 나왔고, 뭔가 바쁜 꿈이라도 꾸는지 얇은 눈꺼풀 밑에서 눈알이 쉴 새 없이 움직였다.

"그럼 잠깐 가서 사 올게. 유 군, 힘내."

에쓰코는 핸드백에서 지갑만 꺼내 현관으로 향했다. 문이 열리자 베란다에서 불어든 바람이 방을 통과했고, 빨래에서 향기가 풍겼다.

"……베란다, 나갈까?"

현관문이 닫히기를 기다렸다가 유미를 보고 씩 웃었다.

"괜찮아?"

딸의 두 눈이 동그래졌다.

"비밀, 비밀. 가서 놀아."

유미는 이마로 뭔가를 내리치듯이 고개를 끄덕이더니, 그림책을 바닥에 펼쳐놓은 채 얼른 달려가서 방충문을 드르륵 열었다. 베란다로 나가서 빨간 슬리퍼를 꿰어 신고 이제 뭘 할까 고민하듯 좌우를 두리번거렸다. 그 모습을 확인한 뒤 오이를 꺼내려고 냉장고로 가는데 벽시계가 눈에 들어왔다. 이 집에 이사 온 날, 에쓰코와 함께 대형마트에 가서 이불이며 옷상자며 엉겅퀴 씨앗과 함께 사 온 평범한 아날로그시계다. 한순간 눈에 들어왔을 뿐인데, 그때 시곗바늘이 가리킨 시각을 15년이 지난 지금도 똑똑히 기억한다. 시침은 11과 12 사이에 있었고, 분침은 비스듬히 오른쪽 아래를 가리키고 있었다. 그 시각은 언제나 11시 20분이 아니라, 12시까지 40분 남았다는 인상으로 다가온다. 시체 검안서에 적힌 '12시 00분'. 그때까지 40분이 남았다고.

"……어?"

냉장고 채소 칸을 열자 오이가 없었다. 있는 줄 알았는데 착각한 모양이다. 나간 김에 사 오라고 부탁하려고 휴대전화로 에쓰코에게 전화를 걸었다. 하지만 벨소리는 에쓰코가 두고 간 핸드백 속에서 들렸다. 베란다에 나가면 에쓰코가 보일지도 모른다. 상가에 갈 때 에쓰코는 늘 베란다 바로 아래에 있는 길을 통해서 가니까 아마 보이겠지만, 위에서 큰 소리로 부르면 아무래도 창피해하지 않을까.

"아빠 잠깐만 나갔다 올게."

"왜?"

"오이, 오이가 없어서. 금방 올 거야."

나는 문도 잠그지 않고 슬리퍼를 끌며 집을 뒤로했다. 엘리베이터를 기다릴 여유가 없어서 1층까지 계단을 뛰어 내려갔다. 맨션 뒷문으로 나와서 베란다 아래에 있는 길로 나서자 역시나 에쓰코의 뒷모습이 보였다. 불러 세울까, 뛰어서 따라갈까. 잠깐 망설인 뒤 내가 양손으로 손나팔을 만들었을 때, 흰색 경차 한 대가 내 바로 오른쪽 옆을 천천히 지나갔다.

작은 형체가 시야를 세로로 스치고 지나갔다.

*뭔가가 떨어졌음*을 이해했을 때는 이미 그 물체가 경차의 앞 유리창에 부딪친 뒤였다. 급가속한 차가 활 모양 궤적을 그리며 멀어졌다. 운전자가 실수로 가속 페달을 밟은 것이 분명했다. 차는 엄청난 속도로 에쓰코에게 다가들었고 둔중한 충돌음과 함께 에쓰코의 몸이 허공에 떴다. 그때도 나는 여전히 양손을 입가에 대고 있었다.

그 뒤의 기억은 몹시 뒤죽박죽이다.

지나가던 사람이 부른 구급차. 이명 때문에 알아들을 수 없는 목소리. 기묘한 슬로모션으로 움직이는 구급대원들의 모습. 내가 전화를 걸었을 때 입이 잘 움직이지 않아 몇 번이나 되묻던 누나. 피투성이로 땅에 널브러진 에쓰코. 춤이라도 추듯 기묘한 방향으로 내뻗은 팔다리. 경차에서 내린 나이 든 여자는 망가진 기계처럼 온몸을 떨었다. 산산이 부서진 경차의 앞 유리창. 그 앞 유리창을 깬 물체는 박살 나서 아스팔트 위에 흩어졌다. 갈색 흙. 자홍색 꽃. 흰색 도자기 조각. 그 조각 중 하나에 '엉겅키'라는 글씨가 적혀 있었다. 내가 무

13

엇 하나 이해하지 못한 사이에 구급차는 달려갔다. 맨션 계단을 뛰어올라 집에 들어가자 유미가 활짝 웃으며 달려왔다.

"아빠 꽃, 쑥쑥 클 거야."

자랑스럽게 콧구멍을 벌름거리면서.

"꽃은 해님을 봐야 쑥쑥 커진대."

하지만 베란다에 화분은 없었다. 유미는 돌아보고서야 그 사실을 알아차리고 이상하다는 듯이 난간 옆, 콘크리트 부분의 위쪽 끄트머리를 가리켰다.

"저기 놔뒀는데……."

차례

"……이러하니 죄수를 풀어주고
위쪽으로 데려가려는 자를 만약 잡아 죽일 수 있다면,
그들은 그렇게 하지 않겠는가?"
"네, 분명 그러하겠지요" 하고 그는 대답했다.

플라톤, 『국가』

제 1 장

평온의
종말과
협박

1

"방어 샤부샤부는 방어의 어느 부위를 사용하는 거야?"

유미가 카운터 너머에서 포럼을 걷고 주방에다 물었다.

"방금 4번 테이블에서 물어보더라고. 아까 방어 샤부샤부 나간 테이블."

"아빠가 갈까?"

내가 조리용 젓가락을 내려놓자 유미는 양손을 내밀며 만류했다.

"설명하기 어려워?"

"아니, 간단해. 방어 샤부샤부에는 뱃살을 써. 세 장 뜨기*를 한 몸통의 배 부분. 등살을 쓰는 가게도 있지만, 역시 방어 샤부샤부는 기름진 부위로 만들어야 맛있으니까."

"뱃살, 배 쪽, 기름, 알았어."

"토막 낸 상태에서 구분하는 방법은, 껍질이 은색이면 뱃살이고 검은색이면 등살이야. 물고기는 대개 등이 검은색이고 배가 은색이

＊ 머리를 잘라낸 생선의 등뼈를 중심으로 왼쪽 몸통과 오른쪽 몸통을 분리해내는 손질 방법.

잖아. 물속에서 헤엄칠 때 위에서도 밑에서도 잘 안 보이도록.”

“오오, 그렇구나.”

“자, 이것도 같이 가지고 가. 3번 테이블. 쪽파 얹은 참치 초된장 무침.”

유미는 오이 장식을 얹은 접시를 받아 들고 홀로 돌아갔다.

허리를 낮추어 포렴 밑으로 홀을 살폈다. 3번 테이블에서 흥겹게 술자리를 벌이고 있는 사람은 옆 건물에 있는 지방은행의 부지점장이자 단골손님인 에자와 씨와, 그가 데려온 젊은 양복 차림의 남녀 세 명이었다. 방어 샤부샤부가 나간 4번 테이블은 내가 일취에서 요리를 돕기 시작했을 무렵부터 가게를 찾아주는 노부부다. 다른 테이블에도 익숙한 얼굴들이 보였다. 매년 11월 중순이 지나면 이렇게 손님이 늘어난다. 직장 등에서 송년회를 시작하기 전에 가까운 이들끼리 오붓하게 술을 마시려는 경우가 많기 때문일까.

그 사고가 일어난 뒤, 급히 달려온 누나에게 유미를 맡기고 병원으로 향했을 때 에쓰코는 이미 싸늘하게 식어버린 뒤였다. 밤이 되어서야 유미에게 엄마가 죽었다는 사실을 알려주었다. 유미가 이해하기까지 오랜 시간이 걸렸다. 하지만 이해하고 나자 딸은 목이 망가지는 게 아닐까 싶을 만큼 꺼이꺼이 울었다.

네 살배기의 절규를 들으며 나는 평생 진실을 밝히지 않겠다고 속으로 맹세했다.

그로부터 15년이 지났다.

열아홉 살이 된 유미는 대학교에 다니며 일취에서 홀서빙을 도와주고 있다.

“집 바로 밑에서 아르바이트를 할 수 있다니, 이렇게 다니기 편한 곳이 또 어디 있겠어?"

지금까지 가업에 별로 관심이 없었던 유미가 두어 달쯤 전에 느 닷없이 일을 도와주겠다고 나섰다.

"지금 아르바이트하는 곳은 역시 좀 멀고, 직원도 어쩐지 거만해 보여서 불편해. 그리고 일취에서는 아르바이트생한테 저녁을 주잖 아? 그럼 아빠도 고생스럽게 내 저녁밥을 위로 가져올 필요 없지."

묻지도 않았는데 유미는 잇달아 이유를 설명했다. '지금 아르바이 트하는 곳'은 쇼핑센터 안에 있는 사진 스튜디오인데, 그렇게 멀지 도 않거니와 직원에 대해 불평한 적도 없었다. 무엇보다 사진학과에 다니는 유미로서는 일하면서 얻을 것이 많은 곳이었다.

분명 아버지가 돌아가셔서 상실감이 클 나를 걱정한 것이겠지.

에쓰코가 세상을 떠난 뒤 나는 네 살배기 유미를 데리고 가게 2층 의 집으로 돌아와 아버지와 함께 살았다. 아버지 밑에서 요리를 배 워 겨우 혼자서 주방 일을 맡을 수 있게 됐을 무렵, 아버지는 지병인 관절염이 악화돼 주방에 서는 횟수가 많이 줄었다. 그리고 지금으로 부터 반년쯤 전에 식도암이 발견돼 대대적인 수술을 성공적으로 마 쳤지만, 오랜만에 주방에서 일하던 날 뇌출혈로 쓰러져 병원에 실려 갔다. 요란한 매미 소리에 감싸인 병실에서, 심전도 파형은 그날을 넘기지 못하고 덧없이 사라졌다. 마지막 유언도 남기지 못한 채. 고 작 석 달쯤 전, 일흔 살 생신을 단 며칠 남겨놓고.

유미는 일주일에 6일, 영업 시작 시간부터 마지막 주문 시간인 11시까지 홀에서 서빙을 한다. 늘 웃는 얼굴이고, 서빙 솜씨와 손님 들의 평도 좋다. 가끔 나이 든 남자 손님이 술을 권하기도 하지만, 미성년자이므로 물론 거절한다.

"2번 테이블, 쥐치 간무침이랑 안주에 맞는 술 좀 추천해달래."

유미가 주문서를 들고 포렴을 걷었다.

"술은 찬술?"

"응."

"그럼 스이케이로군. 술병이랑 술잔은 거기 오른쪽 가장자리의 파란 걸로."

스이케이는 고치 지방에서 생산되는 감칠맛 나는 술로, 희미한 산미가 혀를 씻어주어서 농후한 요리에 잘 어울린다.

"오늘 사진 아직 안 찍었지?"

나는 카운터 끄트머리를 턱으로 가리켰다. 거기에는 일안 리플렉스 카메라가 덩그러니 놓여 있다. 대학교에서 사진을 배우는 유미가 평범한 사람들을 촬영하는 데 흥미를 보이는 것 같길래, 가게에 카메라를 놓아두면 어떻겠느냐고 내가 제안했다. 단골손님은 기꺼이 찍게 해줄 테고 대화의 계기도 될 것 같아서였다. 유미는 알겠다며 카메라를 카운터에 가져다놓았고 내 예상은 적중했다. 유미는 홀에서 일하며 때때로 테이블에서 단골손님의 사진을 찍는다. 사진이 잘 나왔는지 못 나왔는지 감별하는 눈은 내게 없지만, 나중에 사진을 보면 다들 아주 그 사람다운 표정을 짓고 있다.

"바쁠 때는 못 찍지. 쓸데없는 짓 하지 말고 술이나 빨리 가져오라고 할걸."

"하긴."

동료로서 함께 쓴웃음을 지어 보인 뒤, 나는 냉장고에서 쥐치를 꺼내고 유미는 바리때° 모양의 술병에 스이케이를 따랐다.

"사진 주제는 정했어?"

"말사? 아직 못 정했어. 고민 중이야."

아직 11월이지만 유미가 다니는 학교는 기말시험이 이미 끝났다. 그 뒤로는 강의가 없는 대신에 작품을 제출해서 학점을 받는 방식이다. 예를 들어 미술학과는 그림이나 조각, 음악학과는 악곡, 사진학과는 사진을 연말까지 제출해야 한다. 그게 통칭 '말사'로 통하는 기말 사진이다. 1학년 때 유미는 '문화'를 사진 주제로 정하고, 근처 절을 방문해 승려와 그 가족이 집에서 크리스마스를 기념하는 사진을 찍었다. 까까머리에 산타 모자를 쓴 모습은 부자연스럽게 꾸민 티가 좀 났지만, 전부 코믹하고 밝아서 나중에 또 보고 싶어질 만한 사진이었다. 2학년인 올해는 전혀 다른 주제로 찍고 싶다고 했지만, 좀처럼 주제를 정하지 못해 골머리를 앓고 있었다.

"힘들면 쉬어도 돼."

유미는 요 며칠 카메라를 들고 나갔다가도 6시가 되기 전에 돌아와서 개점 준비를 척척 도와주었다.

"괜찮대도 그러네. 일이 재미있어서 하는 거야. 생각해봤는데 어릴 적에 주방 구석에서 '가게 놀이' 한 것도 좋아해서였던 것 같아. 그 놀이 엄청 재미있었는데."

초등학생 때 유미는 자주 주방 구석에서 동그란 의자를 테이블 삼아 '가게'를 만들고, 보이지 않는 손님에게 보이지 않는 요리를 팔았다.

"기억 안 난다고 하지 않았어?"

"그랬나? 모르겠어. 아빠 말 듣고 내 기억처럼 생각하는 걸 수도

• 　절에서 쓰는 승려의 공양 그릇. 나무나 놋쇠 따위로 대접처럼 만들어 안팎에 칠을 한다.

있고."

도마 위에서 쥐치의 입과 지느러미를 잘라내고 껍질을 벗겼다. 타이츠가 벗겨지듯 껍질이 쭈르륵 벗겨지는 건 쥐치의 이름*다운 특징으로, 순식간에 투명한 흰 살이 드러났다.

"으으, 징그러워."

"맛있어만 보이는데, 호들갑은."

15년 전, 에쓰코가 죽은 그날 이래로 나는 사고의 진상을 가슴에 묻은 채 살아왔다. 무슨 일이 일어났는지 아는 건 경찰과 경차를 운전한 후루세 미키에라는 나이 든 여자뿐이다.

에쓰코가 죽은 뒤에 젊은 경찰관이 병원에 찾아와서 사고 정황을 설명했다. 후루세 미키에는 법정 속도를 준수하며 맨션 앞 차도를 달리고 있었다. 그런데 갑자기 위에서 화분이 떨어져서 앞 유리창이 박살 나는 바람에 당황한 나머지 실수로 가속 페달을 밟았다. 그 결과 폭주한 차가 에쓰코를 뒤에서 들이받았다.

경찰관이 현장을 목격한 내게 증언을 요구하기에 전부 다 이야기했다. 아내가 가방 만들 천을 깜박하고 사지 않은 것. 엉겅퀴 화분. 그걸 딸이 베란다 난간 옆 콘크리트 부분에 놓아둔 것. 꽃이 자라지 않는다고 내가 걱정했기 때문에 그랬을 것이다. 엉겅퀴에 햇볕을 쬐어주려고 한 것이다. 딸을 베란다에서 놀게 한 건 나다. 엉겅퀴를 키운 것도 나다. 후회라는 말로는 모자란, 안쪽에서부터 산산이 부서지는 듯한 감각이 지금도 매일같이 덮쳐온다. 그 느낌이 사라지는 날은 분명 영원히 찾아오지 않으리라.

• 쥐치의 일본어 명칭인 '가와하기'에는 '가죽이나 껍질을 벗김, 박피'라는 뜻이 있다.

―부탁이 있습니다.

하지만 반드시 지켜야 하는 것이 있었다.

　―딸이 이 사실을 모르고 살도록 할 수는 없을까요?

도중에 한마디도 끼어들지 않고 이야기를 듣던 경찰관은 잠시 후 고개를 들고 상대방 운전자가 하기 나름이라고 대답했다.

　―저희는 서에서 즉시 협의해서 언론에 새어 나가지 않도록 조치하겠습니다.

나는 경차를 운전한 후루세 미키에에게도 사정을 전부 설명했다. 직접 만나서 이야기하고 싶다고 하자 상대방이 경찰을 통해 집 주소를 가르쳐주어서 나중에 찾아갔다. 시대의 뒤안길에 자리 잡은 것 같은 허름한 셋집 중 한 곳이었다. 주차장은 텅 비어 있었고 구석에 놓인 화분은 흙이 바짝 말라서 쩍쩍 갈라졌으며 나팔꽃도 완전히 시들어 있었다. 집 안에서 마주한 후루세 미키에의 얼굴에는 수없이 운 흔적이 남아 있었다. 그날뿐만 아니라 날마다 눈물을 흘렸음을 대번에 알아볼 수 있는 얼굴이었다. 후루세 미키에가 내게 돌려준 선풍기 바람을 맞으며 내가 고개를 숙이자, 그녀도 테이블 너머에서 머리를 깊이 조아렸다. 그러고는 사죄의 말을 되풀이했다. 떨리는 어깨 너머로 보이는 불단에 남편으로 보이는 남자의 영정 사진이 놓여 있었다. 나는 후루세 미키에와 그 영정 사진 양쪽에 간청하는 심정으로 유미 이야기를 했다. 딸이 사고의 진상을 모르고 살게끔 했으면 좋겠다고 부탁했다. 이미 경찰에게 사정을 들은 후루세 미키에는 조금도 주저하지 않고 승낙했다. 자식이고 친한 사람이고 아무도 없이 혼자 사는 몸이니 사고가 났다는 사실 자체를 누구에게도 말할 일이 없다고 확답해주었다.

내가 유미를 데리고 이 가게 2층으로 이사 온 것은 딸에게 사고의 진실이 알려질까 봐 두려웠기 때문이다. 계속 그 맨션에 살면 언젠가 어떤 계기로 알아버릴지도 모른다. 사고 현장에 떨어져 있던 흰색 화분 조각, 흙, 엉겅퀴 꽃을 여러 사람이 보았다. 맨션 베란다에서 화분이 떨어져 사고가 났다는 건 짐작하고도 남는다. 그것이 어느 집 베란다에서 떨어졌는지는 아무도 모른다. 하지만 유미는 안다. 엉겅퀴 화분이라는 말을 들으면 딸은 대번에 모든 전말을 이해할 것이다. 그래서 나는 그곳을 떠났다. 유미를 그곳에서 떼어놓았다. 우리가 여기서 15년을 사는 동안, 아무 일 없이 시간은 흘러갔다. 앞으로도 아무 일 없을 터였다. *그런데……*.

"……아빠, 뭐 해?"

눈을 뜨자 유미가 놀란 표정으로 나를 보고 있었다.

내 몸은 비스듬히 기울어진 상태였다. 나는 한쪽 팔꿈치를 조리대에 짚은 채 위험한 각도로 몸을 지탱하고 있었다. 방금까지 쥐치를 손질하다가 갑자기 솟구친 분노, 머리 안쪽에서 폭발하는 듯한 분노 때문에 눈을 꼭 감았다가 균형을 잃고 비틀거린 모양이다.

"어휴, 기름 때문인가. 미끄러졌네."

내가 발치를 내려다보고 유미 쪽으로 눈을 돌리자 유미는 여전히 나를 보고 있었다.

"……정말?"

"그냥 살짝 미끄러진 거야. 잔말 말고 그거나 얼른 가지고 나가."

유미는 반신반의하는 표정으로 홀로 돌아갔지만, 마침 새로운 손님이 들어온 듯 "어서 오세요" 하고 기운차게 인사하는 소리가 들렸다. 나는 도마로 눈을 돌리고 속살이 드러난 쥐치에 식칼을 댔다. 분노가 불안으로 바뀌었다. 요 나흘간 꾹꾹 눌러놓았던 불안이 가슴속에서 차갑게 부풀어 올랐다.

집 전화가 울린 건 나흘 전 오후였다.

"후지와라입니다."

—돈을 좀 마련해줬으면 해서 말이야.

내 말이 끝나기가 무섭게 상대는 미리 준비해두었음이 분명한 말투로 이야기를 꺼냈다. 보이스피싱이 제일 먼저 떠올라 아무 말 없이 수화기를 내려놓으려고 했다. 하지만 다음 말이 귀에 들어온 순간 손이 멈췄다.

—비밀을 알아.

불길한 예감에 가슴이 싸늘해졌다.

—자세히 말하면 내 정체도 들통날 테니 간단하게 말하자면, 사고를 친 건 당신 딸이야. 당신은 그걸 알면서도 감췄고. 지금까지 쭉.

그리고 남자는 마치 비장의 카드를 내밀듯 이렇게 말했다.

—엉겅퀴를 키운 것도…… 난 다 알아.

말이 끊기자 흥분을 억누른 숨소리만 들려왔다. 공포가 온몸을 옥죄고 온갖 의심이 일제히 솟아올랐다. 전화 저편에서 숨을 씩씩대고 있는 이 남자는 대체 누구인가. 후루세 미키에는 사고의 진상을 아무에게도 말하지 않겠다고 약속했는데, 정말로 그 약속을 지켰을까. 적어도 경찰을 제외하면 사고의 진상을 아는 사람은 후루세 미키에뿐이다. 아니, 잠깐만. 내가 베란다에서 엉겅퀴를 키웠다는 걸 아는 사람은 없을까. 만약 안다면 사고 현장을 보았을 때 어쩌다 사고가 일어났는지 짐작할 수 있지 않을까. 하지만 유미가 화분을 떨어뜨렸다는 것까지는 모를 테고, 애당초 나는 남에게 엉겅퀴를 키운다고 이야기한 기억이 없다. 사고 전에도 후에도. 하지만 에쓰코는? 아내가 생전에 이야기했을 가능성은 없을까. 누군가에게. 지금 내게 전화를 건 이 남자에게.

"당신."

그때 방의 공기가 움직이고 현관에서 소리가 났다. 기말 사진 주제를 찾으러 나갔던 유미가 돌아온 것이다. 나는 거의 숨소리만 날 정도로 목소리를 낮추어 말을 이었다.

"당신, 누굽니까?"

목구멍에 걸려 꺽꺽대는 웃음소리가 들렸다.

—내가 미쳤나, 그걸 말하게? 아무튼 나는 당신 딸이 저지른 짓과 당신이 그걸 지금까지 숨겨왔다는 걸 알아.

남자는 50만 엔이라는 금액을 제시했다.

—조만간 가게로 받으러 갈 테니까, 언제라도 내놓을 수 있도록 준비해놔.

세면대에서 유미가 손을 씻는지 벽 속에서 수도관이 울렸다. 그 소리에 겹쳐 남자의 말이 독액처럼 오른쪽 귀로 흘러들었다.

—돈을 내지 않으면 당신 딸한테 전부 까발릴 거야.

"그 아이는 아무것도 모릅니다. 아무것도 기억 못 해요."

딸의 이름은 하루하루 석양을 행복하게 바라보기를 바라는 마음을 담아 에쓰코와 함께 정했다. 처음에는 유키히토의 '유키'나 에쓰코의 '에쓰'를 넣어서 지으려 했지만, 쉽지 않아서 우여곡절 끝에 유미夕見로 정했다. 매일 석양을 바라볼 수 있는 것만으로도 충분히 행복하지 않을까. 그것만으로도 기쁘지 않을까. 둘이서 그렇게 이야기했다. 딸의 생일은 젊은 나이에 돌아가신 우리 어머니의 기일 이틀 전이었다.

—기억 못 할 테니 가르쳐주겠다는 거잖아.

그 말을 끝으로 전화는 끊겼다.

귀에 닿는 뚜뚜, 소리에 섞여 뒤에서 바닥이 삐걱거렸다. 돌아보자 유미가 실례한다는 의미로 한 손을 얼굴 앞에 세로로 세우며 거실로 들어오는 참이었다. 곁에 있는 서랍장을 뒤져 AA건전지를 하나 꺼내 갔을 때야 나는 겨우 수화기를 내려놓았다. 잔뜩 힘이 들어간 손가락이 수화기에서 떨어지지 않았다.

저녁녘에 말없이 집을 나섰다.

차를 몰고 15년 전에 갔었던 후루세 미키에의 집으로 향했다. 하지만 그 일대에 있었던 셋집은 모조리 자취를 감추었고, 가지런히 늘어선 분양주택의 벽이 석양을 반사하고 있었다. 맞은편 집 현관에서 나온 남자가 우편함을 들여다보기에 예전에 있었던 셋집은 어떻게 됐는지 물어보았다. 그러자 5년쯤 전에 입주자를 전부 내보내고 분양주택을 지었다고 했다. 후루세 미키에에 대해 묻자 그녀는 분양주택을 짓기 전에 집에서 죽었다는 대답이 돌아왔다. 이른바 고독사로, 냄새 때문에 집주인이 확인했을 때는 이미 죽은 지 한참 지났다는 모양이다.

그로부터 오늘까지 나흘간, 나는 애써 불안을 멀리하며 지내왔다. 가게 주방에서 일하고, 집에서 지내고, 평소처럼 웃고, 평소처럼 유미와 이야기를 나누었다. 하지만 그 협박 전화가, 그 목소리가 개미처럼 머릿속을 기어 다녀서 잠은 거의 자지 못했다.

• '유키幸'와 '에쓰悅'의 한자는 각각 행복과 기쁨이라는 뜻이다.

"아빠, 내 걱정만 하지 말고 본인 걱정도 좀 해."

주방에 들어온 유미가 냉장고에서 맥주잔을 꺼냈다.

"할아버지가 돌아가시고 아빠까지 쓰러지면, 난리도 또 그런 난리가 어디 있겠어?"

"네 등록금도 2년 반이나 더 내야 하는데 말이지."

"돈이 문제가 아니잖아. 그것도 문제긴 하지만. 기본 안주 하나."

유미는 화난 듯 말하며 생맥주를 가지고 갔다. 나는 뒤쪽 찬장에서 기본 안주용 접시를 꺼냈다. 순무 앙카케*가 담긴 사발에서 1인분을 퍼서 작은 냄비에 옮겼다. 순무 앙카케를 데우는 동안 다시 쥐치 몸통을 손질하고 있자니 홀에서 귀에 익은 목소리가 들려왔다.

고개를 들었다.

홀은 카운터와 포렴 틈새로 살짝 눈에 들어오는 정도다. 그 틈새로 유미의 다리와 등을 돌리고 앉아 있는 남자의 엉덩이가 보였다. 작업 바지 같은 것을 입었다.

유미의 다리가 테이블을 떠나서 돌아왔다.

"기본 안주, 저기 앉은 손님한테 나갈 거야?"

"응, 방금 온 사람. 왜?"

"내가 가지고 갈게."

"아는 사람이야?"

나는 대답하지 않고 보글보글 끓는 냄비의 불을 껐다. 순무 앙카케를 담은 접시를 들고 카운터를 돌아서 홀로 나갔다. 은행 부지점장 에자와 씨가 오, 하고 소리치며 손바닥을 비스듬히 세웠다. 나는

---

* 전분을 넣어 걸쭉하게 만든 소스를 끼얹은 요리의 총칭.

그쪽에 고개를 꾸벅 숙이고 나서 새로 온 손님의 테이블에 접시를 내려놓았다.

"기본 안주 나왔습니다."

남자의 얼굴을 볼 수는 없었지만, 그가 내 얼굴로 눈을 빙글 돌리는 모습이 시야 가장자리로 들어왔다.

"바빠 보이네."

나지막하니 특징을 지워내려는 것처럼 단조로운 목소리. 나는 비로소 상대의 얼굴을 보았다. 볕에 탔고 주름이 많은 피부. 까마귀 부리를 연상시키는 펑퍼짐하고 길쭉한 코. 모르는 사람이다. 하지만 뜻밖이라고 봐야 할지 아닐지 나로서는 알 수가 없다.

"덕분에요."

남자가 입 속으로 뭐라고 중얼거렸지만 알아듣지 못했다. 뭔가가 좋은 일이라고 한 것 같다. 내가 표정으로 되묻자 남자는 맥주를 들이켠 뒤 턱을 당기고 트림하더니 나를 보지 않고 다시 말했다.

"돈을 잘 벌어놓는 건 좋은 일이지."

온몸의 피가 역류하는 소리가 나는 듯했고 머리에 열이 확 올랐다. 펄펄 끓는 액체가 넘쳐흐르듯이 말이 쏟아져 나왔다.

"우리 집에 전화했습니까?"

남자는 아주 잠깐 당황했다가, 짧게 콧김을 내뿜으며 비열한 표정을 지었다. 그러고는 젓가락으로 접시 위를 뒤적거리며 입술을 달싹거렸다.

"……자식에게 말한 건가?"

나는 대답하지 않았지만 속으로는 고개를 힘껏 내저었다. 이야기할 리 없다. 이야기할 수 있을 리 없다.

"경찰에 신고하겠습니다."

그렇게만 말하고 테이블에서 물러났다. 만에 하나 실제로 일이 벌어지면, 그러니까 상대가 정말로 가게에 찾아오면 그렇게 하기로 결심했었다. 경찰은 분명 도와줄 것이다. 15년 전에도 유미의 인생을 지키기 위해 협력해주었으니까.

"하고 싶으면 그러든가."

주변에 들려도 개의치 않는 목소리가 나를 쫓아왔다.

"그럼 나도 본인한테 전부 까발리면 그만이지."

머리에 몰렸던 피가 단숨에 빠져나가면서 얼굴이 차가워졌다. 상대를 돌아보는 것과 동시에 홀의 풍경이 하얗게 지워졌다.

2

"아사미 고모, 혹시 우리 집에 처음 들어와보는 거야?"

유미가 나와 함께 차에서 내리며 누나에게 물었다.

"응, 처음이야. 가게도 집도. 옛날에 널 어린이집에서 데리고 오느라 입구까지는 많이 왔었지만."

"절대로 들어오지는 않았지."

"유미 짱, 부모랑은 친하게 지내야 해. 까딱하다가는 나처럼 집에도 못 들어가게 되거든."

"친해, 친해."

셋이서 가게를 통과해 2층의 집으로 이어지는 계단을 올랐다.

고작 그 정도 움직인 것 가지고도 몸이 뻐근해서 나는 거실에 들어서자마자 방석에 주저앉았다. 유미는 부엌에서 차를 준비했고, 누나는 어중간한 곳에 서서 집 안을 멍하니 둘러보았다.

"좀 앉아."

"뭐?"

"앉으라고."

"유키히토 짱, 크게 말해. 나 귀 안 좋은 거 알잖아."

지금으로부터 30년 전, 열일곱 살 겨울에 누나는 오른쪽 귀의 청력을 잃었다.

"에이, 고모. 아빠 지금 환자니까 좀 봐줘."

"과로는 병이 아니라 자기 관리 부족이야. 마음 써줄 필요 없어."

"나보다 더 걱정했으면서. 자, 차 다 됐습니다. 고모도 앉아요."

가게에서 기절한 지 하룻밤이 지났다.

오늘 아침 8시가 지나서야 병원에서 깨어났다. 잠든 사이에 피를 뽑고, 뇌파를 검사하고, 팔에 링거 바늘도 꽂았지만 의사는 단순한 과로라고 했다. 요 며칠 잠을 제대로 못 잤다고 말하자 의사는 식사와 생활습관에 대해 몇 가지 충고한 뒤 수면 유도제를 한 달 치 처방했다. 약국에서 수면유도제를 받은 나는 누나가 운전하는 차를 타고 집으로 돌아온 참이었다.

"가게에 있던 손님들은 어떻게 됐어?"

아까 차를 타고 오다가 유미에게 물었다.

물론 정말로 알고 싶었던 건 단 한 명, 그 남자뿐이다.

"구급차가 오기 전에 다들 제대로 계산하고 갔어. 에자와 씨는 돈을 더 내면서 받으라고 하더라고. 마지막으로 온 손님, 아빠가 아는 사람 맞아? 그 사람은 아빠한테 냈다기에 돈 안 받았어."

내가 잠자코 얼굴을 바라보자 유미는 갑자기 놀란 표정을 지었다.

"혹시 돈 안 받았어?"

나는 받았다고 거짓말을 했다.

"그 사람이…… 뭐라고 안 하든?"

"또 오겠대."

유미는 태평한 얼굴로 재깍 대답했다.

"유키히토 짱, 어째 표정이 심각한데."

정신 차리고 보니 누나가 좌식 탁자 맞은편에서 나를 빤히 쳐다보고 있었다.

"과로가 아니라 무슨 고민이 있어서 잠을 통 못 자다가 쓰러진 거야?"

"그야 뭐, 가게다 뭐다 고민이야 많지."

"유키히토 짱, 생각은 좋지만 고민은 별로 좋지 않아. 고민이랑 생각은 완전히 다르다고. 서서 일하는 사람이 수면 부족이라니, 그러다 큰일 나."

애매하게 고개를 끄덕이자 유미가 차를 가져와서 좌식 탁자에 내려놓았다. 피어오르는 김 너머로 보이는 불단에는 영정 사진이 세 개 놓여 있다. 조용히 미소 짓고 있는 어머니. 이를 보이며 환히 웃는 에쓰코. 표정 없는 눈으로 이쪽을 보고 있는 아버지.

살면서 가족을 세 번 잃었다. 그래도 닷새 전까지 세상은 그럭저럭 균형을 유지했다. 비틀거리면서도 무너지지 않고 버텼다. 하지만 지금은 뼈대에 금이 가고, 불길하게 삐걱대는 소리가 확실히 들린다. 아니, 삐걱거리는 건 내 세상이 아니다. 유미의 세상이다. 엄마의 죽음 이후로 딸은 현실과 매일같이 싸운 끝에 겨우 타협하고 살게 됐다. 어린이집 졸업식 날 모두 함께 노래할 때, 엄마들로 가득한 보호자석 앞에서 끝까지 입을 열지 않던 유미는 이렇게 웃으며 지낼 수 있는 새로운 세상을 만들어냈다. 혼자 힘으로.

"어디…… 멀리 가볼까."

유미와 누나에게 말한 건지, 영정 사진에 말한 건지 나도 몰랐다.

좌식 탁자 맞은편에 앉은 두 사람이 표정으로 되물었다. 나는 할 말을 찾다가, 여기를 떠나고 싶다는 마음이, 그 남자에게서 멀어지고 싶다는 마음이 지금 갑자기 솟아오른 게 아니라는 것을 깨달았다.

"뭔가, 여러모로 지쳤어. 잠깐이라도 떠나자."

"……정말?"

유미가 눈썹을 쑥 추켜올렸다. 내가 고개를 끄덕이자 딸은 "그럼" 하고 말하자마자 거실을 뛰쳐나가 커다란 책을 들고 돌아왔다.

"가보고 싶은 곳이 있어."

유미가 좌식 탁자에 내려놓은 건 오래된 사진집이었다. 표지에는 '야쓰가와 교코'라는 처음 보는 사진가의 이름이 적혀 있었다. 누나가 옆에서 손을 뻗어 페이지를 펄럭펄럭 넘겼다. 흑백으로 담아낸 보통 사람들. 피사체의 집인 듯한 곳에서 찍은 사진도 있고, 골목길이나 어시장, 상점이나 음식점에서 찍은 사진도 있었다.

"이 사람, 내가 제일 존경하는 사진가야. 이미 돌아가셨지만."

"유미 쨩이 가보고 싶은 곳은 어딘데?"

유미는 사진집을 자기 쪽으로 끌어당기더니 "여기" 하고 여러 번 펼쳐서 거의 저절로 넘어가는 페이지를 펼쳤다.

기묘한 사진이었다.

다른 사진과 달리 피사체가 인간이 아니다. 전체적으로 컴컴해서 밤에 찍었다는 건 알겠는데, 대체 뭘 촬영한 걸까. 아래 3분의 1 정도는 검은색에 잠겨 있다. 위쪽에는 하얗고 작은 꽃이 촘촘하다. 밤의 초원을 하늘에서 찍은 사진일까. 그렇다면 아래쪽 검은 부분은 바다나 호수인가. 달려가는 야생동물이라도 찍혔는지 초원 한복판에는 직선이 비스듬히 뻗어 있다. 아니다, 이건 책에 생긴 흠집일지도 모른다. 그렇게 생각하고 직선을 손가락으로 문질러보았지만, 손끝에는 아무 이질감도 느껴지지 않았다.

"……하늘인가."

자세히 들여다보자 그것은 밤하늘을 찍은 사진이었다. 아래쪽 검은 부분은 산의 윤곽이다. 그 위에 촘촘히 흩뿌려진 하얀 점은 수많은 별이다. 긁힌 흠집처럼 보이는 직선은 별똥별이다.

"여기서 사진을 찍어서 말사로 제출하고 싶어."

"말사?"

누나가 묻자 유미가 대학교 기말 사진에 대해 설명했다.

"주제를 정하지 못해서 애먹었는데, 얼마 전에 아이디어가 번쩍 떠올랐어. 존경하는 사진가가 찍은 사진과 똑같은 사진을 찍어보는 건 어떨까 싶더라고."

"……도작 아니야?"

"아니야. 수준 높은 사진을 목표로 정해서 내가 얼마나 가까워질 수 있는지 시험하는 거지. 그러니까 요컨대 주제는 뭐랄까, 지금의 나 자신이랄까."

"괜찮네, 재미있을 것 같아. 여기가 어딘데?"

유미는 사진 아래쪽을 가리켰다. 다른 페이지와 마찬가지로 촬영한 날짜와 장소가 적혀 있었다.

거기에 시선을 준 순간 나도 누나도 굳어버렸다.

"1981년 11월 니가타현 羽田上 마을"

지명에 독음은 달려 있지 않았지만 우리는 '羽田上'를 '하타가미'

라고 읽는다는 걸 안다. 그 마을이 니가타현의 어디에 있는지도.

"미안해…… 사실 반 정도는 핑계야."

유미가 고개를 들어 우리를 보았다.

"아빠도, 고모도, 돌아가신 할아버지도 옛날에 살았던 곳에 대해서는 입도 벙긋 안 하니까 궁금해."

그 마을은 나와 누나의 고향이다.

30년 전, 아버지와 함께 도망쳐 나온 곳이다.

일찍이 하타가미에서 무슨 일이 일어났는지 유미는 모른다. 나, 누나, 아버지 모두 한마디도 언급하지 않았다. 아니, 우리 셋끼리도 그 사건을 입 밖에 내지 않았고, 여기 사이타마현으로 옮겨 온 뒤로 지금껏 잊은 척하며 살아왔다. 유미가 알고 있는 사실은 단 하나, 30년 전에 번개를 맞는 바람에 누나의 몸이 *이렇게 됐다*는 것뿐이다.

"예전부터 한 번쯤 가보고 싶었어…… 내 뿌리가 있는 곳이잖아."

내 시선은 다시 '하타가미'라는 글자에 빨려 들었다. 어릴 적에 이 마을 이름의 유래를 들었다. 겨울철 추운 부엌에서 어머니가 점심 반찬으로 도루묵을 굽고 있을 때였다.

—이 물고기의 이름은 원래 '벼락'이라는 뜻이야.

도루묵은 11월부터 12월까지가 제철이다. 그때가 서태평양 쪽에 벼락이 자주 치는 시기에 해당해서 벼락 치는 소리를 나타내는 옛말 '하타하타'가 그대로 물고기의 이름이 되었다고 한다.

—우리 마을에는 벼락이 많이 치니까 '하타하타가 물어뜯는* 마을'이라는 뜻에서 하타가미라는 이름이 붙었단다.

---

* 일본어로는 嚙みつく(가미쓰쿠)라고 한다.

제 2 장

기억의
붕괴와
공백

1

31년 전.

그 사건이 일어나기 1년 전.

아버지와 어머니는 하타가미를 동서로 가로지르는 간선도로 뒤편에 술집을 차리고 장사했다. 향토 요리와 청주를 중심으로 한 가게로, 지역에서 나는 해산물과 산나물 그리고 무엇보다 마을 특산품인 버섯을 풍부하게 써서 요리를 했다. 지금의 나와 유미처럼 아버지가 주방에서 칼을 잡고, 어머니는 홀에서 일했다. 건물 구조도 비슷해서 1층이 점포고, 안쪽에 있는 계단은 2층의 집으로 이어졌다.

지도를 보면 하타가미 남쪽에는 에치고산맥에서 이어지는 산들이 떡하니 자리 잡고 있고, 마을 북쪽은 보석산이라는 산이 큰 면적을 차지한다. 사람들은 산과 산 사이에 난 짐승길 같은 틈새에 모여 산다.

바다가 가깝지만 보석산 너머에 있으므로 어업은 발전하지 못했고, 마을의 산업 기반은 철강업과 버섯 재배였다. 사회 시간에 배운 마을 역사에 따르면 철강업이 시작되기 전까지 사람들은 거의 버섯으로만 생계를 유지했다. 하지만 메이지시대*에 이웃한 가시와자키 시에서 유전이 발견되자, 조그마한 하타가미에도 산을 따라 정유소가 들어섰다. 그와 동시에 철강업이 발달해 마을은 호황기를 구가했지만, 이윽고 쇼와시대**에 접어들자 해외에서 석유가 싼 가격에 수입되어 정유 산업은 급속도로 쇠퇴했고 하타가미의 호황기도 끝났다. 내가 살던 당시에 정유소는 이미 사라지고 없었고, 살아남은 철강업과 옛날부터 명맥을 이어온 버섯 재배가 마을을 지탱하고 있었다.

하타가미의 깃발과 홍보지에는 전성기에 만들었다는 마을 마크가 박혀 있는데, 생각해보면 참 얄궂은 디자인이었다. 삼각형 한가운데 역삼각형이 들어간, 요컨대 작은 삼각형 네 개를 조합한 형태로 위쪽은 검은색, 왼쪽 아래편은 빨간색, 오른쪽 아래편은 갈색이었다. 각 색깔은 석유, 제철, 버섯을 나타낸다. 한복판의 흰색 역삼각형은 미래의 새로운 산업을 나타낸다고 한다. 하지만 쇼와시대에 정유 산업이 쇠퇴해 위쪽 삼각형은 의미를 잃었다. 새로운 산업도 흥하지 않아 네 번째 삼각형에는 아무 색깔도 칠하지 못한 채 몇십 년이 지나갔다.

부모님이 운영한 술집 '하나英'는 하타가미의 유일한 술집이었다. 나는 집에 드나들 때마다 늘 간판을 보았고, 무엇보다 그것이 어머니의 이름이기도 했기에 어릴 적부터 아무 위화감도 없이 '英'를 '하나'라고 읽었다. 오히려 초등학교 수업 시간에 그 한자를 '영어'의

-    1868~1912년.
-    1926~1989년.

'에이'라고 배웠을 때••• 다른 발음도 있었구나 싶어서 놀랐던 기억이 난다. 그때 교실에서 남자 담임선생님이 그 한자의 유래를 설명해주었다. 한자 '선명한 모양 영夬' 자에 '아름다운 것'이라는 뜻이 있으므로, 초두머리••••를 붙였을 때 '하나•••••'라고도 읽는다고 했다. 그렇게 말하면서 선생님은 내 얼굴을 바라보았다.

─너희 어머니 예쁘시잖아.

한 여학생이 큰 목소리로 말했다. 이름은 잊어버렸지만, 머리가 짧고 눈매가 여우처럼 위로 쭉 올라간 아이였다. 나는 그때 애매하게 고개를 갸웃거렸지만, 어머니가 예쁘다는 건 어린 마음에도 알고 있었다.

가게에 오는 손님은 대부분 남자였다. 당시 세상이 그랬던 걸까, 하타가미의 여자들이 유독 술을 마시러 나오지 않은 걸까. 아니면 어머니의 외모 때문이었을까.

남자 손님들은 늘 어머니의 외모를 칭찬했다. 나는 그 내용보다 말투가 싫었다. 그런 말이 들릴 때마다 남자들의 목소리가 미지근한 감촉으로 내 몸을 쓰다듬는 것 같은 기분이 들었다. 가게 자체에도 좋은 인상을 품은 적이 없다. 사람이 거칠고 상스러워지는 장소가 우리 집 바로 밑에 있다는 사실이 영 못마땅했다.

실은 아버지도 어머니도 하타가미 토박이가 아니다.

아버지의 이름은 후지와라 미나토南人, 군마 출신이다. 4형제 중

••• '영어'의 일본어 발음은 '에이고'다.
•••• 한자 부수의 하나. '풀 초(艸)' 부수가 '花', '茶' 따위에서 '艹'로 쓰일 때의 이름이다.
••••• 일본어로 '꽃, 꽃처럼 아름다운 것'이라는 뜻.

셋째로, 호쿠에이北榮, 도마東馬라는 형과 세이타로西太郎라는 동생이 있다. 할아버지는 아들들이 전국에 흩어져서 이름을 떨치기 바라는 마음을 담아 그런 이름을 붙였다고 한다. 하지만 아버지 빼고 세 명은 군마의 민간 기업에서 일한다. 아버지 혼자 고향을 떠났지만 이름에 들어간 '남쪽'이라는 뜻의 한자와는 반대로 북쪽 산간 마을에 작은 가게를 차렸다.

외가는 호황기에 하타가미로 옮겨왔다고 들었지만, 내가 태어났을 때는 할아버지와 할머니 두 분 다 병으로 돌아가신 뒤였다. 유전인지 어머니도 선천적으로 몸이 튼튼하지 못해 어릴 적부터 잔병치레하느라 학교를 많이 쉬었다고 했다.

"내가 꽃을 그래서 좋아하나?"

가게 정기 휴일, 남향으로 낸 마당을 바라보며 언젠가 어머니가 그렇게 말했다. 무슨 뜻인지 몰라서 되묻자 어릴 적에 어머니가 몸져누울 때마다 외할머니가 꽃을 꺾어 머리맡에 놓아두었다고 했다.

"유리컵에 물을 담아서 꽃을 꽂아주셨지. 그게 무슨 꽃이든지 간에 눈을 감으면 좋은 냄새가 났어."

나중에는 머리맡을 보지 않고서도 무슨 꽃인지 알아맞히게 됐다며 어머니는 웃었다. 웃음이 담긴 시선 끝에는 색색의 꽃을 심은 마당이 있었다. 어머니가 돌보던 마당에는 어느 계절이든 꽃이 피어 있었다. 어머니는 그저 바라보며 즐기는 데 그치지 않고 이따금 마당에서 이파리나 꽃잎, 씨앗이나 뿌리를 가져와서 말린 뒤 봉투에 담아두고 생약으로 썼다. 각각의 효능을 공책에 꼼꼼히 정리해놓고 자기 몸 상태가 안 좋을 때는 물론, 나나 누나가 배탈이 나거나 감기에 걸렸을 때, 또는 아버지가 과음했을 때 공책을 들춰가며 수수께끼의 생약재를 달이거나 가루로 만들어서 먹였다. 전부 아주 맛없었지만, 어른이 된 뒤 먹은 약 중 그만큼 잘 들었던 약은 하나도 없다.

"축제를 열기로 했대."

사건을 돌이켜볼 때면 아침 밥상에서 아버지가 꺼낸 그 말이 늘 '발단'으로 떠오른다.

추위가 한층 기세를 높이던 11월 중순이었다. 축제란 매년 11월 마지막 일요일에 보석산 중턱에 자리한 라이덴 신사에서 열리는 신울림제를 가리킨다.

사실인지 아닌지는 모르지만, 벼락이 떨어진 곳에는 버섯이 잘 자란다고 한다. 이름에서도 알 수 있듯이 라이덴雷電* 신사에서는 번개의 신인 뇌신을 모시는데, 옛날부터 마을의 산업을 지키는 수호신으로 받들어져 왔다. 그 지역에서 11월 하순은 벼락 치는 시기의 시작이자 버섯 철의 끝이기도 하다. 신사에서는 미리 말려놓은 버섯으로 버섯국을 만든다. 그리고 축제 당일 하타가미 사람들은 신사에 모여 버섯국을 먹으며 한 해의 수확에 감사하고 이듬해의 풍작을 기원한다. 매년 신울림제 준비가 시작되면 고립된 분위기의 마을이 갑자기 활기를 되찾는다. 나는 그 순간이 오기를 늘 고대했다.

하지만 31년 전인 1988년에는, 9월에 피를 토한 쇼와 덴노가 투병 중이었다. 자숙하자는 분위기가 대세라 전국 각지에서 전통 행사가 중단되거나 규모가 축소됐다. 신사도 예년처럼 말린 버섯을 잔뜩 준비해놓기는 했지만, 과연 신울림제를 개최할지 말지는 미지수라 마을 사람들은 신사에서 결정하기를 기다리는 중이었다. 예년처

• 번개와 천둥을 아울러 이르는 말.

럼 안뜰에 노점이 설치될까. 용돈으로 총 쏘기나 제비뽑기를 하거나, 축제에서 만난 친구들과 나무 사이를 뛰어다닐 수 있을까. 아버지도 신올림제 때 취미인 일안리플렉스 카메라로 축제를 촬영할 기대에 부풀어 있었으므로, 얼마 전부터 줄곧 개최 여부를 궁금해했다.

"축제 때 먹는 죽을 덴노가 입원한 병원에도 보내면 좋을 텐데."

당시 열두 살이었던 내 말에 아버지가 껄껄 웃자 크게 벌린 입 속에 아침 햇살이 비쳐 들었다. 그 무렵 아버지는 자주 웃었다.

"몸에는 좋겠지만 병이 낫지는 않을 거야. 먼 마을에서 버석국을 보낸들 독이라도 든 것 아니냐며 안 먹을 테고."

마을에서는 버섯을 '버석'이라 불렀고 버섯국은 '버석국'이었다. 마을 북쪽 대부분을 차지하는 보석산도 옛날부터 마을의 보물인 버섯이 많이 난다는 데서 '버석'이 점차 '보석'으로 변해 붙은 이름이라고 들었다.

"넌 먹지도 않으면서 다른 사람에게 먹이려고 하는구나."

누나가 나를 놀렸다. 나는 하타가미에서 나고 자랐지만, 버섯이라면 질색이라 입에 대지도 않았다.

"덴노는 사람이 아니잖아."

"사람이니까 병에 걸리는 거지."

말다툼을 할 때조차 우리는 들뜬 목소리였다.

"축제는 평소랑 똑같이 하는 거야?"

혹시 몰라 아버지에게 확인하자 아버지가 내 심정을 안다는 표정으로 고개를 끄덕였기에 나는 젓가락을 쥔 채 주먹을 불끈 쥐었다.

"기에 짱 엄마가 개최하기로 정한 걸까?"

누나가 물었다. 다라베 기에는 신관의 외동딸이자 누나의 같은 반

친구였다. 두 사람은 학교를 마치면 자주 함께 시간을 보냈고, 기에가 집에 놀러 올 때마다 나는 부끄러워서 밖으로 나갔다. 볕에 타서 까무스름한 기에의 뺨과 팔은 버터롤을 연상시켰다. 피부가 뽀얀 누나와 함께 있으면 누나는 더욱 차분하니 어른스러워 보이고, 기에는 더욱 생생하니 활발해 보였다.

그런 기에의 엄마인 다라베 요코가 라이덴 신사의 신관이었다.

여자 신관은 전국을 통틀어도 드물고, 큰 신사에서는 여자가 신관이 되는 것 자체를 인정하지 않는 경우가 많다고 한다. 라이덴 신사도 대대로 남자가 신관을 맡았지만, 윗윗대 신관 부부의 자식이 요코뿐이었다. 요코의 결혼 상대가 데릴사위로 들어와 신관 자리를 물려받았지만, 얼마 지나지 않아 병으로 죽은 뒤 요코가 자리를 물려받아 신사 최초로 여자 신관이 됐다.

"물론 마지막에는 그랬겠지만, 우리 가게에 오는 갑뿌들이 신관님에게 이래라저래라 했는지도 모르지."

'갑뿌'는 '갑부'라는 뜻이다. 원래는 부자를 가리키는 사투리지만, 하타가미에서는 특정한 네 사람을 가리키는 말이었다. 우리 가게에 자주 술을 마시러 오던 네 사람. 존재를 과시하듯 늘 왁자지껄 떠들고, 술에 취하면 상스러운 말로 어머니의 외모를 치켜세웠다. 그러고는 상대가 기뻐하는 걸 확인했다는 듯 소리 높여 웃었다.

"오는 게 아니라 와주시는 거지."

차를 내온 어머니가 나무라자 아버지는 혀를 날름 내밀었다.

"우리 가게 매상을 얼마나 많이 올려주시는데. 그리고 그분들이 안 계시면 마을이고 신사고 다 위태로워진다잖아."

2

그로부터 보름 정도가 지났다.

신울림제 개최가 다다음 날로 다가온 금요일, 어머니는 라이덴 신사에 있었다.

마을 사람에게 대량의 버석국을 제공하려면 미리 준비해야 할 필요가 있으므로 불려 나간 것이다. 오랫동안 말린 버섯에 곰팡이가 피지는 않았는지 하나하나 확인하고 천으로 꼼꼼히 닦은 뒤, 커다란 냄비 세 개에다 끓인다. 그렇게 완성한 버석국을 맛이 잘 우러나도록 추운 신사에서 하루하고 한나절 묵힌 뒤, 신울림제 당일 제공한다. 매년 여자 몇 명이 도우러 가는 것이 관례였는데, 어머니는 반드시 포함됐다. 누가 골랐는지는 모른다.

어머니가 없으므로 가게는 임시 휴업이다. 아버지는 해마다 그 금요일에 가게를 청소하고 수리했다. 나와 누나도 학교에서 돌아오면 술병과 술잔을 놓아둔 선반을 비우고 안쪽을 닦거나, 아버지가 분해한 환풍기를 걸레질해서 찌든 기름을 지우거나 하면서 오후 시간을 보냈다. 어머니가 신사에서 돌아오면 우리는 2층이 아니라, 홀의 테이블에 둘러앉아 아버지가 만든 요리를 먹는다. 1년에 한 번, 그렇게 홀에서 식사할 때면 나는 늘 신이 났다. 아버지는 매년 도쿠리*를 네 개 준비해 자신의 도쿠리에는 술을, 나와 누나 그리고 술을 못 하는 어머니의 도쿠리에는 차를 담았다. 우리는 각자의 도쿠리로 자기 술잔에 내용물을 따라서 요리에 곁들여 마셨다. 가게에서 술을 마시는 남자들을 싫어했으면서, 나는 그들을 흉내 내 술잔을 엄지와 검지로 들고 입술을 오므려 차를 홀짝거렸다.

하지만 그해는 저녁이 되었는데도 어머니가 돌아오지 않았다.

우리가 어머니를 걱정하기 시작했을 때 가게 전화가 울렸다. 바깥은 이미 어두웠고, 시간은 오후 6시 언저리였던 것으로 기억한다. 신사에 있는 어머니가 건 전화였다. 버석국 준비가 예정대로 진행되지 않아 시간이 좀 더 걸린다, 아이들에게 먼저 저녁을 먹여라. 나는 아버지 옆에 찰싹 붙어서 귀를 쫑긋 세웠으므로 어머니의 말소리를 들을 수 있었다. 그리고 그 뒤에서 남자들의 웃음소리가 나는 것도 알아차렸다.

"준비도 안 끝났는데 왜 벌써 떠들썩해?"

내가 묻자 아버지는 내 쪽을 보지 않고 수화기를 내려놓으며 대답했다.

"전야제가 시작된 거겠지."

"전야제라니?"

"축제 전에 여는 작은 축제야."

그런 행사가 있다는 것 자체를 처음 들었다. 하지만 아버지 말로

---

* 주로 청주를 담아 마시는 목이 잘쏙한 술병을 가리킨다.

는 매년 버석국을 준비하는 날 밤에 그런 행사를 치른다고 한다.

"전야제에서는 뭘 하는데?"

"갑뿌들이 모여서 술을 마시는 게 다야."

대답한 건 바닥을 청소하던 누나였다. 대걸레를 양동이에 빨아서 방금 막 닦은 바닥에 회색 점을 흩뿌린 후 거의 들리지 않을 만큼 작은 목소리로 말을 이었다.

"기에 짱이 얼마나 싫어하는지 몰라."

"왕들을 극진하게 대접하지 않으면, 여러 가지로 일이 잘 안 풀릴 테니까."

마을에서 갑뿌로 불리는 사람은 구로사와, 아라가키, 시노바야시, 나가토 총 네 명이었다.

구로사와 집안은 일찍이 정유 사업으로 성공한 석유 부자고, 석유 붐이 일었을 때 수많은 땅과 건물을 사들인 덕분에 붐이 가라앉은 후에도 막대한 재산을 유지하고 있었다. 아라가키 집안은 제철 기술을 활용한 금속 가공업으로 대성공했고, 시노바야시 집안은 마을에서 가장 큰 버섯 농가였다. 그리고 나가토 집안은 마을의 유일한 병원인 나가토 종합병원을 운영하고 있었다. 마을 마크에 칠해진 검은색, 빨간색, 갈색, 즉 석유, 제철, 버섯은 구로사와 집안, 아라가키 집안, 시노바야시 집안을 가리키며, 거기에 큰 병원을 경영하는 나가토 집안을 포함해 총 네 집안이 마을을 경제적으로 지탱했다. 당시 각 집안에서 실권을 쥐고 있던 사람이 우리 가게에 자주 술을 마시러 온 구로사와 소고, 아라가키 다케시, 시노바야시 가즈오, 나가토 고스케였다. 전부 40대 전후의, 지금 돌이켜보면 한창 혈기 왕성할 나이의 남자들이었다.

예전에 어머니가 말했듯이 라이덴 신사도 네 집안의 기부금에 많이 의존했던 모양이다. 신사에서는 신관이 '벼락막이'라고 손글씨로 쓴 작은 부적을 팔았고 마을에는 매년 부적을 바꾸는 관습이 있었지만, 가격이 저렴해서 신사의 살림에 큰 보탬은 되지 못했을 것이다. 주민들의 찬조금과 새전함*으로 얻는 수입도 미미했으리라.

"도쿠리, 꺼낼까?"

누나가 대걸레를 집어넣고 아버지를 돌아보았다.

"엄마도 없으니 올해는 넘어가자."

아버지가 간단한 요리를 만들고, 누나가 옆에서 돕는 모습을 나는 침울하게 바라보았다. 술에 취한 남자들의 목소리를 들으며 일해야 하는 어머니가 가여웠다. 가족들과 함께 가게 테이블에 둘러앉는 행복한 시간을 빼앗긴 나 자신이 불쌍했다. 아버지는 가자미회와 채소 된장 절임, 둑중개 구이를 만들어주었다. 나와 누나는 각자 밥을 퍼서 생선과 채소 절임을 먹고 컵에 따른 물을 마셨다. 아버지는 어머니가 올 때까지 기다리겠다며 아무것도 입에 대지 않고 맥주 한 병을 느릿느릿 마셨다. 나도 최대한 늦게까지 어머니를 기다릴 생각으로 처음에는 되도록 천천히 젓가락질을 했지만, 배가 고파서 어느덧 밥공기를 다 비우고 말았다. 이윽고 누나도 식사를 마쳤다. 어머니에게 전화가 온 지 한 시간쯤 지났을 무렵이었다.

나와 누나가 설거지를 한 뒤, 누나는 2층에서 학교 숙제를 가져와서 테이블에 펼쳤다. 필통은 다라베 기에와 똑같은 것으로, 그해 봄에 상영된 「이웃집 토토로」의 극장용 상품이었다. 나랑 함께 셋이서

---

*　새전은 신이나 부처 앞에 돈을 바치는 행위나 그 돈을 말한다.

버스와 전철을 갈아타고 영화관에 가서 샀다. 나도 뭔가 사고 싶어서 용돈을 가지고 갔지만, 여자애들이 주인공인 영화라서 부끄러운 마음에 빈손으로 돌아왔다.

"엄마 몸이 또 안 좋아질까 봐 걱정되네."

가게의 시계를 보고 내가 걱정하자 누나도 고개를 끄덕였다.

"신사 작업장은 추운데."

벌써 8시가 지났다. 늦어도 너무 늦는다. 시계를 올려다보던 나와 누나가 아버지에게 시선을 돌리자, 재촉이라도 받은 것처럼 아버지가 일어섰다.

"신사에 전화해볼까."

그때 마침 전화벨이 울렸다.

"하나입니다."

아버지가 전화를 받자 여자 목소리가 들렸다. 무슨 말인지까지는 못 알아들었다. 어머니인 줄 알았는데 아닌 모양이다.

"아니요……. 안 왔는데요."

여자는 그 후로 잠시 아무 말도 없었다. 하지만 곧 수화기에서 목소리가 띄엄띄엄 들리기 시작했고, 나는 그것이 라이덴 신사의 신관 다라베 요코의 목소리임을 알아차렸다. 아버지는 마치 어려운 수수께끼라도 출제된 듯한 표정으로 아무 대꾸도 없이 듣기만 했다. 나와 누나는 귀를 기울였지만, 도중에 아버지가 수화기를 귀에 꽉 대서 상대방의 목소리는 더 이상 들리지 않았다.

"……바로 가겠습니다."

전화를 끊은 아버지는 여전히 수수께끼의 답을 모르겠다는 듯한 표정으로 우리를 돌아보았다.

"엄마가 없어졌대."

우리가 뭔가 묻기도 전에 아버지는 의자 등받이에 걸쳐둔 갈색 가죽점퍼를 집어 들었다.

"금방 돌아올 테니까 걱정하지 말고 기다리고 있어."

미닫이문의 가느다란 격자가 가게를 나서는 아버지의 뒷모습을 가렸다. 아버지는 왼편의 주차장으로 향했지만, 어머니가 차를 몰고 신사에 갔다는 것이 떠오른 듯 몸을 빙글 돌려 오른편으로 사라졌다. 인적 드문 밤이라 점점 빨라지며 멀어지는 발소리가 오랫동안 귀에 와 닿았다.

어머니가 없어졌다니 대체 어떻게 된 걸까. 아버지도 모르는 것 같았고, 나와 누나는 더 모른다. 우리는 테이블 옆에 서서 미닫이문 너머를 바라보았다. 바깥은 그저 컴컴할 뿐이었다.

뭔가 큰일이 났다는 생각은 아직 없었다. 하지만 눈 안쪽이 뜨끈해지며 눈물이 나려고 했다. 누나가 그걸 알아차리고 내 머리에 살짝 손을 얹었다. 그 손의 온기에 이끌려 눈물이 쏟아졌다. 나는 두 주먹을 움켜쥐고 쭉 내린 채, 입을 꾹 다물고 코와 눈으로만 울었다. 불안했던 건 물론이고, 도쿠리로 차를 마시지 못했다는 속상함과 어머니가 돌아오기를 기다리지 않고 밥을 먹었다는 후회, 그런 내 행동이 어머니의 불행을 초래한 건 아닐까 하는 걱정도 한몫해 울음을 그치려고 해도 그칠 수가 없었다. 당시 나는 초등학교 6학년치고는 키가 큰 편이라 몸집이 작은 아버지와 거의 차이가 없을 정도였다. 그렇게 큰 덩치로 울음을 그치지 못하는 것이 한심해서 더 눈물이 났다.

"개안타, 개안타."

내 머리에 손을 얹은 채 누나가 속삭였다. 니가타 사투리를 듣지도 말하지도 않게 된 지금, '괜찮다'라는 뜻의 그 말이 주문처럼 떠오르곤 한다.

3

어머니는 밤늦게 발견됐다.

보석산 반대편, 길도 없는 산비탈 아래의 서늘한 강가에 신발도 신지 않은 채 쓰러져 있었다.

발견한 사람은 마을 사람들과 함께 어머니를 찾던 아버지였다.

산비탈이 워낙 가팔라서 의식을 잃은 어머니를 옮기려면 강가를 따라가는 수밖에 없었다. 아버지는 어머니를 업고 남자 몇 명과 함께 강가를 걸어 제일 가까운 도로에 다다랐다. 한 명이 먼저 가서 가정집 전화로 구급차를 불러두었으므로, 어머니는 즉시 나가토 종합병원으로 옮겨졌다.

가게에서 기다리고 있던 나와 누나를 병원으로 데려간 건 도미타 씨라는 농협의 남자 직원이었다. 도미타 씨는 차 뒷좌석에 앉아 손을 맞잡고 있는 우리에게 사정을 설명하며 컴컴한 밤길을 달렸다.

"일단 너희 엄마 신발이 신사 근처에서 발견됐어."

신발은 강까지 제법 거리가 있는 곳에 있었다.

"거기서부터 산속을 계속 맨발로 다녔다니⋯⋯. 대체 무슨 일이 있었던 거람."

병실 침대에 누워 있던 어머니의 얼굴은 핏기가 없어 마치 하얀 종이로 접어놓은 것처럼 보였다. 김으로 흐려진 산소마스크가 얼굴에 씌워져 있는 광경을, 지금도 사진처럼 선명하게 기억한다. 어머니에게 할 수 있는 조치는 전부 마친 뒤라, 몸을 덮은 흰색 이불에는 주름 하나 없었다.

우리가 병원에 도착한 직후에 다라베 요코가 와서 어머니가 신사에서 사라진 경위를 설명했다. 다라베 요코의 말에 따르면 어머니는 사무소 부설 작업장에서 다른 세 여자와 함께 버석국을 준비했다. 예년보다 작업에 시간이 걸려서, 저녁에 꼭 돌아가야 하는 한 명만 먼저 집에 가고 나머지 세 명은 늦게 돌아가겠다고 각자 집에 전화했다.

"7시가 지나서야 겨우 버석국을 다 만들었죠. 하나 씨는 다른 두 분과 함께 짐을 들고 작업장을 나섰어요. 저는 본전에서 준비할 일이 남아 있어서 그쪽으로 갔고요."

본전에서 작업을 일단락한 뒤 문득 주차장을 보자 어머니의 차가 아직 세워져 있었다. 어머니가 작업장을 떠난 지 한 시간쯤 지났으므로 다라베 요코는 이상하다 싶어 어머니를 찾았다.

"작업장에도 사무소에도 안 계시더라고요."

사무소 안쪽 방에서는 갑뿌 네 명이 예년처럼 술을 마시고 있었다. 다라베 요코는 거기도 들여다보았지만 역시 어머니는 없었다. 네 명에게 물어보았지만 못 봤다고 했다. 주차장에 차가 있다고 말하자 남자들이 자리에서 일어나 함께 주변을 살펴보았지만, 역시 어머니의 모습은 어디에도 없었다.

"무슨 이유로 차를 두고 간 게 아니겠느냐고 해서 제가 댁으로 전화를 걸어본 거예요."

그것이 아버지가 받은 전화였다.

어머니가 신사에서 자취를 감춘 이유도, 맨발로 강가에 쓰러져 있던 이유도 알 수 없었다. 차가운 물에 오래 빠져 있어서 쇠약해진 어머니는 병원에서 치료받은 보람도 없이 그날 밤에 숨을 거두었다. 아무 예고도 없었던 탓에 의사가 어머니의 죽음을 알리고 나서도 나는 그 사실을 믿을 수가 없었다.

다음 날 나는 마을 장례식장의 접의자에 아버지와 누나와 함께 앉아 있었다.

아버지는 고개를 축 늘어뜨린 채 돌이 된 것처럼 아무 움직임도 없었다. 아버지와 나 사이에 앉은 누나는 내내 손수건을 얼굴에 대고 등을 바르르 떨었다. 나는 난생처음 직접 접한 죽음이라는 개념을 받아들이지 못해, 전날에는 어머니가 사라졌다는 말만 듣고도 울었으면서 그날은 눈물이 전혀 나지 않았다. 그저 멍하니 바닥을 바라보고 있자니, 조문객들의 발소리와 속삭임이 하나로 이어진 기다란 소리처럼 들렸다. 비로소 눈물이 난 건 다음 날 신울림제가 예정대로 열린다는 사실을 마을 사람들의 대화에서 들었을 때였다. 그건 마치 우리 가족을 배신하는 일처럼 느껴졌다. 가슴을 가득 채운 분노에 눈물이 쏟아졌다. 누나가 옆에서 내 머리를 끌어안았다. 누나의 가슴에 이마를 댄 채 우는 내가 딱했는지 조문객들이 흐느꼈고, 그 소리를 듣자 분노가 더욱 부풀어 올랐다. 분노는 눈물과 곡소리를 밀어냈다.

4

얼마 후 마을에 벼락이 몰려왔다.

번개구름이 매일같이 집집에 배를 문지를 것처럼 낮게 끼었고, 마을 전체가 '한 번에 그리기'를 한 그림처럼 입체감을 잃었다. 먼 도시의 병원에서 쇼와 덴노가 여전히 투병 중이니 연하장에 '축하한다'는 표현을 쓰지 말라고, 학교에서 주의를 주었다. 세상이 사라진 어머니보다 아직 사라지지 않은 사람을 훨씬 중요하게 생각하는 것 같아서 내 분노와 슬픔은 더욱 커졌다. 사람들은 어머니의 기일을 모르고 지나갈 테지만, 언젠가 덴노가 죽는 날은 분명 먼 훗날까지 사람들의 기억에 남으리라. 그렇게 생각하자 콧속이 뜨거워졌고, 눈물 때문에 교실이 부예졌다.

아버지는 사람이 변한 것처럼 말수가 적어졌다. 나나 누나가 말을 걸어도 거의 대답하지 않고, 오래전부터 거기 뿌리 내린 나무처럼 한자리에서 움직이지 않을 때도 있었다. 그럴 때 아버지의 눈은 나무줄기에 생긴 두 개의 옹이구멍으로 보였지만, 그 속에 뭔가가 있는 것 같은 기분이 들었다. 가게는 다시 문을 열었지만 손님이 줄어서 1층은 늘 조용했고, 갑뿌 네 명도 발길을 끊었다.

집에서는 누나가 어머니 대신 청소와 빨래를 했다. 내가 도우려고 해도 마치 돌아가신 어머니를 마음속에 살려놓으려는 것처럼 고집스럽게 혼자 일을 도맡았다. 마당도 내버려두면 안 된다고 생각했는지 누나는 짬을 내어 꽃과 풀을 돌보았다. 어머니의 생약 지식을 모조리 공책에 베끼고 독학한 내용을 덧붙였으며, 나나 아버지가 몸이 안 좋을 때면 식물 씨앗이나 뿌리로 만든 생약재를 먹었다.

예전과 다름없이 깔끔한 방, 마당의 꽃, 우리 옷, 몸이 안 좋을 때 먹는 쓴 약. 누나 덕분에 겉으로는 전부 똑같고 어머니만 없는 나날이었다. 하지만 우리는 가족이 줄어든 집의, 무엇과도 비교할 수 없고 다시는 원래대로 돌아오지 않을 만큼 변해버린 분위기를 맛보며 하루하루를 보냈다. 그리고 그런 분위기 속에서 모든 것이 천천히, 돌이킬 수 없는 폭발을 향해 꿈틀꿈틀 나아가고 있었다.

불어치는 바람에 차가운 가시가 돋기 시작하자 추울 때 하는 "추버라"라는 말이 오갔고 마을은 눈으로 하얗게 채색됐다. 어느 집 지붕이나 다 똑같아 보이는 그 풍경을 나는 좋아했건만, 가슴은 여전히 분노와 슬픔으로 미어터질 것 같았다. 해마다 첫눈 사진을 찍던 아버지도 거실 선반에 놓아둔 일안 리플렉스 카메라를 손에 들지조차 않았다.

어머니는 마을의 절에 있는 묘지에 잠들었다. 후지와라 집안의 가족무덤은 저 멀리 군마에 있어서 아버지가 새로 묘지를 마련했다. 방과 후에 혼자 무덤에 가서 네모난 모습이 된 어머니를 바라보며 나는 무슨 일이 있어도 이 마을에서 어른이 되기로 결심했다. 언제까지나 어머니 곁에서 살겠다고.

새해가 밝고 1월 7일에 쇼와 덴노가 서거했다.

헤이세이라는 익숙지 않은 연호를 입에 담으면서도 자숙하자는 세간의 분위기는 더욱 강해졌다.

하지만 그러한 분위기도 눈과 함께 점점 녹아내리고 여름이 지나 가을이 왔다. 그동안 마을은 어머니의 죽음을 잊어버린 것처럼 평온하게, 그저 계절별로 익숙한 경치가 펼쳐질 뿐이었다. 하지만 지금 생각하면 그때 마을 사람들은 사건이 일어나기까지 남은 시간을 보내고 있었던 것이다.

독일에서 베를린 장벽이 무너진 11월, 마지막 토요일에 절에서 어머니의 1주기 법회*를 치렀다. 그날은 아침 일찍 눈이 내려 본당에서 보이는 솔잎이 뽀얗게 물들어 있었다. 그 마을에 벼락이 치기 전에 눈이 먼저 내리는 건 드문 일이었지만, 다음 날 신울림제 당일에는 앞질러 간 눈을 뒤쫓듯 이른 아침부터 보석산에 큰 벼락이 떨어졌다. 겨우 몇 시간 뒤 나와 누나에게서 소중한 것을 빼앗고 인생을 크게 바꾼 벼락이었다.

•　죽은 사람을 위하여 재(齋)를 올리는 모임.

5

번개구름이 멀어진 오후, 나는 아버지, 누나와 함께 라이덴 신사 안에 있었다.

못마땅하게 여기던 신울림제에는 왜 따라갔을까. 아버지가 데려 갔다고 해도, 어머니 장례식 때 가슴속에 솟구치던 마을 사람들에 대한 분노는 어떻게 됐을까. 지금도 그건 생각이 안 난다.

어른이고 아이고 할 것 없이 다들 신나게 웃으며 노점이 늘어선 신사 안을 오갔다. 배전** 앞에는 버석국을 받기 위해 사람들이 줄을 서 있었다. 버석국 그릇과 나무젓가락을 받은 사람은 피어오르는 김 과 함께 줄에서 빠져나간다. 그리고 신사 한복판에 준비된 접이식 테이블로 가거나 돌계단, 또는 땅바닥에 앉아 버석국을 먹는다. 여러 번 봐왔던 광경이었다. 아기 때는 어머니나 아버지에게 안겨서, 걸음 을 뗀 뒤로는 누나 손을 잡고, 누나 손을 잡는 것이 부끄러워지고 나 서는 가족과 조금 거리를 두고 서서.

** 신사에서 배례하기 위해 본전 앞에 지은 건물.

매년 신울림제에 가면 나는 늘 아버지나 어머니, 누나와 함께 배전 앞에 줄을 섰지만 버석국은 받지 않았다. 누나가 자주 놀렸듯이 하타가미에서 태어났으면서도 버섯은 질색이었기 때문이다. 라이덴 신사의 버석국도 입에 댄 적이 없으므로 그게 무슨 맛인지 지금도 모른다. 명색이 요리사로서 어렴풋이 기억하는 색깔과 냄새로 대강 상상할 뿐이다.

저 멀리와 가까이에서 사람들이 왁자지껄 떠드는 소리를 들으며 아버지, 누나, 나는 버석국을 받는 줄에 서 있었다. 움직였다 멈췄다를 반복하는 그 줄의 전체 길이는 변함없었지만 우리는 조금씩 배전에 다가갔다. 배전 앞과는 별개로 사무소 앞에도 매년 줄이 생긴다. '벼락막이'라고 적힌 작은 부적을 마을 사람들 대부분이 신울림제 날에 새로 사기 때문이다. 아버지와 어머니의 지시로 나도 사리를 분별할 무렵부터 반드시 부적을 호주머니에 넣어 다녔고, 지갑이 생긴 뒤로는 거기에 넣어 다녔다. 분명 누나도 그랬을 것이다. 30년 전 그날, 우리는 2년 묵은 부적을 새로 살 생각이었을까. 아니면 부적 생각은 하지도 않았을까. 어쨌거나 만약 그때 우리가 버석국을 받는 줄이 아니라 부적을 사는 줄에 서 있었다면 분명 그 뒤의 인생은 크게 달라졌을 것이다.

하늘이 울렸다.

머리 위에는 건조한 겨울 하늘이 펼쳐져 있었고, 저 멀리 바다 쪽에는 위협하는 자세로 회색 생물 같은 번개구름이 떠 있었다. 바람은 없건만 아무래도 그 번개구름이 조금씩 다가오는 것처럼 보였다. 또는 눈으로 봐서는 모를 만큼 서서히 커지는 것처럼 느껴졌다.

잠시 후 천둥소리가 거의 끊임없이 울려 퍼지기 시작했다. 오늘 아침의 벼락이 되돌아왔다고 근처의 어른이 말하자, 다른 사람이 취한 목소리로 대꾸했다.

"신울림제에 벼락이 치다니 좋은 징조로군."

예년처럼 난로와 함께 배전에 준비된 작은 좌식 탁자에는 갑뿌네 명이 둘러앉아 있었다. 구로사와 소고, 아라가키 다케시, 시노바야시 가즈오, 나가토 고스케. 그들은 마을 사람들보다 높은 곳에서 술을 마시며 가끔 각자의 그릇에 담긴 버석국을 먹었다.

바로 앞에 서 있던 가족이 버석국을 받아 빠져나가자 우리는 큰 냄비 앞에 섰다. 버석국을 담아주던 이름을 모르는 중년 여자 세 명이 아버지를 보고 일제히 손을 멈췄다.

"작년에는 못 먹었답니다."

아버지가 어떤 기분으로 그렇게 말했는지는 모른다. 하지만 그 옆얼굴이 아주 평온했다는 것과, 그와는 반대로 그릇 세 개에 버석국을 담는 여자들의 웃는 얼굴이 몹시 딱딱했다는 것은 기억난다.

"저는 안 먹을게요."

아버지와 누나에게 김이 피어오르는 그릇을 건넨 후, 내게도 그릇을 내밀려던 여자가 난감해하는 표정으로 고개를 끄덕였다. 그러고는 국을 냄비에 도로 부으려다가 마음을 바꿨는지 다음 사람에게 주었다.

아버지와 누나만 버석국 그릇을 들고 셋이 함께 줄에서 벗어났다. 비어 있는 돌계단 끄트머리에 앉았지만, 나무젓가락을 깜빡했다는 걸 알고 아버지가 받으러 갔다.

"……아무것도 달라진 게 없네."

둘만 남자 누나가 중얼거렸다.

내가 아무 대답도 못 하는 사이 아버지가 돌아왔고, 그 뒤로는 두 사람이 버석국을 먹는 소리만 작게 들렸다. 그동안에도 하늘은 계속 나지막하게 으르렁거렸고, 풍경이 어둑해지더니 카메라의 초점이 어긋난 것처럼 사람들과 건물 윤곽이 흐릿해지기 시작했다.

"왔구나."

목소리가 들려 고개를 들자 북적거리는 사람들 사이에서 미소를 짓는 남자가 보였다. 1년 전 밤, 나와 누나를 차에 태워 어머니가 실려 간 병원에 데려다준 농협 직원 도미타 씨였다. 아버지가 그릇을 들고 일어났다. 도미타 씨와 아버지는 조금 떨어진 곳에 마주 섰다. 무슨 말을 하는지는 들리지 않았고, 나는 그저 교대로 움직이는 두 사람의 입술을 바라보았다.

바로 그때 공기가 폭발했다.

나를 둘러싼 공기 전체가 굉음과 함께 터졌다. 대체 무슨 일이 일어난 건지 이해가 되지 않았다. 한순간 정적이 흐른 뒤, 주변 사람들이 일제히 웅성대기 시작했다. 허둥대는 그들의 시선과 손끝, 그리고 귀에 들어오는 몇 마디 말로 방금 벼락이 떨어졌다는 것을 알았다. 이어서 벼락이 내 바로 뒤쪽, 배전 지붕을 정통으로 때렸다는 사실도 이해했다. 뾰족한 물건을 쑤셔 박은 것처럼 두 귀가 아팠고, 공포에 사로잡힌 몸은 옴짝달싹도 하지 않았다. 나는 우왕좌왕하는 눈앞의 사람들 속에서 아버지를 찾으려고 했다. 옆에서 누나가 벌떡 일어서며 그릇을 땅에 떨어뜨려서 버석국이 엎질러졌다.

"지붕 아래."

누나의 말이 끊기고, 새하얀 빛이 보였다.

6

눈을 뜨자 천장이 보였다.

"그대로 있으렴."

젊은 여자의 말은 아주 짤막했지만, 이 지역 사람의 억양이 아니라는 것을 알 수 있었다.

베개에 머리를 댄 채 고개를 돌려 주변을 보았다. 나는 침대에 누워 있었고 곁에는 바퀴 달린 커다란 기계가 있었다. 아까까지 함께 있었던 아버지와 누나는 어디로 갔을까. 불안과 혼란이 한꺼번에 몰려오는 가운데, 나는 여자에게 시선을 주었다.

여자는 내 몸 상태에 대해 이것저것 구체적으로 물었다. 질문에 대답하며 여자가 간호사고 여기가 병원이라는 사실을 이해했지만, 상대가 표준어를 썼기 때문에 내가 멀리 떨어진 도쿄의 병원으로 실려 온 줄 알았다. 하지만 잠시 후 들어온 사람은 학교에 건강검진을 하러 오는 낯익은 남자 의사였다.

의사와 간호사는 내 머리에 럭비 선수가 쓸 법한 모자를 씌우고, 맨 가슴에 차가운 빨판을 여러 개 붙였다. 뇌파와 심박 수를 측정하려는 것이었겠지만, 아무 설명도 없어서 무슨 실험이라도 당하는 게 아닐까 불안했다. 드디어 측정이 끝나자 아버지가 들어와서 무슨 일이 있었는지 이야기해주었다. 나와 누나가 라이덴 신사에서 번개에 맞았다는 것. 쓰러진 우리를 구급차로 나가토 종합병원까지 옮겼다는 것. 벼락이 치는 순간을 본 사람에 따르면, 벼락은 누나를 정통으로 때렸고, 그 옆에 있던 나는 누나의 몸에서 흘러나온 전류에 감전되었다. 나는 그 자리에 풀썩 쓰러졌고, 누나는 온몸이 가슴 높이까지 튀어 올랐다. 누나가 땅에 떨어진 뒤 옷 여기저기에서 연기가 피어올랐다.

"누나는 괜찮아?"

"아직 안 깨어났어."

누나는 의식불명 상태로 다른 병실에 누워 있었다. 번갯불과 비슷한 모양의 자국이 목부터 몸뚱이까지 무참하게 새겨진 채, 의사와 간호사들의 치료를 받으며 생사의 갈림길에 서 있었다.

"같은 벼락이라도 직격과 측격은 꽤 차이가 납니다."

흰 가운을 펄럭이며 의사가 기계를 조작했다. 내 머리에서 뻗어나온 코드가 연결된 기계였다.

"실제로 감전된 사람을 진찰한 건 저도 이번이 처음입니다만."

감전이라고 하니 젖은 손으로 건전지를 만진 것 같은 느낌이라, 나와 누나에게 일어난 일과는 몹시 동떨어진 말처럼 들렸다.

"네 말이 맞았을지도 모르겠다……. 그 머리핀 때문이었는지도 몰라."

아버지가 신음하듯이 꺼낸 말이 무슨 뜻인지 이해가 가지 않았다.

"머리핀……?"

"오늘 아침에 네가 그랬잖니. 누나가 머리핀을 하고 가려고 했을 때, 그런 걸 머리에 달고 갔다가는 벼락이 떨어질 거라고. 은색 새 모양 머리핀 말이야."

나는 아버지의 얼굴을 멀뚱히 쳐다보았다. 비슷한 표정으로 나를 바라보던 아버지의 눈썹에 갑자기 힘이 들어갔다.

"……기억이 안 나니?"

내가 고개를 끄덕이는 것을 보고 아버지는 천천히 의사를 돌아보았다. 그때 의사가 아무 말도 없이 고개를 끄덕인 건, 그럴 가능성에 대해 미리 아버지와 이야기를 나누었기 때문일까.

"혹시 모르니 검사를 해보죠."

집 주소와 전화번호. 어제 먹은 반찬. 좀 더 예전에 있었던 일. 간단한 산수 문제와 한자. 의사는 내게 대답을 시키고, 가끔은 같은 질문을 두 번 했다. 세 단어를 외우게 한 뒤 다른 질문을 몇 개 던지고 나서 세 단어를 순서대로 말할 수 있는지 시험하기도 했다. 중간부터는 아버지도 도와서 '자녀분께 인상적이었을 일화'를 의사가 지시한 시기별로 나눠 말했고, 나는 그 일들을 기억하는지 못 하는지 대답했다. 그 일화에는 어머니가 돌아가신 일, 장례식 때 목 놓아 운 일, 바로 전날에 치렀던 어머니 1주기 법회, 그리고 신울림제에서 겪었던 일도 포함되어 있었다.

그 결과 내가 기억을 단편적으로 잃었음이 밝혀졌다.

너무 오래된 일을 잊어버린 건 어쩔 수 없다 하더라도, 3년쯤 전인 열 살부터 당시인 열세 살까지 아버지가 언급한 일화 중에서 전혀 기억나지 않는 것이 수두룩했다. 특히 어머니가 돌아가신 뒤부터 1년간의 기억을 많이 잃어버렸다고 밝혀졌다. 아니, 정말로 *밝혀졌*

는지 아닌지는 모른다. 그 시기에 학교에서 배운 수학 공식과 한자는 명확하게 기억났기 때문이다. 그러므로 나는 처음에 검사 결과를 의심했다. 기억이 상실됐다지만 어떤 공백이 그 부분을 메우고 있는 것이 아니라, 그냥 아무것도 없었다. 기억이 안 나는 건지, 아니면 모르는 건지 스스로 판단하기가 불가능했다. 이건 떠올릴 수 있겠느냐, 저건 기억나느냐는 아버지의 질문에 고개를 저으면서도 그 일들이 정말로 일어난 게 맞는지 의심스러웠고, 오히려 아버지의 착각 아닐까 싶기조차 했다.

"시간이 흐르면 저절로 떠오르는 경우가 많으니까 너무 걱정할 필요는 없습니다."

의사는 그렇게 말하고 간호사와 함께 병실에서 나갔지만, 과연 벼락에 빼앗긴 기억이 돌아왔는지는 지금도 분명치 않다. 당시 아버지가 물어보았을 때 기억나지 않던 일이, 이제는 전부 *기억난다.* 하지만 어쩌면 생각해내려고 애쓰는 사이에, 진짜 기억과 기억이라고 들은 이야기를 구별할 수 없게 되었을 뿐인지도 모른다. 유미가 어릴 적에 '가게 놀이'를 한 것을 기억하지 못하면서도 내 추억을 듣다가 어느덧 자신의 기억으로 여기기 시작한 것처럼.

병실에 나와 단둘이 남자, 아버지는 접의자에 앉아 머리를 양손으로 감싼 채 오랫동안 고개를 숙이고 있었다. 그 모습이 몹시 딱해 보여서 무슨 말이라도 걸려고 입을 벌리는데, 아버지의 입술이 먼저 움직였다.

"아이들이 벌을 받았어……."

대체 무슨 벌을 받았다는 걸까. 주름투성이로 쪼그라든 것 같은 아버지에게 물어볼 수가 없어서 가만히 보고만 있자니 곧 의사와 간호사가 돌아왔다. 의사는 내게 다시 몸 상태와 기분을 자세히 물어 보았다. 이윽고 병실에 있는 세 사람의 얼굴이 흐릿해지더니 어느 틈엔가 잠에 빠졌다.

눈을 뜬 것은 늦은 밤에 응급 환자 네 명이 잇달아 실려 왔을 때 였다.

7

여기서부터는 나 자신이 보고 들은 내용과 당시의 신문과 뉴스로 안 사실, 마을 어른과 학교 친구들이 단죄하는 듯한 눈빛으로 알려 준 일이 뒤섞여 있다.

나와 누나가 번개에 맞은 날, 늦은 밤에 구급차로 실려 온 사람은 구로사와 소고, 아라가키 다케시, 시노바야시 가즈오, 그리고 병원장 나가토 고스케였다. 심한 설사와 구토 증상으로 보건대 식중독일 가능성이 높았으므로 즉시 위세척을 하고 항생제를 투여했다. 그러자 증상은 일단 진정된 것처럼 보였지만, 얼마 지나지 않아 네 명 모두 온몸에 심한 경련을 일으켰다.

다음 날 아침, 아라가키 금속 사장인 아라가키 다케시가 죽었다.

그리고 그다음 날에는 마을에서 가장 큰 버섯 농가 주인인 시노바야시 가즈오가 죽었다.

남은 두 명, 석유 부자인 구로사와 소고와 나가토 종합병원 원장인 나가토 고스케는 목숨을 건졌지만, 상태가 회복되지 않아 계속 입원 치료를 받았다.

경찰 수사 결과, 네 사람은 흰알광대버섯을 먹고 중독되었음이 밝혀졌다. 산속에 자생하는 무서운 독버섯으로, 그 지방에서는 '저승사자'라고도 불린다.

원인은 버석국이 분명했다.

그날 네 사람이 공통으로 먹은 음식물 중 버섯이 든 것은 신울림제의 버석국밖에 없었기 때문이다. 하지만 그 밖의 마을 사람들에게는 중독 증상이 전혀 나타나지 않았다. 즉, 흰알광대버섯은 네 사람이 먹은 버석국에만 들어 있었던 것으로 추정된다. 어떻게 그런 일이 벌어졌을까. 마을 사람이라면 누구나 쉽게 상상할 수 있었다. 네 사람이 먹은 버석국은 마을 사람들이 먹은 버석국과 달랐던 것이다.

이것은 신울림제의 역사와 관계가 있다. 먼 옛날 신울림제가 시작됐을 무렵에는 신관이 보석산에서 채취한 버섯으로 버석국을 만들어 신사에서 모시는 뇌신에게 바쳤다. 명칭은 '라이덴국'으로, 훗날 사람들이 먹는 버석국의 기원이다. 사람이 먹을 음식이 아니므로 양념은 하지 않았고, 축제가 끝나면 그대로 폐기했다고 한다. 하지만 얼마 뒤부터 라이덴국에 양념을 해서 관계자 몇이 나누어 먹기 시작했다. 더 나아가 마을에서 버섯 재배가 융성해지자 라이덴국과는 별개로 마을 사람에게 제공하는 버석국도 만들게 됐다. 버석국에는 농가 사람들이 수확해서 가져온 버섯이 사용된다. 그리하여 하타가미에서는 신울림제 때 두 종류의 버석국을 만드는 관습이 정착됐다. 정리하면 산에서 딴 자연산 버섯으로 만든 소량의 라이덴국과 사람이 재배한 버섯으로 만든 대량의 버석국이다.

세월이 흐르면서 한 가지 규칙이 더 생겼다. 라이덴국은 그해 신사에 기부금을 많이 낸 사람이 먹는다는 규칙이다. 요컨대 답례의 뜻으로, 경제적으로 공헌한 사람은 신과 똑같은 음식을 먹을 수 있다는 의미였다. 그리고 당시 하타가미에서 신사에 많은 돈을 기부하는 사람은 구로사와 소고, 아라가키 다케시, 시노바야시 가즈오, 나가토 고스케 네 명밖에 없었으므로, 여러 해에 걸쳐 그들만 신울림제에서 라이덴국을 먹었다. 그러다 보니 마을 사람들은 어느새 그 광경에 익숙해졌다.

맹독성인 흰알광대버섯은 네 사람이 배전에서 먹은 라이덴국에 들어 있었던 것이 분명했다.

독버섯이 들어간 경위는 두 가지로 볼 수 있다. 산에서 버섯을 채취할 때 실수로 섞여 들어갔거나, 그 뒤에 누가 의도적으로 넣었거나. 하지만 전자일 가능성은 극히 낮았다. 마을 사람 누구나 흰알광대버섯이 얼마나 무서운지 잘 알기 때문이다. 국에 넣는 버섯은 산에서 따 온 것도, 농가에서 가져온 것도 가을철에 준비해 신사의 배전에서 말린다. 만약 흰알광대버섯이 섞여 있었다면 그 작업을 할 때 알아차리지 못했을 리 없다.

마을에 취재진이 몰려들었고, 이 사건으로 세간이 떠들썩해졌다. 몸이 회복돼 병원에서 집에 돌아온 나도 매일같이 텔레비전으로 뉴스를 보았다. 나와 여전히 의식을 잃은 채 병원에 누워 있는 누나가 번개에 맞은 사실도 보도됐지만, 어디까지나 독버섯 사건의 숨은 일화처럼 다뤄졌다.

며칠이 지나도 범인은 잡히지 않았다. 경찰 수사에 진전이 없자 보도되는 빈도가 조금씩 줄어들었고, 어느덧 마을에서 취재진이 거의 다 사라졌다. 12월이 되자 뉴스에서는 그해 발생한 중대사건 특집 방송을 꾸몄지만, 하타가미의 독버섯 사건은 포함되지 않았고, 쇼와 덴노의 서거와 봄에 도입된 소비세, 여름에 용의자가 체포된 소녀 연쇄유괴살인사건만 화제가 되었다.

그런데 12월 10일, 하타가미의 독버섯 사건에 다시 세간의 관심이 집중되었다.

라이덴 신사의 신관인 다라베 요코가 자살해 시체로 발견됐기 때문이다. 다라베 요코는 배전 미닫이문 위 틀에 허리끈을 묶어서 목을 맸다. 고등학교에서 돌아온 딸 기에가 발견하고 즉시 구급차를 불렀지만, 어머니가 숨졌다는 건 한눈에 알 수 있었다고 한다.

신관이 라이덴국에 흰알광대버섯을 넣은 것 아닐까. 무서운 죄를 저지르고 양심의 가책에 시달린 끝에 스스로 목숨을 끊은 것 아닐까. 물론 직접적으로 언급하지는 않았지만, 뉴스 대부분이 다라베 요코가 의심스럽다고 받아들여도 무방하다는 식으로 보도했다. 한편 마을 사람들은 어른부터 아이까지 신관 다라베 요코를 독버섯 사건의 범인으로 단정했고, 기정사실처럼 말했다. 범인이 어디서도 발견되지 않아 불안했으리라. 누군가를 범인으로 삼아 빨리 예전 생활로 돌아가고 싶었을 것이다. 범행 동기에 대해서도 마을 사람들은 그럴싸한 소리를 수군거렸다. 관광지도 아니고 주민도 적은 마을이라 기도비나 부적 판매로는 신사를 유지할 수입을 얻을 수 없다. 신사는 사실상 구로사와 소고, 아라가키 다케시, 시노바야시 가즈오, 나가토 고스케의 정기적인 기부금으로 유지되고 있었다. 그런 금전 관계에서 무슨 문제가 생긴 것 아닐까. 그래서 신관이 네 갑뿌에게 독을 먹인 것 아닐까.

당연히 딸 기에는 그런 소문을 부정했다. 어머니는 나쁜 짓을 저지를 사람이 아니다. 신사를 지탱해준 사람들에게 악의를 품을 이유도 없다. 분명 진범은 따로 있다. 마을 사람 모두가 죽은 어머니를 의심하지만, 어쩌면 자살이 아니라 범인이 누명을 씌우려고 죽인 건지도 모른다. 과격한 표현이 섞인 기에의 호소는 열변을 토하는 모습과 함께 뉴스로도 방송됐다. 지금 생각해보면 기에가 자기 어머니를 닮아 예뻤기 때문이기도 하리라.

"정말로 신관님이 그런 거야?"

저녁 뉴스를 보며 나는 아버지에게 물었다. 신울림제 날부터 아버지는 가게를 열지 않고 누나가 입원한 병원과 집만 왔다 갔다 했다.

"그분은 그런 짓 안 해."

텔레비전을 반쯤 등진 채 앉아 있던 아버지는 자기 찻잔에 시선을 고정한 채 중얼거렸다. 찻잔을 바라보고 있었지만, 거기에 다른 *뭔가*가 있는 것처럼 느껴졌다.

그리고 며칠 뒤, 나는 아버지가 보고 있던 뭔가의 정체를 알았다.

8

계기는 보도진이 촬영한 한 편의 VTR이었다.

마을 풍경을 비추는 영상으로, 조용한 오후에 마을 간선도로에서 갈라져 들어온 골목이 카메라에 담겨 있었다. 동서로 뻗은 그 골목을 동쪽에서부터 서쪽으로 촬영한 영상이 끝나기 직전, 한 여자가 앵글에 잡혔다. 뒷모습이었던 데다 사복을 입고 있었으므로 처음에는 누구도 알아보지 못했지만, 다라베 요코와 닮았다고 스태프 한 명이 지적했다. 마을 사람들에게 정지 화면을 보여주자 다들 고개를 끄덕이며 틀림없이 신관이라고 대답했다.

VTR 촬영 날짜는 12월 10일. 즉, 다라베 요코가 신사 배전에서 목을 맨 날이다. 시각은 오후 1시경. 딸 기에가 다라베 요코의 시신을 발견하기 몇 시간 전이었다. 영상 속에서 골목을 걷던 다라베 요코가 왼편에 있는 가게 문에 손을 댄 순간 영상이 끝났다.

그 가게는 '하나'였다. 취재진은 그곳이 후지와라 미나토라는 사람의 집이라는 것과 가게와 이름이 같은 아내가 1년 전에 의문사했다는 것, 올해 신울림제 때 자녀들이 번개에 맞았고 딸은 아직도 혼수상태라는 것을 알고 있었으므로 대번에 술렁거렸다.

다라베 요코는 자살하기 직전에 대체 뭘 하러 그 집에 갔을까.

방송 스태프들은 아버지에게 달려와 VTR을 재생해놓고 설명을 요구했다. 아버지는 고개를 저으며 그날은 아무도 찾아오지 않았다고 거듭 부정했지만, 그들은 포기하지 않고 이번에는 다라베 요코의 딸 기에를 만나 VTR을 보여주었다.

영상을 본 기에는 즉시 하나를 찾아왔다.

그때 나는 학교에서 돌아와 가게 테이블에서 숙제를 하고 있었다. 2층 방이 아니라 1층 홀을 택한 건 아버지가 거기 있었기 때문이다. 누나가 입원한 병원과 집을 매일같이 오가던 아버지는 집에 와도 2층에는 거의 올라가지 않고 가게 의자에 앉아 테이블 표면을 가만히 바라볼 때가 많았다.

"라이덴 신사의 다라베예요."

가게 문을 두드리며 말하는 소리가 들렸다. 고개를 들자 세로 격자문 틈새로 보이는 골목에 누나와 똑같은 교복을 입은 기에가 서 있었다.

일어서서 문을 연 아버지가 고개를 왼쪽으로 스윽 돌리더니 움직임을 멈췄다. 나는 연필을 내려놓고 아버지가 뭘 보는지 확인할 수 있는 곳으로 갔다. 거기에는 남자 두 명이 있었고, 그중 한 명은 방송국 카메라를 들고 있었다.

"이 사람들이 비디오를 보여줬어요. 엄마가 찍힌 비디오요."

희미하게 떨리는 기에의 목소리가 조금씩 커졌다 작아졌다 했다.

"엄마는 죽기 전에 여기 뭘 하러 왔나요?"

아버지는 두 손을 몸 옆에 축 늘어뜨린 채 아무 말도 없이 기에를 바라보았다. 빛 때문인지 내 눈에는 그 모습이 사람 크기의 실감 나는 인형처럼 보였다. 투명한 말뚝에 동여맨 끈이 끊어지는 순간, 바닥에 풀썩 쓰러질 것 같았다. 긴 침묵 속에서 들리는 소리라고는 기에의 숨소리뿐이었다. 보통보다 빠른 그 숨소리는 내가 두 사람을 바라보는 동안 더 빨라졌다.

"잠깐만 기다려요."

마침내 아버지가 기에에게 등을 돌렸다.

아버지가 기에에게 존댓말을 쓴 적은 한 번도 없었다. 아버지는 곁에 있는 내 머리에 살짝 손을 얹은 뒤, 가게 안쪽 계단을 올라갔다. 머리에서 빠르게 사라지는 손의 온기와 함께 어쩐지 아버지가 계단 위 미지의 세계로 멀어지는 것 같은 기분이 들었다. 비디오는 뭘까. 기에의 엄마가 왔다는 건 무슨 소릴까. 생각한들 알 턱이 없었으므로 나는 기에의 얼굴을 보았다. 눈이 마주치자 기에는 분명 억지로 미소를 지었고, 나는 누나의 친구에게 늘 그랬듯이 애매한 웃음으로 답했다.

잠시 후에 아버지가 하얀 봉투를 들고 돌아왔다.

아버지는 단념한 것처럼 봉투를 기에에게 건네주었다. 기에가 뜯어져 있던 봉투 아가리로 재빨리 손가락을 밀어 넣어 삼등분으로 접은 편지지 한 장을 꺼냈다. 옆에 서 있던 남자들이 각자 편지 내용이 보일 만한 곳으로 조용히 자리를 옮겼다.

그 편지에 뭐라고 적혀 있었는지 나는 보지 못했다. 기에와 두 남자가 떠난 뒤, 그건 뭐였느냐고 아버지에게 물어봤지만 대답을 들을 수 없었다. 하지만 나중에 뉴스를 통해 세상 사람들과 함께 놀라운 사실을 알게 되었다.

그것은 아버지를 독버섯 사건의 범인으로 지목하는 다라베 요코의 편지였다.

편지 내용에 따르면 다라베 요코는 신울림제가 열리는 날 이른 아침에 아버지가 신사 작업장에 숨어들어 라이덴국에 하얀 물체를 넣는 광경을 보았다. 아버지가 떠난 뒤 다라베 요코는 당장 냄비 속을 확인해 그것이 버섯임을 알았다. 그때 맹독이 있는 흰알광대버섯일 가능성도 머리를 스쳤다. 하지만 다라베 요코는 국을 버리지 않았으며, 아버지가 국에 버섯을 넣었다는 사실도 밝히지 않고 입을 꾹 다물었다. 그리고 몇 시간 뒤 열린 신울림제에서 라이덴국을 먹은 네 명 중 두 명이 죽고, 두 명이 중태에 빠졌다. 자신은 그 죄를 짊어지고 살아갈 수 없다. 이 편지는 버려도 상관없고, 모든 것은 본인에게 맡기겠다. 다만 가족을 생각해주길 바란다.

편지에는 그렇게 적혀 있었다.

이 사실이 보도되자, 아니 보도되기도 전에 아버지는 경찰 조사를 받았다. 신울림제 당일 이른 아침에 어디서 뭘 했느냐는 질문에 아버지는 집에서 한 번도 나가지 않았다고 대답했다. 자기가 내내 집에 있었다는 걸 아이들도 안다고. 경찰은 당연히 내게 확인했다.

"9시쯤에 일어나서, 아침 일찍 무슨 일이 있었는지는 몰라요."

솔직하게 대답하자 얼굴에 주름이 깊이 새겨진 형사는 대놓고 의심하는 눈으로 나를 노려보았다.

"너는 기억을 잃었다고 들었는데."

이 질문에도 나는 솔직하게 대답하는 수밖에 없었다.

"어떤 건 있기도 하고 없기도 하고…… 잘 몰라요."

이제 병원에 입원해 있는 누나의 증언이 중요해졌다. 다라베 요코는 신울림제 당일 아침 일찍 아버지가 라이덴국에 흰알광대버섯을 넣는 모습을 보았다. 하지만 아버지는 그 시간대에 내내 집에 있었다고 했다. 그걸 확인해줄 수 있는 누나는 벼락에 맞은 충격으로 여전히 의식불명 상태였다.

경찰도 취재진도 누나가 의식을 회복하기를 이제나저제나 기다렸다. 카메라를 든 남자들이 담배를 피우며 나가토 종합병원 정문 앞에 죽치고 있었고, 누나의 병실이 있는 층에는 형사 여러 명이 대기 중이었다. 언젠가 아버지와 함께 누나를 보러 갔다가 나 먼저 버스로 돌아가려고 했을 때, 대기하고 있던 형사들이 누나의 병실 앞으로 재빨리 옮겨 오는 모습을 보았다. 내가 복도를 몰래 돌아가 모퉁이에서 엿보자 그들은 얼굴을 병실 문에 바싹 갖다 댄 채 가만히 귀를 기울이고 있었다. 누나가 의식을 되찾은 순간 아버지가 뭔가 지시하지는 않을까 의심한 것이리라.

나는 학교에서 집요하게 추궁당했다. 쉬는 시간마다 아이들이 내 자리를 둘러싸고 옷과 머리카락을 잡아당기며 솔직히 말하라고 다그쳤다. 그러나 나로서는 할 말이 전혀 없었다. 화장실에 가면 다들 자기도 죽일까 봐 무섭다며 달아났다가도, 금방 소변을 보는 내 뒤로 다가와 주먹질과 발길질을 해대며 욕을 잇달아 내질렀다. 급식 반찬으로 버섯이 나오면 다들 자기 접시에서 버섯을 골라내 내 접시에 넣었다. 나는 눈물 없이 흐느끼면서, 숨을 멈춘 채 버섯을 꿀꺽 삼켰다.

어느 토요일 오후, 학교를 마치고 집에 돌아가는 길에 반 아이들이 숨어 있는 것을 알아차렸다. 대여섯 명이 각자 손에 뭔가 들고 있는 것을 보았으므로, 나는 얼른 등을 돌려 왔던 길을 되돌아갔다. 뒤에서 발소리가 쫓아오기에 뛰었지만 발소리는 점차 커졌다.

"뭐 하는 거야!"

어디선가 딱딱한 얼음 같은 목소리가 날아들었다.

쫓아오던 아이들이 멈춘 걸 알고 나도 멈춰 서서 돌아보았다. 고등학교 교복 위에 갈색 더플코트를 입은 다라베 기에가 옆 골목에서 다가왔다. 반 아이들은 잠깐 시선을 나눈 뒤 들고 있던 것들을 길옆에 내버리고 가버렸다. 아이들이 땅에서 뽑은 버섯을 들고 있었다는 사실을 그제야 알았다. 겨울철에 접어들어 죄다 갓이 크게 펴지고 갈라진 버섯이었다. 내가 잠자코 버섯을 바라보고 있으니 기에도 옆에 서서 내려다보며 말했다.

"나 때문이구나."

그때 내가 고개를 저은 건 부정하려 했다기보다 대체 누구 탓인지, 무슨 일이 일어나고 있는 건지 전혀 알 수 없었기 때문이었다. 고개를 젓는 순간 뜨거운 물이 든 풍선이 소리도 없이 터지듯이 눈물이 뺨을 적셨다. 표고버섯 원목을 실은 경트럭이 바로 옆을 지나갔다. 우리는 멀어지는 엔진 소리를 묵묵히 들었다.

"편지에 적혀 있었다는 내용, 진짜야?"

콧소리를 짜내서 물었다. 내내 확인하고 싶었다. 그날 아버지가 기에에게 건넨 편지에는 뉴스에서 보도한 내용이 정말로 적혀 있었을까. 방송국 사람들이 실수로 잘못 전달한 건 아닐까. 하지만 기에는 말없이 고개를 끄덕였다. 야위어서 움푹 팬 두 눈이 두 개의 동그란 그림자처럼 변했다.

"그럼 왜 누나네 엄마는 아무것도 안 했는데? 우리 아빠가 라이덴 국에 독버섯을 넣는 걸 봤으면서 왜 아무것도 안 했어?"

"나도 모르겠어."

기에의 두 눈은 땅에 떨어진 버섯을 향했지만, 그것을 보고 있지는 않았다. 그 상태로 잠시 아무 말도 없던 기에는 어떻게든 화제를 바꾸려는 듯 고개를 들어 버스 정류장 쪽으로 시선을 옮겼다.

"아사미 쨩이 입원한 병원에 가는 길이야."

기에가 같이 가겠느냐고 물었지만 나는 고개를 저었다.

"어제 아빠랑 다녀왔어."

자기 어머니가 자살하기 전에도, 그 뒤로도, 기에는 틈만 나면 누나를 보러 병원에 왔다. 내가 그 사실을 안 것은 어느 날 아빠와 함께 병원에 왔다가 화장실에 갔을 때였다. 대기 중인 형사들과 마주치기 싫어서 일부러 반대편 복도를 빙 돌아서 병실로 돌아오는 길에, 긴 의자에 오도카니 앉아 있는 기에를 보았다. 서로 어중간한 표정으로 쳐다본 뒤 우리는 잠깐 이야기를 나누었다. 기에는 매일 누나를 보러 오는데, 아버지와 내가 병실에 있을 때는 이렇게 의자에 앉아 우리가 돌아가기를 기다린다고 했다.

"얼굴 보면 서로 힘들잖아."

병문안이라고 해도 누나는 의식이 없으니 우리는 그저 누워 있는 누나를 내려다볼 뿐이다. 내가 그렇게 말하자 기에는 가방에서 휴대용 카세트 플레이어를 꺼냈다.

"이걸로 아사미 쨩이 좋아하는 노래를 들려줘. 잠든 사람의 귀에 멋대로 이어폰을 꽂을 수는 없어서 머리맡에 놓아두고 이어폰에서 새어 나오는 소리를 들려주기만 했어."

무슨 노래냐고 물어보자 기에는 그 무렵 누나가 좋아했던 서던 올 스타스의 「모두의 노래」라고 대답했다.

9

마을에 다시 벼락이 치고 나자 눈이 왔다.

앞에서 불어치는 눈 섞인 바람에 눈을 뜰 수가 없어서 뒷걸음으로 학교에서 돌아온 날 오후, 병원에서 집으로 전화가 왔다. 누나가 깨어났다는 소식을 듣자마자 아버지는 나를 차에 태우고 병원으로 향했다.

병실에는 의사와 간호사 외에, 예상했던 대로 형사도 몇 명 있었다. 형사들은 병실에 들어온 아버지를 보고 하나같이 떨떠름한 표정을 지었는데, 분명 아쉬움과 곤혹스러움이 뒤섞인 표정이었으리라.

누나가 형사들에게 신울림제 당일 아침 아버지가 집에서 한 발짝도 나가지 않았다고 말했기 때문이다.

형사들은 그 말을 믿을 수밖에 없었다. 왜냐하면 누나는 신울림제 날부터 의식불명 상태로 병원에 입원해 있었으므로, 라이덴국에 독버섯이 들어 있었다는 사실도 아버지가 범인으로 의심받는다는 사실도 알 길이 없었기 때문이다. 따라서 아버지를 지키기 위한 거짓말을 할 리 없었다.

이리하여 수사는 암초에 부딪혔다. 신울림제 당일 이른 아침에 다라베 요코는 아버지 말고 다른 사람을 본 것으로 추정됐지만, 그 사람의 정체는 전혀 짐작이 가지 않았다.

눈이 한창 내릴 무렵, 누나는 집에 돌아왔다.

오른쪽 귀의 청력을 잃고 몸에 무참한 흉터가 남은 모습으로.

누나는 벼락을 맞기 전과 크게 달라진 점이 하나 더 있었다. 아버지와 일절 말을 나누지 않게 된 것이다. 하지만 당시에 나는 그 이유를 몰랐다.

눈이 녹기 전에 아버지는 어머니 무덤의 이장 절차를 밟아 나와 누나, 흰 단지에 든 어머니를 데리고 하타가미를 떠났다.

"……네놈 대신에 아이들이 벌을 받은 거다."

차에 짐을 싣고 있을 때 마을 남자가 다가와서 건조한 눈빛으로 쏘아보며 그렇게 말했다. 경찰이 의심을 풀든 말든 마을에서는 여전히 아버지가 범인이었다. 트렁크에 이불을 쑤셔넣고 있던 나는 남자를 보지 않으려고 노력하면서도 병실에서 들었던 아버지의 말을 떠올렸다.

─아이들이 벌을 받았어.

그 뒤에 우리는 아무 연고도 없는 사이타마현에서 새로운 생활을 시작했다.

집은 아버지가 취직한 건설회사의 사택으로, 원래는 독신자용 소형 연립주택이었을 것이다. 아버지는 익숙지 않은 육체노동으로 돈을 버느라 매일 녹초가 됐고, 누나는 여전히 아버지와 말을 나누지 않았다. 그런 두 사람 앞에서 나 또한 입도 벙긋할 수가 없었다. 방이 두 개밖에 안 되는 집은 언제나 희미한 안개가 낀 것처럼, 한 치

앞도 알 수 없는 팽팽한 분위기로 가득했다.

누나와 단둘이 있을 때도 우리는 사건에 관련된 이야기나 하타가미에서 살았던 시절의 이야기는 일절 꺼내지 않았다. 지난 일을 상기시키기 싫었고, 나도 떠올리고 싶지 않았다. 하지만 꼭 사과하고 싶은 일이 하나 있었다. 누나의 피부에 남은 벼락불 모양의 흉터와 청력을 잃은 오른쪽 귀를 생각할 때마다 후회가 차갑게 부풀어 올랐다. 내가 누나의 인생을 망친 것 아닐까. 내가 누나를 그런 꼴로 만들어버린 것 아닐까. 빵빵하게 부풀어 오른 후회가 어느 날 결국 입을 가르고 튀어나왔다.

"머리핀을 빼라고 좀 더 확실히 말할걸 그랬어."

새 모양 금속 머리핀. 물론 그렇게 조그마한 머리핀이 벼락을 불러들일 가능성은 거의 없을지도 모른다. 과학적으로는 말도 안 되는 소리일지도 모른다. 그래도 내 탓이라는 후회를 씻어낼 수 없었다.

"아빠한테 들었어. 신울림제 아침에 누나가 그 머리핀을 한 걸 보고, 벼락이 떨어질까 봐 내가 걱정했대."

걱정됐다면 더 강하게 고집했어야 했는데. 무슨 일이 있어도 머리핀을 못 하도록 말렸어야 했는데. 하지만 줄곧 사과하고 싶었는데도 막상 입을 열자 미안하다는 말은 별로 어울리지 않는 것 같아서, 제일 비슷한 말을 찾으려 했지만 찾지 못했다. 입을 다물고 있는 사이 눈물이 맺혀서 시야 속 방이 일그러지고 누나의 얼굴이 뒤틀렸다.

"……어."

누나가 알아들을 수 없는 말을 중얼거렸다.

눈을 한 번 꼭 감았다가 뜨자 눈물이 흘러내려 내 가슴 언저리를 보는 누나의 얼굴이 똑똑히 보였다. 누나는 한 번 더 같은 말을 한 뒤 옆방에 들어가서 장지문을 닫았다. 기척을 들으려고 귀를 기울여도 소리는 들리지 않았다. 나는 버려진 기분으로 그 자리에 굳어버린 채, 누나가 한 말이 무슨 뜻일지 필사적으로 생각했다. 당시 내가 결국 그 말을 곧이곧대로 받아들인 건, 어렸기 때문이다.

―다 잊어버렸어.

하지만 나중에야 알았다.

잊을 수 있을 리 없다는 것을.

그로부터 1년쯤 지났을 무렵, 누나는 전학 간 고등학교를 졸업하고 근처의 작은 상사에 경리로 취직했다. 같은 시기에 아버지는 그때까지 죽을 둥 살 둥 모은 돈으로 새 일식 요리점을 차리기로 결심했다. 어느 날 아침을 먹은 뒤 좌식 탁자에 펼쳐놓은 건물 평면도는 예전 가게였던 하나처럼 1층이 점포, 2층이 집이었다.

"여기서 인생을 다시 시작해볼 생각이야."

아버지가 오랜만에 우리를 보고 웃었다. 나는 기뻤다. 매일매일 더러워진 얼굴로 돌아와 흙투성이 작업복을 욕실에서 북북 문질러 빼는 아버지는 진짜 아버지가 아닌 것 같았으니까. 그뿐만이 아니다. 새로운 생활이 시작되면 혹시 아버지와 누나의 관계도 달라지지 않을까. 물론 팽팽한 집안 분위기가 원래대로 돌아가야 않겠지만 조금은 바뀌지 않을까. 그런데 그때 누나가 아버지 얼굴을 똑바로 보고 입을 열었다.

"아빠는 그럴 자격 없어."

둘의 대화가 단절된 이래, 처음으로 누나가 아버지에게 똑똑히 꺼낸 말이었다. 아버지를 향한 누나의 두 눈은 회색빛처럼 탁했다. 왜 그런 말을 하는 걸까. 아버지가 범인이 아니라는 사실은 누나가 누구보다 잘 알 텐데. 사건 당일 아침에 아버지가 집에서 나가지 않았다고 증언한 건 다름 아닌 누나인데.

나는 아버지가 말없이 일하러 나간 뒤에야 겨우 누나에게 그 말을 할 수 있었다.

"나, 경찰한테 거짓말했어."

그 대답에 더더욱 당혹스러웠다.

"하지만 누나, 그때 아무것도 몰랐잖아? 독버섯 사건이나 아빠가 범인이라고 의심받았다는 거 전부 다."

말하는 도중에 누나가 고개를 젓더니 놀라운 사실을 털어놓았다.

"실은 나, 며칠이나 일찍 깨어났어. 사건에 대해서도 알고 있었고. 아빠가 의심받았다는 것까지 포함해서 전부 알고 있었어."

대체 어떻게 알았을까. 의사나 간호사가 이야기한 걸까. 아니, 그럴 리 없다. 경찰은 병원 직원들을 단단히 입막음했을 것이다. 아버지의 알리바이를 누나에게 확인하기 위해. 만약 누나가 깨어나더라도 사건에 대해서는 아무 말 하지 말라고. 무엇보다 병원 직원이 누나가 깨어난 줄 알면서 며칠이나 가족에게 알리지 않았을 리 없다.

그런데 그때 한 가지 가능성이 떠올랐다.

"……기에 누나?"

누나는 오랫동안 침묵을 지키다가 인정했다. 깨어났을 때 병실에 혼자 있던 기에가 누나에게 전부 말해주었다. 의사나 간호사를 부르지 않고. 자기 어머니의 자살과 자살하기 전에 남긴 편지를 포함해, 누나가 긴 잠에 빠져 있는 사이에 일어난 모든 일을.

"기에 짱이 이대로 가다가는 아빠가 체포될지도 모른다고 했어. 나도 기에 짱도 어쩌야 좋을지 몰랐지."

그 뒤로 며칠간 누나는 여전히 의식불명 상태인 척하며 생각에 생각을 거듭했다. 그리고 결국 거짓말을 하기로 결심했다. 신울림제 날 이른 아침, 라이덴국에 흰알광대버섯이 들어갔다고 추정되는 시간대에 아버지는 집에서 나가지 않았다고 경찰에 진술한 것이다. 자신과 쭉 함께 있었다고.

"아빠…… 그날 아침에 신사에 갔었어?"

나는 진실을 알고 싶었다.

"몰라."

"계속 아빠를 보고 있었던 거 아니야?"

누나는 두 눈을 감고 살짝, 하지만 확실하게 고개를 저었다.

나는 지금도 아버지가 범인이 아니라고 믿는다. 하지만 그건 분명 객관적인 관점에서 볼 수 없기 때문일 것이다. 본다는 것은 보지 않는 것이기도 하다. 당시 몇 번이나 경찰에 불려갔다가 녹초가 된 몸을 질질 끌다시피 돌아오는 아버지의 모습을 나는 바로 옆에서 보았다. 나 자신도 학교에서 반 아이들에게 들볶였고, 마을 골목을 걸으면 뜨거운 바람에 섞인 모래 같은 시선이 늘 온몸에 박혔다. 그런 취급이 부당하다는 마음이 내게서 객관적인 관점을 빼앗았다. 한편 누나는 하타가미에서 일어난 사건의 자초지종을 기에게 들음으로써, 모든 것을 나보다 훨씬 객관적으로 파악했다. 그러면 어떻게 되는가. 마을 사람들과 형사들이 그러했듯 역시 아버지를 범인으로 지목하게 된다. 사건을 객관적으로 보면 어떻게든 그런 결론이 나오고 만다.

―네놈 대신에 아이들이 벌을 받은 거다.

하타가미를 떠날 때 마을 남자가 던진 그 말도 누나에게는 전혀 다른 뜻으로 들렸을 것이다. 우리는 같이 벼락을 맞았지만, 결과는 하늘과 땅만큼 차이가 났다. 나는 겨우 몇 시간 기절했다 깨어났고, 기억을 일부 상실했을 뿐이다. 하지만 누나는 한쪽 귀가 망가졌고, 젊디젊던 몸에 다시는 지워지지 않을 흉터가 새겨졌다.

그 뒤 누나는 누구의 도움도 받지 않고 혼자서 오래된 연립주택으로 이사 갔다. 나와 아버지가 이미 '일취'라는 간판을 내건 건물로 이사 오기 일주일 전의 일이었다.

그 뒤로 우리는 단 한 번도 사건 이야기를 한 적이 없다.

하지만 나는 지금도 매일같이 그 시절을 떠올린다.

그 시절을 생각할 때마다 들리는 목소리가 있다. 마을 남자가 건조한 눈빛과 함께 무책임한 말을 던진 뒤, 느닷없이 귀에 들어온 목소리다. 차에 올라탄 아버지가 차 키를 돌리기 전에 핏기 없는 입술을 달싹여 이렇게 중얼거리는 소리를 나는 분명히 들었다.

─난 틀리지 않았어.

제 3 장

진상의
해명과
낙뢰

1

에치고산맥을 빠져나오자 엷은 구름이 하늘에 두루두루 끼어 있었다. 난방이 되는 차 안에 있는데도 기온이 확 떨어진 것을 알 수 있을 정도였다.

평지까지 내려가서 바다 옆 국도로 들어섰다. 누나는 가끔 내비게이션 화면을 확인하며 차를 몰았고, 나는 조수석 창문으로 사도시마섬의 윤곽을 바라보았다. 누나가 운전하는 것은 내가 '병상에서 막 일어난 환자'이기 때문이다.

"흰알광대버섯은 진짜 맹독성이네. 무시무시하다고 쓰여 있어."

유미는 뒷좌석에서 스마트폰 화면을 들여다보고 있었다.

"어, 읽어보자면 이래. 흰알광대버섯을 섭취했을 경우 치사율은 50퍼센트에서 90퍼센트. 같은 광대버섯과 광대버섯속에 속하는 독버섯인 알광대버섯, 독우산광대버섯과 함께 3대 맹독버섯이라고 불려. 독은,"

독은 갓 안쪽의 주름에 많이 포함되어 있고, 섭취하면 여섯 시간에서 열다섯 시간 안에 증상이 나타난다. 처음에는 심한 구토와 설사, 복통을 보이며, 이윽고 간과 신장이 손상되고, 경련과 탈수 등 콜레라와 비슷한 증상을 나타내다 사망한다. 또한 섭취 며칠 뒤부터 간장 비대, 황달, 위나 장 출혈, 그 밖의 내장 세포 파괴 같은 증상을 보이다가 죽음에 이르는 경우도 있다.

나는 유미가 읽기도 전에 내용을 술술 외울 수 있었다. 유미가 들어간 사이트는 아무래도 내가 지금까지 몇 번이나 보았던 사이트인 모양이다.

하타가미를 떠난 지 30년, 나는 아버지와도 누나와도 일절 과거 이야기를 하지 않았지만, 가끔 당시 일을 혼자 조사했다. 그 때문에 독버섯에는 빠삭해졌지만, 사건에 관해서는 아직 아무것도 모른다. 아무리 조사해도 이미 아는 사실 이외의 정보는 찾아내지 못했다.

"잠복 기간 중에 독성분인 아마톡킨이 체내를 돌기 때문에 즉효를 보이는 치료법은 없다. 열과 건조에 강한 독이라 조리하거나 말려도 독이 없어지지 않는다. ……무서워."

"아마톡신이겠지."

"응?"

"아마톡킨이 아니라 아마톡신 아니야?"

"아, 맞아. 역시 당사자라 잘 아네."

"조리사 면허 수업을 들을 때 배웠거든."

"저기, 하타가미에 이제 다 와가지? 아빠도 고모도 자기 역할을 잊어버리면 안 돼. 아빠는 편집자, 고모는 작가. 두 사람은 기사를 쓰기 위해 일본의 축제를 조사하고 있어. 그리고 나는 카메라맨."

이 몹시 어설픈 설정은 유미가 만든 것으로, 어처구니없게도 각자의 명함까지 프린터로 인쇄해서 준비했다. 나는 후카가와 유키오라는 프리랜서 편집자, 누나는 후루하시 아키코라는 자유기고가. 둘 다이니셜만 본명과 똑같다. 유미의 명함에는 'Photographer Yumi'라고 박혀 있는데, 어쩌면 그냥 그걸 만들고 싶었는지도 모르겠다.

30년간 누나나 아버지하고도 일절 이야기하지 않았던 일을 왜 유미에게 말했을까. 의문을 품었을 때 비로소 내가 큰 후회를 하고 있었음을 깨달았다. 죽은 에쓰코에게 끝까지 말하지 못했다. 대학생 때부터 함께 지내온 에쓰코에게 아버지가 살인범일지도 모른다는 사실을, 내가 살인범의 아들일지도 모른다는 사실을 밝히고 싶지 않았다. 언젠가는 말하자, 꼭 말하자고 다짐하는 사이에 에쓰코는 죽었다. 나라는 인간을 형성하는 가장 큰 부분이 뭔지 전혀 모른 채로 이세상을 떠나고 말았다.

그래서 유미에게 말했는지도 모른다.

"뭐, 솔직히 말하자면 내 생각에도 할아버지가 의심스럽기는 해."

내가 하타가미에서 무슨 일이 있었는지 이야기를 마치자, 유미는 긴 침묵 뒤에 고개를 들었다.

"하지만 할아버지가 사람을 죽이다니, 역시 상상이 안 되네. 그러니까 아주 심각한 이유가 있었지 않았을까 싶은데."

그야 굳이 지적할 필요도 없다. 만약 아버지가 범인이라면 대체왜 그랬을까. 나도, 그리고 분명 누나도 얘기하지는 않았지만 30년내내 고민했다. 하지만 이렇게 당사자가 아닌 유미에게 새삼 그런말을 듣자 머릿속에 '이유'라는 두 글자가 굵은 글씨로 떠올랐다.

"나, 그 이유를 알고 싶어. 여기에 사진을 찍으러 가는 김에."

김에, 라는 적절하지 못한 표현을 두고 내가 뭐라고 반응하기 전에 누나의 목소리가 끼어들었다.

"나도 알고 싶어."

놀라서 눈을 돌리자 본인도 놀랐는지 누나는 두 눈을 깜박이고 있었다.

"평생 알고 싶었어. 이유를 알면 아버지에게 품은 감정도 달라질지 모르지. ……이미 늦었지만."

누나가 힘없이 시선을 던진 곳에는 아버지 영정 사진이 있었다.

"어, 뭐야 이거."

뒷좌석에서 유미가 목소리를 높였다.

"어떤 사람 블로그인데, 버섯을 따러 가도 흰 버섯은 절대로 먹지 말라고 적혀 있어. 맹독성 버섯이 많기 때문이래. 30년 전에 마을 유력자 네 명이 먹은 버석국, 라이덴국이랬나? 거기에 흰 버섯이 들어가 있었는데 아무도 위험하다고 생각 안 했을까? 아, 팽이버섯인 줄 알았다든가."

나는 즉시 부정했다. 흰알광대버섯은 표고버섯과 비슷하게 생겼으므로 팽이버섯과 헷갈릴 리 없다. 애당초 우리가 흔히 먹는 팽이버섯이 흰색인 것은 백색 품종이기 때문이고, 자연산은 갈색이다. 라이덴국에 넣는 자연산 버섯 중에 팽이버섯이 있었더라도 흰색이 아니라 갈색이었을 것이다. 뒷좌석을 보고 그렇게 말하자 유미는 한쪽 눈썹을 치켜세웠다.

"그럼 왜 흰 버섯이 들어 있는데도 먹었을까……."

사실 나는 답을 알았지만, 먼저 입을 연 것은 누나였다.

"라이덴국에는 늘 흰 버섯을 넣어왔어. 그 마을 사람들은 흰우단버섯이라는 흰 버섯을 따서 먹거든."

"그렇구나. 그럼 네 사람은 흰우단버섯인 줄 알고 흰알광대버섯을 먹었다는 거야?"

"당시는 그렇게 추정했나 봐. 마을에서도 뉴스에서도. 덧붙여 나도 같은 의견이고."

"흰, 우, 단, 버…… 어?"

스마트폰에 단어를 입력한 유미가 또 목소리를 높였다.

"흰우단버섯은 엄청나게 크잖아. 갓이 아기 얼굴만 하겠는데? 왜 표고버섯 크기의 흰알광대버섯과 헷갈린 거지?"

"가보면 알 거야."

누나의 옆얼굴에 살짝 웃음이 번졌다.

내비게이션에 검색한 목적지는 라이덴 신사였다. 마을에 하나뿐인 숙박업소에 전화로 미리 예약을 했지만, 아침 일찍 출발해서 체크인 시간까지 여유가 있었으므로 일단 신사에 가보기로 했다. 신울림제를 여는 풍습이 지금도 남아 있다면 준비가 한창일 시기이리라.

바다 옆 국도에서 벗어나 동쪽으로 쭉 나아간다.

오른편에는 에치고산맥에서 뻗어 나온 산들이 이어졌고, 이윽고 왼쪽 앞에서 보석산이 천천히 고개를 쳐들었다. 이렇게 멀리 떨어진 곳에서 보석산을 본 경험은 손가락에 꼽는다. 30년 전에 하타가미를 떠날 때도, 나는 아버지가 운전하는 차의 뒷좌석에서 한 번도 뒤를 돌아보지 않았다. 마지막으로 이 풍경을 본 건 언제였을까.

해는 이미 기울어 하늘 전체가 빈약한 잿빛으로 바뀌었다. 길 양옆에 잎이 떨어진 나무들이 장례 행렬처럼 늘어서 있을 뿐, 반대 차선에서 달려오는 차도 한동안 없었다.

잠시 후 차는 작은 터널에 진입했다.

여기를 통과하면 하타가미다.

"터널을 보수했나 보네."

누나의 옆얼굴은 어둠에 녹아들어 잘 보이지 않았다.

"유미 짱, 이 터널, 옛날에는 훨씬 조잡하니 꼭 손으로 파낸 느낌이었어. 가끔 버스 타고 여기를 통과해 마을 밖으로 갈 때면, 텔레비전에서 본 영화 「인디아나 존스」 같아서 늘 가슴이 두근거렸지. 어머니와 옷 사러 가거나, 고등학교 들어간 뒤에 기에 짱과 영화 보러 갔을 때도."

"영화 보러 나도 갔었어."

"아, 맞아. 같이 갔었지."

"「이웃집 토토로」."

"그래, 토토로."

어머니가 돌아가신 해 봄이었다. 반년 뒤에 비극이 찾아올 줄도 모르고 우리는 설레는 마음으로 버스를 탔다. 돌아오는 길에는 가까워지는 보석산을 보고 안심했다. 그렇다. 보석산을 멀리서 본 것은 분명 그때가 마지막이다.

"지진이 난 뒤에 터널을 보수한 걸까?"

누나 말을 듣고 뒤늦게 생각났다. 2004년에 니가타현 나카고시 지방에서 발생한 지진으로 이곳도 피해를 입었을지 모른다. 이 부근에도 진도 6의 지진이 덮쳐왔을 것이다.

7월에 에쓰코가 죽고 석 달 뒤인 10월에 그 지진이 발생했다. 유미를 데리고 도망치듯 일취의 2층으로 이사한 지 얼마 되지 않았을 무렵이다. 지진이 났다는 뉴스를 보고 하타가미가 떠오르기는 했지만, 얼마나 피해를 입었을지는 생각해보지 않았다.

차가 터널을 빠져나오자 이미 하늘이 어둑해졌는데도 눈이 부셨다. '하타가미'라고 적힌 표지판이 다가왔다. 불그죽죽하게 녹슨 그 표지판을 지나치는 순간, 밀폐된 장소로 들어온 기분이 들었다. 이 마을에서 살던 때 늘 피부에 느껴지던 분위기였다.

마을을 가로지르는 간선도로를 달렸다. 가끔 경트럭과 마주치고, 이따금 농기구를 짊어진 할머니가 길을 건너기를 기다리기도 하면서 서쪽에서 동쪽으로 나아갔다.

"이 길 뒤에 우리 집이 있었지."

나는 기억을 더듬으며 길 오른쪽을 가리켰다. 간선도로와 나란히 뻗은 골목에 일찍이 우리가 살았던 집이 있었다. 독버섯 사건을 취재하던 방송 스태프가 영상 속에서 다라베 요코의 모습을 발견한 골목. 스스로 목숨을 끊기 전에 다라베 요코가 걸었던 골목. 그 뒤에 딸 기에가 방송국 카메라를 대동하고 달려온 골목. 누나가 운전대를 꺾어 그쪽으로 진입했다. 골목 좌우에 늘어선 집들의 수는 기억과 크게 다르지 않았지만, 전부 생경했다. 낡은 농가가 늘어선 간선도로 옆과 달리, 여기는 주택지라 그런지 30년이라는 세월이 흐르는 동안 완전히 모양새가 달라졌다.

여기다 싶은 곳에 차를 세웠다. 오른쪽 길을 보자 분명히 예전에 하나, 그러니까 우리 집이 있었던 곳 같았다. 물론 이제 그 건물은 없고, 지붕에 검은색 태양광 패널을 설치한 이층짜리 일반 주택이 서 있다. 우리가 말없이 집을 올려다보고 있는데 뒤에서 경차가 다가와서 누나는 차를 출발시켰다. 멀어지는 남의 집을 나는 사이드미러로 잠시 바라보았다.

간선도로로 돌아가서 얼마쯤 나아가다 마을 중앙에서 왼쪽으로 꺾었다. 보석산 기슭에 접어들자 길이 확 좁아지며 비포장도로로 바꿰었고, 얼마 지나지 않아 길 양옆에서 나뭇가지가 고개를 내밀었다. 눈앞에 참배길 입구가 보였다. 여기를 올라가면 산 중턱에 자리한 신사에 다다른다.

"이 부근은 변한 게 없네."

작은 돌을 밟는 타이어 소리에 누나 목소리가 섞였다.

차 한 대가 간신히 지나갈 너비의 참배길은 한가운데만 잡초가 자랐다. 지면은 점차 자갈에서 흙으로 바뀌었고, 경사도 급해졌다. 길 양옆에는 해골이 양손을 뻗은 듯한 형상의 나무들이 줄지어 서 있었다. 그 밑에는 옛날과 다름없이 지금도 버섯이 수두룩했다. 그중 몇몇에는 사람을 간단히 죽일 만한 독이 있으리라. 그런 생각을 하고 있는데 줄 지은 나무 너머에서 사람이 보였다. 얼굴은 그늘에 가려졌지만, 어깨 언저리를 보아하니 남자다. 누구일까. 정체 모를 사람이 이쪽으로 다가온다. 움직이고 있는 차를 향해 똑바로.

나는 바로 옆까지 다가온 상대방의 얼굴을 올려다보았다.

— 어디서 ○○○ ……

몸이 옆으로 넘어가서 왼쪽 어깨가 문에 부딪혔다. 운전석에서 누나가 웃으며 사과했다. 차는 오른쪽으로 틀어 라이덴 신사로 이어지는 산길로 접어든 참이었다. 어느덧 남자의 모습은 자취를 감추었고, 마치 잠에서 깨기 직전에 꾼 꿈처럼 그 인상도 순식간에 흐려졌다.

2

"안경, 안경."

라이덴 신사의 주차장에 도착해 차에서 내리자 뒤따라 내린 유미가 내 소맷자락을 잡았다. 유미가 가짜 명함과 함께 준비한 도수 없는 안경을 받아둔 터였다.

"기껏 가명을 만들고 명함도 준비해 왔는데 얼굴을 들키면 아무 의미도 없잖아. ······오오, 됐다. 둘 다 다른 사람으로 보여."

나는 은테, 누나는 뿔테, 둘 다 평범하게 생긴 안경이었다. 누나를 보자 안경 쓴 모습은 처음이라 그런지 확실히 다른 사람 같았다. 하기야 누나는 예전에 친하게 지냈던 기에와 마주칠 가능성을 염두에 두고 얼굴 특징을 감추기 위해 평소보다 짙게 화장했다.

"누가 참배를 하러 왔나."

유미가 주차장 가장자리에 눈길을 주었다. 경트럭 두 대와 칙칙한 흰색 승용차 한 대, 회색 경차 한 대가 옹기종기 모여 앉듯 주차돼 있었다. 회색 경차는 새 차인지 흐린 하늘 아래서도 차체가 젖은 것처럼 반짝였다. 가까이 다가가보자 앞 유리창 안쪽에 이름은 모르지만 디즈니 캐릭터인 다람쥐 콤비와, 턱이 길쭉한 개, 녹색 우주인 같은 인형이 주르르 놓여 있었다. 우리는 그것들을 별생각 없이 잠시 바라본 뒤 도리이*로 걸음을 옮겼다. 안쪽에 신사가 펼쳐졌고, 정면에 배전이 보였다. 발을 내디디자 흙이 얼음처럼 차가운지 신발을 통해 금세 냉기가 스며들었다.

"여기는 여신을 모시는구나."

유미가 멈춰 서서 일안 리플렉스 카메라의 셔터를 눌렀다.

"유미 짱, 어떻게 알았어?"

"저기 지붕 꼭대기에 나무가 튀어나와 있잖아."

'라이덴 신사'라고 적힌 편액 위, 지붕 꼭대기의 오른편과 왼편 위를 향해 목재가 마치 투구 장식처럼 똑바로 뻗어 나와 있다. 유미의 설명에 따르면 '지기'라는 이름의 저 목재 끄트머리를 지면과 수직인 세로로 잘라냈으면 남신을, 지면과 수평인 가로로 잘라냈으면 여신을 모신다는 뜻이라고 한다. 여기 살던 시절에 의식해서 본 적은 한 번도 없었지만, 확실히 목재 끄트머리는 가로로 잘려서 절단면이 하늘을 향한 상태였다.

"작년에 말사를 찍도록 허락해준 주지 스님이 종교 건축에 해박해서 이것저것 배웠어."

신사 주변의 울창한 나무들 사이에 몸을 숨긴 목조 이층집이 왼쪽에 보였다. 다라베네 집이다. 건물의 윤곽은 기억과 똑같았지만, 나무들 사이로 얼핏얼핏 눈에 들어오는 그 모습은 세월의 흔적이 역력했다. 한편 정면에 있는 배전은 지금까지 몇 번 수선하고 색을 새

• 신사 입구에 세우는 일본의 전통적인 관문.

로 칠했는지 기억 속 모습과 크게 다를 바 없었다. 오히려 집이 더 오래돼 보였다.

"기에 짱네 집…… 자주 놀러 갔었는데."

누나의 입에서 새어 나온 하얀 입김이 느릿한 바람에 흩날렸다.

저 집에 지금은 누가 살고 있을까. 다라베 기에는 가정을 꾸렸을까. 어머니 다라베 요코는 젊은 나이에 남편을 잃고 입이 험한 마을 사람들에게 '보석산의 과부'로 불렸는데, 어머니까지 잃은 기에는 그 뒤 결혼을 했을까. 그렇다면 현재 신관은 다라베 기에의 남편일 가능성이 높다.

오른쪽에는 사무소가 있고, 사무소 오른쪽에 작업장이라고 부르던 건물이 있다. 어머니가 매년 버석국을 만들러 갔던 곳. 30년 전 아버지로 보이는 사람이 라이덴국에 흰알광대버섯을 넣었다고 추정되는 곳. 입구 근처에 여자 네 명이 앉아 뭔가 작업을 하고 있었다. 멀리서도 버석국을 만들 준비를 하고 있다는 걸 알 수 있었다.

아무래도 그 풍습은 지금도 이어져 내려오고 있는 모양이다.

"유미 짱, 아까 질문의 답을 보여줄게."

"답이라니?"

"흰알광대버섯을 왜 흰우단버섯으로 착각하고 먹었느냐는 의문의 답."

30년 전, 왜 네 갑뿌는 커다란 흰우단버섯과 표고버섯 크기의 흰알광대버섯을 구별하지 못했는가. 버석국을 준비하는 모습을 보면 그 답을 한눈에 알 수 있다.

우리가 다가가자 네 여자의 움직임이 딱 멈추었다. 네 여자가 사각형 모양으로 둘러앉은 큼지막한 파란색 시트 한복판에 말린 버섯

두 무더기가 있었다. 여자들이 각자 수건 같은 천을 들고 있는 것은, 옛날에 그랬듯이 곰팡이가 피었는지를 확인하며 말린 버섯을 하나하나 꼼꼼하게 닦기 위함이리라.

유미가 이해한 듯 "아" 하고 소리를 내자 누나가 "알겠지?" 하고 작게 대꾸했다.

시트에 쌓인 말린 버섯은 대부분 찢어놓은 상태였다. 버섯국용 버섯은 크기가 아주 작으면 그대로 말리지만, 대부분은 갓도 버섯대도 가늘게 찢어서 말린다. 크기가 크면 오래 건조하는 동안 너무 딱딱해져서, 가늘게 찢어야 국물이 진해져서, 한 그릇에 모든 종류의 버섯을 넣기 위해서, 이렇듯 전해지는 이유는 여러 가지다. 흰알광대버섯과 흰우단버섯을 구별하지 못한 것은 그래서다. 전부 가늘게 찢은 상태로 섞어버리면 구분할 방도가 없다.

"축제 준비를 하시나 봐요?"

누나가 무릎을 구부리고 말을 걸었지만, 네 사람은 손도 표정도 일시정지된 상태로 마치 짠 것처럼 아무 대답도 하지 않았다.

"저어, 신울림제 준비를 하시는 게 아닌가 싶어서 여쭤봤어요."

"뉘시오?"

제일 연장자로 보이는 할머니가 벽을 치는 듯한 목소리로 물었다. 나이는 여든 살 정도, 어쩌면 더 많을지도 모른다. 다른 세 명도 서슴없이 우리의 얼굴을 번갈아 보며 가만히 대답을 기다렸다. 그중 두 명은 50대 정도일까. 긴 머리를 밤색으로 염색한 나머지 한 명은 할머니의 손녀뻘 되는 젊은 여자였다. 인형을 놓아둔 새 차는 아마 젊은 여자의 것이겠지.

"아…… 실례했습니다. 저희는 전국의 축제를 취재하고 있어요.

여기 후카가와 씨네 잡지에 실으려고요."

잠시 후에야 후카가와 씨가 나를 가리킨다는 사실이 떠올랐다.

"축제를, 네, 이것저것."

서둘러 입을 열었지만, 내가 어설퍼서 걱정됐는지 누나가 바로 말을 이어받았다.

"저는 작가고, 저쪽은 촬영 담당이에요. 하타가미에 유명한 축제가 있다기에 이야기를 듣고 싶어서 찾아왔는데요."

유명하다는 말이 먹혔는지, 네 사람의 얼굴에는 마치 자기가 칭찬받은 듯한 표정이 어렸다. 젊은 밤색 머리 여자는 쓴웃음이 약간 섞인 표정이었지만, 그래도 역시 기쁜 듯했다.

"우리라도 개안타면, 뭐…… 이야기 정도는 할 수 있지."

제일 연장자인 할머니가 엉덩이를 시트에 댄 채 몸을 천천히 이쪽으로 돌렸다. 누나는 감사 인사를 한 뒤 시트에 쌓인 말린 버섯 무더기를 들여다보았다.

"축제에서 나누어주는 버섯국을 만들고 계시는 거죠? 아, 버섯국이 아니라……."

누나가 생각해내려는 듯이 허공을 보았다. 아까부터 누나가 보여주는 의외로 뛰어난 연기력에 놀라면서, 나도 형식적으로 팔짱을 끼고 고개를 갸웃했다.

"버석국이라고 하는데."

할머니가 가르쳐주었다.

"요 부근에서는 버섯을 버석이라 안 카나."

그렇게 불러요, 하고 젊은 여자가 덧붙였다.

"어째서인지는 저도 모르지만요. 아세요?"

"모른다."

할머니가 즉시 답했고, 다른 두 사람도 고개를 저었다. 네 명은 그 후에 무슨무슨 댁은 '버섯'이라고 부르고, 저쪽 영감님은 '듭새'라고 부른다고 이야기를 나누었다. 드디어 분위기가 풀리자 이번에는 유미가 말을 걸었다.

"마을 사람에게 나누어주는 버석국은 두 종류를 만든다고 들었는데요. 재배하는 버섯으로 만드는 일반 버석국과 또 하나는……."

유미가 누나를 흉내 냈는지 생각하는 것처럼 허공을 보았다. 하지만 이번에는 대답이 금방 돌아오지 않았다. 밤색 머리 여자는 어리둥절한 표정을 지었고, 다른 세 명은 잠깐 시선을 교환했다. 잠시 후 할머니가 다시 이쪽을 보았다.

"……라이덴국 말인가?"

"아, 맞아요, 라이덴국. 산에서 딴 버섯으로 만든 국요."

"참말로 잘 아는군. 하지만 라이덴국은 그만둔 지 한참 됐어."

"그런가요?"

"신께 바치는 국은 지금도 만들어. 산에서 딴 버섯으로 말이지. 하지만 사람이 그걸 먹는 건 그만뒀어."

"왜요?"

그러자 여자들은 아까와 완전히 똑같은 반응을 보였다. 젊은 여자는 어리둥절한 표정을 지었고, 나머지 세 명이 시선을 교환한 뒤 할머니가 대답했다.

"옛날에 사고가 났었거든."

"사고요?"

"라이덴국은 특별한 사람들만 먹는 국이었는데, 어느 해에 그만

식중독에 걸리고 말았지. 그 뒤로 산에서 딴 버섯으로 만든 라이덴국은 신께만 바치게 됐어."

할머니는 엉덩이를 시트에 붙인 채 다시 몸을 돌려 유미를 정면으로 바라보았다.

"먼 옛날에는 원래 그랬어. 내가 아직 태어나기도 전에 라이덴국은 신께만 봉납하는 것이었지. 그걸 사람이 먹는 풍습이 생기는 바람에 천벌이 떨어져서 식중독에 걸렸는지도 몰라."

식중독에 걸렸다는 표현은 실제로 일어난 일과 동떨어진 느낌이었지만, 우리가 외부인이라서 의도적으로 얼버무린 걸지도 모른다.

"그런 일이 있었군요."

"그 대신이라고 하기는 뭐하지만, 다 함께 먹는 버석국은 옛날보다 호화판이 됐어. 지금은 버석뿐만 아니라 배추며 겨울초도 넣으니까 영양분을 골고루 섭취할 수 있지. 그랑께 준비에도 손이 많이 가게 됐지만."

'그랑께'는 '그러니까'라는 뜻이다.

할머니는 사투리가 심하고 말도 꽤 빨랐다. 과연 유미가 이해했을지 걱정스러워하고 있자니, 할머니가 갑자기 손을 뻗어 내 어깨를 잡아당겼다.

"어허 참, 아까부터 카메라맨한테만 말을 시키고, 댁은 일할 생각이 없는가 보네."

할머니가 입을 크게 벌리고 웃자 다른 세 명도 깔깔 웃었다. 할머니의 손아귀 힘이 의외로 세서 쪼그려 앉아 있다가 넘어질 뻔했지만, 가까스로 버티고 물었다.

"사고 뒤에 달라진 점은 없나요? 그, 축제 방식이라든가……."

할머니는 흰자위가 훤히 보일 만큼 눈을 치뜨더니 자물쇠 정도인가, 하고 대답했다.

"준비한 버섯국을 축제 때까지 여기 작업장에 놓아두는데, 문에다 반드시 자물쇠를 채우게 됐지. 옛날에는 아무도 문단속을 신경쓰지 않았지만."

"어째서 자물쇠를?"

이유를 알면서도 물어보자 할머니는 "그야" 하고 말하고 나서 잠시 뭔가 생각했다. 무슨 생각을 했는지는 뻔했다.

"조심해서 나쁠 것 없응께 그렇지."

역시 독버섯 사건에 관해 듣기는 힘들 것 같았다. 내가 고개를 끄덕이고 물러나자 할머니가 갑자기 주름투성이 얼굴을 들이밀었다.

"그런데 댁들…… 우리가 범죄에 한몫하고 있다는 거 아나?"

"범죄요?"

할머니는 고개를 끄덕하더니 늘어진 뺨을 흔들며 말을 이었다.

"우리뿐만이 아니야…… 마을 사람 전부 다 그래. 여기 사는 사람들이 범죄자라는 거…… 알고 왔는가?"

노려보는 듯한 시선에 당황해서 무심코 다른 세 사람을 보았다. 밤색 머리 여자도, 50대로 보이는 두 사람도 아까와 달리 딱딱한 표정으로 고개를 숙이고 눈을 마주치지 않았다. 다시 할머니를 보자, 할머니는 탁한 눈으로 여전히 나를 바라보고 있었다. 아래 눈꺼풀이 늘어져서 드러난 빨간 부분마저도 이쪽을 노려보는 것 같았다.

"버섯 따기가 범죄인 거 모르는가."

할머니가 상체를 쑥 내밀었다.

"산에서 버섯을 채취하는 행위는 절도죄에 해당한다고 손녀가 인터넷에서 보고 말해줬는데."

그 순간, 다른 세 명이 와자그르르 웃었고, 할머니도 더는 못 참겠다는 듯 웃음을 터뜨렸다. 젊은 여자가 숨을 가쁘게 내쉬며 할머니의 등을 탁탁 두드렸다.

"그래서 내가 다시 알아봐줬잖아요. 소유자의 허가가 있으면 괜찮다고."

"네가 쓸데없는 짓을 하는 바람에 기껏 잘 써먹던 농담이 어중간해졌잖느냐!"

할머니가 주먹을 들어 때리는 시늉을 했다. 나는 그제야 놀림당한 걸 알아차렸지만, 누나와 유미는 나보다 조금 먼저 알아차리고 소리 내어 웃었다.

"그런데 그런 게 지금 유행하는 중인가?"

겨우 웃음을 거둔 할머니가 내게 물었다.

"그런 거…… 라니요?"

"축제를 조사하는 거 말이야. 며칠 전에도 신울림제니 버석국이니 하는 걸 조사하는 사람이 신사에 왔다고 신관님이 그랬어. 실은 그때부터 그 뭐지, 인터뷰? 나도 그걸 해보고 싶었거든. 이렇게 오래 살았응께 기왕이면 세상에 도움이 되는 일을 한번 해보고 싶어서."

어쩐지, 하고 젊은 여자가 목소리를 높였다.

"아까부터 말씀이 많으시다 싶더라니."

생판 처음 보는 우리에게 입이 가벼웠던 것은 아무래도 그런 이유 때문이었던 듯하다. 이 인터뷰가 가짜라는 데 나는 새삼 죄책감을 느꼈다.

"어떤가? 유행하는 중이야?"

할머니가 다시 내게 물었다.

"특별히 유행하는 건 아니지만, 흥미를 품는 사람은, 네, 어느 정도 있다고 봐야겠죠."

하타가미의 신울림제는 희귀한 풍습이므로 흥미를 품는 사람은 있을 것이다. 실제로 며칠 전에 축제와 버석국을 조사하러 온 사람도 있다니까.

"이 신사는 예전에 여자가 신관직을 수행했다고 들었어요."

지금도야, 하고 할머니가 까랑까랑한 목소리로 호들갑을 떨었다.

"윗대 신관님의 따님이 맡아서 잘하고 있지."

아무래도 기에는 신관이 되어 라이덴 신사를 이어받은 모양이다.

"열심히 공부해서 자격증을 따고 어엿한 신관이 됐어. 2년간 공부할 때는 신울림제도 쉬었지만, 그 뒤로는 한 번도 쉬지 않았는걸. 참 대단해. 뭐 처음에야 나나 마을 노인네들이 오히려 가르쳐주기도 했는데. 어이구, 너무 손 놓고 입만 나불대고 있었구먼. 일해야지, 일."

할머니는 손뼉을 짝 치더니 말린 버섯 무더기 쪽으로 돌아앉았다. 그러자 다른 세 명도 얼른 손을 움직이기 시작했다. 어쩌나 태세 전환이 빠른지, 네 명 모두 몇 초도 지나지 않아 마치 아무 일도 없었다는 것처럼 작업에 몰두했다. 입을 꾹 다문 채 한쪽 무더기에서 말린 버섯을 집어서 재빨리 겉면을 확인하고 수건으로 닦은 뒤, 다른 무더기에 던진다. 표고버섯, 송이버섯, 목이버섯, 잎새버섯, 느타리버섯 외에 다른 곳에서는 쉽게 볼 수 없는 황소비단그물버섯, 잿빛만가닥버섯, 금버섯. 이 마을에서 재배하던 버섯의 이름은 지금도 기억하지만, 이렇게 잘게 찢어놓으니 뭐가 뭔지 거의 모르겠다.

"사진을 찍어도 될까요?"

유미가 확인하자 그러든가, 하고 할머니는 퉁명스럽게 대꾸했지만 옆얼굴에는 카메라를 의식한 표정이 맺혔다. 다른 세 사람도 마찬가지로, 유미가 셔터를 누르는 동안 각자 의도적으로 진지한 모습을 연출했고, 밤색 머리 여자는 가끔 고개를 들어 저 멀리를 보기도 했다.

"이 버섯은 가을이 끝날 무렵부터 배전에서 말리는 거죠?"

유미가 파인더를 들여다보며 묻자 할머니가 또 나서서 대답해주었다. 다만 재빠른 손놀림과 진지한 표정은 그대로였다.

"배전이 아니라 배전 앞. 햇빛을 받아야 잘 마릉께. 하지만 너무 말라도 *딴딴해징께* 네댓새 지나면 작업장으로 가져와서 버석국을 끓일 냄비에 몽땅 넣어놓지."

"옛날부터 그랬나요?"

"암."

"라이덴국을 사람이 먹었던 시절도 그랬나요? 산에서 딴 버섯을 배전 앞에다 말린 다음 작업장 냄비에 넣어두는 식으로요?"

"그래. 라이덴국을 끓이는 냄비는 보통 버석국 냄비보다 훨씬 작았지만."

"어느 정도인데요?"

할머니는 손을 잠시 멈추고 생각했다.

"카레를 만드는 냄비 정도일걸."

그야 집마다 크기가 다양하겠지만, 나는 매년 신울림제 때 갑뿌들이 라이덴국 냄비 주변에 둘러앉아 있는 모습을 보았다. 우리 남매가 벼락을 맞은 그날도 네 사람은 배전 바닥에 책상다리를 하고 앉아 지름 30센티미터, 높이는 그보다 좀 더 되는 원통형 냄비를 가운데 두고 술을 마시고 있었다.

"최근에는 버섯을 냉동실에 얼려서 보관하는 사람도 많지만."

누나가 말린 버섯 무더기를 바라보며 감탄한 목소리로 말했다.

"이렇게 많으면 그러기도 힘들겠네요. 말리지 않고 냉동하면 곰 팡이도 슬지 않을 테니 준비 작업도 편해질 것 같은데."

"버섯은 햇볕에 말려야 영양가가 높아지거든요."

뒤에서 갑자기 목소리가 들렸다.

"단백질, 칼륨, 칼슘 등의 영양소가 전부 응축되고, 비타민D는 열 배 가까이 늘어난다고 해요."

만약 그 여자가 흰색 신관복과 하카마*를 착용하지 않았다면 다라 베 기에임을 금방 알아보지 못했으리라. 우리가 하타가미를 떠날 때 열일곱 살이었던 기에가 30년이라는 세월이 흐르는 동안 몰라보게 달라졌음에도 변함없는 건 의연하고 굳센 눈빛뿐이었다. 볕에 타서 늘 까무스름했던 피부는 누나처럼 뽀얬다. 그 눈부시게 건강해 보이 던 모습이 자취를 감춘 대신, 수묵화에 그려진 사람처럼 우아한 아 름다움이 자리를 잡았다. 그런 현재의 모습을 보고서야 나는 그 당 시 기에가 어렸다는 걸 깨달았다. 내게 기에는 언제나 연상의, 나보 다 훨씬 어른스러운 여자였다.

"국물도 날버섯과는 비교도 안 될 만큼 잘 우러나고요. 말리면 감 칠맛이 늘어나는 건 버섯의 특징이죠. 예를 들어 다시마나 가다랑어 포는 말렸을 때 감칠맛이 응축되기는 하지만, 늘어나지는 않아요."

"신사 신관님이셔."

• 　기모노 위에 입는 주름 잡힌 하의. 치마와 바지 형태 두 종류가 있다.

할머니의 말에 우리 셋은 일어서서 다라베 기에와 마주 섰다.

"저희는 일본의 축제를 조사하고 있어요. 할머님께 신울림제에 대해 이것저것 여쭤보는 중이었죠."

유미가 천연덕스럽게 거짓말을 하고 나서 나를 프리랜서 편집자 후카가와, 누나를 자유기고가 후루하시라고 소개했다. 기에는 익숙한 태도로 소개를 듣더니, 우리를 제대로 보지도 않고 고개를 꾸벅 숙였다. 이어서 우리 뒤에 시선을 주더니, 일하는 여자들에게 노고를 치하하는 말을 건넸다. 할머니가 자신의 요통에 대해 농담하자 얇은 입술을 살짝 벌려서 웃으며 고상한 농담으로 답했다.

우리가 누구인지 알아차린 낌새는 전혀 없었다.

"저희 신사의 유래를 비롯한 자세한 사항은 사무소 밖에 놓아둔 책자에 적혀 있으니, 그걸 보시면 될 거예요. 건물 밖에서는 사진을 자유롭게 찍으셔도 되고요."

말을 마치자 기에는 다시 고개를 숙여 인사한 후 우리 옆을 지나쳤다. 파란색 시트를 돌아 작업장 안으로 들어가기까지 조리**를 신은 발은 거의 소리를 내지 않았다.

작업장에 들어간 기에는 다시 밖으로 나오지 않았다. 잠시 기다려보았지만 물건을 움직이는 소리만 들려왔다.

"인터뷰가 가능한지 물어보고 올게요."

유미가 작업장 입구로 가기에 나와 누나는 서로 얼굴을 마주 본 뒤 뒤따라갔다.

난생처음 발을 들여놓는 작업장은 안쪽에 허름한 수도와 가스 설

**　엄지와 검지 발가락 사이에 끈을 끼워서 신는 일본의 전통 신발.

비, 조리대가 있어서 그런지 부엌과 창고를 합친 듯한 느낌이었다. 기에는 골판지 상자가 여러 개 놓인 정리 선반 앞에 있었다. 콘크리트 봉당*에 깃발 몇 개가 깃대에 천이 감긴 상태로 눕혀져 있었다. 깃발을 집어든 기에가 깃대를 요령 있게 빙글빙글 돌려 천을 풀자 흰 바탕에 파란 글씨로 "신울림제"라고 적혀 있었다. 옛날에는 없었던 깃발이다. 기에는 그렇게 깃발 상태를 일일이 확인하고는 다시 천을 빙글빙글 감아서 옆구리에 꼈다.

"저어…… 축제에 대해서 좀 여쭤보고 싶은데요."

유미가 머뭇머뭇 말을 걸자 기에는 이쪽을 보지도 않고 대답했다.

"준비하느라 바빠서 지금은 좀."

"실은 30년 전에 일어난 사건에 대해서도 조사하고 있어요."

깃발을 집어 들려던 기에가 손을 멈추자, 나도 위장을 꽉 붙들린 것처럼 움직일 수가 없었다.

"사전에 여러모로 조사한 내용이 옳은지 그른지만이라도 확인해 주실 수 없을까요?"

* 온돌이나 마루가 없이 흙바닥으로 된 주택의 내부 공간.

3

"조사하고 오셨다면 새삼스레 물어보실 필요는 없지 않을까요?"

안내받은 곳은 작업장 왼쪽에 있는 사무소였다.

우리는 한가운데 놓인 검은 가죽 소파에 기에와 마주 앉았다. 유미가 재촉해서 가짜 명함을 건넸지만 기에는 거의 거들떠보지도 않고 나지막한 테이블 구석에 밀어놓았다.

기에가 똑바로 보고 있는 것은 내 얼굴이다. 카메라맨 역할을 맡은 유미가 이래저래 질문하는 건 부자연스럽고, 실제로 아까 할머니에게도 웃음거리가 됐으므로 여기서는 내가 주도권을 잡기로 했다.

"아까도 말씀드렸다시피 확인을 해주셨으면 한다는 겁니다. 기사에 오류나 과장이 있거나, 그야말로 새빨간 거짓말을 적으면 민폐가 될 테니까요."

이렇게 말하면 신관으로서 입을 열지 않을 수 없으리라고 계산했다. 잘못된 기사가 나올 가능성이 있다면 차라리 아는 바를 말해줄 거라고. 그런 계산을 할 수 있을 만큼 내 마음이 차분해서 의외였다.

유미가 하타가미에 가고 싶다고 했을 때, 처음에는 즉시 고개를 저었다. 그 마을에서는 지금도 분명 30년 전 독버섯 사건의 범인이 후지와라 미나토일 테고, 나와 누나는 그의 자식이다. 그런 곳에 어떻게 발을 들여놓을 수 있겠느냐고 생각했다. 하지만 실제로는 아까전의 할머니도 지금 눈앞에 있는 다라베 기에도, 의심하는 낌새 하나 없이 우리와 대화를 나눴다.

30년이라는 세월은 그런 의미다. 처음에는 설마 기에와 이처럼 가까이에서 다시 마주 보게 될 줄은 몰랐지만, 가명과 안경과 화장의 힘을 빌리니 기에조차 우리 정체를 알아차리지 못했다.

"당시 마을에서 술집을 하던 후지와라 미나토 씨가 독버섯 사건의 범인으로 추정됐죠. 그가 범인으로 의심받은 건 윗대 신관이셨던 다라베 요코 씨가 쓴 편지 때문이라고 들었는데요. 그 편지는 지금 어디에 있죠?"

우리의 거짓말이 통한다는 걸 알고 나는 약간 대담해졌다. 유미의 과감한 말과 행동에서도 분명 용기를 얻었으리라.

"제가 보관하고 있어요."

"보여주실 수 있을까요?"

"그건 안 되겠는데요."

사적인 물건이라서 안 된다고 기에는 덧붙였다. 편지는 기에의 어머니가 내 아버지에게 준 것이니 따지자면 소유권은 아버지에게 있지만, 나는 일단 고개를 끄덕였다.

"내용만이라도 가르쳐주실 수 없을까요? 물론 저희도 당시의 보도를 검토해서 파악하기는 했습니다만."

기에는 눈을 돌렸다. 하지만 그 직전에 시선이 아주 잠깐, 어쩐지 내 얼굴에 머물렀던 것처럼 느껴졌다.

"30년 전…… 신울림제 날 이른 아침, 그 계절 들어 처음으로 벼락이 떨어졌어요."

거기서 기에는 잠시 입을 다물었다. 하지만 이윽고 잊어버렸던 대사를 겨우 기억해낸 것처럼 고개를 들고 술술 말을 꺼냈다.

"이 산 위에 벼락이 자주 떨어져서 벼락터라고 부르는 곳이 있는데, 거기에 큰 벼락이 한 번 떨어졌죠. 그 뒤로도 한동안 천둥소리가 나며 벼락이 치는 가운데, 후지와라 미나토 씨가 신사 안뜰로 들어오는 모습을 어머니가 봤어요."

벼락터란 보석산 정상 일대다. 테니스 코트 두 개 크기의 공간에 검은 흙이 노출되어 있는 곳으로 옛날에 산사태가 일어나서 생겼다고 들었다. 거기에 나무가 거의 자라지 않는 건, 흙 밑에 암반이 줄지어 있기 때문이다. 그 때문에 볕이 잘 들어서 벼락터를 둘러싼 나무들은 생장이 빠르며, 그렇게 쭉쭉 자란 나무들이 벼락을 유도한다.

"어머니는 신울림제 날 아침에 후지와라 미나토 씨가 작업장에 들어가 조리대에 있던 라이덴국 냄비에 하얀 물체를 넣고 떠나는 모습을 목격했어요. 그래서 당장 가서 확인해보고 버섯인 걸 알았죠. 어떤 종류의 맹독 버섯일 가능성도 머리를 스쳤던 것 같고요."

"흰알광대버섯 말씀이시군요."

마치 그 말 자체에 독이라도 있는 것처럼, 기에는 어깨가 뻣뻣해진 게 보일 만큼 잔뜩 긴장하며 고개를 끄덕였다.

"하지만 어머니는 라이덴국을 버리지 않았고, 누구에게도 그 사실을 말하지 않았어요. 이유는 모르겠네요. 아무튼 편지에는 그렇게 적혀 있었어요. 그러니까 신울림제에서 두 명이 죽고 두 명이 중태에 빠진 책임은 자신에게 있다고요. 그 죄를 짊어지고 살 수는 없다고도요."

그리고 다라베 요코는 라이덴 신사의 배전에서 목을 매어 스스로 목숨을 끊었다.

"어머님은 구체적으로 어떤 상태에서 후지와라 미나토 씨를 목격하셨을까요? 그, 어머님이 서 계셨던 장소라든가 그런 의미에서."

"그건 편지에 적혀 있지 않았어요. 다만 이른 아침에 친 벼락이 마른벼락이라 어머니가 잠자리에서 일어나 벼락터까지 확인하러 갔던 건 저도 기억해요. 비와 함께 벼락이 치면 산불 걱정이 없지만, 마른벼락일 경우에는 산불이 날 위험성이 있어서 예나 지금이나 마른벼락이 치면 신관이 반드시 확인하러 가죠. 잠시 후에 아무래도 산불 걱정은 없겠다며 어머니가 돌아왔는데, 아마 그때 목격했을 거예요. 집을 나서실 때는 아직 어두침침했으니 돌아오는 길이 아니었을까 싶네요."

"벼락터에서 산길을 내려오는 도중에요?"

"다 내려와서 아닐까요? 거기까지 오지 않으면 작업장은 안 보이니까요."

라이덴 신사의 안뜰은 둘레 200미터쯤 되는 정사각형에 가까운 형태로, 도리이를 아랫변으로 치면 윗변에 배전, 왼쪽 변에 집, 오른쪽 변에 이 사무소와 작업장이 있다. 벼락터로 이어지는 길은 배전과 집 사이, 딱 왼쪽 위 모서리에서 시작되므로 길 입구에서 작업장까지는 대략 50미터가 넘는다.

"거리가 제법 있군요."

"착각했을 가능성을 말씀하시는 거라면, 그건 아니에요."

"어째서죠?"

기에는 등을 쭉 펴고 흔들리지 않는 증거를 들이대듯 대답했다.

"어머니는 애매한 사실을 가지고 남을 범인으로 지목할 사람이 아니니까요."

부모를 믿고 싶은 마음은 기에만 가지고 있는 것이 아니다. 나는 그런 기분이 얼굴에 드러나지 않도록 애쓰며 받아쳤다.

"하지만 신울림제 날 아침에 후지와라 미나토 씨가 집에서 한 발짝도 나서지 않았다는 사실을 가족이 증명했을 텐데요."

누나의 증언이 뒷받침한 사실이다.

기에는 조금 움츠러든 것 같았지만 굳센 눈빛은 변함없었다. 우리는 잠시 입을 다물고 서로 마주 보았지만, 결국 기에가 먼저 눈을 돌렸다. 동그란 얼룩이 남은 테이블로 시선을 떨어뜨리자 하얀 목덜미에 드리운 머리카락이 힘없이 축 늘어졌다.

"어쨌거나 아주 오래전 일이에요. 진실은 이제 알 수가 없죠."

"그럼 좀 더 이야기해보겠습니다. 당시 경찰은 다라베 요코 씨의 편지를 근거로 후지와라 미나토 씨를 독버섯 사건의 용의자로 점찍었죠. 그렇다면 동기는 뭘까요? 뭔가 짚이는 점이 있나요?"

기에가 잠자코 고개를 젓기에 나는 한 발짝 더 들이밀기로 했다.

"그 사건이 벌어지기 1년 전, 지금으로부터 31년 전에 후지와라 미나토 씨의 부인이 신울림제를 준비하러 갔다가 변사했다고 들었습니다. 마을 사람들은 그 일과 관련이 있다고 수군거렸다던데요?"

"저는 모르는 일입니다."

객관적인 사실 이외에는 말하지 않기로 결심한 듯 재빠른 대답이었다. 나는 이야기를 이어나갈 계기를 찾아 주변에 시선을 던졌다. 기에의 오른쪽, 작업장으로 이어지는 미닫이문 옆 목제 전화 받침대에 팩스 기능이 딸린 전화기가 놓여 있었다. 외관상 당시 사용했던 전화기는 아닌 것 같았지만, 31년 전에도 전화기가 저기 있었을까. 버석국 준비에 시간이 걸려서 귀가가 늦어진다고 연락했을 때 어머니는 저기 서 있었을까. 어머니 목소리 너머로 갑뿌들이 술을 마시는 소리도 들렸는데, 그들 네 명은 어디 있었을까. 버석국 준비를 마친 뒤 어머니는 대체 어떻게 갑뿌들도 다라베 요코도 모르게 신사에서 자취를 감추었을까.

기에 뒤로 시선을 옮기자 한 단 높은 곳에 장지문으로 구분된 방이 있었다.

"매년 마을 여자들이 버석국을 준비할 때 이 신사에서 전야제가 열렸다는데, 지금도 그렇습니까?"

"아니요. 원래 정식 행사도 아니었으니까요."

"옛날에는 어디서 전야제를 했죠?"

"당신이 방금 본 방요."

그 말투에 전부 간파당한 것 같은 기분이 들었다. 기에는 내가 누구인지와 방금 내가 어머니를 생각했다는 사실마저 실은 알고 있는 것 아닐까.

하지만 아무래도 아니었던 모양이다.

"후지와라 미나토 씨의 부인이 신사에서 사라진 일에 대해서도 당시 경찰이 꼬치꼬치 물어봤죠. 하지만 저는 물론 어머니도 아는 바가 일절 없었어요. 알고 보니 어느새 사라지고 없었다는군요. 갑뿌들, 그러니까 그때 전야제를 열었던 사람들과 함께 찾아봤지만 눈에 띄지 않았고요. 그래서 후지와라 미나토 씨와 마을 사람들에게 연락해서 다 함께 수색했는데……."

산 북쪽으로 내려가면 나오는 차가운 강가에 쓰러져 있는 어머니를 아버지가 발견했다.

"저는 집에 있으라고 해서, 걱정하며 기다릴 수밖에 없었죠."

"지금 말씀하신 갑뿌들은 다음 해 신울림제 때 흰알광대버섯을 먹은 네 명이죠. 석유 부자 구로사와 소고 씨, 아라가키 금속 사장이었던 아라가키 다케시 씨, 마을에서 가장 큰 버섯 농가 주인이었던 시노바야시 가즈오 씨, 나가토 종합병원 원장이었던 나가토 고스케 씨. 이 중에 아라가키 씨와 시노바야시 씨가 중독 증상으로 사망했고, 구로사와 씨와 나가토 씨도 중태에……."

기에가 시선을 돌리고 웃음을 지었다.

"……왜 그러시죠?"

물어보자 기에는 그 표정 그대로 고개를 저었다.

"아니요, 그나저나 정말 철저하게 조사하셨네요. 그 사건 직후에도, 시간이 흐른 뒤에도 이렇게 취재를 하러 오신 분이 많았죠. 하지만 아무것도 안 보고 이야기하시는 분은 처음이에요."

나는 자료를 몇 번이나 읽고 와서 그렇다고 냉정하게 대꾸했다.

"그런데 당시 중태였던 구로사와 소고 씨와 나가토 고스케 씨는 그 뒤에 어떻게 되었습니까?"

"그건 조사 안 하셨나 보죠?"

"물론 파악은 했습니다."

지금까지 인터넷으로 몇 번 알아보았지만 구로사와 소고와 나가토 고스케가 사망했다는 기사는 찾지 못했다. 하지만 흰알광대버섯의 후유증으로 죽은 것이 아니라면, 마을에서는 아무리 유명한 인물일지라도 기사화되지 않을 가능성이 높다. 그로부터 30년이 지난 지금, 두 사람은 70세 전후일 것이다. 살아 있을까. 후유증은 남았을까. 아직 이 마을에서 살고 있을까.

"그렇다면 제가 말씀드릴 필요는 없을 것 같네요."

그렇게 말하더니 기에는 아날로그 벽시계를 힐끗 보았다. 오후 1시가 지난 시각. 하지만 기에는 시간을 확인한다기보다 이야기를 끝낼 계기를 만들려고 했던 것이리라.

"죄송합니다만 할 일이 있어서요."

기에는 대답을 기다리지 않고 몸을 일으켰다. 만류할 수도 없는 노릇이라 우리도 하는 수 없이 일어섰다.

"그러고 보니 아까 밖에서 들었는데, 며칠 전에도 신울림제와 버석국에 대해 조사하러 온 사람이 있었다면서요?"

"네, 남자 한 분요."

이름을 밝혔지만 잊어버렸다고 한다.

"성씨도 이름도 아니라 뭐랄까요, 필명 같은 느낌이었는데…… 명함도 주지 않기에 저도 굳이 외워두지는 않았어요."

그렇게 말한 후 기에는 보란 듯이 쓴웃음을 지었다.

"그분은 순수하게 축제를 조사하는 분이셨습니다."

4

"허리도 꼿꼿해지고 말이야!"

사무소를 나서자 다른 세 명이 깔깔 웃는 가운데 할머니가 앉은 자세로 허리에 손을 대고 있었다. 무슨 일이냐고 누나가 묻자 할머니는 의기양양한 표정으로 '비타민D'에 대해 떠들어댔다.

"버석에 들었다는 비타민D가 칼슘을 몸속으로 흡수하는 데 필요하거든. 그렇게 버석은 뼈에 좋아. 말린 버석은 더 좋고. 뼈도 없는 걸 먹고 뼈가 튼튼해진다니 참 신기해, 안 그런가?"

확실히 신기하다고 우리 셋은 고개를 끄덕였다.

"지진이 났을 때도 우리 마을 사람들은 평소 버석을 먹은 덕분에 다들 쏜살같이 도망쳐서 아무도 안 죽었지, 암."

"그야 사람이 워낙 적어서 그런 거죠."

젊은 밤색 머리 여자의 말이 끝나기가 무섭게 할머니도 다른 두 사람도 크게 웃음을 터뜨렸다.

"나카고시 지진 때 이 부근은 얼마나 피해를 입었나요?"

유미가 쪼그려 앉아서 묻자 할머니가 두 눈을 치뜨고 뭔가 말하려 했지만, 워낙 시간을 끌어서 젊은 여자가 먼저 대답했다.

"저는 당시 네 살이어서 거의 기억이 안 나네요."

"아, 저랑 동갑이네요."

"진짜요? 와, 대단하다. 그 나이에 카메라맨으로 일하다니."

유미가 애매하게 웃음을 짓는 틈에 할머니가 다시 두 눈을 치뜨고 끼어들었다.

"그야 뭐, 어마어마했지. 길은 뒤틀리고 집은 부서지고 어휴. 우리 마을 건물은 튼튼해서 무너지지는 않았지만 도리이가 외발이 되고 말았어. 외발로도 서 있어서 놀랐지만. 그렇지, 신관님?"

할머니가 작업장에다 소리를 질렀지만 기에는 대답이 없고, 깃발을 움직이는 듯한 소리만 들려왔다. 할머니는 포기하고 다시 우리에게 고개를 돌렸다.

"여기서만 하는 이야기인데, 난 지진이 올 줄 알고 있었어. 아침에 지진운이 껴 있는 걸 봤거든."

"어, 정말로 그런 구름이 나타나나요?"

유미는 흥미진진한 표정으로 하늘을 보았다. 큰 지진이 일어나기 전에 물결 모양 구름이 나타난다는 이야기는 나도 들어봤다.

"나타나지, 나타나. 얼마나 놀랐는지 몰라."

"그럼 할머님은 그 구름 덕분에 지진에 대비하셨던 거군요."

"에이, 대비야 못 했지. 그게 지진운이라는 건 지진이 난 후에야 알았는걸."

진담인지 농담인지 판단이 가지 않았지만 세 여자가 웃기에 우리도 따라 웃었다. 할머니는 약간 당황한 듯한 표정으로 사람들을 바라보더니 갑자기 목소리를 낮추었다.

"하지만 무서운 일이 있었어. 여기는 도리이 말고는 무사했지만 도둑이 들었거든. 불난 집에 도둑*, 아니 지진 난 집에 도둑이랄까."

새전함을 부숴 돈을 모조리 훔쳤고, 사무소와 집을 뒤진 흔적도 남아 있었다고 한다.

"지진 후에 산사태가 일어날까 봐 신관님이 산 아래 민박집에서 지내는 동안 도둑질을 당했어. 그 소식을 들었을 때 생각했지. 지진, 벼락, 화재, 아버지니 뭐니 해도 정말로 무서운 건……."

갑자기 말을 끊었다. 시선을 좇아서 돌아보자 기에가 작업장에서 나오는 참이었다. 할머니는 스위치라도 끈 것처럼 얌전해지더니 말린 버섯 무더기로 휙 돌아앉았다.

"타지 사람한테 너무 입을 놀리면 안 되지."

자기 입으로 그렇게 말하며 작업을 재개하자 기에가 말없이 뒤로 지나갔다. 할머니가 입을 다물자 다른 세 사람도 묵묵히 손을 움직이기 시작했으므로 우리는 그 자리를 떠났다. 기에의 뒷모습은 배전 안으로 사라졌다.

"잠깐 확인해보고 싶은 게 있어."

내 말에 누나도 유미도 알았다는 듯이 고개를 끄덕였다. 우리는 배전과 집 사이, 네모난 안뜰 왼쪽에서 벼락터로 이어지는 산길로 향했다. 길 어귀에서 멈춰서 돌아보자 나무들 사이로 안뜰이 한눈에 들어왔다. 오른쪽의 도리이, 왼쪽의 배전. 정면에는 네 여자. 그 너머로 작업장 입구와 안쪽에 설치된 조리대와 싱크대, 가스레인지가 보였다. 한편 우리 모습은 나뭇가지와 잎에 가려서 잘 보이지 않으리

•   화재 현장의 혼란을 틈타 도둑질을 하는 사람을 가리키는 말.

라. 과연, 아까 기에의 말처럼 다라베 요코는 여기서 아버지를 목격
했을지도 모른다. 벼락터에 마른벼락이 떨어져서 상황을 확인하러
다녀오는 길에.

하지만 역시 멀다.

도리이를 통과해 안뜰로 들어온 아버지가 똑바로 걸어서 작업장
으로 향했다고 치면, 다라베 요코와 아버지의 거리는 점점 가까워진
다. 아버지가 작업장 입구에 접어들었을 때 거리가 제일 가까워지지
만, 그래도 50미터는 되니까 잘못 보았어도 이상할 것 없다.

"실험해보자."

말을 마치자마자 유미가 입구로 달려갔다. 도리이 근처에서 멈춰
서 이쪽을 힐끗 본 뒤, 작업장을 향해 천천히 걸어갔다. 상상했던 대
로 유미의 모습이 점점 커졌지만, 작업장 입구에 접어들었을 때도
얼굴을 확실히 알아볼 수 있을 정도는 아니었다. 할머니가 유미에
게 뭐라고 말을 던지자 둘이 함께 웃었다. 유미는 웃으면서 기에가
있는 배전 쪽을 획 돌아보는가 싶더니 재빨리 작업장으로 들어갔다.
조리대 앞에 서서 애매하게 양손을 움직이는 것은, 범인이 라이덴국
에 흰알광대버섯을 넣는 장면을 재현하는 것이리라.

"보인다……고 하면 보이기는 하네."

"하지만 기에 짱 어머니가 여기서 목격했다는 건 어디까지나 가
정이잖아? 실제로는 여기가 아니라 다른 곳에서 봤을 가능성도 있
어. 좀 더 가까이에서."

"그렇다면 안뜰에 설 수밖에 없으니까 상대한테도 이쪽이 보여."

그렇다고 배전 옆이나 사무소 옆에 서면 이번에는 작업장 안이
보이지 않는다.

"그럼 집에 돌아간 뒤에 봤다든가. 현관이나, 어쩌면 집에 들어가서 창문으로 목격했을지도 몰라."

누나의 의견을 듣고 시험 삼아 집 앞까지 가보았지만, 단순히 옆으로 몇 미터 이동했을 뿐이라 풍경은 거의 달라지지 않았다. 둘이서 생각에 잠겨 있자니 유미가 이제 됐느냐는 몸짓을 하길래 우리는 고개를 끄덕였다. 유미는 약간 과장되게 자연스러운 모습으로 우리를 향해 걸음을 옮겼다.

"기에 짱…… 결혼 안 했나."

누나가 갑자기 하늘로 고개를 쳐들고 중얼거렸다.

"뭐야, 뜬금없이."

"그냥."

구름 빛깔이 옮은 듯한 누나의 잿빛 눈을 보자 나는 어쩐지 할 말을 잃어버렸다. 고개를 돌리자 유미는 안뜰 한복판에 멈춰서 뒤를 돌아보고 있었다. 작업장, 아니, 그 위 언저리를 보는 듯하다. 잠시 기다려도 가만히 있길래 나는 누나를 재촉해 유미에게 향했다.

"뭐 해?"

곁으로 가자 유미는 배낭에서 사진집을 꺼내 펼쳤다. 그것을 빤히 들여다보다가 하늘에 시선을 주고는 다시 사진집을 들여다보았다.

"……저기다."

유미가 펼친 사진집을 차가운 하늘로 들어 올리자, 사진 속의 능선은 작업장 너머에 펼쳐진 에치고산맥의 능선과 딱 일치했다.

5

전화로 예약한 숙소는 마을에 한 곳뿐인 민박집 '주목'이었다.

숙박 장부에 가명을 정확하게 기입하기 위해 나는 후카가와 유키오, 누나는 후루하시 아키코라는 한자를 차에서 한 번 더 단단히 외웠지만, 정작 숙소에 도착하자 숙박 장부는 없었다. 허리가 꺾어지리만치 굽은 주인 할아버지가 묻지도 않았는데 설명해준 바로는, 거의 개점휴업* 상태였다. 마을이 석유 붐으로 번창했던 시절에 외지에서 온 노동자를 재우기 위해 윗대가 민박집을 차렸지만, 정유 산업이 쇠퇴한 뒤로는 2층에 세 개 있는 객실을 가족끼리 적당히 쓰다가 가끔 손님이 왔을 때만 서둘러 방을 비워준다고 아주 솔직히 말했다.

"그렇다면 지은 지 적어도 백 년 가까이 됐다는 거네."

방으로 안내해준 주인이 복도로 나가자마자 유미가 신기하다는 듯이 벽과 천장을 둘러보았다. 마루방 구석에 농협 마크가 박힌 골판지 상자가 놓여 있고, 제대로 닫지 않은 뚜껑 틈새로 자수 도구 같

---

* 개점을 하고 있으나 장사가 잘되지 않아 휴업한 것과 같음을 이르는 말.

은 것이 보였다. 가족의 개인 물품일까.

나는 정면에 있는 장지 바른 창을 열고 바깥을 내다보았다. 민박집 주목은 마을 동쪽 끄트머리에 있고 창문은 서향이라 오른쪽에 보석산, 왼쪽에 에치고산맥이 보였다.

예전에 야쓰가와 교코라는 사진가가 찍은 사진은 저 에치고산맥 너머의 하늘을 보석산에서 담아낸 것이다. 하지만 자세히 비교해보니 아무래도 야쓰가와 교코는 라이덴 신사보다 높은 위치에서 촬영한 듯하다. 그렇다면 짐작 가는 장소는 한 곳밖에 없다.

"벼락터는 그 신사에서 얼마나 올라가야 나와?"

유미가 물으며 왼쪽 벽 앞에 놓인 두툼한 텔레비전으로 다가갔다. 음량 조절 손잡이를 겸한 스위치를 누르길래, 그건 당겨서 켜는 것이라고 가르쳐주었다. 하지만 당겨도 아무 변화가 없었다. 유미가 빠져 있는 플러그를 꽂았지만 화면은 지직거릴 뿐이었다.

"30분은 걸린 기억이 나는데, 지금이라면 좀 덜 걸릴지도 몰라."

"오히려 더 걸리지 않을까? 유키히토 짱도 마흔 살이 넘었잖아."

누나가 옆에 서서 창문에 이마를 가까이 대며 말했다. 둘 다 도수 없는 안경을 쓰고 있어서인지, 창가에 나란히 서자 둘이서 무슨 연극이라도 하는 기분이었다.

"까실쑥부쟁이, 무늬털머위, 길상초…… 자금우 열매가 빨갛네."

지금 누나가 말한 식물들이 뭔지는 모르겠지만, 아래쪽의 적당히 손질한 정원에는 늦가을 꽃들이 예쁘게 피어 있었다. 보라색, 노란색, 분홍색. 물이 마른 연못 옆에 빨간 열매가 달린 풀이 있는데, 저게 자금우일까. 이 마을에 살던 시절에 어머니가 자주 마당의 꽃들을 가리키며 지금처럼 이름을 하나하나 가르쳐준 것이 기억났다.

"유키히토 짱, 가끔 밖에서 꽃을 가져오곤 했지."

"그랬지."

초등학교 3, 4학년 무렵이었다. 길가나 야산에서 예쁜 풀꽃을 보면 어머니를 위해 뿌리째 뽑아서 가져왔다. 내가 꽃을 자랑스럽게 내밀면, 어머니는 예쁘다며 소중히 가꾸는 마당에 심었다. 지금 돌이켜보면 공들여 손질한 정원에 번식력이 강한 잡초는 참으로 성가신 방해꾼이었으리라.

"아버지한테도 식재료를 가져다주고 말이야."

"칠엽수 열매였잖아."

보석산에서 칠엽수 열매인 말밤을 많이 주워 왔다. 그러자 아버지도 호들갑스럽게 기뻐하며 말밤떡을 만들어주겠다고 약속했다. 하지만 바빴는지 아무리 기다려도 만들어주지 않았다. 한 달쯤 지나자 실은 말밤을 버린 것 아닐까 걱정됐다. 그러다 어느 날 아버지의 부름에 주방에 갔다가 김이 피어오르는 말밤떡을 보았을 때는 눈물이 날 뻔했다. 달콤하니 맛이 독특한 떡을 우리 가족 넷이서 먹었다. 밤이 되자 아버지는 술집 손님에게도 싱글벙글 웃는 얼굴로 그 떡을 대접하며 아들이 열매를 모아 왔다고 일일이 자랑했다. 그때만큼은 나도 계단을 내려와 별로 좋아하지 않던 가게를 신나서 엿보았다. 누나처럼 집안일도 척척 못 도와주고, 몸만 컸지 아무것도 못 하는 내가 도움이 됐다는 게 기뻤다.

"그거 엄청 힘들었어."

"뭐가?"

"말밤떡은 손이 정말 많이 가거든. 열매가 너무 써서, 쓴맛을 완전히 빼지 않으면 얼얼하니 떫어서 못 먹어. 그래서 일단 겉껍질을 벗기고 햇볕에 말린 다음에, 속껍질까지 전부 벗겨 흐르는 물에 담가 났다가 나뭇재와 함께 다시 물속에서 숙성시켜야 겨우 쓸 수 있어."

그래서 말밤떡이 완성되기까지 한참 걸린 거구나.

"일식집 주방에서 칼을 잡고 있으면서…… 지금까지 몰랐네."

"아버지 혼자 쓴맛을 빼는 걸 우연히 봤는데, 유키히토 짱에게는 말하지 말라고 부탁하더라."

내가 괜히 상처받을까 봐 걱정하셨겠지. 당시 내 성격상 만약 그 중노동을 보았다면 분명 상처를 받았을 것이다.

"그다음에 머위꽃이 실패로 돌아갔던 건 기억나."

머릿속으로 추억을 더듬었다. 말밤으로 칭찬받아 우쭐해진 나는 봄이 되자 나무 그늘에서 고개를 내민 머위꽃을 보고 가게 요리에 쓸 수 있지 않을까 싶어 잔뜩 따서 돌아왔다. 그러고는 아버지를 놀래켜주려고 몰래 주방 조리대에 놓아두었다. 하지만 내가 따 온 것은 머위꽃이 아니라 복수초였다. 눈 녹은 땅에서 고개를 내민 봉오리가 머위꽃과 똑 닮아서 착각한 것이다. 아버지는 조리대에 수북이 쌓인 복수초를 보고 곧바로 나를 불렀다. 그 목소리에서 묘한 분위기를 느끼면서도 쑥스러운 웃음으로 입가가 씰룩거리는 걸 참으며 계단을 내려가자, 아버지는 마침 중학교에서 돌아온 누나와 뭐라고 이야기하고 있었다. 아버지는 고개를 돌려 네가 이것을 조리대에 놓아두었느냐고 확인했다. 내가 고개를 끄덕이자 복수초에는 강한 독이 있다고 가르쳐주었다. 실수로 먹으면 심하게는 목숨까지 잃을 수 있다고. 목소리는 차분했지만 무서운 표정이었다.

"유키히토 짱, 머위인 줄 알고 그런 거지?"

누나가 옆에서 수습했지만, 그건 아버지도 알고 있었다. 뭔지 제대로 알지도 못하면서 멋대로 조리대에 놓아둔 행동을 야단친 것이다. 나는 추운 주방에서 소리 없이 눈물을 뚝뚝 흘렸다. 조리대의 복수초를 긁어모아 쓰레기통에 버리고 2층으로 돌아간 뒤에도 눈물은 멈출 줄 몰랐다. 최대한 조용히 울었는데도 울음을 그쳤을 즈음에 누나가 방으로 들어왔다. 콧물을 목까지 흘린 내게, 누나는 아무 일도 아니라는 듯이 복수초 꽃에 대해 가르쳐주었다. 봉오리 상태로 햇빛이 비치기를 가만히 기다리다가, 햇빛을 받으면 고작 10분 만에 꽃이 활짝 핀다. 그 뒤 꽃은 해를 정확하게 쫓으며 빛을 받고, 아주 따뜻해진 꽃에 모여든 벌레가 꽃가루를 수술에서 암술로 이동시켜 복수초는 점점 늘어난다. 그때 누나는 뭔가 교훈을 주려 했던 걸까. 아니면 그저 내 기분을 풀어주려고 했던 걸까.

"개안타, 개안타."

마지막에 누나는 역시 그 주문 같은 말과 함께 내 머리에 손을 얹었다.

"새삼스럽지만, 왜 그때 복수초에 대해 가르쳐줬어?"

"언제?"

"왜, 내가 어렸을 적에 *머위꽃* 따왔을 때."

물어보자 잠깐 입을 다물고 있던 누나가 창 너머를 보고 중얼거렸다.

"아주 비슷하니까."

물론 복수초와 머위꽃이 비슷하게 생겼다는 뜻은 아니리라. 나는 누나의 말이 무슨 뜻일지 생각해보았다. 복수초 꽃이 대체 뭐와 비슷하다는 걸까.

"……수수께끼야?"

"글쎄."

잠시 생각해보았지만 모르겠어서 적당한 시점에 포기했다.

"하여튼 그때 많이 반성했어. 잘 알지도 못하는 열매나 풀을 따 오는 것도 그만뒀고."

"현명한 선택이었지."

"하지만,"

내 얼굴에는 여전히 옅은 웃음이 맺혀 있었지만, 느닷없이 머릿속 에 기억의 공백이 찾아왔다.

하지만, 그다음은 뭐지. 내가 방금 무슨 말을 하려고 했을까. 마치 내가 아닌 누군가가 꺼낸 말처럼 *하지만*이라는 한마디가 내 입술과 목구멍에 강한 위화감을 남겼다.

"이거 하나도 안 나오네."

큰 소리에 돌아보았다. 유미가 채널을 돌리면서 어디서 배웠는지 손바닥으로 텔레비전을 탕탕 두드렸다.

"그건 아날로그라서 안 나와."

민박집 주인이 노크도 없이 방으로 들어왔다. 한 대 더 때리려고 오른손을 쳐들고 있던 유미가 손을 내리고 텔레비전을 껐다. 주인이 위태롭게 받쳐 든 쟁반에는 주전자와 찻잔, 작은 봉지에 든 센베이* 가 몇 개 얹혀 있었다. 주인이 좌식 탁자 옆에 꿇어앉아 싱글싱글 웃 으며 찻잔 네 개에 차를 따르길래, 우리도 좌식 탁자에 둘러앉았다. 주인은 우리 앞에 찻잔을 밀어준 뒤 자기도 자리 잡고 앉았다. 허리 가 굽은 탓에 머리 위치가 몹시 낮았다. 좌식 탁자에 닿을 듯한 이마

---

*   소금이나 간장, 설탕 등으로 맛을 낸 일본식 쌀과자.

에는 개의 배에 생기는 반점 같은 검버섯이 피어 있었다.

"드셔보시게. 니가타의 센베이는 맛이 참 좋지. 이 마을은 옛날에 석유 사업으로 갑자기 사람이 모여들어 번성한 마을이라 옛날부터 쌀농사는 짓지 않지만, 주변 마을은 전부 쌀 곡창이거든."

나는 확실히 맛있어 보이는 간장 센베이를 하나 집으며 물었다.

"석유라면…… 30년쯤 전에 이 마을 축제에서 사망 사고가 발생했을 때, 석유 부자의 집에도 피해를 입은 분이 계시죠?"

주인의 얼굴에서 웃음이 사라졌고, 조금 튀어나온 앞니도 윗입술 안쪽으로 모습을 감추었다.

"구로사와 소고 씨 말인가."

"네, 그분요. 그 밖에도 세 분이 독버섯을 먹고 피해를 입었다던가. 마을에 중요한 네 분이었다고 하던데요……."

아까 기에에게서 알아내지 못했던 네 집안의 현재 상황을 알아두고 싶었다. 흰알광대버섯을 먹고 죽은 아라가키 금속의 아라가키 다케시와 버섯 농가의 시노바야시 가즈오. 죽지는 않았지만 중태에 빠진 석유 부자 구로사와 소고와 나가토 종합병원의 나가토 고스케. 하지만 민박집 주인은 마치 낯선 생물의 움직임을 경계하듯 딱딱하게 군은 채 입을 다물었다. 그 침묵이 놀랄 만큼 빠르게 방의 분위기를 지배해, 나는 보이지 않는 봉지에 갇힌 것처럼 숨이 막혔다.

"어, 축제에서 일어난 사고랑은 딱히 상관없고요, 마을 산업이 궁금해서요. 요즘은 이런 지방의 힘이 중요한 시대니까요."

간신히 말을 짜내자 주인이 아아, 하고 입술을 누그러뜨렸다. 숨 막히는 느낌도 멀어졌지만, 그 여운이 잠시 피부에 머물렀다. 그건 어린 시절에 마을에서 느꼈던 고립감과 흡사했다. 고개 숙인 어른들이 봉지에 난 바람구멍을 하나하나 막는다. 아이들은 가끔 고개를 갸웃하며 봉지 속을 오간다. 그 시절에는 가슴속에 늘 그런 느낌이 있었다.

"아라가키 씨네는 외아들이 죽은 아버지의 자리를 물려받아 지금도 아라가키 금속을 잘 이끌고 있어. 우리 아들놈 부부도 아라가키 금속 공장에서 일하지. 석유 부자 구로사와 씨는 목숨을 건졌지만 후유증이 남은 탓에, 역시 장남이 뒤를 이어서 지금도 땅을 굴리며 쏠쏠하게 재미를 보고 있고."

구로사와 소고 본인은 어떻게 지내느냐고 묻자, 지금은 후유증에서 회복돼 운전도 하고 술도 마신다고 한다.

"나가토 씨도 후유증이 남았지만 후계자가 없응께 지금도 직함만큼은 원장이지만, 뭐 실제로는 부인이 전부 꾸려나가게 돼서 이쪽 형편은 전보다 좋아졌다는 이야기야."

주인이 손가락으로 동그라미를 만들어 위아래로 흔들더니, 다시 앞니를 보이며 씩 웃었다.

"역시, 어느 집이나 가업은 지금도 이어나가고 있는 거로군요."

"어쨌거나 다들 갑뿌잉께."

그렇게 말하는 주인의 입가에는 여전히 웃음이 맺혀 있었지만, 두 눈은 한순간 비둘기처럼 표정을 잃었다.

"시노바야시 씨네는 어떻게 됐습니까?"

라이덴 신사에서 민박집으로 오는 길에 우리는 구로사와네, 나가토네, 아라가키네, 시노바야시네를 차로 둘러보고 왔다. 전부 보석산 기슭에 집이 있어서 오래 걸리지는 않았다. 네 집 중 세 집은 지금도 제자리에 있었지만, 시노바야시네는 사라지고 없었다. 버섯을 재배하는 비닐하우스와 원목을 보관하는 창고는 옛날 그대로인데, 고래 등 같은 집만 어디에도 없었다.

"그 집은…… 망했는데."

"하지만 비닐하우스와 창고는 있던걸요."

전부 남에게 팔았다고 한다.

"시노바야시 씨네도 가업을 이을 외아들이 있었지만, 아버지가 독버섯을 먹고 죽자 땅이고 금품이고 다 팔고서 마을을 훌쩍 떠났지. 듣기로는 도쿄인지 가나가와인지 사이타마인지로 가서 장사를 시작했다나 어쨌다나."

주인은 차를 홀짝인 뒤 입술을 오물거렸다.

"아들은 원래 도쿄 소재 대학을 나와서 그 뒤로도 한동안 도시에서 하이칼라로 살았던 사람잉께 애초에 이쪽 생활은 안 맞았을 거야. 가업을 이으라고 잔소리하는 아버지가 죽어서 차라리 잘됐다 싶었는지도 모르지…… 지금쯤 타지에서 대성공해서 옛날보다 *큼지막한 집*에 살지도 모르고."

옛날 시노바야시네 저택보다 큰 저택을 도쿄나 가나가와나 사이타마에 짓기는 매우 어려울 것 같지만, 아무튼 이제야 이해가 갔다. 시노바야시네는 30년 전 일을 계기로 이곳 생활이며 버섯 농사며 전부 접고 마을을 떠난 모양이다.

"뭐, 그 집 친척은 얼마쯤 남아 있응께 시노바야시라는 성씨가 마을에서 없어진 건 아니지."

주인은 주름이 새겨진 얼굴에 딱하다는 듯한 웃음을 지었다.

…….

그때 느닷없이 텔레비전 쪽에서 남자 목소리가 들렸다.

돌아보았지만 화면에는 아무것도 비치지 않았다. 애당초 텔레비전을 켜지도 않았다.

"올 때는 또 한 번에 오는 법이로구먼."

"……뭐가요?"

주인은 마른 나뭇가지 같은 손가락으로 벽 쪽을 두세 번 찌르는 시늉을 했다.

"아아, 오늘은 옆방에도 손님이 있군요."

"저이는 오늘로 나흘째야. 평소에는 아들 내외가 밖에서 벌어온 돈으로 생활하께 참으로 고마운 일이지. ……그럼 편히 쉬시게."

주인은 차를 들이마시고 좌식 탁자를 밀어내듯이 힘주어 몸을 일으켰다. 저녁은 6시에 1층 큰 방에서 주고, 욕실은 8시까지 남탕, 11시까지 여탕으로 운영되며, 그다음에는 가족이 사용하니까 너무 늦지 않게 목욕을 마치라고 당부한 뒤 자기 찻잔을 들고 문가로 향했다.

"방문이 안 잠기께 귀중품은 신경 써서 잘 관리하시게나."

6

누나가 운전하는 차를 타고 마을 절반쯤 간선도로를 되돌아와 남쪽으로 방향을 틀었다. 변함없이 침침한 잿빛 하늘 아래, 우리는 기요사와 데루미라는 여자의 집으로 향했다.

주인이 물러가자 우리는 옆방에 목소리가 들리지 않도록 주의하며 어머니의 죽음에 대해 의견을 나누었다. 31년 전 밤, 라이덴 신사에서 신울림제 때 먹을 버석국을 준비하다 자취를 감춘 어머니는 보석산 북쪽 강가에 쓰러진 상태로 발견됐다. 그 뒤 구급차로 병원에 실려 갔지만, 응급처치를 한 보람도 없이 그날 밤 숨을 거두었다. 어머니가 자취를 감춘 이유도, 차가운 강에 쓰러져 있었던 이유도 모른다. 하지만 당시의 의사나 간호사에게서 뭔가 들을 수 있지 않겠느냐고 누나가 말했다. 더 나아가 사건에 관련된 새로운 사실도 파악할 수 있지 않겠느냐고.

"바늘이 통과하면 실도 따라오는 법이라잖아."

그래서 내가 후카가와 유키오라는 가명으로 나가토 종합병원에 전화해서 가짜 취재를 요청했다. 제일 오래 일한 사람이 누구냐고 묻자 병원 청소와 식사 배식을 담당하는 야쿠쇼 씨라고 했다. 전화를 받은 야쿠쇼 씨라는 남자는 나를 의심하는지 처음에는 말을 아꼈지만, 지방 역사를 조사하는 중이라고 하자 자신의 일대기를 조금씩 늘어놓더니, 나중에는 말을 시키기보다 막기가 더 어려워졌다. 끼어들 틈을 보아 31년 전 밤에 실려 온 후지와라 하나라는 여자에 대해 물어보자, 그는 기억하고 있었다. 다만 의사와 수간호사에게 들었을 뿐 직접 어머니의 모습이나 상태를 확인한 것은 아니라고 했다. 그 의사와 수간호사는 지금 어떻게 지내느냐고 물어보니, 의사는 늙어 이미 세상을 떠났지만, 당시 수간호사였던 기요사와 데루미는 퇴직했으나 아직 건강하다고 했다.

아라가키 금속의 커다란 공장을 왼쪽에, 크고 작은 버섯 비닐하우스를 오른쪽에 두고 달렸다. 주위에 낡은 농가 주택이며, 묘하게 눈에 띄는 현대적인 양옥집이며, 아주 평범한 목조 주택이 드문드문 보였다. 차 안이 추운 건 유미가 뒷좌석 창문을 열고 풍경 사진을 찍고 있는 탓이다. 오후 4시쯤 되자 기온은 더욱 떨어지기 시작했다.

"저긴가?"

누나가 속력을 늦추었다. 길 오른쪽, 버섯 비닐하우스와 배추밭 사이에 이층집이 외따로 서 있었다. 가까이 가서 확인하자 문설주에 걸린 문패에 '기요사와'라고 적혀 있었으므로, 여기가 틀림없었다. 주차장에는 회색 경차가 한 대 주차되어 있었다.

갓길에 차를 대고 내렸다. 가까이 가자 새 차로 보이는 경차 앞 유리창 안에 다람쥐 콤비와 개, 우주인 같은 인형이 놓여 있었다.

"신사에 주차돼 있던 차네."

유미의 말에 나와 누나도 말없이 고개를 끄덕였다.

7

"올 줄…… 알았지."

기요사와 데루미는 고타쓰[•] 너머에서 고개를 숙이고 숨을 크게 내쉬었다. 우리가 할 말을 찾고 있자니, 그녀가 갑자기 고개를 들고 빙긋 웃었다.

"아까 전화 줬응께."

야쿠쇼 씨가 기요사와 데루미의 집 전화번호를 알려주었기에, 숙소를 나서기 전에 전화를 걸어 그녀와 약속을 잡았다. 와보니 맞이하러 나온 사람이 신사에서 만난 그 할머니였다. 통화할 때 목소리가 몹시 비슷하다 싶기는 했지만, 설마 동일 인물일 줄은 몰랐다.

기요사와 데루미가 내온 차를 마셨다. 벽에 붙은 포스터는 지역 아이돌 그룹일까, 버농사를 패러디해 그룹 이름을 붙인 다섯 소녀.

"이 마을에서는 옛날부터 버섯만 재배했지만, 니가타 하면 역시 쌀이지."

[•] 탁자 밑에 방열 기구를 넣고 그 위에 이불을 덮은, 일본의 겨울철 난방기구.

기요사와 데루미도 포스터를 돌아보았다. 유미가 팬이냐고 묻자, 기쁜 듯 입꼬리를 올리며 손녀라고 대답했다.

"아, 멤버는 아니고. 손녀가 팬이라 제 맘대로 붙여놓은 거야. 다 비슷하게 생겼지? 하지만 손녀는 무슨무슨 짱, 무슨무슨 짱 하면서 다 구분해. 날 보고는 데루 짱이라고 부른다니까."

손녀는 딸 부부와 함께 가시와자키에 살고 있는데, 남편이 죽고 혼자 지내는 자기를 툭 하면 온 가족이 찾아온다며 웃었다. 차에 놓아둔 인형도 손녀가 게임 센터에서 뽑은 것이라고 한다.

"아까 병원에 전화해서 물어봤는데, 기요사와 씨는 나가토 종합 병원에 오래 근무하셨다면서요?"

"오래 일했지. 하지만 정년이 되기 7년 전에…… 간호부 일은 그만뒀어."

"어째서요?"

기요사와 데루미는 아무 말도 없이 내 두 눈을 노려보았다.

"간호사로 명칭이 바뀌었으니까."

할머니 개그가 또 나와서 어이없었지만, 누나와 유미는 소리 내 웃었다. 나는 웃음이 잦아들기를 기다렸다가 본론에 들어갔다.

"사실 저희는 라이덴 신사와 신울림제뿐만 아니라 30년 전 사건에 대해서도 조사하고 있습니다."

그러자 민박집 주인과 마찬가지로 기요사와 데루미도 입을 꾹 다물었다. 마치 입이 순식간에 꿰매진 것처럼. 잠시 기다렸지만 데루미는 미동도 없었다. 곪은 듯 축축한 눈꺼풀 아래 두 눈으로 그저 나를 똑바로 바라볼 뿐이었다.

"신사에서 뵈었을 때 기요사와 씨가 '사고'라고 말씀하신 일 말이에요. 신울림제 때 쓸 라이덴국에 흰알광대버섯이 섞여 들어가서 생긴 일."

"사고가 아니지."

솥기를 힘껏 뜯어내듯 기요사와 데루미가 갑자기 입을 열었다. 다른 사람이 아닌가 싶을 만큼 굵은 목소리였다. 스스로도 놀랐는지 데루미는 눈을 동그랗게 뜬 채 아무 말도 없다가 한숨 같은 헛기침을 내쉰 뒤 다시 부드러운 목소리로 말을 이었다.

"그건 살인 사건이야."

데루미의 얼굴 안에 있는 또 다른 얼굴을 본 기분이었다. 아니, 데루미와 민박집 주인뿐 아니라, 당시 일을 아는 마을 사람들은 다들 이렇게 다른 얼굴을 가지고 있을지도 모른다.

"낮에 만났을 때는 타지에서 온 댁들이 아무것도 모르는 줄 알았응께 사고라고 했지만, 이미 알고 있다면 다른 이야기지. 그건 살인 사건이야. 후지와라 미나토라는 남자가 저지른 살인."

그렇다면 그에 맞춰 이야기를 하기로 했다.

"저희도 그렇게 생각하고 있습니다. 그 사건 때문에 마을 분들이 많이 힘드셨다고 들었습니다. 그래서 대체 왜 그런 비극이 벌어졌는지 조사하는 중이에요. 기요사와 씨도 꼭 도와주셨으면 해서 이렇게 댁으로 찾아뵙게 되었습니다."

데루미의 목구멍에서 짧지만 어쩐지 만족스러운 듯한 한숨이 새어 나왔다.

"뭐, 옛날 일이지만 알고 싶은 건 나도 마찬가지야."

데루미는 이야기를 준비하듯이 차로 목을 축였다.

"……그래서 뭘 알고 싶은데?"

"당시 나가토 종합병원에서 일하셨던 기요사와 씨께 30년 전의 사건과, 그 사건으로부터 1년 전 병원에서 돌아가신 후지와라 하나 씨에 대해 듣고 싶습니다."

"왜…… 그 두 가지를 묻는 거지?"

되묻는 목소리를 듣자 하니 순수한 의문만은 아닌 듯했다.

"사건의 동기를 헤아려보려고요. 그 독버섯 사건 전해에 후지와라 미나토 씨 부인이 변사한 일과 관련이 있는 것 아니냐는 말이 돌았던 모양인데, 기요사와 씨 생각은 어떠신지 해서요."

실은 당시 사정을 잘 아는 데루미가 그 일반론을 한마디로 일축해버리지 않을까 예상했다. 하지만 그 예측은 바로 어긋났다.

"뭐, 관계가 있겠지."

"어째서…… 그렇게 생각하시지요?"

데루미가 처음으로 내 시선을 외면했다. 얼굴에서 웃음이 완전히 사라지고 웃을 때 생기는 주름만 간신히 남아 있었다.

"이건…… 아무에게도 말한 적 없는데."

"뭔가요?"

데루미가 다시 입을 열기까지는 시간이 걸렸다. 마침내 두루주머니처럼 주름진 입에서 혼잣말처럼 뜻을 종잡을 수 없는 말이 흘러나왔다.

"강에서 발견된 부인이 병원에 실려 온 뒤에, 음, 좀 이상한 말을 들었는데…… 그때는 무슨 뜻인지 몰랐고, 게다가 응급처치를 하느라 정신이 없어서 마음에 담아두지 않았지……."

거기서 말이 끊겼지만, 나는 데루미가 방해받지 않고 자유롭게 말할 수 있도록 일부러 잠자코 있었다. 누나와 유미도 입을 다물고 그

녀의 얼굴을 유심히 바라보았다. 그 침묵에 중압감을 느꼈는지 그녀
는 이윽고 띄엄띄엄 이야기를 시작했다. 지금까지 살펴본 어떤 기록
이나 나 자신의 기억에도 없는 내용이었다.

"후지와라 하나 씨가 병원에 실려 온 밤."

그것은 31년 전, 어머니가 응급처치를 받은 뒤의 일이었다. 환자
에게 할 수 있는 처치를 다 마쳤기에 의사는 이미 나가고 없었고, 병
실에는 수간호사인 데루미 외에 '후지와라 미나토', '고등학생 딸',
'초등학생 아들'이 있었다. 아버지와 누나, 그리고 나다.

"아들이 꺽꺽대며 울다가 엄마 침대 옆에 토했어. 후지와라 미나
토가 아들을 밖으로 데리고 나가고, 딸과 내가 병실에서 토한 걸 치
웠는데……."

그때 어머니가 일시적으로 의식을 회복했다. 데루미가 그 사실을
알아차린 건 '아들'이 토한 걸 청소하고 걸레를 빨아서 돌아왔을 때
였다. 눈을 게슴츠레하게 뜬 어머니가 스스로 산소마스크를 벗고서
입술을 달싹거리자, '딸'이 엄마가 무슨 말을 하는지 알아듣기 위해
그녀의 입가에 귀를 바짝 댔다.

"이렇게."

데루미는 한쪽 귀가 고타쓰 겉에 닿을락 말락 하게 상체를 구부
렸다. 그녀는 어머니가 뭐라고 했는지 못 들었지만, 마지막에 두 번
되풀이한 말은 똑똑히 들었다.

"*버섯을 먹으면 안 돼……. 그렇게 말했지.*"

말을 마친 어머니가 다시 눈을 감음과 동시에 어머니의 온몸에서
힘이 쭉 빠져나갔다. 데루미가 재빨리 상태를 확인했지만, 이미 의식
을 잃은 어머니는 아무 반응도 하지 않았다. 데루미는 서둘러 산소

마스크를 도로 씌우고 의사를 호출했다.

"그렇지만…… 그 뒤로는 한 번도 의식을 되찾지 못하고 세상을 떠났지."

나는 누나에게 시선을 주지 않으려고 혼신의 노력을 다했다. 죽기 직전에 의식을 되찾은 어머니는 곁에 있던 누나에게 대체 무슨 말을 한 걸까. 버섯을 먹으면 안 된다니, 무슨 뜻이었을까. 왜 누나는 지금까지 내게 그 일을 말하지 않았을까. 물음표가 머릿속을 가득 채우는 가운데, 나는 내 기억의 공백을 처음으로 똑똑히 자각했다. 전혀 기억이 안 난다. 도미타 씨 차를 타고 병원으로 달려간 것, 침대에 누운 어머니의 얼굴이 접힌 종이처럼 하얗고 핏기가 없었던 것, 그 얼굴에 김으로 흐려진 산소마스크가 씌워져 있었던 것. 그건 분명하게 기억한다. 진짜 기억인지 아버지와 누나에게 들은 이야기를 내 기억이라고 믿게 된 건지는 모르겠다. 하지만 일련의 일은 분명히 머릿속에 있다. 병실로 찾아온 다라베 요코가 신사에서 어머니가 사라진 경위를 설명해준 것도 기억난다. 하지만 껵껵 울던 끝에 토하거나, 아버지가 나를 데리고 병실 밖으로 나간 일은 아무리 기억을 더듬어도 생각나지 않았다. 지금 기요사와 데루미가 설명한 장면은 분명 실제지만, 머릿속에 그려봐도 거기에 내 모습을 끼워 넣을 수 없다.

"그랑께…… 1년 뒤에 신올림제에서 후지와라 미나토가 독버섯 사건을 일으킬 줄, 부인은 알고 있었던 것 아니겠나."

내 머릿속의 막연한 생각을 데루미가 말로 표현했다.

"그날 밤 신사에서 사라진 부인을 다 같이 찾다가 결국 후지와라 미나토가 발견했잖은가? 그가 부인을 업고 강가를 걸어 구급차까지 옮겼지. 아마도 그때 부인은…… 이렇게 말하긴 그렇지만…… 다 죽어가는 지경이었을 거야. 병원에 실려 왔을 때의 상태로 보면 말이지. 그래도 남편에게 업혀 갈 때 둘이 뭔가 이야기를 나누지 않았을까 싶어. 자세히는 몰라도 후지와라 미나토가 독버섯을 이용해 일을 일으키겠다고 부인에게 말한 것 아니겠나. 그랬게 부인이 병실에서 눈을 떴을 때, 곁에 있던 딸에게 버섯을 먹지 말라고 당부했겠지."

다시 침묵이 찾아왔을 때야 나는 겨우 누나의 얼굴에 시선을 줄 수 있었다. 누나도 내 쪽을 보고 있었다. 누나가 입술만 살짝 움직여 "나중에"라고 말했지만 도저히 기다릴 수 없었다.

"그, 버섯을 먹지 말라고 당부하기 전에 후지와라 하나 씨가 딸에게 뭐라고 말했는지는 전혀 못 알아들으셨습니까?"

데루미에게 물었지만, 실제로는 누나에게 던진 말이었다. 그러자 누나도 내 의도를 이해한 듯 데루미가 고개를 끄덕이기를 기다렸다가 입을 열었다.

"그때 하나 씨는 아주 쇠약해진 상태라 뭔가 말하려 해도 목소리가 잘 안 나왔을 거예요. 딸도 어머니의 말을 알아들으려고 애썼겠지만, 마지막 말 말고는 알아듣지 못했고요."

누나가 말을 마친 순간 고타쓰 속에서 유미가 재빨리 발을 움직이자, 누나는 서둘러 덧붙였다.

"물론 제 짐작이지만요."

아무래도 누나도 데루미처럼 어머니의 마지막 말밖에 알아듣지 못한 모양이다. 하지만 누나가 왜 지금까지 그 일을 숨겨왔는지는 여전히 의문이다.

누나가 다시 말을 꺼냈다.

"들어보니 어쩌면 정말로 후지와라 하나 씨는 독버섯 사건이 일어날 줄 알고 있었는지도 모르겠네요. 하지만 그렇다고 후지와라 미나토 씨가 실제로 사건을 일으키려 했다고 단정하는 건 너무 섣부른 판단 아닐까요?"

나무란다고 느꼈는지 데루미는 주눅 든 듯 눈을 내리깔았다. 아니, 실제로 누나는 나무랐다. 나는 안 되겠다 싶어 끼어들었다.

"어쩌면 후지와라 하나 씨의 말이 1년 뒤에 일어난 사건과 아무 관련이 없었을 가능성도 있고요."

급히 꺼내놓은 그 의견을 나 스스로도 믿지는 않았다. 당장이라도 숨이 끊어질 수 있는 사람이 안간힘을 다해 전한 마지막 말이다. 중요하지 않을 리 없다. 그리고 1년 뒤 신울림제에서 일어난 그 사건이 아니라면 버섯과 관련된 중요한 일은 아무것도 떠오르지 않는다.

혼란스러운 머리를 정리해보았다. 지금까지의 이야기를 종합하면 두 가지 가능성이 성립된다. 하나는 '어머니는 독버섯 사건이 일어날 줄 알고 있었다.' 또 하나는 '어머니는 독버섯 사건이 일어나리라는 것과, 누가 사건을 저지르려는지도 알고 있었다.' 하지만 전자의 가능성은 희박하다. 어떤 상황이어야만 그같이 엄청난 일이 일어난다는 것만 알 수 있는지 상상이 안 된다. 후자에 대해서 생각해보았다. 독버섯 사건이 일어나리라는 것과 누가 사건을 저지르려는지 어머니가 알고 있었다 치고, 일단 어떻게 안단 말인가. 그날 버섯국을 준비하러 라이덴 신사에 갈 때까지 어머니에게 이상한 낌새는 없었다. 그렇다면 신사에 간 다음에야 알았을 것이다. 어머니가 집을 나선 뒤부터 데루미가 "버섯을 먹으면 안 돼"라는 말을 듣기 전까지, 그동안 어머니가 접촉했을 확률이 있는 사람은 어머니를 업고 강가를 걸은 아버지 외에 구조를 도운 마을 남자들, 신관 다라베 요코, 함께 버섯국을 준비한 세 여자, 전야제를 핑계로 술을 마신 구로사와 소고, 아라가키 다케시, 시노바야시 가즈오, 나가토 고스케다. 어머니는 그중 누군가에게 뭔가를 들은 것이다. 거기까지 생각한 뒤 나는 암담한 기분을 참지 못해 속으로 한숨을 쉬었다. 누군가. 뭔가. 정보가 너무 적어서 머리를 쥐어짜도 진전이 없다.

"아무튼 그렇군요. 잘 알았습니다."

일단 이야기를 되돌렸다.

"독버섯 사건의 범인은 후지와라 미나토 씨다. 그 사건은 1년 전 후지와라 하나 씨의 죽음과 관련됐다. 기요사와 씨가 그렇게 생각하시는 것도 무리가 아닙니다."

상대의 의견에 동조함으로써 더 많은 정보를 끌어낼 수 있을지도 모른다고 생각했지만, 데루미는 의외의 반응을 보였다. 팔짱을 낀 채 고개를 갸웃하는 것이, 마치 받아들이기 힘든 의견이라도 들은 듯한 태도였다. 방금 본인이 말한 내용을 요약했을 뿐인데.

"……왜 그러시죠?"

"석연치 않아."

고개를 기울이며 마음에 안 든다는 듯 말하더니, 팔짱을 바꿔 끼고 다시 고개를 갸웃했다.

"영 석연치 않단 말이지. 부인이 죽고 1년 뒤에 독버섯 사건이 일어났을 때도, 후지와라 미나토가 경찰에 끌려갔을 때도, 나는 방금 그 이야기를 아무에게도 하지 않았어. 물론 떠오르기는 했지만…… 남에게 말하지는 않았지."

"뭐가 석연치 않으신데요?"

"그게…… 평범하게 상상하면 이런 사연이겠지? 부인이 죽은 책임이 누군가에게 있었다. 후지와라 미나토는 그 누군가에게 앙갚음을 하려고 했다. 그래서 이듬해 라이덴국에 독버섯을 넣어서 그 상대를 죽였다. 요컨대…… 복수야."

만약 아버지가 범인이라고 가정한다면, 내 생각에도 그렇다. 분명 누나와 유미도 같은 생각이리라. 동기는 어머니의 복수다. 복수 상대는, 데루미는 '누군가'라고 두루뭉술하게 표현했지만 갑뿌 네 명이다. 그리고 아버지가 사건을 저질렀을 것이라 추정되는 이유가 하나 더 있다. 마을을 떠날 때 내가 들었던 말.

―난 틀리지 않았어.

운전석에 앉은 아버지는 분명 그렇게 중얼거렸다.

"하지만 그런 사연이 아니었을 것 같기도 해."

찻잔을 옆으로 치운 데루미가 고타쓰 위에 얼굴을 얹을 듯이 상체를 쑥 내밀더니, 전혀 예상치 못한 말을 속삭였다.

"그 집 부부 사이가 좋지 못했을지도 몰라."

마치 낯선 외국어라도 들은 기분이었다.

"……왜 그렇게 생각하시는데요?"

"애초부터 좀 이상하기는 했어. 왜, 자기 아내가 죽을 지경이면 보통은 정신 차리라거나 이제 괜찮다고 말한다든가, 손을 잡아준다든가 그러겠지? 하지만 후지와라 미나토는 우리가 응급처치를 하는 동안에도, 그다음에도 병실 구석에 우두커니 서 있을 뿐이었어. 고등학생 딸과 초등학생 아들은 엄마의 손이며 다리를 붙들고 엉엉 울거나 토했는데 말이야."

"너무 갑작스러운 일이라…… 넋이 나간 건 아닐까요?"

하지만 데루미는 우리를 한번 보더니, 확신에 찬 몸짓으로 고개를 저었다.

"후지와라 미나토는 부인이 죽어도 된다고 했어."

정말이지 믿을 수 없는 말이었다.

"기요사와 씨께 그렇게 말했다고요?"

데루미는 다시 고개를 저었다.

"자기 *아들*한테."

방 온도가 뚝 떨어진 것 같았다. 할 말을 찾을 수 없었고, 설령 찾았다 해도 입 밖에 꺼낼 용기가 없었다. 한마디라도 더 꺼냈다가는 순식간에 또 기억의 공백에 삼켜질 것 같았다.

나 대신 입을 연 사람은 유미였다.

"그건 어떤 시추…… 상황에서요?"

"시추에이션 정도는 나도 알아."

데루미는 미소를 지었지만 금세 사그라들었다.

"후지와라 하나의 의식이 돌아오고 얼마 지나지 않아서였어. 나는 당장 선생님을 불렀지."

의사와 둘이 함께 어머니의 상태를 확인한 뒤, 나와 아버지에게 알리라고 누나에게 부탁했다. 누나는 병실을 뛰쳐나갔지만 어디선가 엇갈렸는지 잠시 후 나와 아버지만 병실로 돌아왔다.

"방금 의식이 돌아왔었다고 두 사람에게 설명하고 나랑 선생님이 치료법을 의논하러 병실에서 나갔는데…… 아들이 엄마를 보고 또 눈물을 쏟는데도 후지와라 미나토는 여전히 멀뚱히 서 있다가…… 우는 아들에게 느닷없이 놀라운 말을 했어."

데루미가 갑자기 뼈 있는 목소리로 말했다.

"죽어도 된다고."

벼락을 맞은 그날부터 지금까지, 수백 번은 기억을 더듬어왔다. 하지만 지금만큼 절실하게 손끝에 뭔가가 닿기를 바란 적은 없다.

"무슨 연유로 그렇게 말했는지는 모르지만…… 아들은 틀림없이 놀랐을 테고, 무엇보다 슬펐겠지."

아니, 분명 분노가 벼락처럼 온몸을 강타했을 것이다. 가슴이 분노로 가득 차서 뺨을 떨며 아버지를 노려보았을 것이다.

"이듬해 신울림제 때 독버섯 소동이 일어나고 후지와라 미나토가 범인으로 추정됐을 때, 1년 전 일이 이것저것 생각났지. 그래서 그가 라이덴국에 독버섯을 넣은 게 부인의 죽음과 관계있을지도 모른다고 추측하면서도, 부인이 죽어도 된다고 말했던 걸 생각하면 앞뒤가 맞지 않아서 내가 보고 들은 일을 아무에게도 말하지 않은 거야."

물음표로 가득한 머릿속 어딘가에 당장이라도 금이 갈 것 같았다. 데루미가 아까 '석연치 않다'라고 했는데, 그 정도로는 표현할 수 없을 만큼 혼란스럽다. 신사에서 홀연히 사라진 어머니는 죽기 전에 병실에서 버섯을 먹지 말라고 누나에게 당부했다. 이듬해 신울림제에서 독버섯 사건이 발생해 흰알광대버섯을 먹은 네 갑뿌 중 두 명이 죽고 두 명이 중태에 빠졌다. 그 뒤에 신관인 다라베 요코가 자살하기 전에 아버지를 범인으로 지목하는 편지를 남겼다. 여기까지 종합하면 범인은 분명 아버지다. 어머니의 복수를 위해 네 갑뿌를 독살하려 했고 어머니는 그걸 알고 있었다고. 하지만 한편으로 아버지는 당장이라도 숨이 끊어질락 말락 하는 어머니를 보고 죽어도 된다고 말했다. 아버지가, 어머니와 함께 가게를 차리고 서로 아끼고 보살피며 살아왔을 아버지가, 대체 왜, 무슨 이유로.

"이래저래 석연치 않기는 하지만, 처음에 말했듯이 역시 난 후지 와라 미나토가 범인이라고 생각해. 그는 원래 하타가미 출신이 아니 야. 신사의 역사도, 버석국의 유래도 몰랐겠지. 그랑게 그렇게 몹쓸 짓을 저지를 수 있었던 거야. 알았다면 도저히 그럴 수는 없지."

그건 사실이 아니다. 아버지는 라이덴 신사와 버석국에 대해 잘 알고 있었다. 하타가미 출신인 어머니와 같이 살았고, 무엇보다 술집 을 운영하며 평범한 마을 사람들보다 훨씬 많은 사람과 대화를 나누 었다. 내가 학교에서 배운 신사와 버석국의 역사를 의기양양하게 떠 들어댔을 때도, 이미 다 알고 있던 아버지가 약간 덧붙여 설명해준 것이 기억난다.

그걸 데루미에게 말할 수 없어서 속상했다. 마음속에서 석 달 전 까지 살아 있었던 아버지가 종잡을 수 없이 모호한 존재로 기묘하게 일그러졌다. 오랜 시간 함께하면서 행복한 추억을 수없이 쌓고, 내게 요리와 장사를 가르쳐준 아버지. 이제는 간절히 진실을 알고 싶다. 이 마을을 찾아온 이유는 협박자로부터 유미를 떼어놓기 위해서지 만, 그에 뒤지지 않게 반드시 과거의 의문을 낱낱이 풀고 싶다.

넷이서 고타쓰에 둘러앉은 채 오랫동안 침묵을 지켰다. 이제 눈에 익은 방은 시간이 멈춘 듯 고요했다. 데루미 뒤에 텔레비전이 놓인 선반이 있고, 쑥 들어가 있어서 물건을 금방 꺼낼 수 없는 선반 안에 기차와 퍼즐 모양 나무 장난감이 있었다. 벽에 포스터를 붙인 손녀 가 더 어렸을 적에 가지고 놀던 것일까.

"어쨌거나 제일 불쌍한 건 아이들이지."

데루미가 그렇게 중얼거리며 나와 누나의 얼굴을 번갈아 보아서 나도 모르게 몸이 뻣뻣하게 굳었다.

"그로부터 30년이 지났응께, 댁들이랑 나이가 비슷할 거야. 네 살 터울 남매였거든. 생김새도 어딘가 댁들이랑 비슷한 것 같고."

데루미는 얼굴을 더 자세히 확인하려는 낌새는 없이 눈을 내리깔았다. 나는 일단 경계심을 풀었지만 그것도 잠시, 얼음 같은 말이 무방비해진 가슴을 느닷없이 콱 찔렀다.

"아버지가 그런 일을 저지른 탓에 둘 다 벼락을 맞았지. 딸은 몸이 그 지경이 됐으니……. 아까 불쌍했다고 했는데, 지금도 불쌍해. 그 화상 흉터는 뭐, 평생 지워지지 않을 테지."

폐가 얼어붙은 듯 숨을 내뱉을 수 없다.

사이타마에서 중학교에 다닐 때 반 아이가 나보고 너희 누나는 조폭이냐고 놀렸다. 누나와 같은 고등학교에 다니는 그 애 누나가 옷을 갈아입다가 우리 누나의 몸을 보았던 것이다. 몸에 문신 천지 아니냐며 그 애가 웃었을 때 나는 그 애를 힘껏 때리고 싶었다. 하지만 그러지 못했고, 그래서 온몸이 얻어맞은 듯 아팠다. 집에 돌아가자 누나가 내 뺨에 남은 눈물 자국을 보고 무슨 일 있었느냐고 물었다. 나는 고개를 젓는 게 고작이었다. 그때도 누나는 하타가미를 떠난 뒤로 유일하게 쓰던 그 주문 같은 사투리로 나를 위로해주었다. 자초지종을 설명했어도 누나는 분명 똑같이 위로해주었을 것이다.

"이 아이가 입원했을 때도…… 돌봐주셨나요?"

누나가 찻잔을 감싸듯이 양손에 쥐고 물었다. 스스로를 가리키듯 '이 아이'라고 표현한 건 누나도 데루미도 알아차리지 못한 듯했다.

"그랬지."

누나의 두 눈이 커졌다. 아무래도 두 사람은 오늘 낮에 신사에서 만나기 전에도, 요컨대 30년이나 더 옛날부터 서로 안면이 있었던 모양이다.

"하루에 몇 번이나 몸을 닦고 약을 발라줬어. 어차피 흉터는 사라지지 않으니까 별 소용 없으리라는 걸 알면서도 말이야. 그 아이가 마침내 의식을 되찾았을 때…… 얼마나 놀랐을까. 몸이 그 지경이 되었으니. 앞으로의 인생을 생각하면 절망스러웠을 거야. 얼마나 딱했는지 나도 숨어서 울곤 했어."

어떤 악의도 없는 솔직한 말인 만큼 그 말에 누나가 한층 가엾어졌다.

8

집을 나설 때 받은 귤을 두 개씩 들고 차로 돌아갔다. 늦가을의 짧은 해가 저물어 마을 전체가 어둠 속으로 가라앉았다. 우리는 자동차 전조등 불빛에 의지해 간선도로로 향했다.

"……왜 지금까지 말 안 했어?"

운전대를 잡은 누나에게 묻자 그 짤막한 질문만으로도 누나는 무슨 뜻인지 이해했다.

"솔직히 헛소리인 줄 알았어. 그 부분밖에 알아듣지 못했고, 설마 1년 뒤에 그런 사건이 일어날 줄은 상상도 못 했거든."

"사건이 일어나고 나서는?"

"그야 그땐 절대 말할 수 없었지. 말했으면 나뿐만 아니라, 유키히토 짱까지 아버지가 범인이라고 믿었을 테니까."

확실히 그렇다. 만약 누나에게 이야기를 들었다면 분명 나도 데루미와 똑같이 추측했을 것이다. 어머니는 아버지가 독버섯 사건을 일으킬 줄 알았고, 그래서 마지막 힘을 짜내서 버섯을 먹지 말라고 누나에게 당부했다고. 그러니 범인은 역시 아버지라고.

"뭐…… 내가 누나였어도 말하지 않았을 것 같기는 하네."

"유키히토 짱이야말로 왜 잠자코 있었어? 어머니가 죽어도 된다고 아버지가 말했다는 거."

"난 그런 말을 들었다는 것 자체가…… 기억 안 나."

누나는 예상한 대답인 듯 고개를 살짝 끄덕이고 입을 다물었다.

"고모, 할머니한테서 버섯을 먹지 말라는 말 듣고 나서부터 버섯 안 먹었어?"

뒷좌석에서 유미가 물었다. 마치 일상생활의 주의사항에 대해 말하는 것 같은 말투였지만, 분명 배려한 것이리라. 딸은 옛날부터 마음씨가 다정했다. 15년 전 엉겅퀴 화분을 햇빛이 잘 드는 곳에 놓아두었을 때와 달라진 점이 없다.

"버섯이라……."

누나가 말을 끊고 앞 유리창을 바라보자 엔진 소리만 차 안에 울려 퍼졌다. 이따금 전조등 불빛을 받은 돌멩이가 바늘처럼 뾰족한 그림자를 시골길에 드리우다 차 밑으로 사라졌다.

"그 뒤로도…… 아무렇지도 않게 먹었어. 그땐 정말로 헛소리라고 생각했거든."

"오늘 저녁밥에 만약 버섯이 나오면 고모랑 내가 아빠 것까지 먹자고 했었지."

옆으로 뻗은 가로등 행렬이 간선도로의 위치를 알려주었다. 차는 띄엄띄엄 늘어선 그 미덥지 못한 불빛을 향해 나아갔다.

"그나저나 민박집 주인도 그렇고, 기요사와 씨도 그렇고 독버섯 사건 이야기가 나오니까 갑자기 표정이 무서워지네."

유미가 손으로 얼굴을 덮은 것을 목소리로 알 수 있었다.

"아아…… 정체가 들통나면 어떡하지. 만약 들키면 다들 어떤 얼굴로 볼까."

"들킨들 집에 돌아가면 그만이잖아."

"도망치듯이?"

도망치기 위해 유미를 데리고 여기로 왔다. 그다음 일은 생각할 여유도 없이. 하지만 우리 정체가 드러나든 말든, 언제까지고 이 마을에 있을 수 없다는 것도 안다. 우리는 결국 사이타마로 돌아가야 한다. 그 남자가 언제 나타날지 모르는 집으로. 이사할 돈은 없고, 설령 있다 한들 어디로 가는지 아무도 모르게 이사할 수 있을 것 같지는 않다.

9

"옆방 사람, 여자지?"

어두침침한 복도에 멈춰서 유미가 속삭였다.

"남자 아닌가?"

"어, 진짜?"

우리는 민박집 주목의 1층에 나란히 서서 계단 위를 바라보았다. 객실 세 개 중 계단에 제일 가까운 쪽이 우리 방이고, 그 옆이 나흘 전부터 머물렀다는 손님의 방이다. 방금 남자인지 여자인지 모를 사람이 그 방 미닫이문을 열고 들어갔다. 전체적으로 아주 호리호리한 윤곽과 뒤로 묶은 긴 머리는 보였지만, 그 외에는 방에서 나온 역광 때문에 보이지 않았다.

욕실은 8시까지 남탕, 그다음 여탕이라고 했으므로 나 혼자 목욕을 마치고 돌아오다가 민박집을 '탐험' 중이던 유미와 마주친 참이었다.

"뭐, 남자든 여자든 무슨 상관이니."

유미와 함께 계단을 올랐다. 슬리퍼 너머로도 발판의 냉기가 전해져왔다.

"나중에 목욕할 때 고모랑 따로 가는 게 좋을까."

"신경 쓰여?"

"고모가…… 괜찮으려나 싶어서."

30년 전 번개를 맞고 혼수상태에 빠졌다가 깨어난 뒤, 누나는 우리와 함께 사이타마로 떠났다. 당시는 고등학교 2학년 봄방학이었고, 새 학교에서 3학년으로 1년을 보냈다. 누나는 계절에 상관없이 긴소매 블라우스를 입고 학교에 다녔지만, 체육 시간에는 다른 학생들과 똑같이 반소매 체육복을 입었고 여름에 수영 수업이 시작되면 학교에서 지정한 수영복을 입었다. 피부에 남은 보라색 흉터를 보고 노골적으로 징그러워하는 학생도 있었고, 수영장에 같이 들어가기 싫다고 교사에게 따지는 학생도 있었다고 들었다. 누나는 그렇게 서글픈 일들을 늘 웃으면서 이야기했다. 처음에는 누나가 강한 척한다고 생각했고, 사실 그랬는지도 모른다. 하지만 정말로 강해질 수 있는 건 강한 척할 수 있는 사람뿐이리라.

"네가 괜찮으면 괜찮아."

방문을 열자 좌식 탁자 앞에 앉아 데루미가 준 귤을 먹고 있던 누나가 우리를 보고 입가를 가리며 웃었다. 방금 목욕하고 나와서 목이 말랐으므로 나도 하나 까서 먹었다. 그러다가 저녁 식사 시간이 되어 이번에는 셋이서 1층으로 내려갔다.

안쪽 큰방에 들어가자 한복판에 자리한 좌식 탁자 가장자리에 민박집 주인이 앉아 있었다. 주인은 우리를 보자마자 앞니를 드러내며 웃었다. 탁자에는 커다란 접시에 담은 요리 두 종류와 모듬 채소절임이 놓여 있었다. 요리는 돼지고기채소볶음과 유부어묵조림으로,

둘 다 배추가 많이 들어갔다. 모듬 채소절임도 절반은 역시 배추다. 젓가락과 앞접시는 세 사람 것밖에 없다. 옆방 손님은 안 먹는 걸까.

"지금 백과밥을 짓고 있다네."

민박집 주인이 기대하라는 표정을 지었지만, 유미는 그게 뭔지 모르는 듯했다.

"여기서는 은행 열매를 백과라고 불러. 나무는 '백과나무'이고."

"아, 은행 좋아해요. 버섯 재배로 유명한 곳이니까 버섯밥 같은 게 나올 줄 알았는데."

그렇게 말하면서 몰래 내 등을 쿡 찔렀다.

"우리는 버섯을 손님한테 내놓지 않고, 집에서도 안 먹어."

"그렇군요."

"불길하잖아."

주인은 매우 당연하다는 듯이 말하고 탁자 둘레에 놓아둔 방석을 가리켰다. 아무 설명도 덧붙이지 않았지만, 30년 전부터 이 집에서 버섯을 내놓지 않게 됐으리라는 건 쉽게 상상이 갔다. 어쩌면 비슷한 집이 또 있을지도 모른다.

우리가 자리에 앉자 주인은 찻잔에 차를 따라주고 나서 안쪽 미닫이문에다 "회 가져와" 하고 소리쳤다. 누나와 나이가 비슷해 보이는 여자가 미닫이문을 열고 나와서 가볍게 고개를 숙이며 탁자에 접시를 하나 내려놓았다. '아들 내외'가 있다고 했으니 며느리일까. 접시에는 작은 생선회가 가지런히 놓여 있었다. 생선의 몸통에서 벗겨내고 남은 은색 껍질이 반짝반짝 빛났다.

"도루묵이군요."

내 말에 주인이 오, 하며 동그랗게 입을 벌렸다.

"손님, 잘 아시는구먼."

생선회를 내려놓은 여자가 안쪽으로 물러갔다. 열린 미닫이문 너머로 조그마한 테이블에 다닥다닥 둘러앉은 세 사람이 보였다. 40대 후반으로 보이는 남자와 아직 10대일 듯한 어린 남녀. 분명 주인의 아들과 손주일 것이다. 남자는 무슨 핑곗거리라도 되는 듯 맥주잔만 들여다볼 뿐 이쪽으로 고개를 돌리지 않았다. 두 아이 중 오빠는 불쾌한지 눈도 들지 않고 묵묵히 젓가락을 놀렸고, 여동생은 반대로 보란 듯이 따가운 눈총을 주었다. 어쩐지 남의 집에 멋대로 들어와서 폐를 끼치는 사람이 된 기분이었다.

"'도루묵을 두 마리 늘어놓고 뇌신님'이라고 부르지."

"……무슨 말씀이시죠?"

"도루묵이라는 생선은 한자로 이렇게 쓰잖나."

주인은 곁에 있던 광고지와 볼펜을 집어 뜻밖의 달필로 '도루묵 뇌鱩', '도루묵 신鰰'을 적었다.

"두 글자 다 도루묵이라는 뜻이야. 자, 이제 왼쪽을 가리고 봐봐."

검지로 한자의 왼쪽 부수를 가리자 확실히 '뇌신雷神'이었다. 처음 듣는 말장난인데, 내가 몰랐던 걸까. 아니면 주인이 만들어낸 걸까.

"차를 끓였지만, 일단은 맥주부터 드시게."

주인이 자리에서 일어나 미닫이문 안쪽에서 병맥주 한 병과 잔을 세 개 가지고 왔지만, 누나는 옛날부터 술을 마시지 않고 유미는 미성년자다. 그렇게 말하자 주인은 어째선지 잔을 하나만 갖다놓고 왔다. 주인은 다시 내 곁에 앉아 낙서처럼 정맥이 불거진 두 손으로 정중하게 술을 따라주었다. 감사를 표하고 맥주를 마시려 하자 주인이 다른 잔으로 손을 뻗었다. 어쩔 수 없이 내가 병맥주를 들고 따라주겠다는 시늉을 하자 몹시 놀란 표정을 지으며 잔을 잡았다.

"그럼 고맙게 받겠소이다."

우리가 식사하는 동안 주인은 맥주 한 잔을 핥듯이 찔끔찔끔 마시면서 목소리와 몸짓이 점점 커졌다. 거의 주인 혼자 떠드는 이야기를 들으며 우리는 그가 니가타 출신인 다나카 가쿠에이°를 별로 좋아하지 않는다는 것과, 자이언트 바바°°도 니가타 출신임을 알았다.

"바바는 채소 가게 아들이야. 채소를 먹고 그렇게 덩치가 커지다니 놀라울 따름이지."

나는 술을 입에 대는 게 오랜만이었다. 집에 협박 전화가 울린 날 이후로 술을 마실 기분이 아니었다.

"민박집 이름인 '주목'은 빨간 열매가 열리는 그 주목인가요?"

누나가 묻자 주인은 맞는다며 기쁘게 고개를 끄덕이고 덧붙였다. 주목은 아주 크게 자라지는 않지만 질 좋은 목재를 얻을 수 있고, 가을에 맺는 빨간 열매는 달콤하다. 창업자인 주인의 아버지는 주목처럼 작지만 질 좋고 요리도 맛있는 민박집을 차리고 싶었다. 그런 이야기를 들으며 나는 아버지가 말해준, 가게 이름 '일취'의 유래를 떠올렸다. 아버지는 중국 고사 '일취지몽'에서 가게 이름을 따왔다. 옛날에 한 남자가 꿈속에서 원하는 만큼 출세할 수 있는 베개를 빌려 평생의 부귀영화를 누린다. 하지만 잠에서 깨자 짓던 밥이 다 되지도 않았을 만큼 시간이 잠깐밖에 지나지 않았다. 이러한 고사에서

- 제64, 65대 일본 총리. 총리를 사임한 후 막후 실세로 활약한 기간이 길다.
- 일본의 프로레슬러. 키 209센티미터, 몸무게 140킬로그램의 거구였다.

"그래도 꿈은 소중한 거지."

사이타마에서 일취를 개업하기 직전, 아버지는 그렇게 말했다. 당시 중학교 3학년이었던 나로서는 솔직히 무슨 뜻인지 알 수 없었다. 그저 필요 이상으로 입을 열지 않는 아버지가 이렇게 길게 말하다니 신기하다고 생각하며 그 옆얼굴을 바라보았다.

"밥을 먹거나 술을 마시는 순간 역시, 짧고 덧없지만 최대한 즐겼으면 해."

지금은 아버지의 말이 조금 이해된다. 돌이켜보면 우리가 하타가미에서 무탈하게 지낸 나날은 몹시 짧았다. 결혼하고 에쓰코와 보낸 행복했던 시간도 짧았고, 둘이 함께 유미를 키운 시간은 더 짧았다. 나이를 먹을수록 행복했던 시간에 견주어 비교할 시간만 늘어나고, 이미 현재와 단절돼버린 그 행복했던 시간들은 멀어질 뿐이다. 그만큼 모든 것이 얼마나 소중했는지 절절하게 느낀다. 나는 밥을 먹으며 웃는 유미를 슬쩍 보았다. 딸의 행복을 망가뜨리지 않겠다는 다짐이 새삼 가슴을 채웠다.

"배꼽살이라는 단어 있잖아요. 어렸을 때, 할아버지가 누군가랑 전화로 일 이야기 중에 말한 그 단어를 제가 나중에 물어봤던 모양이에요, 배꼽살이 뭐냐고."

흠흠, 하고 주인이 거듭 고개를 끄덕였다.

"그래서 할아버지가 참치 지방이 어쩌고 하면서 배꼽살을 설명해주셨는데요."

"그랬구먼."

"그랬더니 제가 잠시 생각하더니 진지한 표정으로 물어봤대요."

"뭐라고?"

"참치는 배꼽에 쌀이 있느냐고요."

주인과 누나가 동시에 웃음을 터뜨렸다. 아는 이야기이기는 했지만 나도 웃었다. 일취의 주방에서 한 이야기였는데, 좀처럼 웃지 않던 아버지도 그때는 어깨를 흔들며 웃었던 것이 기억난다.

"할아버지와 사이가 좋았군그래."

"어, 글쎄요. 말수가 엄청 적은 분이셨거든요."

"남자는 다들 그런 법이야."

주인은 마치 자기도 그렇다는 듯이 이제 와서 팔짱을 끼고 입을 다물었다. 하지만 "배꼽에 쌀이 있냐니 걸작이로군" 하고 금세 다시 표정을 풀었다. 유미가 이야기한 '할아버지'가 후지와라 미나토인 줄 알면 그는 대체 어떤 표정을 지을까.

맥주를 다 마시자 주인이 뒤에 있는 선반에서 되들잇병에 담긴 향토주를 꺼냈다. 그 옆에 놓인 티슈갑만 한 낡은 라디오는 아까까지 듣고 있었는지 은색 안테나를 뽑아놓았다. 유미가 그쪽에 시선을 주더니 진짜 라디오는 난생처음 본다기에 주인뿐만 아니라 나와 누나도 놀랐다.

"라디오 방송을 들어본 적도 없는가?"

"아니요, 라디오 방송은 가끔 스마트폰으로 들어요."

주인은 어중간하게 고개를 끄덕이더니 나와 자기 술잔에 향토주를 따르며, 이 마을에서는 옛날부터 집에 반드시 라디오를 놓아둔다고 유미에게 알려주었다.

"가을이 끝날 무렵이면 건전지를 갈아서 벼락에 대비하지."

"하지만 일기예보는 텔레비전에서 보는 게 더 편하잖아요?"

"일기예보가 아니라 라디오에서 나는 소리로 벼락이 치려는 걸 알 수 있거든."

우리가 이 마을에 살던 시절, 가게에도 이층의 집에도 라디오가 있었다. 늦가을에 하늘이 찌뿌드드해지면 아버지가 꼭 라디오를 켜고 AM에 주파수를 맞추었다. 어느 방송국이든 상관없다. 벼락 칠 때가 가까워지면 치직치직, 하고 라디오 소리에 특징적인 잡음이 섞인다. 아버지 말로는 번개구름 속에서 방전이 발생해 라디오 전파를 방해한다고 했다.

"그러고 보니 왜 이 부근에서는 여름이 아니라 겨울에 벼락이 자주 치는 건가요?"

"왜는 왜야. 벼락 하면 겨울이지. 벼락이 치면 배꼽을 가려야 한다*는 속담도 있지만, 요 근방에서는 벼락 치는 계절에 배꼽 내놓고 다니는 사람은 아무도 없어."

이 부근에 겨울 벼락이 잦은 원인은 공기와 바닷물의 온도 차 때문이다. 서태평양에 쓰시마 해류가 흘러들어 바닷물이 따뜻해지는 한편, 북쪽 시베리아에서 찬 공기가 내려와서 그 해류와 공기의 온도 차로 생긴 수증기가 구름을 형성한다. 수증기를 흡수해 몸집을 불린 구름은 바다에서 육지로 올라오지만, 에치고산맥을 넘지 못하고 번개구름이 되어 그 근처에 머무른다.

"'단 한 번 크게 우는구나 눈 호령이여'라는 시구가 있잖나."

주인은 아까 한자로 도루묵을 적은 광고지에 그 시구를 적고, '다카하마 시'라는 이름을 덧붙였다. 고개를 갸웃하며 '교시'의 '교'를

• 여름철이라도 벼락이 치는 날에는 비구름이 몰려와 기온이 떨어지니 감기에 걸리지 않도록 윗옷을 잘 걸치라는 뜻.

167

한자로 어떻게 쓰는지 생각해내려 했지만 금방 포기하고 볼펜을 내려놓았다.

"요 근방에서는 겨울 벼락을 '눈 호령'이라고 불러. 벼락이 치고 얼마 지나지 않아 눈이 오니까 눈을 부르는 눈 호령. 댁들은 본 적 없겠지만, 눈 호령은 어마어마해. 여름 벼락과 달리 쾅, 하고 한 방이나 기껏해야 두 방으로 끝나지. 대신에 얼마나 우렁찬지 몰라."

주인은 그 세기를 얼굴로 표현했다.

"눈 호령은 주로 새벽녘에 치는 바람에 몇 년을 여기 살아도 매번 깜짝 놀란다니까."

"내일 아침은 괜찮을까요?"

유미가 무릎걸음으로 다다미를 기어가 바깥이 보이는 창문으로 다가갔다.

"어…… 구름이 사라졌네."

커튼 틈새로 얼굴을 내민 채 잠시 꼼짝도 하지 않던 유미가 갑자기 동그래진 눈으로 이쪽을 돌아보았다.

"별똥별을 찍을 수 있을지도 모르겠어요."

10

라이덴 신사 주차장에서 자동차 시동을 끄자, 어둠과 정적이 한순간에 우리를 삼켰다.

"……불이 켜져 있네."

누나가 도리이 너머 안뜰 오른쪽에 있는 사무소를 가리켰다.

우리는 차에서 내렸다. 유미가 민박집에서 빌려 온 손전등을 꺼냈다. 하나뿐이라 미덥지 못한 손전등 불빛은 주변의 어둠을 한층 강조할 뿐이었다. 유미 뒤에 나, 내 뒤에 누나. 안뜰을 비스듬히 가로질러 불빛이 새어 나오는 창문 쪽으로 향했다.

사무소 문을 두드리자 잠시 후 기에가 고개를 내밀었다. 낮과 똑같은 흰색 신관복 차림이다. 사흘 뒤로 다가온 신울림제를 준비하느라 아직 일하고 있는 걸까.

"차를 주차장에 댔는데, 괜찮을까요?"

우리는 벼락터에 별똥별 사진을 찍으러 간다고 솔직하게 설명했다. 기에는 우리를 무표정하게 쳐다보더니, 상관없지만 사고에 주의하라고 짤막하게 대답한 뒤 문을 닫았다. 기에의 냉담한 태도에 유미가 벌벌 떠는 시늉을 하자, 누나가 유미의 등을 찰싹 때렸다.

배전 옆을 빠져나가 산길로 들어서자 발밑에서 얼어붙을 듯한 냉기가 피어올랐다.

"유미 짱, 사진에 관심 가지게 된 거 할아버지 영향이야?"

누나의 목소리가 어둠에 빨려들었다.

"영향이라기보다 유전이겠지?"

유미가 든 손전등은 상하좌우로 흔들리며 앞을 비추었다. 여기서부터 벼락터까지는 외길이지만, 곧게 쭉 뻗은 길은 아니라서 시야가 좋지 않다.

"독버섯 사건에 대해 듣기 전까진 할아버지가 사진을 즐겨 찍으셨었다는 것조차 몰랐으니까."

사진 찍기를 좋아했던 아버지는 어머니가 돌아가신 뒤로 카메라를 놓았고, 입에 올리지도 않았다. 유미가 고등학교 2학년 여름에 용돈과 아르바이트비를 모아 일안 리플렉스 카메라를 샀을 때도, 훗날 대학교 사진학과에 입학하고 나서도 자기 이야기는 일절 꺼내지 않았고, 나도 잠자코 있었다.

"카메라도 그렇지만, 할아버지에 대해서는 전혀 몰라. 여기 와서 새삼 실감했어."

꽤 비탈진 산길을 올라가자 민박집에서 마신 술의 기운이 점점 퍼져나갔다. 한편 얼음처럼 차가운 공기가 손발의 감각을 점차 빼앗았다. 의식에 안개가 끼고, 불규칙하게 흔들리는 손전등 불빛을 보자 마치 내가 상하좌우로 흔들리는 것 같았다. 그런가 하면 흔들리는 빛에 비친 나무들이 꿈틀거리는 낯선 생명체처럼 보이기도 했다.

"버섯이 피었으려나."

유미가 손전등을 옆으로 돌렸다. 축축한 흙냄새. 뭔가 속삭이는 듯한 나뭇잎 소리. 빛 속에서 거대한 뱀처럼 생긴 나무뿌리가 나타났다가 사라졌다. 옆구리에 악성종양 같은 것이 잔뜩 튀어나와 있었는데, 무리 지어 자란 버섯이었을까. 불빛은 다시 정면을 향했다. 찢어져서 형체를 잃은 낙엽들이 우리 앞으로 날아왔다. 불빛 가장자리에 또 동그란 것이 무더기로 나타났다. 나는 그것을 들여다보고, 아버지의 기뻐하는 얼굴을 떠올리며 양손을 뻗어…….

"혹시 여긴가?"

유미의 목소리를 듣고 정신을 차렸다.

눈앞에 벼락터가 펼쳐져 있었다. 나무가 드문드문 자란, 테니스 코트 두 개 크기의 공간. 우리는 그 어귀에 멈춰 서 있었다.

"……굉장하다."

유미가 하늘로 고개를 쳐들었다.

벼락터는 마치 별에 포위된 것처럼 보였다. 고개를 돌리자 하얀 빛이 일제히 시야 속을 흘러갔다. 어린 시절에 몇 번 와봤지만, 밤에 오는 건 처음이었다. 뒤를 돌아보자 저 멀리 펼쳐진 에치고산맥의 능선이 눈에 들어왔다. 새까만 산이 일그러진 모양의 바닥없는 구멍처럼 보였다.

"분명 여기서 찍었을 거야."

유미가 배낭에서 사진집을 꺼내 손전등으로 그 페이지를 비추었다. 야쓰가와 교코라는 사진가가 찍은 별똥별. 비교해보자 사진에 찍힌 능선의 위치와 형태가 여기서 보이는 풍경과 아주 흡사하다. 하지만 카메라의 위치는 좀 더 안쪽일까.

"음…… 이 소리는 뭐지?"

유미의 말을 듣고서야 나와 누나도 알아차렸다. 끊임없이 쭉 이어지는 소리. 뱀이 적을 위협할 때 내는 듯한 소리. 일단 의식하자 아주 똑똑히 들려서, 방금까지 알아차리지 못했던 것이 신기할 정도였다. 뒤쪽일까. 돌아서서 어두컴컴한 벼락터를 처음으로 손전등 불빛 없이 바라보았다.

원뿔 모양 불빛이 혼자 덜렁 떠 있다.

정체와 크기가 불분명하고 거리도 종잡을 수 없다. 벼락터 안쪽은 벼랑이라 땅이 쑥 꺼지는데, 불빛은 벼랑보다 더 앞에 있는 것처럼 보이기도 했다. 하지만 그렇다면 꼼짝 않고 허공에 떠 있는 셈이다. 끊임없이 이어지는 기묘한 소리에 귀를 기울이자, 아무래도 원뿔 모양 불빛 쪽에서 들리는 듯했다.

소리와 불빛의 정체를 의심하고 있자니, 유미가 말없이 그쪽으로 걸음을 옮겼다. 손전등을 든 채 멀어지길래 나와 누나도 쫓아갔다. 소리가 점차 선명해졌고, 앞에 떠 있는 불빛도 시야 가운데에서 점점 커졌다. 어느 정도 나아가서 유미가 손전등을 비추자 불빛 속에서 사람이 나타났다. 아까부터 보였던 빛은 그가 머리에 쓴 헤드램프였던 모양이다. 뭘 하고 있었는지는 모르겠지만, 우리가 손전등을 비추며 다가가는데도 전혀 신경 쓰는 기색이 없었다.

몇 미터 더 다가가자 상대의 전신이 보였다. 키가 크고 마른 체형에, 긴 머리를 하나로 묶었다. 민박집에서 목욕을 마치고 방에 돌아가려 했을 때 옆방으로 들어간 사람과 비슷해 보였다. 유미와 둘이서 남자인지 여자인지 궁금해했던 그 실루엣. 하지만 지금 손전등 불빛 속에 떠오른 옆얼굴은 분명 남자였다.

우리는 걸음을 멈추고 상대가 반응하기를 기다렸다. 남자는 안경을 쓴 옆얼굴을 이쪽으로 향한 채 삼각대 위에 일안 리플렉스 카메라를 설치하는 중인 듯했다. 목에 일안 리플렉스 카메라가 한 대 더 걸려 있었다. 허리띠에 매단 휴대용 라디오에서는 아까부터 계속 들리던 소리가 흘러나왔다.

"안녕하세요."

기다리다 못해 유미가 말을 걸자 상대는 오히려 우리가 놀랄 만큼 깜짝 놀라며 뒤로 펄쩍 물러났다. 경계하듯 등을 구부리고 이쪽을 응시하는 얼굴만 봐서는 나이가 전혀 짐작 가지 않았다. 노안인 젊은이처럼도 보이고, 몸놀림이 가벼운 노인처럼도 보인다. 그가 꺼낸 "전"이라는 목소리를 들어도 마찬가지였다.

"전……혀 몰랐어요."

이윽고 남자가 상체를 일으키자 헤드램프 불빛이 내 눈을 정통으로 비추었다. 남자는 허둥지둥 이마의 밴드를 돌려서 헤드램프 방향을 옆으로 바꾸고 아주 공손하게 고개를 숙였다.

"안녕하세요, 반갑습니다."

아무리 뭔가에 집중했을지언정, 이렇게 조용한 곳에서 말소리가 들리고 얼굴에 손전등 불빛까지 비추는데도 모를 수 있을까. 내가 수상하게 여기는 동안에도 남자는 고개를 들지 않았다. 잘은 모르겠지만 유미 쪽에 가만히 눈길을 주는 것 같았다.

"사진을 찍으려던 참이었어요."

그는 보면 다 알 법한 말을 하며 드디어 고개를 들었다. 두 눈으로는 역시 유미를 보고 있었다.

"……벼락에 대비하시려고요?"

나는 소음이 나는 라디오를 가리키며 물어보았다. AM 전파를 이용해 번개구름을 감지하려는 건가 싶었던 것이다. 하지만 남자는 고개를 젓더니 한 번 들어서는 통 못 알아먹을 말을 꺼냈다.

"유성이 대기권에 돌입해서 빛을 발할 때, 일시적으로 형성된 고밀도의 전리층이 FM 전파를 반사할 때가 있거든요. 유성 산란 통신이라고 하죠."

우리의 표정을 보고 남자가 바로 몸짓과 손짓을 섞어 다시 설명한 바에 따르면, 그는 별똥별을 기다리고 있었다. 일단 라디오 주파수를 어딘가 먼 곳의 FM 방송국에 맞추어둔다. 하지만 AM 전파와 달리 FM 전파는 구조물에 쉽게 영향을 받으므로, 산에서는 전파를 수신할 수 없다. 그런데 별똥별이 가까워지면 그 영향으로 FM 전파가 반사되어, 원래라면 수신이 안 될 전파가 들어오기도 한다. 즉, 라디오에서 사람의 음성이 들리면 유성이 근처에 나타난다는 논리다.

"요컨대 이걸로 별똥별을 탐지하는 거죠."

남자는 허리에 매단 싸구려 라디오를 자랑스럽게 보여주었다.

"저어…… 왜 여기서 별똥별을 찍으시는 거예요?"

유미가 신기하다는 듯이 물었다. 자기가 별똥별을 촬영하려고 마음먹었던 바로 그 장소에, 같은 목적으로 찾아온 예상치 못하게 먼저 온 손님이 있었으니 당연하다.

"예전에 어머니가 여기서 사진을 찍으셨거든요."

"어머니?"

"그 사람요."

남자는 놀랍게도 유미가 들고 있던 야쓰가와 교코의 사진집을 가리켰다. 유미는 사진집을 보았다가, 남자를 보고, 다시 사진집을 보고 나서 소리를 질렀다.

"야쓰가와 교코······ 님의 아드님이세요?"

탓하하하, 하고 남자는 이상하게 웃으며 안경을 고쳐 썼다.

"아드님이라고 높여 부를 만한 사람은 아니에요."

흥분한 유미가 연신 질문했고, 남자도 연신 대답했다. 대답을 들어보니 이름은 아야네, 세상을 떠난 야쓰가와 교코의 외아들이고, 전국을 돌아다니며 지방 향토사를 연구하는 한편으로 사진을 찍고 있으며, 저서도 몇 권 있었다.

"저분들은 어떤 분들이실까요?"

남자가 묻자 유미는 잔뜩 들뜬 상태에서도 설정대로 나를 편집자 후카가와, 누나를 자유기고가 후루하시라고 소개했고, 자기는 카메라맨이자 야쓰가와 교코의 광팬이라고 대답했다.

"실은 아까 민박집에서 아야네 씨가 방에 들어가는 모습을 봤어요. 저희는 아야네 씨 옆방이에요."

"앗, 그렇군요. 어쩐지 가족 같은 단체 손님이 왔구나 싶기는 했어요. 시끄러웠다면 죄송합니다. 제가 혼잣말하는 버릇이 있어서요."

"전혀 안 들리니까 신경 안 쓰셔도 돼요. 저도 여기서 사진을 찍어도 될까요?"

그럼요, 하고 웃음을 지으며 아야네가 자신의 삼각대를 옆으로 치웠지만 넓은 장소라 별 의미는 없었다. 유미는 손전등을 누나에게 주고, 배낭에서 튀어나와 있는 삼각대를 뽑아 그 자리에 설치했다. 그동안에도 아야네의 라디오에서는 소음이 계속 흘러나왔다.

"며칠 전에 라이덴 신사에서 신관과 이야기하셨습니까?"

향토사를 연구한다기에 혹시나 싶어 물어보았다. 그러자 역시 직감한 대로 아야네는 신울림제를 조사하기 위해 이 마을을 방문했으며, 라이덴 신사의 신관과도 만났다고 했다. 기에는 찾아온 남자가 성씨도 이름도 아닌 필명 같은 걸 댔다고 했는데, 아무래도 아야네였던 모양이다.

"기왕 온 김에 별똥별을 찍으러 온 겁니다. 어머니가 사진 찍은 곳을 따라 전국 일주를 하는 게 제 평생의 꿈이거든요. 죄송합니다만, 일단 촬영 준비 마저 할게요."

아야네는 카메라와 삼각대로 돌아섰지만 '일단'이라고 양해를 구한 것치고는 말을 계속하며, 부탁하지도 않았는데 지금까지 조사했다는 지식을 우리에게 알려주었다.

"예로부터 하타가미에서 뇌신을 받들어 모신 건 벼락이 떨어진 곳에 버섯이 잘 자란다고 믿었기 때문인데요."

그것이 과학적 사실이라는 것, 벼락이 떨어진 뒤에는 실제로 버섯이 잘 자라고, 때로는 수확량이 두 배 이상 늘어난다는 것. 그 이유는 전류를 받아들인 버섯이 자실체, 이른바 갓 부분을 급격하게 성장시켜 많은 자손을 만들려고 하기 때문이었다.

"벼락은 버섯을 전멸시킬 수도 있는 무시무시한 재해니까, 벼락이 떨어지기 전에 자손을 많이 남겨두기 위해 자실체를 성장시키는 것이 아니냐는 가설이 유력합니다. 다른 작물, 예를 들면 벼도 벼락이 치면 풍작이 들기도 해요. 일본에서 예로부터 벼락을 신성하게 여긴 건 그 때문인 것 같아요. 벼락의 어원도 '신의 소리가 울리다*'라는 뜻이라던가. 다 됐다."

카메라 세팅을 마친 아야네는 유미를 도와주었다.

• 　일본어로 소리 내어 읽으면 '신의 소리가 울리다'는 '가미가나루', 벼락은 '가미나리'다.

"시데 있잖아요, 신사에 장식하거나 가가미모치˝에 드리우는, 층층이 접은 흰색 종이. 그것도 벼락 모양을 본떠서 만들었대요. 스모 경기 전에 모래밭에서 의식을 치를 때, 천하장사가 시데로 장식한 게쇼마와시˝˝˝를 입는 것도, 스모가 원래는 오곡의 풍년을 기원하는 행사이기 때문이래요. 자, 이쪽도 끝."

말을 마침과 동시에 작업도 끝났는지 아야네는 다운재킷을 입었는데도 가늘어 보이는 허리에 양손을 댔다. 어둠 속에 삼각대 두 개가 남매처럼 늘어섰고, 세팅된 일안 리플렉스 카메라 렌즈는 저 멀리 에치고산맥의 능선 언저리를 향하고 있었다.

"이제 별똥별이 떨어지기를 기다리기만 하면 되겠군요."

두 사람은 카메라에 장착한 리모트 셔터를 들고 촬영에 대비했다. 아야네가 헤드램프를 뒤통수 쪽으로 돌리고, 유미도 손전등을 끄자 카메라 앞에 완벽한 어둠이 내렸다.

"아야네 씨, 카메라가 길이 꽤 잘 든 것처럼 보이는데, 얼마나 사용하셨어요?"

유미의 질문에 아야네가 대답하려 했을 때였다.

ㅡ할 가능성이 있으니 조심하시기 바랍니다…….

라디오에서 흘러나오던 소음이 갑자기 끊기고 남자 목소리가 들려왔다.

라디오가 방송 전파를 수신한 것이다. 왔다, 하고 아야네가 허공으로 주먹을 내밀었고 유미도 재빨리 오른손을 쥐었다. 둘 다 리모

˝   설에 신불에게 공양하는 동글납작한 모양의 찰떡. 두 개를 포개어놓는다.
˝˝˝   일정 등급 이상의 스모 선수가 시합 전 의식 때 착용하는 앞치마 모양의 복장.

트 셔터 버튼을 누른 것이다. 아야네는 아무것도 들지 않은 왼손까지 내밀고 의미 없이 엉거주춤하게 자세를 낮추는 바람에 스키 초보자 같은 자세가 되었다. 두 사람의 숨소리와 같은 간격으로, 몇 번이나 셔터 소리가 울렸다. 라디오에서 다시 소음만 흘러나오다 아주 잠깐, 너무 짧아서 알아들을 수 없는 남자 목소리가 또 귀에 들어옴과 동시에 시야 위쪽에서 밤하늘이 일직선으로 갈라졌다.

정말로 믿을 수 없게 정확한 타이밍이었다.

모두가 몇 초 동안 움직임을 멈췄다. 더 이상 하늘에 움직이는 것은 없었고, 아야네가 허리에 매단 라디오에서도 다시 소음만 흘러나왔다.

"분명,"

유미의 목소리가 조금 떨렸다.

"방금 그거 찍혔을 거예요."

아야네가 고개를 한 번 끄덕이자마자 두 사람은 짠 것처럼 마주보았다. 아야네가 헤드램프를 이마 쪽으로 돌리자, 부풀어 오르듯 동그래진 유미의 두 눈이 빛 속에 드러났다.

"확인해보죠. 제 건 필름이니까 그, 그쪽의 카메라로."

말을 더듬으며 아야네가 재촉하자 유미는 얼른 삼각대에서 디지털카메라를 분리했다. 우리는 모두 함께 이마를 맞대고 디지털카메라를 들여다보았다. 유미가 첫 번째 사진을 화면에 띄웠다. 야쓰가와 교코의 사진집에서 본 사진과 그야말로 똑같은 앵글이다. 전체에서 하늘이 차지하는 범위, 산의 모양새, 능선의 형상. 그리고 하늘 왼쪽 위에서 오른쪽 아래를 향해 긁힌 흠집처럼 선명하게 뻗은 직선이 어둠을 비스듬히 갈라놓았다.

"이거…… 별이 떨어지는 위치까지 똑같잖아."

누나가 유미의 팔을 양손으로 붙잡았다. 그렇다, 화면을 수놓은 별똥별의 궤적까지 야쓰가와 교코의 사진과 완벽하게 똑같았다.

"우와, 이런 일도 생기는구나……."

아야네도 감탄했는지 호리호리한 몸을 굽혀 화면을 들여다보며 거듭 놀라워했다. 유미는 목소리도 나오지 않는 것 같았다. 존경하는 사진가와 같은 곳에서 같은 구도로 촬영하려고 벼락터를 찾아왔지만, 설마 이 정도로 똑같은 사진을 찍을 수 있을 줄은 몰랐으리라.

그때 나지막한 소리가 고막을 진동시켰다.

아는 소리다. 이 마을에 살던 시절 수없이 들었던 소리다. 나는 머리 위를 올려다보았다. 그토록 선명하게 반짝이던 별들이 사라져 있었다. 이렇게 순식간에 구름이 하늘을 뒤덮을 수 있단 말인가. 아니다. 그저 어둠 속에서 헤드램프 불빛을 본 탓에 시야가 흐려졌을 뿐이다. 그대로 잠시 하늘을 올려다보자 두 눈에 덮인 불투명한 막 너머에서 별이 다시 모습을 드러냈다. 방금은 무슨 소리를 들었다고 착각한 걸까. 고개를 돌려 반대쪽을 본 순간, 차가운 손이 명치에 닿는 듯했다.

별이 없다.

벼랑이라 땅이 푹 꺼진 벼락터 안쪽. 여기에서는 보이지 않는 바다가 보이는 곳. 이번에는 헤드램프 빛 때문에 착각한 게 아니라 정말로 구름이 끼었다. 상공에 강한 바람이 부는지 먹구름이 믿기지 않는 속도로 별들을 집어삼키며 다가왔다. 나는 아야네에게 양해도 구하지 않고 그의 허리에서 소음을 발하는 라디오에 손을 뻗었다.

"아, 시끄러웠나요?"

"그게 아니라,"

수신 전파를 AM으로 바꾸었다. 사람 목소리가 들릴 때까지 주파수 스위치를 마구잡이로 돌렸다. 선명하게 들리는 젊은 남자의 목소리에 치직치직, 하고 부자연스러운 잡음이 겹쳤다.

"돌아갑시다."

내 목소리에 초조함이 섞인 걸 알 텐데도 아야네는 "벼락이로군요" 하고 기쁜 듯이 하늘을 보았다.

"벼락이 치지 않을까 기대했거든요. 벼락 사진을 찍을 수 있을지도 모르니까요. 하타하타가 물어뜯는 하타가미에서 벼락을 찍는다니, 그야말로 최고잖아요."

아야네는 헤드램프로 손 근처를 비추며 카메라에 방수 덮개를 씌우기 시작했다. 그 모습을 보고 유미도 자기 카메라를 삼각대에 다시 세팅하려고 했다.

"위험하니까 돌아가자."

내가 유미에게 속삭이자 아야네가 괜찮다며 웃었다.

"인간이 번개에 맞을 확률은 천만 분의 1이래요. 복권에 당첨될 확률보다 훨씬 낮죠."

"확률은 상관없어."

하늘이 으르렁댔다. 아까까지는 비교도 안 될 만큼 큰 소리라 배가 덜덜 떨릴 정도였다. 내가 재빨리 누나를 봄과 동시에 새하얀 빛이 주위를 비췄다. 얼어붙은 누나의 얼굴. 그 너머에 늘어선 나무들. 그 광경이 대낮처럼 환해졌다가 사라진 직후에 어마어마한 천둥소리가 공기를 찢어발겼다. 나는 유미와 누나의 팔을 잡고 그 자리에서 벗어나려고 했다. 하지만 누나는 목구멍에서 신음하는 듯한 소리를 토해내며 한발 먼저 달려갔다. 유미가 서둘러 그쪽으로 손전등을 비추자 누나의 뒷모습이 나무 사이로 사라지는 참이었다. 지금 생각해보면 그건 올바른 판단이었다. 나무가 드문드문한 곳보다는 빽빽한 곳에 벼락이 떨어질 가능성이 훨씬 낮다. 누나가 순간적으로 그렇게 판단해서 달려간 건지는 모르겠으나, 나는 누나를 쫓아가려고 유미의 손에서 손전등을 빼앗았다.

"벼락터 입구까지 돌아가 있어. 혼자 따로 떨어져 있는 나무에는 가까이 가지 말고."

나는 유미의 대답도 듣지 않고 누나가 도망친 나무들 쪽으로 달렸다. 얼음처럼 차가운 빗방울 하나가 이마를 때렸다. 몇 초 지나자 잔돌을 흩뿌리는 듯한 소리가 주위에 퍼지며 단숨에 숫자가 불어난 빗방울이 온몸을 후려갈겼다. 구름은 아직 머리 위에 오지 않았지만, 바람이 비를 벼락터까지 날려 보내는 모양이었다. 나는 나무 사이로 뛰어들었다. 누나는 어디에도 없었다. 아니, 늘어선 나무줄기가 방해해서 아무것도 보이지 않는다. 큰 소리로 누나를 부르며 나무 사이를 빠져나갔다. 격한 분노를 억누르듯 하늘이 걸걸하게 부르짖는 소리가 점점 가까워지는 게 귀가 아니라 피부로 느껴졌다. 암흑 속에서 뭔가가 내 오른다리를 잡았다. 온몸이 흔들리며 넘어지는 바람에 젖은 땅에 어깨를 세게 부딪혔다. 흙을 긁으며 몸을 일으켰지만, 오른손에 쥐고 있던 손전등이 없었다. 허둥지둥 주변을 살피자 조금 떨어진 곳에 옆으로 뻗어 나간 손전등 불빛이 있었다. 대단한 거리도 아니건만, 거기까지 가는 길이 어둠에 삼켜져 세상과 단절된 것만 같았다. 나는 네발짐승처럼 땅을 기었다. 빗방울이 목덜미를 적시는 가운데, 축축한 흙냄새를 깊이 들이마시며 손을 뻗었다. 하지만 손이 손전등에 닿기 직전에 누군가의 신발이 불빛 속에 나타나는 바람에 나는 땅바닥에 엎드린 채 굳어버렸다.

"……알지?"

진흙투성이 신발과 작업 바지, 그리고 허리 언저리에서 흔들리는 숄더백. 상대의 상반신은 어둠에 잠겨서 보이지 않았다.

하지만 목소리만큼은 못 알아들을 리 없다.

"……나 알잖아."

어째서 그가 여기에 있지.

"감쪽같이 도망칠 작정이었겠지."

도망치는 데 성공한 줄 알았다. 언제까지고 도망칠 수 있을 거라고 생각한 건 아니었고 깊이 생각한 끝에 한 행동도 아니었지만, 그저 멀어지고 싶은 마음에 이 마을에 왔다. 유미를 이 남자에게서 떼어놓고 싶다는 일념으로. 설마 어디 있는지 들킬 줄은 상상도 못 하고.

"미안하지만 지금 당장 돈이 필요해."

비가 머리 위의 나뭇가지와 나뭇잎을 세차게 두드리고 있을 텐데도, 그 너머에서 번개구름이 으르렁거리고 있을 텐데도, 내 귀에는 착 가라앉은 남자의 목소리밖에 들리지 않았다.

"오늘 밤 안에 어떻게든 인출해 와. 차를 타고 나가면 편의점 정도는 있겠지."

처음으로 남자에게 전화를 받은 날 느꼈던 공포가 몇 배로 불어나서 폐를 가득 채웠다. 못 도망친다. 못 도망친다…… 못 도망친다. 소리 없는 절규가 머릿속에서 메아리쳤다. 50만 엔이든 100만 엔이든, 유미의 인생을 지킬 수 있다면 내겠다. 하지만 그것으로 끝날 리없다. 남자가 누구인지는 모르지만, 사고의 진상을 알고 있다는 사실은 영원히 변하지 않는다.

"거절한다면 지금 이 자리에서 본인에게 알려줘도 난 상관없어."

피투성이로 땅에 널브러진 에쓰코. 춤이라도 추듯 기묘한 방향으로 내뻗은 팔다리. 산산이 부서진 경차의 앞 유리창. 흰색 도자기 조각, 매직 펜으로 적은 '엉겅키'라는 글씨.

─아빠 꽃, 쑥쑥 클 거야.

─꽃은 해님을 봐야 쑥쑥 커진대.

하늘이 갈라졌다. 굉음이 두 귀를 뚫고 머릿속으로 밀려들어서 남자가 무슨 말을 하는지 더는 알아들을 수 없었다. 땅에 떨어진 손전등에서 옆으로 뿜어져 나오는 불빛. 그 불빛에 내 모습이 비쳤다. 어린 시절의 나. 양손에 든 버섯. 눈앞에 선 남자.

─ 어디서 ○○○…….

어느덧 나는 손전등을 움켜쥔 채, 젖은 땅을 박차고 달리는 중이었다. 현실과 기억 양쪽 모두에서 달아나려고 죽어라 두 다리를 움직이면서. 빗방울이 총알처럼 정면에서 몸을 때리고 땅은 진창으로 바뀌어, 얼마 달리지도 못하고 땅에 고꾸라졌다. 내가 어디쯤에 있는지도 짐작 가지 않아 손전등을 이리저리 비추었다. 나무들 저편에 사람 형체가 어른거리다가 바로 사라졌다. 못 도망친다. 도망칠 수 없다. 머릿속에 가득 찬 절규에 두 눈이 튀어나올 것만 같다. 어느새 나는 손전등을 떨어뜨리고 무의미한 신음을 흘리며 양손으로 진흙을 움켜쥐었다. 벼락이 쳤다. 거대한 섬광이 주변을 하얗게 밝힌다. 나무들 앞에 다시 남자의 모습이 드러났다. 벼락터 안쪽. 벼랑이 있는 곳. 빛이 사라진 뒤 나는 꼼짝도 하지 않고 그곳을 응시했다.

─난 틀리지 않았어.

마을을 떠날 때 아버지가 했던 말.

무슨 의미였는지는 모른다. 하지만 강한 의지가 뒷받침된 목소리였다. 속삭이는 정도로 작았지만, 그때 나는 분명 그렇게 느꼈다.

난 틀리지 않았어.

나는 양손으로 진흙을 내리누르듯 힘을 주어 몸을 일으켰다. 땅에 떨어진 손전등은 내버려둔 채, 남자가 있던 곳에서 한 번도 눈을 돌리지 않고 빗속을 헤엄치듯 그쪽으로 향했다. *난 틀리지 않았어. 난 틀리지 않았어.* 그 심정이 두 다리를 번갈아 잡아당기자 나무들이 좌우로 지나갔다. 나무들의 움직임이 점차 빨라졌고, 얼굴에 빗방울이 더 많이 떨어져 내렸다. 어느 틈엔가 나는 어둠을 뚫고 나갈 것처럼 달리고 있었다. 거대한 번갯불이 시야를 세로로 쪼갰다. 그 순간 나는 벼락터 가장자리에 선 남자를 똑똑히 보았다. 나 자신의 절규를 들었다. 공기를 찢어발기는 폭발음과 겹친 내 절규는 내게 가장 가까울 텐데도 아주 멀게 느껴져서, 마치 30년 전에 내 입에서 튀어나온 절규가 이제야 도달한 것만 같았다. 뒤섞여서 왜곡된 시간이 흐르는 가운데, 다시 깜깜해진 세상이 남자의 존재를 눈앞에서 지웠다. 그 뒤로는 무엇 하나 보이지도 들리지도 않아서 나는 그저 비를 맞으며 우두커니 서 있을 뿐이었다.

11

갑자기 친구와 집에서 생일 파티를 열기로 했다고 누나가 알렸다.

10월 중순, 우리가 하타가미에서 사이타마로 이사 오고 반년쯤 지났을 무렵이었다.

누나의 생일날, 나는 학교를 마친 뒤 집에 바로 돌아가지 않았다. 할 일도 없으면서 거리를 돌아다니거나, 근처를 흐르는 아라카와강을 바라보거나, 게임 센터에서 남이 하는 테트리스를 뒤에서 구경하면서 시간을 보냈다. 좁은 연립주택에서 누나의 새 친구들과 얼굴을 마주치기 싫었기 때문이다.

누나가 여태 토토로 필통을 쓰는 걸 알고 있었기에 중간에 잡화점에 들러 조화를 조각보처럼 오목조목 붙인, 좀 더 어른스러운 디자인의 필통을 샀다. 필통을 사느라 가끔 아버지에게 받아서 모아둔 용돈을 거의 다 썼다.

가을 해가 떨어져 어두워진 뒤에도 나는 만약을 위해 집에 돌아가지 않았지만, 밤에 혼자 밖을 돌아다니는 건 처음이라 무서웠다. 그래서 결국 역 근처의 최대한 밝은 곳에 서 있었다. 어른이 지나갈 때마다 늦은 시간에 돌아다닌다고 꾸중할까 봐 사람을 기다리는 척하며 주변을 둘러보았다. 하지만 말을 거는 사람은 아무도 없었고, 무관심한 발소리에 더 불안해졌다. 아버지는 늘 8시 반쯤이면 일을 마치고 돌아왔으므로, 늦게 귀가한 사실을 들키지 않기 위해 그 직전까지 버티다가 드디어 집으로 향했다.

현관문을 열자 현관에 다른 사람 신발이 없기에 안심했다. 하지만 그것도 잠깐, 누나가 무서운 얼굴로 복도를 쿵쿵 울리며 다가왔다. 중요한 일이 있을 때만 입는 얇은 파란색 블라우스에, 어머니가 가끔 착용했었던 가느다란 체인 목걸이를 하고 있었다. 누나가 어디서 뭘 했느냐고 묻기에 나는 현관에 우뚝 선 채 솔직하게 대답했다. 그러자 누나는 얼마나 걱정했는지 아느냐며 야단쳤다. 누나 얼굴에 운 흔적이 있는 걸 보고 후회가 솟구쳤다. 하지만 나는 사과 한마디 하지 못하고 누나 옆을 지나쳤다. 방에 들어가자 한복판 테이블에 누나가 미리 사둔 홍차 티백, 종이컵, 감자칩 등 다과가 차려져 있었다. 하지만 전부 손대지 않은 그대로였다. 파티는 어떻게 됐느냐고 묻자, 나중에 방에 들어온 누나는 테이블을 정리하며 모른다고 대답했다. 누나는 아까까지 노려보던 눈으로 나를 바라보지 못했다.

"아빠한테는 말하지 마."

내게 들켰음을 누나도 금세 알아차렸다.

"나도 유키히토 짱이 집에 늦게 들어온 거 말 안 할 테니까."

아버지하고 말 한번 주고받지 않으면서, 누나는 그런 교환 조건을 내놓은 것이다. 나는 일부러 퉁명스럽게 고개를 끄덕이다 가방에 넣어둔 누나의 생일 선물이 떠올랐지만, 결국 줄 수 없었다. 그로부터 세월이 많이 지났지만, 누나가 친구들이 오지 않아 치르지 못했던 생일 파티를 떠올릴까 봐 무서워서, 조화가 붙은 필통은 지금도 내가 보관 중이다.

그때 나는 생일 파티에 오지 않은 사람들을, 아마도 누나를 놀린 것이었을 사람들을 죽이고 싶었다. 진심이었다. 경찰에 붙잡혀도 상관없다는 심정이었다. 하지만 누나가 조폭이냐고 조롱받았을 때처럼, 역시 나는 아무것도 못 하고 그냥 숨어서 몇 번 울었다. 잠자리에 들면 내가 나오지 않는 꿈을 꾸었다. 꿈속에서 누나는 바쁘게 생일 파티를 준비한 뒤, 과자와 종이컵을 놓아둔 테이블을 만족스럽게 바라보았다. 시간이 점점 흘러서 창밖에서 해가 지자 누나는 방에 불을 켰다. 그리고 형광등 빛이 환하게 비추는 테이블을 표정 없이 내려다보았다. 이윽고 뼈가 빠진 것처럼 누나의 무릎이 꺾이고, 누나는 바닥에 주저앉아 울음을 터뜨렸다. 아무도 없는데도 얼굴을 가리고서 억누른 목소리로. 그런 장면이 실제로 있었는지는 모른다. 생일 다음 날부터 누나는 아무 일도 없었다는 듯 밝게 행동했다. 적어도 내 앞에서 눈물을 보이지는 않았다. 생각해보면 지금까지 누나가 우는 모습을 본 건 어머니가 돌아가셨을 때, 딱 한 번뿐이다.

그런 누나가 내 눈앞에서 울고 있다.

우리는 지금 라이덴 신사의 사무소에 있다. 마주 보는 소파 중 하나에 나와 아야네가 앉고, 다른 쪽에 누나와 유미가 앉았다. 누나는 야윈 어깨를 유미에게 맡긴 채 그칠 줄 모르고 목이 메도록 울었다.

석유난로를 틀어놔서 방은 따뜻했지만, 여기까지 비를 맞으며 온 터라 우리는 체온을 완전히 빼앗긴 채였다. 젖은 긴소매 블라우스를 벗을 수 없는 누나. 반소매 티셔츠 차림이 된 유미. 나와 아야네는 상반신에 언더셔츠 한 장만 걸치고 벗어버렸다. 실내에 등유와 젖은 옷 냄새가 가득했다.

눈앞에서 벼락이 친 뒤, 나는 진흙 위에 주저앉은 누나의 팔을 잡고 벼락터 어귀로 돌아갔다. 아야네가 헤드램프를 켜고 기다리고 있었으므로 어디인지 금방 알 수 있었다. 산길을 내려가는 내내 누나는 소리 내어 울었다. 천둥이 치고 번개가 번쩍여도 더는 그런 줄도 모르는 듯 끊임없이 울기만 했다.

신사에 도착해 사무소 문을 두드리자, 기에는 설명도 듣지 않고 쫄딱 젖은 우리를 안으로 맞아들였다. 그리고 석유 난로를 추가로 틀고, 겨우 걸음을 옮기던 누나의 코트를 벗긴 뒤 작업장에서 수건을 잔뜩 가지고 왔다.

"이부자리를 깔아놓았으니 그쪽 여자분,"

한 단 높은 곳에 있는 안쪽 방에서 기에가 얼굴을 내밀었다.

"옷을 벗고 몸을 닦으시죠. 그리고 좀 누우시는 편이 나을 것 같네요. 제 것뿐이라 죄송합니다만, 갈아입을 옷도 준비해두었습니다."

유미가 누나를 소파에서 살며시 벗겨내듯이 일으켜 몸을 부축해 안으로 향했다. 31년 전, 어머니가 행방불명된 밤 네 갑뿌가 전야제랍시고 술을 마셨던 방이다. 반쯤 열린 장지문 너머로 하얀 이불이 보였다. 이부자리는 방 안쪽, 창문 옆에 깔려 있었다. 이부자리 앞에는 널빤지로 막은 이로리*가 있고, 그 위에 낡은 좌식 탁자를 놓아두었다. 두 사람이 안으로 들어가서 장지문을 닫자 기에는 작업장으로 갔다. 쇠붙이가 가볍게 부딪치는 소리가 들려왔다.

"저 작가님…… 벼락을 질색하시는 모양이네요."

• 방바닥 일부를 네모나게 잘라내 취사용, 난방용으로 불을 피울 수 있도록 해놓은 곳.

아야네가 얼굴을 가까이 대고 속삭였다.

"벼락이 아니라, 꼭 엄청나게 무서운 거라도 보신 것 같아요."

"벼락보다 무서운 건 없습니다."

머리보다 입이 먼저 움직여 말이 튀어나왔다. 아야네는 "그러게요" 하고 적당히 고개를 끄덕이더니 빈약한 가슴 앞에다 팔짱을 꼈다. 추워서 쭈뼛 선 가느다란 털이 아주 생기 있게 느껴졌지만, 이렇게 밝은 곳에서 보아도 여전히 그의 나이는 짐작이 가지 않았다.

"이것 좀 드세요."

기에가 찻잔에 끓인 물을 담아서 가져왔다. 찻잔 두 개를 테이블에 내려놓은 뒤 또 다른 찻잔 두 개를 얹은 쟁반을 들고 안쪽 방으로 향했다. 기에가 장지문 앞에서 말을 걸자 장지문을 살짝 연 유미가 감사 인사와 함께 찻잔을 받아들고 조용히 장지문을 닫았다.

"겨울 벼락은 어마어마하군요."

아야네가 셔츠 배 쪽 끝자락으로 안경을 닦고 천장등 불빛에 렌즈를 비춰 확인했다.

"겨울 벼락은 에너지 양으로 따지면 여름 벼락의 수십 배에서 때로는 백 배까지도 된다죠? 벼락 사진을 비교해보면 각각 특징이 있어서 재미있습니다. 겨울 벼락은 수많은 번개가 모여서 한 덩어리를 이뤄요. 전체적인 모양이 뭐랄까, 고개를 쳐든 야마타노오로치** 같다고 할까요."

아까 벼락터에 떨어진 벼락과 30년 전에 누나와 나를 덮친 벼락도 멀리서 보면 그런 모양이었을까.

***

"여름 벼락은 번개 하나가 몇 갈래로 갈라져서 떨어지잖아요. 벼락을 그려보라면 다들 그리는 모양처럼요. 그런 벼락은 구름에서 리더라고 불리는 약한 빛줄기가 갈라져 뻗어 나오고, 리더가 지면에 닿는 순간 전류가 흐른다고 해요. 한편 겨울 벼락은 반대로 구름이 낮은 위치에 있다 보니 건물이나 나무에서 리더가 갈라지며 솟아올라 구름에 닿는 순간, 각 리더의 끄트머리에서 단숨에 전류가 흐르죠. 그래서 에너지가 한군데 집중돼서 아주 거대해지는 겁니다."

아야네는 말하는 틈틈이 끓인 물을 마시고 맛있다는 듯이 감탄사를 냈다.

"그나저나 저희처럼 선량한 사람들한테 벼락이 치다니 너무하네요. 왜, 벼락은 신이 내리는 천벌이라잖아요. 그리스신화의 제우스, 로마신화에선 주피터. 그런 신도 죄를 저지른 자에게 벼락을 떨어뜨리고, 아프리카의 어떤 부족도 벼락 맞아 죽는 건 신에게 벌 받은 증거라며 가족도 꽁꽁 숨긴다는데. 으라차."

아야네는 실컷 말했는지 끓인 물을 마신 뒤 소파에서 일어나 수건에 감싼 카메라를 집어 들었다. 가지고 다니는 두 대 중 벼락터에서 삼각대에 설치한 오래된 필름 카메라다.

"이 수건 빌려도 되려나. 내려가는 동안 또 비가 내리면 큰일이니까 카메라를 수건으로 감싸서 가방에 넣고 싶은데……."

"가시게요?"

나는 물어보고서야 비로소 빗소리가 낙숫물 소리로 바뀌었음을 알아차렸다.

"네. 카메라에 방수 덮개를 씌워서 그렇게 많이 젖지는 않았지만, 빨리 손질하지 않으면 위험하거든요. 원래 어머니가 사용하던 물건이라 정말 오래됐거든요."

"차는 있으세요?"

"걸어서 왔습니다. 대단한 거리도 아닌걸요. 작가님이 기운 차리려면 시간이 걸릴 테니, 저는 먼저 숙소로 돌아갈게요. 죄송합니다."

아야네가 작업장에 있는 기에에게 쉬게 해줘서 고맙다고 인사하고 수건을 빌려 가겠다는 뜻을 전하자 상관없다는 짤막한 대꾸만 돌아왔다. 아야네는 난로 근처에 널어둔 운동복과 겉옷을 집어 얼마나 말랐는지 확인했지만, 아직 많이 축축한지 쓴웃음을 짓고는 거북스러워하며 입었다.

"그럼, 먼저 가보겠습니다."

아야네는 수건으로 감싼 카메라를 가방에 넣고 사무소 문으로 향했다. 내가 그 모습을 눈으로 좇고 있자니, 유미가 방에서 나와서 내 옆에 앉았다.

"고모, 옛날 일이 생각난 거겠지?"

"……걱정 마."

나는 유미의 왼손에 내 오른손을 얹었다. 이렇게 어른이 된 딸의 손을 잡는 날이 올 줄은 상상도 못 했다. 나란히 걸을 때 유미가 더는 내게 손을 뻗지 않게 된 게 초등학교 3학년 때였나, 4학년 때였나. 엄마가 없으니까 그래도 다른 여자애들보다는 오래 아빠와 손을 잡고 다녔던 걸까.

"이제 괜찮아."

유미가 묻는 듯한 표정으로 쳐다보길래 나는 벽으로 시선을 돌렸다. 나뭇결이 거친 허름한 벽널에 생긴 사람의 눈 같은 무늬가 내 시선을 되받았다.

"이야, 아무튼 찍어서 다행이야."

아직 문가에 서 있던 아야네가 서슴없이 혼잣말을 중얼거렸다. 그를 보자 젖은 겉옷이 불편한지 양어깨를 빙글빙글 돌리고 있었다.

"……별똥별 말입니까?"

"아, 그것도 있지만, 아마 벼락이 떨어진 순간이 찍혔을 겁니다."

예상도 못 했던 말이다.

"방금 전의 벼락 말입니까……?"

"네, 벼락터 가장자리에 떨어진 거요. 벼랑 건너편을 향해 카메라를 세팅해놨었거든요. 모 아니면 도라는 심정으로 벼락이 그쪽에 떨어지는 기적을 빌면서 셔터를 계속 눌렀는데 몇 번째 누른 바로 그 순간에 벼락이 치더라고요. 와, 기도해볼 만하네요. 나중에 확인해볼 시간이 기대됩니다. 그럼, 이만."

문이 드르륵 열리자 실내 공기가 흔들렸다. 아야네가 어깨에 멘 가방. 그 속에 든 필름 카메라. 그는 어두운 바깥으로 나가서 문을 닫았다. 내가 바로 일어서려는데 목소리가 들렸다.

미닫이문 밖에서 아야네가 누군가와 이야기를 나누고 있었다.

다시 문이 열리고 밖에 있는 두 사람이 눈에 들어온 순간, 나는 온몸을 꽉 붙잡힌 것처럼 옴짝달싹할 수가 없었다.

남자들은 바닥을 쿵쿵 울리며 사무소로 들어와서 소파에 앉은 나와 유미에게 날카로운 눈빛을 보냈다. 둘 다 일흔 살 전후겠지만, 태도와 발걸음은 도저히 그 나이로 보이지 않았다. 얼굴은 늙었지만 나는 한눈에 두 사람을 알아보았다. 30년이라는 세월이 흘러 설령 얼굴이 변했을지라도, 그 본판까지는 변하지 않았기 때문이리라.

석유 부자 구로사와 소고와 나가토 종합병원 병원장 나가토 고스케. 독버섯 사건에서 살아남은 두 사람. 하지만 두 사람은 나를 거들 떠보지도 않고, 그럴 필요도 없다는 태도로 힐끗 바라본 뒤 익숙한 걸음걸이로 안쪽 방에 다가갔다.

"저기요."

유미가 엉거주춤 일어서서 만류했다.

"저희 일행이 지금 그 방에서 쉬고 있어서요."

"댁들은 누구쇼?"

구로사와 소고가 드디어 물어보자, 유미는 신사를 취재하러 온 사람이라고 대답했다. 대답을 들은 두 사람의 입가에 번진 웃음 역시 30년 전과 변함없었다. 상대를 만만히 본다는 걸 감추기는커녕 드러내는 웃음. 일찍이 그들은 이런 표정으로 죽은 아라가키 다케시, 시노바야시 가즈오와 함께 우리 가게에 나타나 바쁘게 일하는 어머니에게 상스러운 말을 던지곤 했다.

"신관님이 쉴 수 있게 호의를 베풀어주셨어요. 산 위에서 비를 맞아서 한 명이 몸 상태가,"

"비는 그쳤는데."

상대의 말을 끊고 나가토 고스케가 쨍쨍한 목소리로 말했다. 유미가 힘이 꾹 들어간 얼굴로 뭔가 따지고 싶다는 듯 나를 보았다.

"신관님, 있나."

구로사와 소고가 작업장에 굵직한 목소리를 던졌다.

실팍한 몸집에 키가 큰 구로사와 소고, 그와 반대로 몸이 가늘고 키가 작은 나가토 고스케. 전체적인 모양새도 기억 속 두 사람에게서 수분만 쪽 빼낸 것 같았다.

"길도 험한 날에 어쩐 일이세요?"

기에가 작업장에서 나왔다. 구로사와 소고는 상대에게 숨결이 닿을 만큼 가까이 다가가서 고함치듯 큰 소리로 말했다.

"큰 번개가 쳤잖나. 신사에 떨어지진 않았나 싶어 보러 왔지. 기슭에서 나가토의 차와 마주쳐서 두 대가 줄줄이 참배길을 올라왔어."

나가토 고스케는 우리 맞은편 소파에 앉아 담배에 불을 붙였다. 볼이 쏙 들어가도록 들이마신 연기를 내뱉자 아주 독한 담배인지 야윈 얼굴이 연기에 가려서 보이지 않았다.

"여기는 괜찮아요. 오늘은 비 덕에 산불 날 걱정도 없고요."

기에는 선반에서 큼지막한 유리 재떨이를 꺼내서 테이블에 내려놓았다.

"그렇지만 기껏 왔으니 앉았다 갈까."

나가토 고스케의 옆자리가 비었는데도 구로사와 소고는 나와 유미를 보았다. 그대로 눈을 돌리지 않길래 나는 유미를 재촉해 자리를 비워주었다.

"고모가 어떤지 보고 오자."

나는 유미에게 속삭이고 난로 근처에 말려둔 옷과 겉옷을 집었다. 옷가지를 손에 쥐고 안쪽 방으로 들어가 장지문을 닫았다.

누나는 희미하게 뜬 두 눈을 천장에 향한 채 이부자리에 누워 있었다.

"고모…… 괜찮아?"

누나 곁에 꿇어앉은 유미는 장지문 밖에 들리지 않도록 목소리를 낮추었다. 기운 없이 턱을 당긴 누나는 여전히 입술을 떨고 있었다.

"많이 무서웠지, 고모……."

핏기를 잃어 창백한 누나 얼굴은 숨을 거두기 직전의 어머니 얼굴과 아주 흡사했다. 무슨 말을 하면 좋을까. 나는 입을 다문 채 그저 뒤에서 기에가 작업장과 사무소를 오가는 발소리며, 수돗물 소리며, 테이블에 뭔가 내려놓는 소리를 들었다.

"축제 준비는 문제없겠지?"

장지문 너머로 들리는 구로사와 소고의 목소리. 고작 한 모금 마실 정도밖에 시간이 지나지 않았건만 이미 술기운이 똑똑히 느껴지는 그 목소리에, 나는 어린 시절에 맛보았던 것 이상으로 혐오감을 느꼈다.

"버섯 닦기는 끝났어요."

"문은 단단히 잠그도록 해."

"네, 그야 물론."

"그리고 당일은 마을 사람들에게 나누어주기 전에 자네가 책임지고 확인해."

"알겠습니다."

뭘 확인하라는 건지 바로 알아듣지는 못했다.

하지만 그때 짧은 웃음소리에 이어 나가토 고스케의 목소리가 끼어들었다.

"정신 이상한 인간이 언제 나타날지 모를 일잉께."

누나 몸에 덮인 이불이 살짝 움직였다. 남자들의 말소리는 그 뒤로도 계속 들렸고, 가끔 나지막한 웃음소리가 섞였다.

"그놈도 아직 살아 있을 테지."

"잊어버렸을 무렵에 한 번 더 수작을……."

"우리는 말끔히 잊어버렸지만……."

두 사람의 목소리는 전혀 다른데도 어쩐 일인지 누구의 입에서 나오는 말과 웃음인지 중간부터 구분되지 않았다. 이윽고 내용도 이해할 수 없게 된 말소리가 하나의 불길한 음으로 길게 이어져 장지문을 통해 나, 누나, 유미의 몸에 스며들고, 우리를 다시는 되돌릴 수 없는 색깔로 물들이는 기분이 들었다.

"……이만 가자."

움켜쥔 내 두 주먹이 평정을 가장한 목소리 대신에 떨렸다.

"이만, 돌아가자."

12

다음 날 아침, 우리는 준비된 아침 식사를 거절하고 민박집을 나섰다.

"오, 어디 가세요?"

누나를 차 뒷좌석에 태웠을 때 산울타리 너머에서 아야네가 홀연히 나타났다. 웃음을 짓자 여우 수염과 비슷한 주름이 새겨지는 얼굴로 그는 하얀 입김을 뿜으며 다가왔다. 목에 건 카메라는 어머니가 사용했다는 오래된 필름 카메라가 아니라 디지털카메라였다.

"이제 돌아가려던 참입니다."

이 마을에 있을 이유는 이제 없다.

"아쉽네요."

뒷좌석의 누나는 대화가 전혀 들리지 않는 듯 아무 반응 없이 꼼짝 않고 한곳만 바라보았다. 어젯밤에 신사에서 민박집으로 돌아오는 동안에도, 돌아온 뒤에도 지금과 같은 상태였다. 인형처럼 아무 움직임 없이 내내 허공만 응시했고, 내가 깔아준 이부자리에 누운 뒤에도 아침까지 한숨도 자지 않았다는 걸 숨소리로 알 수 있었다.

나도 잠을 이루지 못하고 누나의 숨소리를 들으며 희미하게 뜬 눈꺼풀 사이로 어두운 천장을 봤다. 분명 유미도 마찬가지였을 것이다.

"유키히토 짱."

늦은 밤에 딱 한 번 누나의 목소리가 들렸다.

"머리핀, 미안해."

내가 당황해서 몸을 누나 쪽으로 돌리자, 누나는 숨결처럼 어렴풋한 목소리로 말을 이었다. 그 말을 듣고 나는 지금까지 나만 속상하고 후회됐던 것이 아니었음을 깨달았다.

"나 때문에 유키히토 짱까지 번개에 맞아서 미안해."

누나도 똑같았다. 예전에 내가 머리핀에 대해 사과했을 때, 누나는 다 잊어버렸다고 중얼거린 뒤 방에 틀어박혔지만, 장지문 너머에서 씻을 수 없는 후회와 싸우고 있었다. 그렇게 착한 누나를, 자신보다 동생을 걱정하며 괴로워하는 누나를, 무정한 벼락이 다시 덮쳤다.

"마을을 떠날 때, 아버지 탓에 우리가 벌받았다는 말을 들었잖아…… . 신은 정말로 있는 걸까."

어린아이가 순수한 의문을 입에 담는 듯한 목소리였다. 그 심정을 헤아리며 나는 앞으로 누나의 인생에 다시는 벼락이 찾아오지 않기를 빌었다. 어떤 불운도 다가오지 않기를.

"이제…… 괜찮겠지?"

무슨 말을 하면 좋을지 모르겠고 말하기도 망설여져서 나는 그저 턱에 힘을 준 채, 느릿느릿한 누나의 숨소리에 다시 귀를 기울였다.

"그게, 뭐가 아쉬우냐 하면, 물론 헤어지는 것도 아쉽지만, 실은 지금 엄청난 일이 일어났거든요. 아침 일찍 산책을 나갔다가 신사 쪽으로 가는 경찰차가 보여서 가봤는데요."

트렁크에 짐을 다 실은 유미가 내 옆에 섰다.

"사이렌 소리가 방에 들렸어요. 무슨 일이었나요?"

"자, 무슨 일이었을까요?"

유미는 애매하게 고개를 갸웃했다. 나는 겉옷을 여미며 시선을 내리깔았다. 신사로 이어지는 참배길이 어젯밤 내린 비로 진창이 됐는지, 아야네의 운동화는 새로 묻은 진흙으로 범벅이었다.

"웬걸, 시체가 발견됐어요."

유미가 옆에서 숨을 들이켜는 소리가 똑똑히 들렸다.

"벼락터 안쪽에 벼랑 있잖아요. 그 밑 진흙에 반쯤 파묻히다시피 쓰러져 있는 걸 신관님이 발견했대요. 어젯밤 벼락터에 큰 벼락이 떨어졌잖아요. 아침이 되자 걱정이 슬슬 밀려와서 가보셨는데……."

상황을 확인하기 위해 기에는 산을 올랐다.

"벼락이 떨어진 벼락터 안쪽에 가서 별생각 없이 아래를 내려다봤더니 사람이 쓰러져 있었다나. 어, 제게 직접 말씀하신 게 아니라, 신관님과 경찰관이 이야기하는 걸 몰래 들었어요. 아무튼 죽은 사람 신원이 불확실한 모양이에요. 신관님이 모른다니까 뭐, 이 마을 사람은 아니겠죠. 저도 경찰관이 시체를 덮은 시트를 들출 때 봤는데, 마을에서 한 번도 마주친 적 없는 사람이었습니다. 제가 사람 얼굴은 잘 기억하는 편이라 틀림없어요. 나이는 예순 살 정도로 보였는데…… 대체 누구일까요?"

아야네는 말하면서 내 얼굴을 보았다.

"그 정도 연령에 이 마을 사람이 아닌 사람, 혹시 짚이시는 분 있으세요?"

나는 즉시 고개를 저을 뻔했지만 간신히 참았다.

"성별은요?"

"네?"

"남자입니까, 여자입니까?"

"아아, 죄송해요, 남자였어요."

"딱히 기억은 안 나는군요."

나는 그렇게 대답하고 나서 만약을 위해 물었다.

"어젯밤에 저희가 벼락터에 있었다는 얘기는……?"

"일단 경찰에 말했어요. 저랑 민박집에서 옆방을 쓰는 잡지 관계자들도 벼락터에 있었다고요. 신관님이 말씀하시려나 싶었는데 아무 말씀 없으시더라고요. 죽은 남자는 분명 땅이 젖어서 미끄러졌던가 벼락에 놀라 벼랑에서 떨어졌을 테니, 같은 시간대에 저희도 거기 있었다는 사실을 미리 밝히는 편이 낫잖아요. 뭐, 하지만 여러분셋 말고는 누구와도 마주치지 않았다고 했더니 아아, 그러냐는 반응으로 끝이었어요."

만약 나중에 본격적으로 수사가 진행되면 어떻게 될까. 경찰이 벼락터에 있었던 우리에게 연락하려 들까. 민박집을 예약할 때 가명을 썼고, 묻지 않길래 주소도 말하지 않았다. 하지만 예약 전화는 내 스마트폰으로 걸었다. 민박집 고정 전화기의 통화 이력을 조사하면 내 주소와 이름은 쉽사리 알아낼 수 있다.

하기야 만에 하나 그렇게 된다 쳐도, 그 남자와 관련된 일 말고는 전부 솔직하게 말하면 그만이다. 우리가 가명을 사용한 이유도, 이 마을에 온 이유도. 설령 우리가 후지와라 미나토의 가족임이 밝혀진들 남자의 죽음과는 무관하니 걱정할 필요는 없다. 그 생각에 빠져 있자니 아야네가 입꼬리 양쪽을 끌어올려 씩 웃었다.

"아까 경찰이 시트를 들췄을 때 시신의 얼굴을 봤다고 했는데, 거짓말입니다. 실은 줌 렌즈로 몰래 찍었어요. 괜찮다면 보실래요?"

"아니요, 굳이 보고 싶지는 않네요."

"저는 보고 싶어요. 어쩐지 신경 쓰여서요."

"그래요? 그럼 조금만 기다려요."

아야네가 목에 건 디지털카메라를 조작하길래 나는 손으로 얼른 화면을 덮었다.

"시체 얼굴을 왜 보려고 그래? 보지 마."

유미는 일취에서 그 남자의 얼굴을 보았다.

"······알았습니다."

다행히 유미는 순순히 물러났고, 아야네도 얌전하게 디지털카메라 전원을 껐다.

"그럼 먼저 실례하겠습니다."

나는 유미를 재촉해 누나 옆에 앉히고 운전석에 올라탔다. 30년 전 아버지처럼, 두 사람을 태운 차에 시동을 걸었다.

─난 틀리지 않았어.

이제 다시는 이 마을에 돌아오지 않겠다.

차체가 흔들리고 백미러로 보이는 공기가 뿌옇게 흐려졌다. 알파벳 P자 자세로 경례하는 아야네를 힐끔 보고 나는 민박집 주차장을 나섰다. 울퉁불퉁한 길을 나아가 간선도로에 진입한 뒤, 서쪽을 향해 최단 거리로 마을을 벗어났다. 터널을 빠져나와 구불구불한 길을 따라 바다 옆 국도로 들어서자 뒷좌석의 유미가 배낭을 뒤져 기요사와 데루미가 준 귤을 꺼냈다. 유미는 속삭이는 목소리로 귤을 누나에게 권했다. 대답 아닌 대답을 하는 누나의 목소리는 더 작았다.

누나의 대답은 "바다 보고 싶어"였다.

맥락 없는 그 말에 유미가 당황한 표정을 지었지만, 나는 앞의 삼거리에서 오른쪽으로 꺾었다.

반대 차선에 차가 거의 없는 길을 달려 바다로 향했다. 잠시 뒤 바닷가 옆에 차를 대자 스스로 문을 열고 차에서 내린 누나는 민박집을 나설 때보다 힘 있는 걸음걸이로 하얗게 부서지는 파도를 향해 걸어갔다.

그 뒷모습을 바라보다 불현듯 누나가 기에와 1박 2일 여행을 가기로 약속했던 것이 생각났다. 먼 옛날 누나가 고등학교 1학년이었던 때, 여름이 끝날 무렵이었다. 부모님이 허락해준다면 다음 해에 바다에 가서 낮에는 실컷 수영하고 밤에는 저렴한 숙소에 묵겠다며 기대를 감추지 못했다. 하지만 그해 가을에 어머니가 죽었다. 이듬해에는 독버섯 사건이 일어났고 기에 어머니가 스스로 목숨을 끊었다. 약속은 이루어지지 않았고, 앞으로도 이루어지지 않으리라.

누나가 모래밭에 앉았다. 그 옆에 유미가 앉자 둘의 그림자가 모래 위에 겹쳐졌다. 어젯밤과 딴판으로 하늘이 맑았고, 아침 햇살을 받은 바다가 하얗게 빛났다. 말없이 나란히 앉은 두 사람을 바라보며 나도 차에서 내려 호주머니에 손을 넣었다. 그대로 바다 쪽으로 걸어갔다. 지면이 모래로 바뀔 때까지.

"안 추워?"

잠시 뒤에 말을 걸자 유미가 돌아보고 손가락으로 동그라미를 만들었다.

원한의
문자와
살인

1

"그렇게 말해주는 건 고맙지만, 역시 내 탓이야."

유미는 고모가 그런 일을 겪은 게 자기 탓이라고 자책했다. 자기가 별똥별 사진을 찍고 싶어 했기 때문이라고. 하타가미에 가보고 싶다는 말을 꺼냈기 때문이라고.

"옆에 벼락이 칠 줄 누가 알았겠니."

나는 몇 번이나 했던 말을 다시 했다.

유미는 고개를 들지 않고 좌식 탁자에 엎드린 자세로 디지털카메라 화면을 바라보았다. 창문으로 비쳐든 석양이 유미의 어깨를 감쌌다. 화면에 나타난 건 벼락터에서 찍은 별똥별 사진이다. 옆에 펼쳐진 야쓰가와 교코의 사진집을 보자, 두 사진은 역시 놀랄 만큼 비슷하다. 그런 일이 일어나지 않았다면 유미는 이 기적을 얼마나 기뻐했을까.

"조금만 있으면 네 고모도 안정을 되찾을 테니 걱정 마. 네가 찍고 싶었던 사진을 찍었잖아."

어제 오후에 하타가미에서 돌아와서 누나가 사는 연립주택까지 바래다주었다. 누나는 집까지 같이 들어가자는 제안을 거절하고 마지막으로 우리에게 희미하게 웃어 보인 뒤 계단을 올라갔다. 독립했을 때부터 누나의 보금자리였던 연립주택은 사람과 함께 나이를 먹었다. 누나의 야윈 뒷모습이 연립주택 문 중 하나에 빨려드는 것처럼 보였다.

"이 사진, 자세히 보면 완전히 달라."

"다르기는."

"아빠는 사진 공부 해본 적 없잖아."

나는 어제 집으로 돌아오고 나서 오늘까지 뉴스 사이트를 수없이 들락거리며 그 남자의 신원을 알아내려 했다. 보석산에서 시신이 발견된 사실 자체는 기사에서 사고로 작게 다뤄졌지만, 사망자의 신원은 '불명'이었다. 그날 밤, 남자가 메고 있던 숄더백에 지갑처럼 신원을 특정할 만한 물건은 없었던 걸까. 아니면 가방이 통째로 진흙 속에 파묻혀서 발견되지 않은 걸까.

어쨌거나 요행이라 할 수 있었다. 신원이 밝혀지지 않으면 신변을 조사할 수 없다. 남자가 어떻게 15년 전 사고의 진상을 알았는지는 마지막까지 의문이지만, 이제 이유는 아무래도 상관없다. 그 남자와 우리의 접점이 다른 사람에게 알려지지만 않으면 된다.

"미안해. 어쩐지 정말…… 자기혐오가 드네."

유미는 꼭 나이 먹은 사람처럼 양손으로 좌식 탁자를 밀면서 일어나 부엌으로 향했다. 냉장고를 여닫는 소리가 들린 뒤 양손에 캔맥주를 들고 돌아왔다. 캔 맥주 하나를 좌식 탁자에 내려놓고, 다른 하나를 따서 입에 댔다. 나는 무심코 유미의 손을 붙잡으려고 했지만, 유미는 멀찍이 물러나며 캔을 입술에 대고 맥주를 꿀꺽 삼켰다.

"너, 이 녀석."

"아빠, 잊어버렸지?"

유미가 나를 흘겨보았다.

"뭘?"

"모레가 무슨 날이야?"

"어머니…… 네 할머니 기일이지."

"그럼 오늘은?"

나는 거기까지 듣고서야 겨우 눈치챘다.

가슴에 못이 박힌 듯 뜨끔해져 유미의 얼굴을 바라보았다.

"딸의 스무 살 생일을 잊어버리다니."

유미는 눈을 가늘게 뜨고 나를 보며 맥주를 한 모금 더 마셨다. 어머니 기일과 유미 생일은 이틀 차이다. 지금까지 두 날은 슬픔과 기쁨이 공존하는 일련의 행사였다. 둘 중 한쪽을 잊어버린 적은 한 번도 없다.

"장난이야, 장난. 이래저래 정신 없었으니 어쩔 수 없지. 과로로 쓰러지고, 고향에서 그런 일도 있었잖아. 애당초 그 마을에 간 건 내 탓이고."

유미는 아무 말 못 하는 나를 노려보기를 그만두고, 좌식 탁자에 놓아둔 캔 맥주를 턱으로 가리켰다.

"그거 아빠 거야."

나는 캔 맥주를 집어 풀탭을 당기고 나서야 겨우 사과할 수 있었다. 몹시 짧은 말이었지만 내가 진심으로 사과하자 유미는 쓴웃음을 지으며 고개를 저었다. 우리는 캔 맥주를 가볍게 부딪쳐 건배한 뒤 꿀꺽꿀꺽 마셨다. 딸은 지금까지 어디선가 한 번쯤 술을 입에 댄 적 있는지, 맥주가 쓰기도 하련만 아까부터 인상 한번 찌푸리지 않았다.

요 며칠 사이에 일어난 일과 무관한 화제를 골라 띄엄띄엄 이야기하며 난생처음 딸과 술을 마셨다. 뭔가 먹고 싶다기에 가게로 내려가 주방 냉장고에서 안줏거리를 적당히 골라 접시에 담았다. 돌아오자 아버지 방에서 물건을 움직이는 소리가 들려서 뭔가 싶었는데, 유미가 골판지 상자를 위태위태하게 끌어안고 방에서 나왔다.

"할아버지도 술자리에 참석하셔야지."

그대로 거실로 가서 상자를 바닥에 쿵 내려놓았다.

"유품, 정리하기 힘들댔잖아? 이쯤 해서 큰맘 먹고 열어보자."

석 달 전 주방에서 쓰러진 아버지가 실려 간 병원에서 그대로 숨을 거둔 뒤, 유품에는 손을 대지 않았다. 얼마쯤 시간이 지나 아버지 방을 대충 청소했을 때 벽장에서 골판지 상자를 발견했지만, 너무나 갑작스러운 사별이라 멋대로 손대기 미안해서 아직 열어보지도 않았다.

"할아버지에 대해 좀 더 알고 싶기도 하고."

유미가 망설임 없는 손놀림으로 접착테이프를 떼어냈다. 하지만 아주 오래전에 붙여놓은 것인지 종이테이프는 도중에 끊어졌다. 반대쪽에서 떼어내려 해도 마찬가지라, 유미는 결국 포기하고 손톱으로 테이프 중간을 끊어서 상자를 열었다.

"와, 느닷없이 보물이."

제일 위에 들어 있던 것은 아버지의 일안 리플렉스 카메라였다. 30년 만에 다시 보았다. 마을을 떠날 때 아버지가 말없이 골판지 상자에 넣은 것이 기억났다. 아무래도 이 상자였던 모양이다.

"필름은…… 에이, 안 들었네. 들어 있으면 재미있었을 텐데. 그리고 이 주머니는."

어머니가 재봉질로 만들었을 수제 두루주머니에는 카메라 손질에 사용하는 것 같은 도구 몇 가지가 들어 있었다. 유미는 하나하나 꺼내서 이건 쓸 수 있겠다거나, 못 쓰겠다거나, 이건 사용법을 모르겠다고 말하며 좌식 탁자에 늘어놓았다.

"그건 상장 같은 건가?"

카메라와 두루주머니 밑에는 액자 두 개가 엎어진 상태로 나란히 놓여 있었다. 꺼내서 확인하자 액자에 든 명명지*에 각각 '아사미', '유키히토'라고 붓글씨로 적혀 있었다.

"우와, 글씨 잘 썼다. 남한테 써달라고 부탁했으려나."

할아버지 글씨라고 알려주자 유미는 몹시 놀랐다.

"글씨를 이렇게 잘 쓰셨는지도 전혀 몰랐어. 메모지를 보고 휘갈겨 쓰신 것치고 잘 쓰신다고 생각한 적은 있지만. 고모랑 아빠 이름도 할아버지가 지었어?"

"고모 이름은 할머니가 지었지."

"그럼 아빠 이름은 할아버지가 지었어?"

나는 고개를 끄덕이며 오랜만에 내 이름의 유래를 떠올렸다.

유키히토幸人라는 이름을 보면 누구나 행복한 사람이 되길 바라는 마음이 담겨 있다고 생각하리라. 물론 그런 마음도 담겨 있을 것이다. 자식의 행복을 바라지 않는 부모는 없다. 그리고 그 마음이 얼마나 강한지를 최근 일주일간 나 자신의 행동을 통해 깨달았다.

하지만 내 이름에는 다른 유래가 있다. 초등학교에서 '다행 행幸'

---

* 아기가 태어난 걸 축하하는 의미로 아기의 이름을 적어서 보관하는 종이.

이라는 한자를 배웠을 때니까 3학년쯤이었을까. 아버지에게 내 이름을 '유키히토'라고 지은 이유를 물었다. 아버지는 내가 은근히 예상했던 것처럼 "행복하게 살았으면 해서"라고 대답하지 않고, 수수께끼 같은 말을 했다.

"네가 나보다 훨씬 넓은 세상에서 살았으면 해서."

가게에서 영업 준비를 하던 아버지 옆얼굴에 쓴웃음이 어렸다.

"그래서…… 테두리를 떼어낸 거야."

아버지가 더는 가르쳐주지 않아서 나는 훨씬 나중에야 수수께끼의 정답을 알아냈다.

"뭐야…… 테두리를 떼어냈다니?"

아버지와 나눈 이야기를 들려주자 유미는 한쪽 눈썹을 치켜세우며 의아해했지만, 나는 아버지를 흉내 내며 더는 가르쳐주지 않았다. 하지만 내 이름의 유래보다는 골판지 상자의 내용물이 궁금한지, 유미는 바로 생각을 멈추고 다시 상자 속을 들여다보았다. 나란히 깔린 흰 수건 두 장 밑에는 뭔가 평평한 물건이 들어 있는 것 같았다.

"우와, 어째 상자가 무겁더라니."

수건을 치우자 앨범이 나왔다. 기억 속에 희미하게 남아 있는 커다란 선녹색 앨범. 두 권을 옆으로 나란히 눕힌 상태로 포개놓았다. 박스에 넣어둔 덕분인지 표지는 거의 변색되지 않았다. 최근에는 좀처럼 보기 힘든 앨범으로, 점착력 있는 페이지에 덮인 투명한 필름을 벗겨내고 사진을 붙인 뒤 다시 필름을 덮어서 보존한다. 페이지가 두껍고 튼튼해서 아주 무겁지만, 옛날에는 어느 집에나 이런 앨범이 있었다.

"위쪽이 오래된 앨범인 것 같아."

일단 제일 위에 있던 앨범을 꺼내서 넘겨나갔다. 약간 누레진 페이지마다 사진이 네 장에서 여섯 장씩 붙어 있었다. 집의 전경. 1층 외벽에 걸어둔 가게 간판. 아직 파손되거나 더러워진 곳이 없는 가게 내부. 상자에 든, 새것이 분명한 도쿠리와 술잔. 사진의 흰색 테두리에는 작은 글씨로 날짜를 적어두었다. 전부 지금으로부터 50년 가까이 지난 1971년 4월에 찍은 사진이다. 아무래도 아버지는 그 마을에 가게를 차렸을 무렵부터 사진을 찍기 시작한 모양이다.

"이분, 할머니지? 영정사진 말고는 처음 봤어."

아버지와 어머니가 가게 앞에 나란히 서서 행복하게 웃고 있었다. 셀프 타이머로 찍었는지 문 유리에 삼각대가 희미하게 비쳤다.

"아직 20대셨나…… 정말 미인이셨네."

유미와 함께 앨범을 넘겨나갔다. 주방. 새 도마와 식칼. 텅 빈 술병과 술잔 선반. 흠집 하나 없는 냉장고. 손님석 하나하나. 벽에 붙은 차림표는 명명지와 마찬가지로 아버지 글씨체다.

"하나는 이렇게 메뉴를 전부 벽에 붙여놨었구나."

일취는 업자에게 의뢰해서 만든 메뉴를 손님 테이블에 놓아두었다. 실은 아버지는 하나처럼 벽에 차림표를 붙여두고 싶었던 모양이지만, 구조상 어느 테이블에서나 보이는 벽이 없어서 그럴 수밖에 없었다고 한다.

"이렇게 보니까 아빠 글씨랑 닮았네."

"그러게."

초등학교 때부터 반 아이들보다 약간 더 글씨를 잘 쓰는 게 내 은근한 자랑거리였다. 딱히 연습한 기억은 없지만, 아버지 글씨를 보고 자라서 저절로 비슷하게 쓰게 됐는지도 모르겠다.

앨범을 계속 넘겼다. 아직 아무것도 심지 않아 흙뿐인 마당. 햇볕에 변색되지 않아 색깔이 진한 툇마루. 여닫으려면 요령이 필요했던 덧문. 이윽고 2층으로 옮겨 가서 거실과 부엌, 화장실까지 사진에 담아두었다. 분명 집 겸 가게가 생긴 기념이었으리라.

거기서 첫 번째 앨범이 끝나서 다음 앨범을 펼쳤다. 채소와 생선. 줄지은 되들잇병 하나하나. 어머니가 당장 맥주를 따를 것처럼 잔에 병을 가까이 대고 있었지만, 병마개를 따지 않았으니 시늉만 한 것이리라.

"사진이 이렇게 많은데 할아버지 사진은 하나도 없네."

"본인이 찍었으니까."

한 권, 또 한 권 앨범을 펼쳤다. 오래전에 흘러갔던 시간이 페이지를 넘길 때마다 한 번 더 흘러간다. 드디어 가게를 개업하고 손님이 제법 많이 왔는지, 어머니가 자축하듯 주판을 한 손에 들고 가느다란 팔로 만세를 부르고 있다. 이윽고 가게 사진은 줄어들고 어머니의 배가 커져간다. 병실. 커다랗게 부풀어 오른 배에 댄 어머니의 손. 뺨이 복숭아 같은 갓난아기. 신사에 참배하러 갔는지 어머니가 배전 앞에서 폭신폭신한 명주 배내옷에 감싼 아기를 품에 안고 있다. 세월이 흐르면서 아기의 이목구비가 점점 누나를 닮아간다. 그러자 이번에는 내가 명주 배내옷에 감싸여 어머니 품에 안겨 있고, 시간이 더 지나자 어린 누나가 어색하게 나를 안고 있다.

앨범의 사진에는 가게와 가족뿐 아니라 하타가미의 사계절도 아름답게 담겨 있었다. 그렇다, 그 마을의 자연은 아름다웠다. 눈을 씻어주는 듯한 봄철 새싹. 빗속에서 진한 색깔로 피어난 수국. 여름철의 적란운. 풀이 일제히 허리를 굽힐 만큼 세찬 바람. 페인트를 칠한 듯 파란 하늘. 어느 집 처마에 매달린 무 껍질이 아직 쪼글쪼글하지 않길래 날짜를 확인하자 역시 가을 중순이었다. 단풍으로 채색된 보석산. 신을림제가 열린 라이덴 신사. 버석국을 받으러 줄을 선 사람들. '벼락막이'라고 적힌 부적을 자랑스럽게 내민 나와 누나. 그 뒤에 서서 우리 어깨에 손을 얹은 어머니. 길쭉한 서릿발. 모든 윤곽이 둥그스름한 눈경치. 다들 '꼬챙이 얼음'이라고 불렀던, 처마 끝 고드름. 눈 내린 골목에 선 나의 눈썹이 새하얘서 나이 든 할아버지 가면을 쓴 것처럼 보인다. 새로 쌓인 눈에 얼굴을 처박으면 얼굴 모양이 생기고, 내 얼굴이 가면처럼 바뀌는 게 재미있었다. 그런 놀이를 너무 많이 해서 얼굴이 동상에 걸려 새빨개진 적도 있다.

계절이 바뀌고 세월이 흐르면서 나와 누나는 점점 변해간다. 내 얼굴은 약간 날렵해지고 누나는 웃는 대신 미소를 띤다. 머리카락과 팔다리도 쑥쑥 길어진다. 그런 사진들을 보며 나는 태풍이 왔던 날을 떠올렸다. 하타가미를 떠난 뒤 우리가 살았던 연립주택은 아라카와강 바로 옆에 있었다. 이사한 해 가을에 거대한 태풍이 간토 지방을 덮치자 아버지는 강이 범람할지도 모른다고 걱정하며 언제든지 들고 나갈 수 있도록 소중한 물건들을 챙겼다. 나도 교과서와 공책을 비닐봉지에 넣었고, 누나도 학교에서 사용하는 도구와 서던 올스타스 CD, 토토로 필통을 커다란 숄더백에 담았다. 아버지는 벽장에서 골판지 상자를 꺼내서 냉장고 위에 얹었다. 그게 이 상자였을까. 하타가미에서 쌓은 추억이 흙탕물에 쓸려 가지 않도록, 안전한 장소에 놓아둔 걸까. 하지만 추억이 소중하다면 왜 가족사진을 이렇게 상자에 담아뒀을까. 왜 상자를 봉한 테이프를 떼지조차 않았을까.

내가 아버지 생각을 하는 동안에도 유미는 앨범을 넘겼다. 이게 마지막 앨범이다. 초등학교 6학년이 된 나. 누나의 중학교 졸업식과 고등학교 입학식. 새 교복이 아직 몸에 익숙하지 않은지 어색해 보인다. 이윽고 계절이 바뀌어 여름이 됐다.

"이 사람, 혹시 기에 아줌마야?"

누나와 기에가 함께 찍은 사진이었다.

1988년 8월. 두 사람이 고등학교에 올라간 해 여름이다. 방과 후인지 휴일인지 둘 다 민소매 차림이다. 기에는 까무스름하니 건강미 넘치는 피부를 햇볕에 드러냈고 누나는 하얀 두 어깨를 내보이며 웃고 있다. 얼마 뒤 자신들에게 무슨 일이 일어날지도 모르고, 이렇듯 즐거운 시간이 언제까지나 계속되리라 믿어 의심치 않는 표정으로. 내년에는 둘이서 바다에 가자는 이야기를 하며. 하지만 얼마 지나지 않아 어머니가 세상을 떠난다. 이듬해 신올림제에서 나와 누나가 벼락을 맞고, 독버섯 사건이 일어난다. 기에 어머니는 스스로 목숨을 끊고, 아버지가 범인으로 의심받고, 우리는 마을에서 도망친다.

지난 30년간, 나는 아버지가 범인이 아니라고 믿어왔다. 하지만 하타가미에서 기요사와 데루미의 이야기를 들었을 때부터 가슴속에 구멍이 뚫린 것처럼 그 믿음이 조금씩 빠져나가서, 이제는 얼마나 남아 있는지 나 자신도 모르겠다.

—아이들이 벌을 받았어.

나와 누나가 벼락을 맞은 뒤, 병원 접의자에 고개를 숙이고 앉아 있던 아버지는 탄식하듯이 그렇게 중얼거렸다. 나는 병실 침대에서 막 깨어났고, 몸뚱이에 무참한 흉터가 새겨진 누나는 의식 없이 다른 병실에 누워 있었다. 아버지는 정말로 사람을 죽였을지도 모른다. 그리고 범행을 실행한 날에 자기 자식들이 벼락을 맞아 후회에 시달렸을지도 모른다.

그런데 만약 후회했다면.

—난 틀리지 않았어.

마을을 떠나던 날 왜 그런 말을 했을까.

"이게 끝이네."

유미가 마지막 페이지를 넘겼다.

거기에는 사진 한 장만 덜렁 붙어 있었다.

어머니 무덤을 찍은 사진이다. 무덤을 이장하기 전, 하타가미 마을 묘지에 모신 무덤. 향도 꽃도 없이 그저 네모난 묘비만 조용히 서 있다. 하얀 눈이 주변을 뒤덮고 꽃을 공양하는 통에 고인 물도 하얗게 얼어붙어 있길래 흰색 테두리에 적힌 날짜를 확인하자, 1989년 1월이었다. 아무래도 무덤을 만든 직후에 찍은 사진인 것 같다.

이 사진을 끝으로 아버지는 카메라를 내려놓은 걸까.

골판지 박스를 끌어당겨 안을 살펴보았다. 그러자 사진 몇 장이 포개져 있었다. 총 20여 장. 마지막 앨범에 깔려 있었던 모양이다.

사진을 꺼내 한 장씩 좌식 탁자 위에 늘어놓았다.

"이거…… 할아버지는 왜 이런 사진을 찍은 걸까."

마치 처음에 본 사진들을 재현한 것 같은 사진이었다. 촬영 구도도 흡사하다. 다만 전부 세월의 흔적이 역력했다. 마당만큼은 꽃과 풀로 가득했지만, 그 외에는 전부 긴 세월이 흐르면서 낡아졌다. 집의 전경. 어머니의 이름과 똑같은 가게 간판. 텅 빈 가게 내부. 주방. 도마와 식칼. 술병과 술잔 선반. 냉장고. 2층의 방들. 세면실. 욕실. 사람의 모습은 어디에도 없다고 생각했을 때 가게 입구에 서서 찍은 아버지의 사진이 나타났다.

첫 번째 앨범에 붙어 있던 사진에서는 어머니와 아버지가 나란히 서서 행복하게 웃고 있었다. 하지만 지금 이 사진에서는 아버지 혼자 카메라를 바라보고 있다. 표정 없는 눈빛. 하지만 마치 자신의 존재를 나타내려는 듯 강한 의지가 깃든 눈빛. 뒤에 있는 문 유리에 삼각대가 비쳤다. 처음에 본 사진처럼 이것도 셀프 타이머로 찍은 모양이다.

"할머니가 서 있었던 곳을 비워둔 건가."

유미 말마따나 아버지는 사진 한가운데가 아니라 조금 오른쪽에서 카메라를 보고 있다. 마치 옆에 보이지 않는 어머니가 있다는 듯.

앨범에 붙이지 않은 이 20여 장의 사진은 대체 언제 찍은 걸까. 하얀 테두리 부분을 보았지만 날짜는 적혀 있지 않았다. 사진에 담긴 햇빛의 상태로 보건대, 전부 같은 시간대에 찍은 것 같기는 하다.

"아빠, 여기."

유미가 사진 한 장을 가리켰다. 딱딱한 목소리에 막연한 불안감을 느끼며 나는 그 부분을 자세히 들여다보았다. 2층 거실을 찍은 사진에 벽걸이 일력이 나와 있었다. 기억 속 그 달력에 시선을 모으자 한복판에 커다랗게 '25일', 그 위에 작게 '11월' 그리고 그 위에는 '쇼와64년'이라고 인쇄되어 있었다. 물론 쇼와64년에 11월은 존재하지 않는다. 1월 7일에 덴노가 서거해 그해 연호가 헤이세이로 바뀌었기 때문이다. 즉, 이 달력은 새 연호가 시작되기 전에 만들어진 것일 테니, 실제 날짜는.

"헤이세이 원년(1989년) 11월 25일이군."

어머니의 1주기 법회를 치른 날.

30년 전, 신올림제가 열리기 전날.

아버지는 이 사진들을 전부 그날 찍은 걸까. 독버섯 사건이 일어나기 전날.

좌식 탁자에 늘어놓은 사진들을 다시 살펴보았다. 가게 내부를 찍은 사진과 2층 부엌을 찍은 사진에 벽시계가 찍혀 있었다. 저녁녘에 사진을 찍었는지 시곗바늘은 각각 6시 24분과 6시 25분을 가리켰다.

내 손에는 아직 사진 세 장이 남아 있다. 방금 본, 아버지가 가게 앞에 혼자 서서 찍은 사진이 제일 위다. 나는 그 사진을 좌식 탁자에 내려놓고 남은 두 장을 그 밑에 늘어놓았다.

"아빠랑…… 고모?"

그 두 장은 나와 누나를 각각 찍은 사진이었다. 둘 다 카메라를 보고 있지 않다. 아마 찍는지조차 몰랐을 것이다. 이부자리에 누워 두 눈을 감은 중학교 1학년의 나. 일찌감치 잠자리에 들었는지 머리맡에 놓인 시계는 6시 반을 가리키고 있다. 역시 이 20여 장의 사진은 전부 같은 시간대에 찍은 듯하다. 누나를 찍은 사진은 우타가와 히로시게의 우키요에 그림*이 연상될 만큼 아름다웠다. 집 앞 골목을 걷는 누나의 뒷모습. 풍경 전체가 침침한 어둠에 잠겨 있지만, 앞쪽 하늘은 아직 어렴풋이 밝다.

"아빠, 울고 있네."

사진 속에서 옆을 보고 잠든 내 눈꼬리가 젖어 있다. 꿈을 꾸며 우는 걸까, 아니면 울다 지쳐 잠든 걸까. 기억나지 않았다. 단순히 잊어버렸는지, 벼락을 맞고 기억에서 지워졌는지 그것도 모르겠다.

"저기, 이거…… 도깨비불 같아."

---

* 일본 에도시대에 성행한 서민적인 회화. 주로 목판화다.

누나의 왼쪽, 대각선 맞은편 창문이 애매한 동그라미 모양으로 부옇게 흐려져 있었다. 물체의 정체는 알 수 없고 크기는 창문과 비슷하다. 확실히 인간의 혼이 허공에 떠 있는 것처럼 보이기도 했다. 아니, 어쩌면 사진을 현상한 뒤에 물방울 같은 것이 떨어져서 번진 자국일지도. 하지만 유미에게 물어보니 표면의 상태로 보건대 그건 아니라고 했다. 다만 이렇게 태양을 향해 카메라를 들면 렌즈 표면에서 빛이 난반사되어 하얀 원형이 찍히는 '고스트' 현상이 발생하는 경우도 있다고.

"거기에 없어야 마땅한 형체가 찍히니까 고스트라고 하지. 렌즈가 지문이나 먼지로 더러워지면 잘 발생하는 것 같아."

눈앞에 늘어놓은 사진 20여 장. 마치 마지막 기록처럼 촬영한 가게와 집의 풍경. 어머니가 있어야 할 곳을 비워둔 채 가만히 카메라를 바라보는 아버지. 눈을 감은 나. 존재하지 않는 빛과 함께 걷는 누나의 뒷모습. 첫 번째 앨범에 붙인 사진들이 앞으로 시작될 새로운 생활을 기념하기 위해 찍은 것이라면, 이쪽은 대체 뭘까. 30년 전 신올림제 전날, 어머니의 1주기 법회를 치른 날 저녁녘, 아버지는 무슨 생각으로 카메라를 들었을까.

어느덧 창밖에서 해가 저물고 있었다. 다다미 위에 펼쳐놓은 마지막 앨범 속, 먼 옛날에 찍은 어머니의 무덤을 현재의 석양이 비스듬히 비추었다.

그때 내 시선이 어느 한 점에 빨려들었다.

사진을 덮은 투명한 필름에 비친 빛이 어떤 부분에서만 희미하게 뒤틀렸다. 묘비 오른쪽 아래, 새로 내린 눈이 찍힌 언저리. 손끝으로 만져보자 사진 표면이 약간 올록볼록했다. 밑에 뭔가 끼워져 있는 걸까. 유미도 손을 뻗어 사진을 만졌다. 처음에는 나와 같은 곳을 만지다가, 금세 묘비와 상석 주위를 문지르기 시작했다.

"이거 분명…… 사진 뒷면에 뭔가 적혀 있는 거야."

2

차량 통행이 금지된 보석산에 수많은 마을 사람이 오가고 있었다. 나는 사람들 사이를 통과해 참배길을 올라갔다. 사람들을 헤치다시피 나아가다 좁은 길을 오른쪽으로 꺾어 라이덴 신사의 도리이를 지나 안뜰로 들어갔다.

사진 뒷면에 적혀 있던 글씨.

검정 볼펜으로 쓴 여섯 줄의 문장.

구로사와 소고, 아라가키 다케시, 시노바야시 가즈오,

나가토 고스케

네 명이 죽였다

라이덴국

흰알광대버섯, 흰우단버섯

같은 색깔

신울림제 당일까지 결의가 바뀌지 않으면 결행

난도질하듯 흐트러진 글씨체였지만 분명 아버지 글씨였다. '결행'이라는 두 글자는 몇 번이나 꾹꾹 눌러 써서 푹 들어갔다. 그 두 글자가 앞면으로 튀어나와 사진이 올록볼록해진 것이다.

"뭐야, 이거……."

여섯 줄의 문장을 본 유미가 떨리는 목소리로 말했지만, 나는 말조차 꺼낼 수 없었다. 사진을 쥔 손에 감각이 사라졌고 초점을 잃은 글씨가 작게 요동쳤다. 글씨를 노려보는 내 머릿속에서 싸움을 벌이던 당혹스러움과 의문이 마침내 한데 모여 결의로 바뀌었다.

확인하면 된다.

추궁하면 된다.

하룻밤이 지난 오늘, 나는 차를 몰고 다시 하타가미로 왔다. 유미에게는 일본 주조 조합의 합숙 연수에 참석한다고 거짓말했다. 정말이냐고 유미가 몇 번이나 물었지만, 믿든 말든 상관없다. 이제 유미를 혼자 내버려두어도 걱정 없다.

앞만 똑바로 보고 마을 사람들이 모인 안뜰을 나아갔다. 어깨에 멘 가방에는 사전에 준비한 A4용지가 들어 있었다. 사진 뒷면에 적힌 문장 중 처음 두 줄만 스마트폰으로 촬영해 출력한 것이다. 그다음을 상대에게 보여줄 수는 없다. 이게 비겁한 방법인 줄은 잘 알지만, 나는 진실이 궁금했다.

줄지은 노점. 소스와 간장 냄새. 뒤섞인 남녀노소의 말소리. 웃음소리. 흰 바탕에 파란 글씨로 '신울림제'라고 적은 깃발. 부적을 사려는 사람들이 사무소 앞에 늘어섰고, 배전 앞에는 버섯국을 받기 위한 행렬이 생겼다. 김이 피어오르는 큰 냄비 세 개. 일손을 도우러 온 여자들이 국을 그릇에 퍼서 한 명 한 명에게 건네준다. 여자들 뒤쪽에서 배전 정면을 장식한 시데가 흔들렸다. 시데 너머에 펼쳐진 마루 한복판에는 조그마한 좌식 탁자과 난로가 있다. 좌식 탁자에 마주 앉아 술을 마시고 있는 사람은 구로사와 소고와 나가토 고스케다. 좌식 탁자에 놓인 냄비에도, 두 사람 앞에 있는 그릇에도 버석국이 들었으리라. 그 모습이 기억 속의 장면과 겹쳐서 마치 지금은 이세상에 없는 두 갑뿌, 버섯 농가 주인 시노바야시 가즈오와 아라가키 금속 사장 아라가키 다케시가 방금까지 저기 앉아 있다가 볼일이 생겨서 자리를 잠깐 비운 것처럼 보였다. 예전에는 아무 위화감도 품지 않았던 그 광경이 지금은 몹시 기묘하게 느껴진다. 그들은 가끔 어깨를 들썩거리며 웃었고, 흡사 세상에 위세를 부리듯이 안뜰에 있는 사람들에게 위압적인 시선을 던졌다. 벽촌의 신사에서, 고작 한 단 높은 곳에 책상다리를 하고 앉아 있을 뿐이면서.

버석국을 받으려고 줄 선 사람들 사이를 지나 건물 왼쪽으로 돌아갔다. 옆의 돌계단을 올라 신발을 아무렇게나 벗고 배전 마루를 밟았다. 구로사와 소고가 눈을 들어 나를 보았다. 그 모습을 본 나가토 고스케도 상체를 틀어 내 쪽으로 고개를 돌렸다. 뇌우가 내린 밤, 사무소에서 나와 만났던 게 기억났는지 두 사람의 얼굴에 누군지 알겠다는 듯한 표정이 맺혔다. 말없이 두 사람 곁으로 다가가자 왁자지껄 떠들던 사람들이 갑자기 잠잠해졌다. 하지만 금세 또 알아들을 수 없는 말소리와 웃음소리가 뒤섞여 하나의 소리가 되었다.

"보여드려야 할 게 있습니다."

나는 대뜸 본론으로 들어가서 가방에 든 A4용지를 꺼냈다.

"후지와라 미나토 씨가 남긴 문장입니다."

구로사와 소고, 아라가키 다케시, 시노바야시 가즈오,
나가토 고스케
네 명이 죽었다

종이를 좌식 탁자에 내려놓자 둘 다 눈만 그쪽으로 돌렸다. 잠시 뒤 두 사람의 얼굴에 힘이 들어갔다. 나는 그대로 기다렸다. 하지만 둘 다 아무 대꾸도 없이 가만히 있었다. 마치 미리 짠 것처럼 서로의 얼굴을 바라보지조차 않았다.

"댁은."

구로사와 소고가 먼저 고개를 들었다. 그는 희미하게 회색기가 도는 검은자 주위에 정맥이 가느다랗게 뻗은 눈으로 나를 노려보았다.

"이 신사를 취재한다고 했었지."

"30년 전 사건도 조사하는 중입니다."

"아까, 남긴이라고 했는데."

나가토 고스케가 몸을 틀어 뺨이 쑥 들어간 얼굴을 천천히 내게로 돌렸다.

"그자는 죽었나?"

"석 달쯤 전에 돌아가셨습니다. 유품에서 발견된 이 메모를 후지와라 미나토 씨의 유족이 보여주셨습니다."

사실과 거짓말이 섞인 내 말을 구로사와 소고가 막았다.

"이걸 세상에 공개할 생각은 아니겠지?"

두 사람의 시선을 받으며 나는 사전에 정하고 온 태도로 응했다.

"그럴 생각입니다."

목소리가 떨렸다. 온몸에 세찬 심장 박동이 느껴졌다. 무슨 일이 있었는지 알고 싶건만, 진실이 궁금하건만, 마을 갑뿌와 지척에서 얼굴을 마주하자 열세 살 먹은 어린애로 되돌아간 것처럼 겁이 났다.

상대가 먼저 시선을 돌렸다.

"뭣 때문에 이런 글을 남겼는지 영문을 모르겠군."

들리지 않아도 상관없다는 듯 낮은 목소리로 구로사와가 중얼거렸다.

"본인이 모르겠다면 마을을 돌아다니며 닥치는 대로 물어보는 수밖에요."

"댁이 어디의 누구인지는 모르지만…… 그런 짓을 했다가는 소송감이야."

소송을 걸어도 상관없다.

하지만 그것이 감정을 앞세운 생각임도 잘 알고 있다. 구로사와 소고 말대로 만약 이 문장을 사람들에게 보여주고 다닌다면, 상대가 대응하기에 따라서는 법정 싸움이 벌어질 가능성도 있다. 그러면 내가 누구인지도, 문장의 출처도, 나머지 문장도 드러나게 된다. 문장 후반에는 아버지가 범행을 결의했다고밖에 받아들일 수 없는 내용이 적혀 있다. 시효가 지났다고는 하나, 독버섯 사건에 다시 세간의 이목이 집중될지도 모른다. 사건의 범인이라며 아버지 이름이 또 널리 퍼질지도 모른다. 요즘은 옛날과 다르다. 이런 작은 마을에도 인터넷과 스마트폰이 있다. 설령 나는 상관없더라도 누나와 유미의 인생은 어쩐단 말인가.

"여기 적힌 내용에 관해 짚이는 게 전혀 없다는 말씀이십니까?"

구로사와 소고는 태연하게 고개를 끄덕였고, 나가토 고스케는 대답할 가치도 없다는 듯 무반응이었다. 나는 두 사람에게 고래고래

욕을 퍼붓고 싶었다. 아니면 뭔가 돌이킬 수 없는 말을 외쳐서 모든 것을 엉망진창으로 부숴버리고 싶었다. 그런 나를 본체만체하며 구로사와 소고가 두툼한 손으로 술잔을 잡았다.

"다시 마시자고."

망가진 분위기를 다시 살리려는 듯 쓴웃음이 섞인 목소리였다. 그 목소리를 들으니 가슴속에 붙은 불이 단번에 활활 타올랐다.

"내일이 후지와라 하나 씨의 기일입니다."

이제는 두려움이 아니라 분노 때문에 목소리가 떨렸다.

"31년 전, 신울림제 이틀 전에 돌아가셨죠. 그날⋯⋯ 후지와라 하나 씨가 돌아가신 날, 당신들은 뭘 했습니까? 아라가키 다케시 씨, 시노바야시 가즈오 씨와 함께 네 명이서 대체 뭘 한 겁니까?"

두 사람은 말없이 술잔을 비우고 서로 술을 따라주었다. 그래도 내가 계속 빤히 바라보자 결국 구로사와 소고가 입을 열었지만, 나는 무슨 뜻인지 바로 이해하지 못했다.

"사건은 31년 전이 아니라 30년 전. 신울림제 이틀 전이 아니라 당일에 벌어졌는데."

나가토 고스케가 고개를 깊이 끄덕이며 장단을 맞추었다.

"그때는⋯⋯ 정말 죽는 줄 알았지."

나는 말문이 막혔다.

네 사람이 어머니를 죽였다는 증거는 어디에도 없다. 아버지가 사진 뒷면에 남긴 글이 그 가능성을 암시할 뿐이다. 한편 이 두 사람이 30년 전 신울림제 당일에 독버섯이 든 라이덴국을 먹고 죽을 지경에 이른 건 사실이고, 그 범인은 아마도 실제로 아버지였으리라.

물러날 수밖에 없을지도 모른다, 적어도 지금은.

하지만 나는 반드시 두 사람과 다시 맞붙을 작정이다. 이 손에 증거를 들고 와 다시 몰아붙여 오만한 태도를 취하거나 쓴웃음조차 지을 수 없을 만큼 당황시키고, 우격다짐으로라도 두 사람 입에서 뭔가를 끌어낼 작정이었다.

나는 깨끗하게 닦은 마루에서 말없이 몸을 돌렸다. 멀어졌던 축제의 시끄러운 소리가 빙그르 돌아 다시 귀에 들어왔다. 거기에 두 사람의 목소리가 섞였다.

"구로사와 씨, 오늘은 또 진탕 마시는군."

"여기는 마음이 편해서."

"또 쓰러져도 난 몰라."

"날짜가 바뀔 때까지는 신울림제잉께 쓰러진대도 그 뒤겠지."

분노로 온몸을 떨면서 그들 곁을 떠났다. 30년 전 이 신사에서 내 몸을 꿰뚫었던 전류와 열기가 되돌아와, 갈 곳을 잃고 몸속에 머물러 있는 기분이었다. 정말 네 갑뿌가 어머니를 죽였을까. 아버지는 어떤 증거를 가지고 있었던 걸까. 아무도 모르는 사실을 알고 있었던 걸까. 그렇다면 아버지가 그들에게 품은 분노는 대체 얼마나 컸을까. 분명 지금 내가 느끼는 분노와는 비교도 안 될 만큼 묵직하고 거셌겠지.

그 심정을 상상한 순간, 가슴속에 *기묘한 감각*이 생겨났다.

내 일부가 아버지와 동화된 것 같았다. 동시에 내 몸에 아버지의 피가 흐른다는 것을 난생처음 *체감*했다. 배전 옆 돌계단에 내려서서 신발에 발을 넣었지만, 무릎이 잘 움직이지 않아 좀처럼 신발을 신을 수 없었다. 뇌가 심장처럼 쿵쿵 뛰었다. 출구 없는 분노가 온몸의 피부를 안에서 떠밀었다. 나보다 훨씬 큰 뭔가가 몸속에서 멈추지 않고 부풀어 올라, 당장이라도 부드러운 살을 찢고 튀어나올 것 같았다. 양쪽 귀의 고막이 안쪽에서 압박돼 사람들이 떠드는 소리가 빠르게 멀어졌다. 그런데 그때 하얀 형체가 내 곁에 섰다.

고개를 돌리자 축제용 예복을 입은 기에가 옆에 있었다.

일찍이 신울림제 때마다 보았던 기에 어머니와 똑같은 복장으로.

"아무 짓도 하지 않는 게 좋아."

기에는 무미건조한 눈으로 나를 보며 입술만 달싹여 중얼거렸다. 떠들썩한 소리고 뭐고, 아무것도 들리지 않는 귀에 그 목소리가 얼음 알갱이처럼 미끄러져 들어왔다. 내가 겨우 말을 꺼내려 했을 때, 기에의 뒷모습은 이미 배전 안으로 멀어지고 있었다.

3

안뜰을 걸어 도리이로 돌아가는데 누군가 뒤에서 갑자기 팔을 붙잡았다.

"기차랑 택시를 탔더니 차로 오는 것보다 훨씬 빠르네."

"너…… 이게 뭐 하는 짓이야?"

배낭을 멘 유미였다.

"아빠야말로 뭐 하는 거야, 휴대폰도 꺼놓고."

유미는 마치 어린아이를 야단치는 듯한 눈으로 나를 노려보았다.

"뭐, 상상은 가. 그러니까 나도 온 거고. 그래서, 뭐래?"

나는 냉큼 무슨 뜻인지 모르겠다는 표정을 지었지만, 유미는 배전 쪽을 턱으로 가리킨 뒤 다시 나를 노려보았다. 나는 어쩔 수 없이 방금 구로사와 소고와 나가토 고스케에게 무엇을 들이대고 무슨 이야기를 들었는지 말했다.

"그렇구나. 하지만 저들 입장에서는 아무것도 모른다는 대답밖에 할 수 없겠지. 할아버지가 써서 남긴 내용이 사실이든 아니든."

당연하다. 하지만 나는 유미에게 듣기 전까지 그걸 생각조차 하지 못했다. 숨겨진 무언가가 눈앞에서 판명돼 진실을 알 수 있을지도 모른다고 믿고 여기에 왔다.

우리는 도리이를 향해 안뜰을 걸었다.

유미가 배낭에서 크라프트 봉투를 꺼냈다. 봉투에는 골판지 상자 제일 밑에 있던 사진들이 들어 있었다. 제일 위에 있는 건 앨범에서 떼어낸 어머니 무덤 사진이었다. 뒷면에 아버지의 글씨가 적힌 사진이다. 유미가 너무 무방비하게도 사진을 트럼프 카드처럼 부채꼴로 펼쳐서 들여다보길래 나는 몸짓으로 나무랐다. 그러자 유미는 사진을 한데 모았지만 봉투에 넣지 않고 양손으로 감싸듯이 들었다. 그대로 우리는 인파 속을 걸었다. 기온이 이틀 전보다 더 낮아졌는지 입김이 눈에 띄게 하얬다.

"기차 타고 오면서 생각했는데, 의문이 하나 생겼어."

"……뭔데?"

"할아버지는 이걸 언제 현상해서 언제 찾았을까. 이 사진을 찍은 다음 날 바로 독버섯 사건이 일어났잖아?"

듣고 보니 확실히 의심스럽다. 요즘이야 사진관에 필름 현상을 맡기고 빠르면 몇십 분 만에 사진을 받을 수 있지만, 당시에는 며칠이 걸렸다. 이 사진들을 찍은 건 30년 전 11월 25일, 신울림제 전날이다. 다음 날부터는 사진관에 갈 상황이 아니었을 것이다. 나와 누나가 배전 앞에서 벼락을 맞았고, 독버섯 사건이 일어났고, 누나가 의식불명 상태로 입원해 아버지는 병원과 집을 매일같이 오가기 시작했다. 그사이 다라베 요코가 자살했고 그녀가 남긴 편지 때문에 아버지는 사건 용의자로 지목돼 경찰 조사를 받았다.

"사진을 찍은 당일에 필름 현상을 맡겼을 가능성이 높네."

"신울림제 전날 말이지? 내 생각도 그래. 사진을 언제 찾으러 갔는지는 모르겠지만."

"기슭에서 내려가 당시 영업했던 사진관을 조사해보자. 이름은 기억 안 나지만, 마을에 사진관은 하나뿐이었으니 너희 할아버지도 거기에 맡겼을 거야."

"하지만 30년이나 지났잖아? 아직도 있을까?"

"가보면 알겠지."

그렇게 말하며 하늘을 보았을 때 구름이 하나도 없다는 사실을 비로소 알았다. 아침부터 계속 이렇게 맑았을까.

"과연 테두리를 떼어낸 아들답게 행동력이 좋네."

"내 이름에 담긴 뜻을 알아낸 거야?"

"간단하지."

우리는 작게 이야기를 나누며 도리이 쪽으로 나아갔다. 대체 우리는 마을 사람들 눈에 어떻게 보일까. 우릴 똑바로 보는 사람은 아무도 없는데도, 주변의 시선이 몹시 신경 쓰였다. 오가는 마을 사람들에게서 느껴지는 호기심과 무관심 사이의 감정. 외부인을 향한 얇은 종이 한 장 정도의 경계심. 시대가 변해 이 마을의 밀폐된 분위기는 희미해졌다. 하지만 누군가가 배제해야 할 대상을 가리키면, 30년 전처럼 경계가 쉽사리 공격으로 바뀌지 않을까. 그렇게 생각한 순간, 사람들의 눈이 눈동자 없이 윤곽만 그려진 것처럼 느껴졌다.

내 마음을 아는지 모르는지, 유미는 걸음을 멈추고 목에 건 일안 리플렉스 카메라로 축제 풍경을 찍기 시작했다. 안뜰 둘레를 따라 경품 사격장, 야키소바, 고리 던지기, 방울빵, 금붕어 건지기 등등의 노점이 늘어서 있었다.

"아빠랑 축제에 딱 한 번 같이 갔었어."

"네가 초등학교 3학년 때였나?"

"맞아, 고모랑 셋이서."

일취 정기 휴일과 동네 여름 축제가 우연히 겹쳐서 셋이 함께 외출했다. 그날 유미는 나와 누나를 노점에서 노점으로 끌고 다니다가 마침내 금붕어 건지기 노점을 찾아냈다. 발포 스티로폼 상자로 만든 즉석 수조에서는 빨간 관상용 금붕어가 수없이 헤엄치고 있었다. 유미는 어중간한 거리에서 금붕어를 가만히 바라보았다. 미리 준 용돈을 이미 다 써버렸기 때문이다.

"금붕어 건지기 하고 싶어."

"안 돼."

하지만 누나가 가끔은 괜찮다며 200엔을 주었다.

동전을 움켜쥔 유미는 금붕어를 이미 손에 넣기라도 한 듯 어느 정도 크기의 어항에 기르겠다는 둥 어항을 어디에 놓겠다는 둥 마음대로 계획을 세우며 노점으로 달려가더니, 잘 부탁한다고 자기 자신을 격려한 뒤 노점상에게 종이 뜰채를 받았다. 그날을 위해서 산 어린이용 유카타에는 빨간 금붕어가 많이 그려져 있었다. 유카타의 금붕어와 최대한 비슷한 금붕어를 가지고 싶다면서 유미는 난생처음 금붕어 건지기에 도전했다. 얼핏 보기에도 손놀림이 불안해서 나는 유미가 실패하면 어떻게 위로할지 일찌감치 고민했지만 유미는 성공했다. 종이 뜰채가 찢어지는 와중에도 예쁜 금붕어 한 마리를 건져낸 것이다. 유미는 물과 함께 비닐봉지에 넣은 금붕어에게 이름을 붙였고, 걷다가 멈춰서고 걷다가 멈춰서며 그 이름을 불렀다. 그러다 학교 친구와 마주쳐서, 우리는 30분 뒤에 만날 장소를 정하고 아이

들끼리 놀게 했다. 그런데 30분 뒤에 만났을 때, 유미는 금붕어가 든 비닐봉지를 들고 있지 않았다.

금붕어는 어쨌느냐고 묻자 유미의 땀투성이 얼굴에서 웃음이 싹 가셨다. 아무래도 놀다가 잃어버린 모양이다. 나뭇가지에 걸어놓은 게 기억난다기에 셋이서 찾아다녔지만, 누가 가져갔는지 결국 찾지 못했다. 금붕어를 찾는 내내 너무 힘을 줘서 일그러져 있던 유미의 입술이, 이만 돌아가자고 내가 말한 순간 터지듯이 벌어졌다. 유미는 펑펑 울었고 축제장을 벗어난 뒤에도 울음을 그치지 않았다. 양손을 축 늘어뜨린 채 고개를 젖히고 입을 크게 벌린 유미의 얼굴에 주황색 햇빛이 비스듬히 비쳤다.

"걱정돼서 온 거야?"

"응?"

"내가 뭔가…… 터무니없는 짓을 할까 봐?"

"그런 걱정은 안 해. 그냥 나도 이것저것 알고 싶었을 뿐이야. 애당초 아빠가 터무니없는 짓을 할 사람도 아니고."

"하지만…… 나도 살인범의 피를 이어받았을지도 모르지."

구로사와 소고와 나가토 고스케, 배전에서 두 사람과 대치했을 때 느꼈던 그 감각. 팽창하는 분노가 온몸을 가득 채우며 안뜰의 떠들썩한 소리가 멀어지고, 내 일부가 아버지와 동화된 것처럼 느껴졌다.

"그렇게 따지면 나도 마찬가지지. 무엇보다 할아버지가 독버섯 사건의 범인으로 확정된 것도 아니고, 만약 그렇더라도 그건 할아버지 사정이야. 나랑 아빠하고는 관계없어. 그렇잖아, 상상이 가?"

유미가 이쪽으로 얼굴을 돌리고 웃었다.

"어떤 이유로든 나나 아빠가 사람을 죽인다는 게."

4

마을 사진관을 나선 건 그로부터 한 시간쯤 뒤였다.

사진관 주차장에 세워둔 차로 돌아온 뒤, 우리는 한동안 아무 말도 없이 방금 들은 이야기를 각자 머릿속으로 곱씹었다.

"상자에서 이 사진 찾은 거…… 고모한테는 아직 말 안 했지?"

유미가 진정되지 않은 표정으로 겨우 입을 열었다. 무릎에는 사진 다발이 든 봉투를 올려놓았다.

"당분간 말 안 할 거야. 적어도 얼마 전에 받은 충격에서 완전히 회복될 때까지는."

"그게 좋겠어. 그럼 방금 들은 이야기도, 하지 마."

말하는 도중에 나는 고개를 끄덕였다.

"어차피 어떤 의미가 있는지도 모르겠고."

우리가 방문한 곳은 집이 딸린 오래된 사진관이었다.

다행히도 사진관은 내가 기억하는 장소에서 아직 영업하고 있었다. 텐트 원단 차양에 인쇄된 가게 이름은 거의 알아볼 수 없을 만큼 바랬지만, 약간 남은 글자를 보고 나는 여기가 '와카세 사진관'이라는 것을 기억해냈다.

안으로 들어가자 개점휴업이라고 할 정도는 아니지만, 손님이 자주 오지 않는다는 걸 한눈에 알 수 있었다. 목제 카운터 안쪽의, 다다미 깔린 거실에서 쉰 살 전후로 보이는 주인이 고타쓰 밑에 다리를 넣고 앉아 텔레비전을 보고 있었다. 그가 담배를 눌러 끄고 이쪽으로 나오면서 의아한 표정을 지은 건 낯선 사람이 거의 찾아오지 않기 때문이리라.

"신울림제에는 안 가십니까?"

대화의 물꼬를 트기 위해 물어보자 가게를 일찍 닫고 저녁에 갈 거라고 했다. 우리는 편집자와 카메라맨이라고 소개한 뒤 쓸데없는 서론을 생략하고 30년 전 일에 대해 바로 물었다. 하지만 후지와라 미나토라는 이름을 듣자마자 주인은 거북해하는 표정을 짓더니 자기는 잘 모른다고 대답했다.

"당시는 아직 아버지가 사진관 일을 맡아 보셨고, 경찰과 이야기한 것도 내가 아니었응께."

그때 거실에서 끙, 하고 짧게 힘을 쓰는 목소리가 들렸다. 그때까지는 벽에 가려서 보이지 않았지만, 고타쓰에 한 명이 더 앉아 있었던 듯 솜옷을 껴입은 노인이 일어서서 이쪽으로 나왔다.

"그 남자가 늘 우리 사진관에서 사진을 현상했응께, 당시는 툭하면 경찰이 와서 이것저것 물어봤지."

노인은 아들과 달리 오히려 나설 차례가 온 것을 기뻐하는 눈치였다. 민박집 주인과 기요사와 데루미처럼 적어도 처음에는 경계하며 입을 다물 거라고 각오하고 왔으므로 그 태도는 의외였다.

노인이 어쩐지 자랑스럽게 이야기한 바에 따르면, 30년 전에 독버섯 사건이 발생한 뒤 경찰이 아버지에 대해 물어보러 여러 번 가게를 찾아왔다. 평소 어떤 사진을 찍었는지, 수상한 게 찍혀 있지는 않았는지, 묘한 낌새는 없었는지 물어보기 위해서였다.

"여하튼 그냥 손님이고, 내가 그 남자 가게에 술을 마시러 간 적도 없응께 모르겠다고 했지. 경찰의 불만스러운 얼굴을 볼 때마다 미안한 기분이 들었지만. 하지만 뭐, 그렇게 끔찍한 짓을 할 사람으로는 보이지 않았는데, 역시 사람은 알 수가 없다니까."

그렇게 말을 끝맺은 노인은 말투가 아주 자연스러운 것이, 30년 만에 이야기하는 인상이 아니었다. 예전에 마을에서 큰 사건이 발생해 경찰에게 진술했던 일을 종종 남에게 말했던 걸까. 그렇다면 사건에 대해 순순히 이야기하려는 태도도 수긍이 간다. 나이 든 사람이라고 해서 하나같이 쉬쉬하는 것은 아니고, 개중에는 당시 일을 말하고 싶은 사람도 있나 보다. 덕분에 노인은 지금도 기억이 선명한 듯, 후지와라 미나토가 언제 마지막으로 가게에 왔느냐고 물어보자 금방 대답했다. 그 대답은 나와 유미가 상상했던 대로였다.

"사건이 일어나기 전날이었지."

신울림제 전날. 그 20여 장의 사진을 찍은 날이다. 7시에 가게를 닫기 직전에 아버지가 필름을 맡기러 왔다. 즉, 그 사진들을 찍자마자 바로.

"그 이야기를 했을 때는 경찰도 만족스러운 표정을 지었어. 왜긴, 마지막에 맡긴 필름이 집 안이며, 가게며, 아이들이며, 뭐랄까 마치 인생의 마지막 기록 같은 사진뿐이었는걸. 느낌이 쎄하지? 자기 인생이 곧 끝날 거라 각오한 느낌이 전해지잖아."

그 뒤 노인은 말없이 잠깐 우릴 보는가 싶더니, 내가 아무 대꾸도 하지 않았는데도 내가 아무것도 모른다는 듯이 고개를 설레설레 흔들었다. 아무래도 노인의 머릿속에는 당시의 일을 설명하기 위한 일련의 흐름 같은 것이 있는 모양이다.

"그 남자가 필름을 맡기면서 그랬어."

노인은 비장의 카드라도 보여주는 것처럼 뜸을 들이다가 말을 이었다.

"자기 말고 아이들이 대신 사진을 받으러 올지도 모른다고."

"아이들이요?"

"요컨대 그 남자는 경찰에 붙잡힐 걸 각오한 셈이야. 아니면 다른 사람이 받으러 올지도 모른다고는 안 했겠지? 평소 늘 자기가 왔웅께. 댁도 당시 일을 조사하면 알겠지만, 아이들이란 그다음 날 신윤림제 때 벼락을 맞은 가엾은 남매야. 고등학생 딸과 중학생 아들. 아버지가 독버섯으로 나쁜 짓을 하는 바람에 뇌신님의 벌을 받은."

"사진은…… 결국 누가 받으러 왔나요?"

본인이 받으러 왔다고 노인은 대답했다.

"사건이 일어나고 2주 뒤인 12월 10일 저녁에 왔어. 윗대 신관님이 자살해서 큰 소동이 벌어진 날잉께 똑똑히 기억해. 천연덕스러운 얼굴로 사진을 받으러 왔는데, 그때는 그 남자가 사건의 범인인 줄 몰랑웅께 나도 감사하다고 인사하며 사진을 주고 돈을 받았지. 그 뒤에 신관님의 유서인지 편지인지가 나와서 그 남자가 범인인 줄 알고 가슴이 철렁했다니까. 아무튼 이야기를 나눌 때 좀 더 유심히 관찰할 걸 그랬어. 그랬으면 경찰 조사에 잘 협력해서 그 남자를 잡아넣을 수 있었을지도 모르는데."

"사진을 받으러 왔을 때 후지와라 미나토 씨 낌새가 어땠나요?"

"그랗께 그게 기억이 안 나서 후회스럽다고."

들은 이야기는 그게 전부다. 노인은 아직 모자라다는 듯 계속 말을 늘어놓았지만, 일련의 흐름에 따라 중언부언할 뿐인지라 나는 적당히 끼어들어 감사 인사를 하고 유미를 재촉해 사진관을 나섰다.

"할아버지…… 자기가 아니라 아이들이 사진을 받으러 올지도 모른다고 했지만, 결국 본인이 받으러 갔고…… 그게 기에 아줌마의 엄마가 자살한 날이라는 건가."

나는 애매하게 고개를 끄덕이며 시동을 걸고 싸늘해진 운전대를 잡았다. 아무것도 모르겠다. 사건 직후 아버지 행동의 의미도. 30년 전과 31년 전에 무슨 일이 일어났는지도. 아버지가 사진 뒷면에 남긴 글씨가 진실인지 거짓인지도. 배전에서 술을 마시던 구로사와 소고와 나가토 고스케가 뭘 숨기고 있는지도.

"아빠, 나 여기 가보고 싶어."

간선도로로 나가기 직전에 유미가 사진 다발에서 한 장을 골라 운전대 앞에 내밀었다. 뒷면에 아버지 글씨가 적힌 어머니 무덤 사진이다.

"거기 가봤자 무덤은 없어."

우리가 마을을 떠날 때 어머니 무덤도 사이타마로 이장했다.

"알지만 그래도 가보고 싶어. 할아버지가 사진 찍은 곳에 가면 뭔가가…… 뭐라도 좋으니까……."

결국 유미는 그대로 입을 다물었다.

나는 간선도로 앞에서 차를 돌려 절 쪽으로 운전대를 꺾었다. 어차피 갈 곳도 없거니와 이대로 사이타마로 돌아간들 해결 못 한 수수께끼에 고민할 뿐이다.

잠시 달리다가 묘지가 보일 즈음에, 길 오른쪽으로 장례식장이 나타났다. 화장장도 병설된 시설이라 31년 전에 여기서 어머니의 시신을 화장하고 장례식도 치렀다. 그 이듬해에는 시노바야시 가즈오, 아라가키 다케시, 다라베 요코의 시신 모두 여기로 실려 왔을 것이다. 산울타리 틈새로 주차장을 보자 자가용 몇 대와 셔틀버스가 주차되어 있었다. 건물 입구 안내판에는 고인의 성씨를 검은 붓글씨로 적어놓았다.

"잠깐…… 들를까."

속도를 줄이고 운전대를 꺾어 산울타리 모퉁이를 돌았다. 한 번 더 돌아서 장례식장 부지 뒤로 가자 직원용인 듯한 주차장이 있길래 거기에 차를 댔다.

"여기 장례식장 아니야? 왜?"

"화장실 좀 다녀오려고."

거짓말이었다.

건물 앞 안내판에 적힌 고인의 성씨가 몹시 마음에 걸렸다.

유미를 조수석에 남겨놓고 차에서 내렸다. 건물과 산울타리 사이를 빠져나가자 양복 차림 여자가 주 출입구로 들어가는 모습이 보였다. 상복을 입지 않았으니 직원일까. 막 닫히려는 출입구 문을 손으로 막고 안을 들여다보았다. 여자의 뒷모습. 그 앞에는 희미하게 기억나는 타일 깔린 복도가 똑바로 뻗어 있다. 왼쪽은 장례식을 거행하는 홀이다. 쌍여닫이문 두 개는 전부 활짝 열어놓았다. 여자가 홀로 들어가자 복도에는 아무도 없었지만, 홀에서 띄엄띄엄 말소리가 새어 나왔다. 장례식이 한창은 아니지만 장례식이 끝난 뒤인지 시작하기 전인지, 경야인지 고별식인지도 알 수 없었다. 복도로 들어가

홀 입구에 섰다. 안에서 나누는 대화가 귀에 들어왔다. 들렸다 말았다 해서 무슨 내용인지는 잘 못 알아들었지만, *모인 사람들이 다 아는 뭔가*에 대해 이야기하고 있다는 건 목소리에서 느껴졌다.

"벼락터의……."

"뭐 하러 갔다가……."

숨죽인 채 입구 가장자리에서 한쪽 눈을 내밀었다. 이쪽을 등지고 앉은 상복 차림 사람들. 누군가의 침울한 헛기침. 자리에 앉아 있는 사람은 서른 명 정도고, 검은 머리보다 백발이 더 많았다. 그 너머에 조촐한 제단이 설치되어 있었지만, 거리가 멀어서 위패의 글씨는 알아볼 수 없었다.

"장사가……."

"언제 유이치로 씨라고……."

제단에 놓인 영정 사진. 아직 30대도 안 되어 보이는 젊은 남자다. 원래 크기가 작은 사진을 확대했는지 화질이 선명하지 못했고, 또 아주 오래돼 보이기도 했다. 미소라기보다 냉소에 가까운 표정. 나는 그 얼굴에 세월을 더해보았다. 내가 나이를 먹은 얼굴을 떠올리듯이. 아버지가 나이를 먹은 얼굴을 떠올리듯이. 사진 속 얼굴이 내가 아는 사람의 얼굴로 바뀌었다.

"어째서……."

*그 남자*다.

우리 집에 전화를 걸어 15년 전에 일어난 사고의 비밀을 빌미로 돈을 요구하고, 거부하면 유미에게 전부 말하겠다고 협박한 남자. 여기 하타가미까지 쫓아와 뇌우 속에서 다시 나를 협박한 남자. 벼락터의 벼랑 밑에서 진흙 범벅으로 발견돼 '신원 불명'으로 기사에 실린 남자. 왜 이 마을에서 장례식을 치르는 걸까? 왜 참석자가 이렇게 많은 걸까? 그 남자는 누구인가. 나와 유미의 비밀은 대체 *누구에게* 들통난 건가. 나는 *누구에게* 협박당한 건가. 그리고 *누구를.*

"*누구를…….*"

그 밤의 광경이 마음속 깊은 곳에서 되살아났다.

─난 틀리지 않았어.

존재하지도 않는 천둥소리에 두 귀가 먹먹해졌다.

"*누구를 죽인 거지…….*"

그 필름. 남자의 시체가 발견된 이른 아침, 아야네가 사이렌 소리에 호기심을 품고 방을 나선 틈을 타 내가 몰래 카메라에서 빼낸 필름. 벼락 치는 순간이, 남자의 몸을 벼랑으로 떠미는 순간이 찍혔을지도 모르는 필름. 마을을 떠나 들른 해변에서 나는 쭉 잡아뺀 필름을 모래에 묻었다. 바다를 보고 앉은 누나와 유미 뒤에서. 그로써 증거는 사라졌을 것이다. 살인은 사고로 취급되고, 앞으로도 본격적인 수사는 진행되지 않을 터다. 하지만 그건 죽은 남자가 '신원 불명'일 경우다. 남자의 신원이 판명되고, 그것도 이 마을 관계자라면 이야기는 달라진다. 경찰이 본격적인 조사에 나설지도 모른다. 모든 것이 탄로날지도 모른다.

잠깐만.

내가 장례식장에 들어온 이유를 떠올렸다. 차창 너머로 본 안내판. 거기 적힌 *시노바야시*라는 성씨. 민박집 주인 말로는 독버섯 사건 이후 시노바야시 집안은 망했지만, 친척은 얼마쯤 남아 있으므로 시노바야시라는 성씨를 쓰는 사람이 마을에서 없어진 건 아니라고 했다.

하지만.

—시노바야시 씨 집안도 가업을 이을 외아들이 있었지만, 아버지가 독버섯을 먹고 죽자 땅이고 금품이고 다 팔고서 마을을 훌쩍 떠났지.

민박집 주인은 그렇게도 말했다.

—듣기로는 도쿄인지 가나가와인지 사이타마인지로 가서 장사를 시작했다나 어쨌다나.

혼란스러운 머리로 애써 생각했다. 나를 협박한 남자는 시노바야시 가즈오의 아들 아니었을까. 마을을 떠난 뒤 그는 사이타마에 있었던 것 아닐까. 나, 에쓰코, 유미가 살던 맨션 근처에. 그리고 15년 전, 에쓰코가 당한 사고의 진상을 어떤 형태로든 알게 되었다. 그렇다면 그게 우연일 가능성은 거의 제로에 가깝다. 시노바야시 가즈오의 아들, 시노바야시 유이치로는 의도적으로 내 근처에 있었다고밖에 생각할 수 없다. 나를 감시하고 있었다고밖에 볼 수 없다. 하지만 도대체 왜……

제 5 장

영상의
암시와
시신

1

　장례식장을 나선 나와 유미는 절의 묘지를 찾았다. 하지만 어머니의 무덤이 있었던 곳에 만들어진 다른 무덤을 그저 무의미하게 바라보았을 뿐, 얻은 것은 전혀 없었다. 하늘이 황혼에 물들 무렵, 방을 잡으려고 민박집 주목으로 향하자 우리를 맞이하러 나온 주인이 누나를 몹시 걱정했다. 뇌우가 내린 밤, 우리가 넋 나간 누나를 부축해 돌아오는가 싶더니 다음 날 아침 급하게 숙박비를 정산하고 떠났으니 무리도 아니다. 모호한 대답으로 얼버무리자 주인은 여전히 걱정하는 태도로 나와 유미를 지난번에 묵었던 방으로 안내해주었다.

　짐을 내려놓자마자 나는 목욕하러 일층으로 내려갔다. 혼자 있고 싶었다. 시노바야시 가즈오의 아들, 시노바야시 유이치로라는 인물에 대해 생각해야 했다. 대체 어떻게 된 걸까. 15년 전의 사고와 그 남자 사이에 어떤 접점이 있는 걸까.

　하지만 아무리 생각해도 작은 실마리조차 찾지 못했다. 너무 오래 돌아가지 않으면 유미가 수상쩍어할 터라 결국 나는 순수한 의문과 곤혹스러움을 품은 채 욕실을 나서서 유카타를 입었다.

"……아빠?"

유카타 띠를 집었을 때 미닫이문 밖에서 유미 목소리가 들렸다.

"아빠, 방으로 와."

"무슨 일 있어?"

"빨리."

띠를 허리에 묶고 문을 열자 유미는 내 소맷부리를 붙잡고 발걸음을 돌렸다. 유미는 그대로 말없이 계단을 올라 방으로 들어가서 문을 탁 닫고 내 쪽으로 돌아섰다. 마치 뭔가 단단히 각오하라는 듯 눈 한번 깜박이지 않고 나를 똑바로 바라보았다.

"생각난 게 있어. 그 사람."

다음 말을 들은 순간, 온몸의 피가 소리를 내며 달아났다.

"그 사람, 우리 가게에 왔었을지도 몰라."

유미는 시노바야시 유이치로를 딱 한 번 보았다. 그 남자가 일취에 나타난 날에. 하지만 그 뒤로는 만난 적 없고, 뇌우가 내리는 벼락터에 그 남자가 나타난 줄도 모를 것이다. 다음 날 아침에 아야네가 디지털카메라로 찍었다는 시신의 얼굴도 보지 않았다. 아까 장례식장에서도 영정 사진은 나만 보았고, 유미는 차 조수석에서 기다리고 있었다. 그런데 죽은 그 남자가 가게에 왔다는 사실을 유미가 대체 어떻게 알았을까.

"이거 봐봐."

유미는 좌식 탁자 옆에 꿇어앉아 거기 놓아둔 일안 리플렉스 카메라를 집었다. 화면에 띄운 건 일취 안에서 찍은 사진이다. 은행 부지점장 에자와 씨가 2인용 테이블석에 앉아 활짝 웃고 있다. 그날, 시노바야시 유이치로가 가게에 온 날 찍은 사진이다. 아니다, 그럴 리 없다. 유미는 그날 가게에서 한 번도 사진을 찍지 않았다. 그리고 에자와 씨는 그날 2인용이 아니라 4인용 테이블석에 앉았다.

"여기, 입구 쪽을 봐."

유미가 손끝으로 에자와 씨의 어깨 언저리를 가리켰다. 입구 유리 문 너머 어두운 골목길에 누군가 서 있다. 안경을 쓴 여자다. 가게에 들어올 기미는 없이 이쪽을 보고 가만히 서 있다. 유미가 말한 사람 이 시노바야시 유이치로가 아님을 알고 안도했지만, 안도감은 몇 초 가지 않았다.

"잠깐, 이 여자……."

화면에 얼굴을 가까이 댔다. 안경을 썼고 초점도 맞지 않아서 생 김새가 선명하게 보이지는 않지만 인상적인 콧대하며, 보면 볼수록 다라베 기에라는 생각밖에 안 들었다.

"나도 깜짝 놀랐어. 방금 별생각 없이 전에 찍은 사진들을 훑어보 다가 찾은 거야."

"언제 찍은 거니?"

유미가 화면 가장자리를 가리켰다. 촬영 일시가 표시되어 있었다. 시간은 오후 8시 33분. 날짜는 올해 11월 8일. 시노바야시 유이치로 가 협박 전화를 걸기 일주일 전 밤이다.

"아빠…… 나 무서워…… 왜 기에 아줌마가 우리 가게를 엿보는 거야? 뭐 하러 온 거야?"

나도 모른다. 대체 어떻게 된 걸까. 시노바야시 유이치로는 15년 전에 일어난 사건의 진상을 알고 있었다. 베란다에 엉겅퀴 화분을 놓아두었다는 것도, 그게 사고의 원인이었다는 것도. 사고를 유미가 냈다는 것도, 내가 모든 사실을 숨기고 있다는 것도. 그 남자는 내게 돈을 요구했고 돈을 내놓지 않으면 유미에게 전부 발설하겠다고 협박했다. 그리고 그 협박 전화가 오기 일주일 전, 기에가 가게 앞에 서서 안을 엿보았다.

"기에 아줌마, 이때 내 얼굴 봤겠지……."

유미 말대로다. 사진에 찍힌 여자가 기에라면, 기에는 이 마을에서 만나기 전부터 유미의 얼굴을 알고 있었던 셈이다. 아니, 유미뿐만이 아니다. 나도 종종 주방에서 나와 요리를 나르니까 내 얼굴도 봤을지 모른다. 하지만 라이덴 신사에서 처음으로 대화할 때도, 뇌우가 내린 밤에 도움을 요청했을 때도 기에는 우리를 모르는 척했다. 편집자, 자유기고가, 카메라맨이라는 거짓말을 믿는 척했다.

─아무 짓도 하지 않는 게 좋아.

구로사와 소고와 나가토 고스케에게 아버지가 남긴 글씨를 들이댄 뒤, 배전 옆에서 기에가 속삭인 말. 그 말이 지금까지 몹시 마음에 걸린다. 말 자체보다 말투가, 사건을 조사하는 취재진을 대하는 느낌이 아니었기 때문이다. 그때 이후로 기에에게 정체가 들통난 게 아닐까 걱정했는데, 과연 그랬나 보다. 아니, 애초에 속이는 게 불가능했다. 아무리 가명을 쓰고 가짜 명함을 건넨들, 나는 둘째 치고 누나를 못 알아봤을 리 없다.

"왜 기에 아줌마는 모르는 척한 걸까?"

그 이유를 고민해본들, 결국 기에가 왜 가게 앞에 서 있었느냐는 의문으로 되돌아갈 뿐이다. 기에는 그걸 들키기 싫어 했다. 그래서 우리 정체를 모르는 척했다. 아니, 잠깐만.

가게 앞에 서 있었던 여자.

디지털카메라 화면을 노려보며 기억을 더듬었다. 에쓰코가 죽고 얼마 지나지 않았을 무렵. 백일재를 드리고 그다음 달이니까, 15년 전 11월이다. 당시 나는 네 살배기 유미와 함께 맨션을 떠나 일취로 거처를 옮겼다. 에쓰코의 죽음과 사고의 비밀 속에 생매장된 기분으로 이층 집과 일층 가게를 왕복하는 나날이었다. 11월 며칠이었는지까지는 기억나지 않는다. 하지만 그날 밤, 주방에서 아버지를 도우며 포럼 틈새로 시선을 주었는데, 문밖에 여자가 있었다. 여자는 열린 유리문 앞에서 당시 파트타임으로 홀서빙을 하던 니시가키 씨와 무슨 이야기를 나누는 중이었다. 당혹스러워하는 니시가키 씨의 표정을 보자 가슴속에 에쓰코의 사고가 제일 먼저 떠올랐다. 당시 나는 모든 것에 과민한 상태였다. 남의 말과 행동에 과도하게 반응했고, 사고의 비밀을 아는 것 아닐까, 뭔가 캐러 온 것 아닐까 하며 시종일관 불안에 떨었다. 그날 밤도 나는 어느덧 주방을 나서 홀을 가로질러 안경을 쓴 그 여자에게 다가갔다. 그렇다, 그 여자는 안경을 썼다.

"무슨 일입니까?"

물어보자 여자는 그제야 내가 옆에 서 있다는 것을 알아차리고 재빨리 얼굴을 돌렸다. 그러고는 몸을 돌려 다시 말을 걸 틈도 없이 골목을 빠져나갔다.

"들어올지 말지 망설이는 것 같길래 나가서 말을 걸었어요."

니시가키 씨 얼굴에는 아직 당혹스러움이 남아 있었다.

"그랬더니…… 이 가게는 가족이 운영하는 거냐고 묻길래 그렇다고 하니까, 가족 구성이 어떻게 되냐고 물어서 당황스럽더라고요."

니시가키 씨가 당황한 건 물론 에쓰코가 죽은 지 얼마 되지 않았기 때문이다.

"모르는 사람에게 그런 이야기를 할 수도 없는 노릇이고…… 그렇잖아요.”

그때는 결국 근처에 음식점을 차리려는 사람이 가게 사정을 살펴보러 왔으리라는 결론으로 마무리됐다. 니시가키 씨가 그 결론에 수긍하고 넘어가서 나도 조금씩 불안감에서 벗어났고, 15년의 세월이 흐르는 사이 그 일은 기억에서 희미해졌다. 지금 이 순간까지 단 한 번도 머릿속에 떠오른 적이 없다. 하지만 다시금 기억을 더듬어보자 닮은 듯한 기분이 든다. 그때 지척에서 잠깐 본 여자의 얼굴이, 마을에서 마지막으로 보고 나서 15년이 흐른 기에의 얼굴이자, 지금으로부터 15년 전 기에의 얼굴인 것처럼 느껴졌다.

“아빠…… 왜 그래?”

생각에 잠긴 나를 보고 유미의 표정이 한층 불안해졌지만, 잠자코 고개를 젓는 수밖에 없었다. 그 사고와 관련해서는 절대로 입 밖에 낼 수 없다. 아니, 과연 정말로 관계가 있을까. 15년 전 그 여자도 기에였다면 대체 어떻게 얽힌 걸까. 15년 전 에쓰코가 사고로 죽은 지 얼마 지나지 않아, 기에가 가게 앞에 나타나 우리 가족에 대해 물었다. 그로부터 15년이 지난 올해 11월 8일, 기에가 다시 가게 앞에 나타났다. 그리고 그로부터 일주일 뒤, 시노바야시 유이치로가 내게 협박 전화를 걸었고 나흘 뒤에는 가게에 찾아온 것도 모자라 하타가미까지 쫓아와서 돈을 요구했다. 벼락터를 덮친 거센 뇌우 속에서 그는 벼랑 쪽으로 걸어갔고, 나는 숨죽인 채 남자의 등 뒤로 다가갔다. 유미의 인생을 지키려고. 모든 것을 끝내려고. 하지만.

아무것도 끝나지 않은 것 아닐까.

에쓰코의 죽음은 사고가 아니었던 것이다. 별안간 그런 의혹이 가슴속에 쿵 떨어져 내렸다. 지금까지 한 번도 생각해보지 않았고 아무 확신도 없는 작은 의혹이었지만, 쇠공처럼 단단하고 차가워서 일단 가슴에 끌어안자 무시할 수 없었다. 물론 말도 안 된다는 건 안다. 사고가 아니라면 대체 어떻게 그런 일이 벌어질 수 있다는 건가. 그날 네 살배기 유미는 베란다에서 난간 옆 콘크리트 부분에 엉겅퀴 화분을 올려놓았다. 그걸 누군가가 무슨 수단을 써서 도로로 떨어뜨리는 것은 불가능하다. 설령 가능했더라도 마침 후루세 미키에의 경차가 지나가지 않았다면 에쓰코는 차에 치이지 않았을 것이다.

아니, 그 사고가 일어나기 전에 정말로 유미가 화분을 내가 지금까지 상상했던 곳에 놓아두었을까.

─아빠 꽃, 쑥쑥 클 거야.

─꽃은 해님을 봐야 쑥쑥 커진대.

베란다를 보았을 때 화분은 이미 없었다. 유미는 이상하다는 듯이 고개를 갸웃거리며 콘크리트 부분의 위쪽 끄트머리를 가리켰었다.

─저기 놔뒀는데…….

확인하고 싶어도 유미에게 물어볼 수는 없다. 유미는 엄마가 죽기 직전에 있었던 일을 잊어버렸을 수도 있고, 기억하고 있을 수도 있다. 어쨌거나 만약 물어보면 유미는 거기에 뭔가 중대한 의미가 있음을 알아차릴 것이다.

눈을 감고 생각했다. 올해 11월 8일에 가게에서 찍은 사진. 거기 찍힌 여자가 기에라는 확실한 증거는 없다. 15년 전 가게 문 앞에 나타난 여자도 다른 사람이었을 수 있다. 나는 일단 기에를 머릿속에서 떨쳐내고 일련의 일을 다시 검토했다. 사고. 화분. 유미. 협박. 시노바야시 유이치로.

그러자 어떤 가능성이 떠올랐다.

설마.

"전화."

나는 눈을 떴다.

"아빠, 전화 왔어."

내 가방에서 진동음이 들렸다. 휴대폰을 꺼내서 확인하자 화면에 누나 이름이 떠 있었다.

"받는 게 좋겠어. 고모 몸 상태도 걱정되고 하니까."

통화 버튼을 누르자마자 누나가 대뜸 물었다.

―유키히토 짱, 지금 어디야?

재빨리 대답을 궁리하는 동안에도 누나는 말을 계속했다. 누나는 아까 가게에 갔었는데 문이 닫혀 있고 집에도 아무도 없길래 걱정돼서 전화했다고 했다.

"드라이브하러 나왔어."

힐끗 유미를 보자 유미는 자기 자신을 가리키며 고개를 끄덕였다.

"유미랑 같이."

―운전 중이니?

"아니, 괜찮아. 누나, 몸은 어때?"

평소 같은 목소리를 내려고 애쓴 나머지, 마치 감기는 다 나았느냐고 묻는 듯한 평이한 말투가 나오고 말았다. 하지만 그게 통했는지 누나도 환한 목소리로 답했다.

―많이 좋아졌어. 일은 좀 더 쉬어야겠지만. 여러모로 걱정시킨 게 너랑 유미 짱에게 미안해서…… 그래서 아까 가게에 간 거야.

"미안하기는, 괜찮아."

옆에서 유미도 몸짓으로 동의했다.

"물론 걱정이야 했지…… 누나가 날 걱정시킨 건 아마 처음이지. 반대는 얼마든지 있었지만. 지금 돌이켜봐도 참 한심한 동생이야."

어릴 적부터 걱정을 끼친 건 늘 나였다. 이층 방에서 뛰어다니다가 장지문이 빠졌는데 아무리 애써도 끼울 수가 없어 나중에 아버지와 어머니에게 야단맞을 걸 상상하며 펑펑 울거나, 학교에서 친구를 불렀는데 무시당하는 바람에 걱정하느라 간식도 못 먹을 지경이 되거나. 그럴 때마다 누나는 내게 장지문은 위에서부터 끼우는 거라는 비밀을 가르쳐주거나 사람 목소리가 의외로 잘 들리지 않는다는 사실을 실험으로 증명해주었다. 그리고 마지막에는 반드시 "개안타, 개안타"라는 그 정겨운 말을 하며 내 머리에 손을 얹어주었다.

─늘 자랑스러운 동생이었어.

예상외의 말이 전화 저편에서 들렸다.

"……내가?"

─넌 공부도 잘했잖아. 어렸을 적부터 어려운 한자도 척척 읽고. 커서 학교 선생님이 되지 않을까 싶었는데.

"음식점 주인이라 미안하게 됐네."

귀에 닿은 누나의 웃음소리는 아주 자연스러웠다. 그날 밤 일을 완전히 잊어버린 게 아닐까 싶을 만큼.

─어디를 드라이브 중이니?

"뭐, 여기저기. 적당히 다니는 중이야."

어느새 저녁 식사 시간이 됐는지 민박집 주인이 복도에서 부르는 소리가 들렸다. 대답하지 않으면 당장이라도 방에 들어올 것 같아서 나는 주차 금지 구역에 차를 댔다는 거짓말로 전화를 끊었다.

2

민박집 주인은 나와 유미가 대화에 적극적이지 않다는 걸 한참 뒤에야 눈치챈 듯 빈 그릇을 포개기 시작했다. 그걸 계기로 큰 방을 나서서 유미와 함께 계단을 오르는데 뒤에서 현관문이 열리는 소리가 들렸다.

"아아, 역시. 밖의 차를 보고 혹시나 싶었거든요."

아야네가 문가에 활짝 웃는 얼굴로 서 있었다.

"이번엔 두 분만 오셨나요? 작가님은 요전의 그 일로 중도 하차?"

나는 성가시다는 내색을 하지 않으려 노력하면서도, 들켜도 상관없다는 기분으로 고개를 끄덕였다. 아야네가 신울림제를 취재하러 하타가미에 왔다고 했던 것 같으니 오늘 축제를 보고 돌아가지 않았을까 기대했지만, 아무래도 좀 더 머무르다 갈 모양이다.

"저는 원래 사람들과 금방 마음을 트고 지내는 성격이 아닌데요. 어쩐지 마을 사람들과는 완전히 친해져서 돌아올 때 여기까지 차로 왔어요. 마을 분이 바래다주셨거든요. 누구셨더라, 이름을 잊어버렸네. 콧구멍이 아주 길쭉한 분이더라고요."

아야네는 취한 게 분명하다.

"그렇군요."

"그나저나 신울림제는 정말 진귀한 축제예요. 두 분, 나가노에 가보신 적 있으신가요? 나가노의 어떤 지방에도 재미있는 축제가 있는데요. 커다란 불을 피워놓고 마을 사람들이 건강과 행복을 빌면서 그 주변을 빙글빙글 돌아요."

점점 이쪽으로 다가오길래 나는 따라붙지 못하도록 계단을 올라갔지만, 유미는 그 자리에 가만히 서 있었다. 어쩔 수 없이 나도 걸음을 멈추고 아야네 쪽으로 어중간하게 몸을 돌렸다.

"그리고 보니, 좀 들어보세요. 요전에 카메라를 만지기 시작한 이래, 처음으로 말도 안 되는 실수를 저질렀어요."

"무슨 실수요?"

유미가 순수한 호기심이 어린 얼굴로 되물었다.

"나 참, 필름을 넣는 걸 깜박했더라고요. 필름이 없는 줄도 모르고 내내 사진을 찍은 모양이에요. 이야, 깜짝 놀랐다니까요. 여러분이 돌아가신 날, 나중에 보니까 카메라에 필름이 없지 뭐예요. 왜, 옛날에 저희 어머니가 썼다던 일안 리플렉스 카메라요. 뭐, 그래도 중요한 사진만 그걸로 찍으니까 사진을 아주 많이 날린 건 아니었어요."

"아야네 씨도 그런 실수를 하시는군요."

"그럼요."

아야네가 유미를 보고 살집 없는 뺨을 끌어올려 웃음을 지었지만, 안경에 전등 빛이 반사돼 두 눈은 보이지 않았다. 내가 명치에 힘을 주고 있자니 아야네가 갑자기 이쪽으로 고개를 돌렸다.

"그런데 요전에 뵀을 때 오해가 좀 있었을지도 모르겠네요."

"⋯⋯오해라고요?"

"요전에 지방 향토사를 연구하며 전국을 돌아다닌다고 했었는데, 정확한 설명이 아니었어요."

"전국을 돌아다니는 게 아니라는 말씀입니까?"

"물론 구석구석 찾아다니는 건 아니니까 따지자면 그것도 맞습니다만, 제가 흥미를 품는 건 지방의 역사 자체가 아니라 거기서 일어난 사건이에요. 역사라는 큰 틀 속에서 일찍이 어떤 사건이 일어났고, 그 사건이 현재에 어떤 영향을 주고 있는가. 그런 소재를 조사하며 돌아다니는 걸 뭐라고 불러야 할지 몰라서 향토사를 연구한다고 한 겁니다. 물론 흥미 위주로 조사할 뿐이고 조사 대상도 먼 옛날 사건이 대부분이니, 뭐, 아무것도 해결하지 않는 탐정 비슷하게 보시면 될 것 같네요."

"잘 모르겠습니다만 이 마을에 오신 건⋯⋯."

"30년 전에 일어난 사건을 조사하려고요. 아, 독버섯 사건에 대해 아시나요?"

유미가 입을 열려고 하길래 내가 먼저 대답했다.

"물론이죠. 신울림제를 조사할 때 알았습니다. 그렇게 자세하게는 모르지만."

그렇군요, 하고 아야네는 기쁜 듯한 표정을 지었다.

"그럼, 제 방에 영상 자료가 있는데 같이 보실래요? 혼자 다시 보려던 참이었는데, 여럿이 함께 보면 머리도 맞댈 수 있을 테니까요. 어떠세요?"

3

화면에 비치는 30년 전의 마을은 지금까지 기억했던 것보다 훨씬 조용했다.

독버섯 사건 직후, 나는 병원에 있느라 마을이 어떤지 보지 못했다. 그래서 지금까지 마을 여기저기에 사람들이 모여서 궁지에 몰린 짐승처럼 핏발 선 눈으로 주변을 두리번거리며 서로 속삭이는 광경을 상상하곤 했다.

"너무 무서운 일이 벌어진 탓에 다들 밖을 돌아다니지 않고 집에 틀어박혀 있었는지도 모르겠네요."

아야네가 내 마음을 읽기라도 한 것처럼 말하고 노트북의 음량을 조정했다. 화면 한가운데 있는 남자 리포터의 목소리가 도중에 커지며 신울림제라는 향토 축제에서 식중독이 발생해 두 명이 사망하고 두 명이 중태에 빠졌다는 사실을 전했다. 현재 경찰이 자세한 사항을 조사하는 중이라는 걸 보니, 흰알광대버섯이 식중독의 원인임은 아직 밝혀내지 못한 때였나 보다. 아날로그 방송을 녹화한 그 영상은 화질이 몹시 나빠서 마치 젖빛 유리를 통해서 보는 것 같았다.

"입수 가능한 뉴스 영상은 전부 모았어요. 하지만 내용이 중복되는 부분도 많길래 적당히 편집해서 이어 붙였습니다. 그래도 길이가 기니까 차를 끓여올게요."

아야네가 찻잔 세 개에 차를 따랐을 무렵, 첫 번째 VTR이 끝났다. 다음 영상으로 바뀌기 전에 당시 방송된 방향제 광고가 잠깐 나오자 유미가 신기해했다. 한편 나는 찻잔 수가 마음에 걸렸다. 혼자 묵을 텐데 왜 방에 찻잔이 세 개나 있을까. 우리 방에는 사람 수에 맞게 지난번에는 세 개, 이번에는 두 개가 있었다. 미리 일층에 가서 빌려 온 걸까. 처음부터 우리를 방으로 부를 생각이었을까. 카메라가 라이덴 신사 배전 앞으로 이동해 돌계단 부근이 화면에 비쳤다.

─축제에서는 안타까운 일이 하나 더 발생했습니다.

옛날식으로 화장한 여자 리포터가 축제를 구경하던 고등학교 2학년 여학생과 동생인 중학교 1학년 남학생이 벼락에 맞아 병원에서 치료받고 있다고 말했다. 다행히 우리의 사진 없이 이름을 각각 언급한 뒤, 화면에 '후지와라 아사미(17)', '후지와라 유키히토(13)'라는 자막만 떴다. 하기야 아야네는 이 VTR을 벌써 여러 번 봤을 테고, 지금까지 사건을 조사하면서 벼락 맞은 소년 소녀의 얼굴을 한 번쯤은 봤을 것이다. 나와 누나가 이 두 사람인 줄 알아차렸다면 진작에 캐물었으리라. 기에처럼 모르는 척하는 것이 아닌 한.

"이 무렵 여러 가지 사실이 밝혀졌죠."

아야네의 말대로 다음 뉴스 영상에서는 버석국과 라이덴국, 흰알 광대버섯이라는 단어가 등장했고, 리포터의 말투도 사고가 아니라 중대 사건을 보도하는 말투로 바뀌었다. 아라가키 금속 공장과 아라가키 다케시의 사진. 저 멀리까지 이어지는 버섯 비닐하우스와 시노바야시 가즈오의 사진. 이렇게 다시 보자 확실히 시노바야시 유이치로와 닮았다.

아직 입원 중인 구로사와 소고와 나가토 고스케의 상태를 전한 뒤 화면이 바뀌고 마을 사람들의 인터뷰가 흘러나왔다. 아라가키 금속 직원들. 시노바야시 집안의 비닐하우스에서 일하는 중년 부부. 얼굴이 카메라 앵글 밖에 있는 사람들은 때로는 중얼거리듯이, 때로는 내뱉듯이 말했다. 남들을 잘 돌봐주었다, 좋은 사람이었다, *저승사자*가 우연히 냄비에 들어갈 리 없다, 누군가 일부러 그런 거다, 범인이 자수하길 바란다, 용서할 수 없다, 무서워서 잠도 못 자겠다 등등. 마지막으로 리포터가 사건 당일에 발생한 벼락 사고를 언급했다. 중학교 1학년인 남동생은 회복됐지만, 고등학교 2학년인 누나는 여전히 의식을 찾지 못했다는 내용이었다.

"그나저나 벼락은 정말 무섭군요."

어느새 아야네는 센베이 봉지를 뜯어 센베이를 꺼내 먹으며 화면을 바라보고 있었다.

"몇천만 볼트의 레이저건을 든 살인범이 위에서 무작위로 희생자를 노리는 것과 마찬가지죠. 우리는 조준된 총 아래를 무방비하게 돌아다니고요. 게다가 설령 직격을 면하더라도 곁에 있으면 당하잖아요. 이때도 벼락을 맞은 건 누나인데 곁에 있던 동생도 감전됐어요. 측격이라는 현상이죠."

만약 누나가 아니라 내가 벼락을 정통으로 맞았다면.

지금까지 한두 번 그런 상상을 한 것이 아니다.

"실은 말이죠. 요전에 벼락터에서 근처에 벼락이 떨어지는 걸 실제로 보기 전까지는 솔직히 벼락을 얕봤어요. 떨어진 순간 충격이 엄청나더군요. 왜, 옛날 SF영화에서 차 모양 타임머신에 벼락으로 전력을 공급하는 장면이 나오잖아요. 그거 절대 불가능할걸요. 어떤 천재라도 그만큼 방대한 전력을 받아들일 기계는 못 만들어요."

만약 시간을 되돌릴 수 있다면 나는 어떻게 할까. 그런 상상도 지금까지 수없이 했다. 물론 나와 누나를 배전 앞에서 떼어놓는다. 하지만 그럴 수 없다면. 벼락을 맞는 것이 우리의 운명이라면. 거기까지 생각했을 때, 나는 언제나 상상 속에서 나와 누나의 위치를 바꾼다. 하늘에서 떨어진 벼락이 나를 정통으로 때리고, 누나는 내 몸에서 흘러나온 전류에 감전돼 땅에 쓰러진다. 나는 벼락불 모양의 흉터가 새겨진 몸으로 의식불명이 되고, 누나는 몇 시간 뒤에 다른 병실에서 깨어난다. 실제로 시간을 되돌린들 그럴 용기가 없다는 걸 알면서도 늘 그 장면을 상상한다. 상상 속의 나는 거기서 다시 시간을 되돌려 그날 이른 아침으로 날아간다. 그러고는 라이덴 신사 안뜰에서 숨죽인 채 지켜본다. 그해 첫 벼락이 치는 가운데, 참배길을 올라와 도리이를 통과한 누군가가 안뜰을 걸어 작업장으로 향한다. 손에 든 하얀 물체를 라이덴국 냄비에 넣는 그 인물은 어둑한 작업장에서 등을 구부리고 있는 탓에 얼굴이 전혀 보이지 않지만, 아버지의 옷을 입었으며 키와 몸집도 아버지와 똑같고…….

"벼락터에 벼락이 떨어졌을 때 콰앙, 하고 엄청나게 큰 소리가 났잖아요. 귀가 멀 만큼 큰 소리요. 벼락이 떨어지는 순간에 나는 그 소리와 우르릉우르릉하는 천둥소리가 똑같은 소리라는 거 아세요?"

나와 유미가 고개를 젓자 아야네는 몸짓을 섞어가며 의기양양하게 설명했다.

"여기저기 방전이 이는 번개구름 속에서는 콰앙, 하고 터지는 소

리가 늘 울려 퍼지는데, 그 소리가 공기층을 통과해 멀리 지나는 동
안 우르릉하는 나지막한 소리로 바뀐대요. 타이밍이 조금씩 어긋나
거나 겹치니까 여기서는 우르릉우르릉하는 것처럼 들린다네요…….
아, 여기 신관님이네. 이때는 고등학생이셨죠."

다음 뉴스 영상이 시작된 화면 속에 기에의 모습이 비쳤다.

"신관님의 어머니인 윗대 신관님도 이때는 아직 살아계셨지만,
영상 어디를 살펴보아도 인터뷰하는 모습이 없어요. 취재를 거부하
신 걸까요."

화면에 비친 기에는 신관의 딸로서가 아니라, 벼락을 맞고 의식불
명 상태에 빠진 후지와라 아사미의 친구로서 인터뷰에 응했다. 아니
면 신울림제와 독버섯 사건에 대한 질문에 대답하지 않아서 방송에
쓸 만한 영상을 얻지 못한 건지도 모른다.

"미인이시네……."

아야네가 턱을 긁적이자 화면의 빛이 안경에 반사됐다. 인터뷰하
는 기에는 확실히 아름다웠다. 그리고 우리가 마을을 떠나기 직전보
다 훨씬 건강미가 넘쳤다. 훗날 기에의 어머니는 스스로 목숨을 끊
는다. 마을 사람들이 죽은 다라베 요코를 범인 취급하자 기에는 정
면으로 반박에 나선다. 진범은 따로 있다, 어머니는 자살한 게 아니
라 누명을 씌우려는 범인에게 살해당한 건지도 모른다. 그렇듯 과격
한 표현으로 대항하는 동안, 기에의 뺨은 점차 수척해졌고 두 눈은
움푹 파였다.

인터뷰 영상 속의 기에는 의식불명 상태로 병실에 누워 있는 누
나를 거듭 걱정했다. 두 사람이 함께 찍은 사진이 화면에 떴다. 고등
학교 운동회일까, 체육복 차림으로 나란히 서서 손가락으로 브이를

만든 누나와 기에. 둘 다 땀에 젖은 건강한 팔다리를 드러낸 채 웃고 있다.

"어머님이 돌아가신 뒤에는 다른 지역에 사는 친척이 와서 기에 신관님을 돌봐줬나 봐요. 2년 과정의 통신 교육으로 신관 자격증을 따서 라이덴 신사를 이어받을 때까지요. 딸이라고 해서 저절로 이어받을 수 있는 건 아니니까 고생이 많았겠죠."

뉴스 영상이 계속됐다. 옛스러운 스튜디오에서 남자 아나운서가 소식을 전한다. 축제에서 나누어주는 버섯국에는 흰우단버섯이라는 흰 버섯이 들어가므로, 색깔이 같은 흰알광대버섯이 들어간 줄 몰랐을 것이라고 마을 사람들의 말을 인용한 뒤 화면에 각 버섯의 자료 영상이 떴다. 갓이 아기 머리만 한 흰우단버섯. 이름 그대로 갓이 알 모양인 흰알광대버섯. 이 버섯갓이 조금씩 펴져서 평평해진다고 합니다, 아나운서가 그렇게 설명하고 보도한 내용을 짤막하게 종합한 뒤에 특집이 끝났다. 어렴풋이 기억나는 음악과 함께 주방세제 광고가 나왔다. 광고에 끼어들 듯 다음 영상이 시작됐을 때, 아야네가 다시 책상다리를 하며 화면에 얼굴을 가까이 댔다.

"여기서부터가 제일 흥미로운 내용이에요."

빨간색으로 휘갈겨 쓴 글씨체의 자막과 함께 다라베 요코의 자살이 보도됐다. 배전 미닫이문 위 틀에 허리끈으로 목을 맨 라이덴 신사의 신관. 시신을 발견한 고등학생 딸. 요즘 시대에는 분명 방송에 내보내지 못할, 신관이 독버섯 사건의 범인 아니겠느냐는 마을 사람들의 억측. 새빨개진 눈으로 카메라를 똑바로 보고 서서 반박하는 기에.

"자, 다음 뉴스부터 사태가 급변해요."

방송 스태프가 발견한 VTR 한 편. 자살한 다라베 요코의 시신이 발견되기 몇 시간 전, 마을 골목을 촬영한 영상에 담긴 다라베 요코의 뒷모습. 건물 문에 손대려는 순간을 포착한 장면이 화면 가득히 재생됐다. 하지만 간판에 적힌 '하나'라는 점포명은 모자이크 처리를 해서 지웠다.

이윽고 그 영상을 본 기에가 참배길을 내려가는 모습이 화면에 비쳤다. 보석산을 내려온 기에는 간선도로를 가로질러 골목을 나아간다. 카메라는 그런 기에를 뒤쫓는다. 마침내 기에가 가게 앞에 서서 문을 두드린다.

─라이덴 신사의 다라베예요.

문을 열고 나온 아버지의 얼굴에도 점포명처럼 모자이크를 했다. 화면 밑에는 흔히 그렇듯이 'A씨'라는 가명이 떴다. 하지만 이 마을에서 그런 가명은 아무 의미도 없다. 뉴스를 본 사람 모두 A씨에 후지와라 미나토라는 이름을 대입했고, 모자이크된 얼굴에서 아버지의 얼굴을 보았다.

─이 사람들이 비디오를 보여줬어요. 엄마가 찍힌 비디오요.

희미하게 떨리며 조금씩 커졌다 작아졌다 하는 기에의 목소리. 이때 가게 테이블에 앉아 숙제를 하고 있던 나는 일어나 문 옆에 와서 섰다. 대체 무슨 일인지도 모르고 느닷없이 찾아온 기에와 기에 옆에 카메라를 들고 서 있는 남자, 그 옆에 선 또 다른 남자를 엿보았다. 지금 화면에 비치는 광경을 반대쪽에서 보고 있었던 셈이다.

─엄마는 죽기 전에 여기 뭘 하러 왔나요?

두 손을 축 늘어뜨린 채 아무 말도 없던 아버지는 이윽고 기에게 등을 돌렸다.

―잠깐만 기다려요.

가게 안쪽 계단으로 갈 때 아버지는 내 머리에 손을 살짝 얹었지만, 영상에는 나오지 않았다.

잠시 뒤 아버지가 하얀 봉투를 들고 돌아왔다. 뭔가를 단념한 듯한 태도로 봉투를 기에에게 내민다. 기에는 바로 봉투에서 편지지를 꺼내 읽는다. 카메라는 편지지가 비스듬히 보이도록 촬영했지만, 방송에서는 역시 모자이크 처리를 했다. 공개하지 말라고 기에가 부탁한 걸까, 방송국에서 배려한 걸까.

잠시 뒤 화면이 스튜디오로 바뀌고 다라베 요코가 남긴 편지의 내용을 아나운서가 설명했다. 벼락이 친 날, 즉 신울림제 당일 이른 아침에 다라베 요코는 신사 작업장으로 들어가는 'A씨'의 모습을 보았다. 'A씨'가 라이덴국에 하얀 물체를 넣고 떠나자 다라베 요코는 즉시 냄비를 확인해 그것이 버섯임을 알았다. 그때 맹독이 함유된 흰알광대버섯일 가능성도 머리를 스쳤다. 하지만 다라베 요코는 국을 버리지 않았으며, 누구에게도 'A씨'가 국에 버섯을 넣었다는 사실을 밝히지 않고 그대로 신울림제를 진행했다. 그리하여 두 명이 죽고 두 명이 중태에 빠졌다.

―자신은 그 책임을 짊어지고 살아갈 수 없다. 이 편지는 버려도 상관없고, 모든 것은 본인에게 맡기겠다. 다만 가족을 생각해주길 바란다. 편지지에는 그와 같은 내용이 적혀 있었다고 합니다.

아나운서가 말한 내용이 요약해서 표시되자 스튜디오에서 몇몇 패널이 무책임한 의견을 나누었다. 개중에는 지금도 방송 활동을 하는 연예인도 있었다. 도중에 'A씨의 아내'가 1년 전에 변사했다는 정보가 제공되자 논의는 더욱 과열됐다. 나와 누나가 벼락을 맞은 사고를 언급하지 않은 건 사건과 명백히 무관했기 때문일까. 아니면 우리 이름이 이미 보도됐기 때문에 'A씨'가 누구인지 특정하기 쉬울 뿐더러 나와 누나가 'A씨'의 자식임이 널리 알려질 것을 생각했기 때문일까. 그렇더라도 그 배려는 역시 무의미했다. 보도되자마자 마을 사람들은 아버지를 독버섯 사건의 범인으로 규탄했고, 나는 학교에서 비열한 공격을 받았다.

다시 마을 사람의 인터뷰가 삽입돼 얼굴 없는 남자가 화면에 비쳤다.

─참 무서운 일이야.

지금까지 본 뉴스 영상에서 새로운 정보는 하나도 얻을 수 없었다. 하지만 그 마을 사람이 꺼낸 말이 예상치도 못한 사실을 느닷없이 내게 가르쳐주었다.

─갑뿌들은 라이덴국을 우리가 먹는 버석국 냄비에 나누어주기도 했거든. 그랑께 만약 올해 신울림제에서도 그랬다면…….

그제야 떠오른 의문에 가슴이 싸늘하게 식었다.

지금 마을 사람이 말한 내용을 나는 전혀 몰랐다. 그런 광경을 본 적도, 가족끼리 화제 삼은 적도 없기 때문이다. 하지만 과연 아버지는 몰랐을까. 나는 당시 고작 중학교 1학년이었지만, 아버지는 오랜 세월 하타가미에 살았고 신울림제에도 꼬박꼬박 참가했다. 라이덴국이 일반 버석국에 섞일 가능성이 있다는 걸 알고 있지 않았을까.

만약 아버지가 범인이라면, 다른 사람이 흰알광대버섯을 먹을 가능성을 고려하지 않았을까. 누군가의 그릇에 독버섯이 들어갈 걸 예상하지 않았을까. 그건 누나의 그릇일 수도 있고, 아버지 본인의 그릇일 수도 있다. 누나는 그날 실제로 내 옆에서 버석국을 먹었고, 아버지도 먹었다. 만약 그 그릇에 흰알광대버섯이 들어 있었다면.

─그 사람은 버석국을 안 먹었어요.

다른 마을 사람이 이야기를 시작했다. 이번에도 얼굴은 나오지 않았지만 목소리를 듣고 혹시나 했다. 화면을 주시하자 회색 작업복 가슴께에 농협 마크가 박혀 있었다. 역시 맞는다. 어머니가 차가운 강에서 발견된 밤, 나와 누나를 차에 태워 병원까지 데려간 농협 직원 도미타 씨. 30년 전 신울림제 때도 우리를 보고 상냥하게 웃어주었다.

"왔구나."

그 뒤에 아버지가 버석국 그릇을 들고 일어났었고, 두 사람은 나와 조금 떨어진 곳에 마주 서서 뭔가 이야기를 나누었다. 나와 누나가 벼락을 맞기 직전에 있었던 일이다.

─똑똑히 기억합니다.

어둡게 가라앉은 도미타 씨의 목소리에서는 마을 사람들의 목소리에 담긴 분노나 공포가 느껴지지 않았다. 대신 몹시 구슬프게 들렸다.

─안 먹느냐고 물어보니 묘한 맛이 나서 안 먹을 거라고 했어요.

아야네가 검지로 찌를 듯이 화면을 몇 번 가리켰다.

"이 증언이 후지와라 미나토 범인설을 더욱 뒷받침했죠."

아무 대꾸도 할 수 없었다. 30년 전 신울림제 때 *아버지가 버석국을 먹지 않았다*는 사실, 지금까지 전혀 몰랐던 그 사실이 돌처럼 목구멍을 막았다.

"저어, 그런데 혹시."

옆에서 유미가 입을 열었다.

"후지와라 미나토가 범인이 아니라고 치고요……. 그릇에 정말로 흰알광대버섯이 들어 있었던 것 아닐까요? 범인은 따로 있고, 범인이 라이덴국에 흰알광대버섯을 넣었다. 라이덴국을 갑뿌들이 일반 버석국 냄비에 나누어주었다. 후지와라 미나토의 그릇에 우연히 흰알광대버섯이 들어갔다. 그래서 이상한 맛이 나서 먹지 않았다."

아야네는 고개를 천천히 저었다.

"흰알광대버섯은 묘한 맛도 냄새도 안 나요. 먹어도 이상한 걸 전혀 못 느끼죠. 그래서 무서운 겁니다."

화면이 스튜디오로 돌아오고 다시 무책임한 논의가 시작됐다. 하지만 이제는 의미 없이 나열되는 소리에 지나지 않는다. 나는 방금 알게 된 사실에 말문이 막힌 채 무릎에 얹은 두 주먹을 꽉 쥐었다. 아야네와 유미가 흰알광대버섯에 대해 이야기했지만 그 목소리도 의미를 얻지 못했다. 어느샌가 나는 머릿속에 그려진 30년 전의 광경을 바라보고 있었다. 나와 누나에게서 조금 떨어진 곳에 도미타 씨와 마주 서 있던 아버지. 그때 정말로 방금 도미타 씨가 말한 이야기를 했을까. 아버지는 정말로 버석국을 먹지 않았을까. 그렇다면 왜. 자신만 살려고 한 걸까. 다른 사람 또는 자기 자식이 잘못해서 흰알광대버섯을 먹을 가능성이 있는 줄 알면서.

—작년에는 못 먹었답니다.

그날 아버지는 그렇게 말하며 큰 냄비에 담긴 버석국을 받았다. 온화한 그 옆얼굴 속에 감추어져 있던 것은 대체 뭐였을까. 수많은 사람을 위험에 빠뜨리고, 자기 자식이 독을 먹을 가능성을 무시하면서까지 살해 계획을 실행에 옮겼다는 성취감이었을까. 도무지 믿기지 않는다. 하지만 어떻게 다르게 생각할 수 있겠는가.

"벼락터의 범행 현장이 잘 찍혀 있으면 좋겠는데."

아야네가 느닷없이 중얼거린 말이 내 의식을 현실로 되돌렸다.

"……뭐라고요?"

"살인범의 범행 현장이요."

나는 무슨 소리인지 감이 잡히지 않아 노트북 화면으로 눈을 돌렸다. 하지만 변함없이 당사자 아닌 사람들이 정답 없는 논의를 하고 있을 뿐이었다.

"아니요, 이 영상이 아니라 지금 이분이랑 이야기한 벼락요. 그날 밤 벼락터에 떨어진 벼락. 벼랑 밑에서 시체로 발견된 남자는 벼락에 놀라서 떨어졌을 가능성이 높잖아요. 그러니 벼락이 역시 살인범이에요. 레이저건이 명중하지 않아도 사람이 죽다니, 참 무섭네요."

내가 과거에 정신 팔고 있는 동안 아무래도 두 사람은 또 벼락 이야기를 했던 모양이다.

"방금 말씀하신…… '범행 현장'이라는 건 뭐죠?"

"벼락이 떨어지는 순간이 찍혔을 거라고 제가 라이덴 신사의 사무소에서 말씀드리지 않았던가요?"

말했다. 하지만.

"카메라에 필름 넣는 걸 깜빡했다고, 아까 계단에서 말씀하셨는데요."

"아니요, 벼락이 떨어지는 순간은 디지털카메라로 찍었어요."

싸늘한 손이 내 내장을 움켜잡았다.

"하지만 제가 기억하기로는 그때 아야네 씨는 삼각대에 필름 카메라를……."

"그 필름 카메라는 비가 내리자마자 얼른 챙겨 넣었어요. 오래된 카메라라 젖으면 끝장이거든요. 벼락 사진은 저기 있는 카메라로 찍었습니다."

아야네는 방구석에 놓여 있는 디지털 일안 리플렉스 카메라를 가리켰다.

"저는 어느 정도의 매수를 찍기 전까지는 사진을 확인하지 말자는 주의예요. 디지털카메라는 찍은 사진을 바로 볼 수 있으니까 편리하지만, 얼마든지 많이 찍어서 나중에 고르면 그만이라는 식으로 생각하다 보면 실력이 떨어지거든요. 사진은 반사 신경입니다. 많이 찍어서 고르면 되는 게 아니에요."

"그럼…… 아직 안 보신 거로군요."

"여기 있는 동안에는 안 보려고요. 집에 돌아가서 느긋하게 확인할 거예요. 기대되네요."

"지금 보고 치우죠."

유미가 장난치듯 카메라로 손을 뻗자 아야네가 재빨리 팔을 움직여 카메라를 잡았다.

"안, 봐, 요."

동영상이 끝났는지 스튜디오가 줌 아웃된 상태로 노트북 화면이 정지했다. 아야네는 노트북을 탁 닫고 이쪽으로 몸을 돌렸다.

"끝났네요. 모쪼록 이 영상이 도움이 됐다면 다행이에요. 메일 주소를 가르쳐주시면 나중에 동영상 파일을 보내드릴게요."

"아니요, 저희는 저희 나름대로 하겠습니다."

나는 일어서서 아직 더 이야기하고 싶은 눈치인 유미를 재촉했다. 유미는 입술을 삐죽거리면서도 일어섰다. 그런데 그때 아야네가 갑자기 디지털카메라를 가슴께로 끌어당겼다.

"맞다, 살인범이라고 하니 기억났는데."

아야네가 카메라 전원을 켜고 조작해서 사진을 띄웠다. 화면에서 얼굴을 돌리고 곁눈질로 확인하는 건, 찍은 사진을 되도록 보지 않기 위해서일까. 버튼을 눌러 사진을 넘긴다. 처음에는 뭣 때문에 촬영했는지 이 방 천장, 창문, 전등갓 등이 찍혀 있었지만 이윽고 신울림제가 열리는 안뜰 전경, 노점, 줄지은 등롱, 카메라를 보거나 보지 않는 마을 사람들이 나타났다가 사라졌다.

"뇌우가 내린 밤에 벼락터에서 떨어져 돌아가신 분은 시노바야시 유이치로였던 모양입니다. 씩씩할 웅에 한 일, 사내 랑 자를 써서 유이치로요. 30년 전에 흰알광대버섯을 먹고 숨진 시노바야시 가즈오 씨의 아들이죠."

어, 하고 유미가 목소리를 높였다.

"마을을 떠났다는 그 아들요?"

"네, 그 사람. 독버섯 사건으로 아버지가 사망하자 집안 재산을 팔아치우고 떠났죠. 그런데 왜 그날 밤 벼락터에 있었을까요? 언제 마을에 돌아온 거람."

유미가 아야네와 함께 고개를 갸웃하더니 내게 시선을 주었다. 나는 얼른 표정을 꾸며내지 못하고 억지로 목소리를 밀어냈다.

"오랜만에 신울림제라도 구경하려고 마을로 돌아온 것 아닐까요? 보석산에 오른 건 그리워서 그랬다든가."

"그럴지도 모르겠습니다만, 그렇다면 불쌍하네요. 벼락터에 가지 않았다면 안 죽었을 테니까요. 벼락에 놀라 그렇게 높은 곳에서 떨어져서…… 아니, 어쩌면 다른 이유로 죽었을지도 모르지요."

"다른 이유…… 라니요?"

"음, 실수로 진흙에서 미끄러졌다든가. 벼락이 떨어지기 전에요."

아야네가 고개를 꼰 채 카메라 버튼을 누르자 화면에서 시간이 거슬러 올라갔다. 어두웠던 배경이 점차 밝아지는가 싶더니, 잠시 뒤 선명하지 못한 얼굴 하나가 큼지막하게 나타났다.

"아아, 이거다."

아야네는 화면을 우리 쪽으로 돌렸다.

"낮에 시노바야시 유이치로 씨의 영정 사진을 찍어 왔어요. 마을 장례식장에서 장례식을 치르길래 슬쩍 들어가서 찰칵."

"거기 저희도 갔었어요. 화장실에만 들렀지만. 그렇죠?"

나는 고개를 끄덕이면서도 카메라 화면에서 눈을 뗄 수가 없었다. 장례식장 홀에 걸려 있던 영정 사진. 멀리서 보았을 때와 비교하면 생김새가 훨씬 잘 보인다. 까마귀 부리를 연상시키는 넓고 길쭉한 코. 뭔가 획책하는 느낌의 검은자가 작은 두 눈. 미소보다 냉소에 가까운 표정으로 젊은 날의 협박자가 이쪽을 바라보았다.

"어디서 본 것 같기도 하고…… 그럴 리 없나."

그 말을 듣고서야 유미가 이 사진을 봐서는 안 된다는 걸 깨달았다. 초조함을 들키지 않도록 주의하며 재빨리 카메라를 잡고 화면을 내 쪽으로 돌렸다. 다행히 유미는 바로 얼굴을 들고 아야네를 쳐다보았다.

"시노바야시 유이치로 씨는 어떤 사람이었나요?"

"장례식에 참석한 분들께 물어봤는데, 원래 도쿄에서 학창 시절을 보낸 사람이라 마을을 떠나서 도쿄로 갔답니다. 그리고 거기서 장사를 시작했다가 쫄딱 망했다나. 그 뒤에 어떻게 됐는지는 아무도 모르고, 그래서 영정 사진으로 쓸 사진도 이렇게 옛날 사진밖에 없었다네요. 딱 한 번 마을로 돌아온 적이 있었던 모양이지만 그때도 이야기를 나눈 사람은 거의 없었던 것 같아요."

"언제 돌아왔는데요?"

유미가 물어보는 동안 나는 처음으로 정면에서 시노바야시 유이치로의 영정 사진을 응시했다. *나는 이 남자를 알고 있다. 그 협박 전화가 오기 전부터. 가게에 나타나기 전부터.*

"지진 나고 얼마 지나지 않아서요. 왜, 2004년 10월에 니가타현 나카고시에 큰 지진이 일어났잖아요. 고향이 걱정됐는지 돌아오긴 했지만, 초라한 자신을 보이기 싫었는지 마스크와 머플러로 얼굴을 가렸더래요. 그런데 말이죠, 제가 오늘 신울림제에서 만난 분 중에 마침 그를 알아보고 말을 건 남자가 있어요. 이름은 잊어버렸지만, 콧구멍이 아주 길쭉한 분인데."

"민박집까지 바래다주신 분요?"

"네, 그분요. 차로 바래다주실 때 들었어요. 시노바야시 유이치로와는 중학교 동창인데, 15년 전 지진 후에 마을에서 마주치고 말을 걸었대요. 그때 딱 보기에도 도시에서 패가망신한 꼴이길래 옛날의 거만한 그가 생각나서 좀 심술궂게 말해봤대요. 그러자 무서운 얼굴로 째려보고 가버렸다나."

"심술궂게 말했다고요?"

"네, 신사에는 갔었냐고요."

"엥, 갑자기 신사는 왜요?"

"그게, 콧구멍이 길쭉한 그분 말로는 일찍이 시노바야시 유이치로 씨가 신관 딸에게 반했었대요. 딸이란 아시다시피 다라베 기에 씨고요. 요즘으로 치면 스토킹 같은 짓도 한 모양이에요."

"스토커는 옛날부터 있었군요……."

"마을을 떠난 것도 당시 신관의 따님이 싹 무시했기 때문 아니겠느냐며 웃더군요. 실제로는 어땠는지 모르지요."

이때 나는 아야네의 말을 귀담아들었어야 했다. 15년 전이라는 단어가 나왔는데. 내가 모르는 비밀을 파헤칠 힌트가 거기 있었을 텐데. 하지만 나는 디지털카메라에 뜬 시노바야시 유이치로의 얼굴을 노려보며 기억의 공백에 귀를 기울이고 있었다. 나는 이 남자를 안다. 하타가미에 살던 시절에도 알고 있었다. 그 인상은 점차 윤곽이 뚜렷해졌고, 마침내 예리한 끝이 기억을 감싼 얇은 막에 닿았다. 이어서 막이 찢어지고 구멍이 크게 벌어지자 30년 전 벼락을 맞아 생긴 공백 안으로 기억이 왈칵 쏟아졌다. 느닷없이, 탁한 홍수처럼. 축축한 흙냄새. 보석산 속. 나는 양손에 버섯을 들고 있다. 나무 밑에 군생하던 그것은 버섯을 싫어하는 내 눈에도 아주 맛있어 보였다. 복수초를 마음대로 갖다 놓았다가 야단맞아서 속상했다. 이번에는 아버지에게 먼저 보여줄 작정이었다. 먹을 수 있는 건지 먼저 물어볼 생각이었다.

─하여튼 그때 많이 반성했어. 잘 알지도 못하는 열매니 풀을 따오는 것도 그만뒀고.

이 민박집 창가에서 복수초 이야기를 했을 때 나는 누나에게 그렇게 말했다.

─하지만,

말을 이으려다 내가 무슨 말을 하려고 했는지 알 수 없어, 그저 강한 위화감만 느꼈다. 그 위화감의 정체를 지금 나는 직시하고 있다.

복수초가 마지막이 아니었다.

나는 한 번 더 그 어린애 같은 짓을 한 것이다. 들꽃을 꺾어서 어머니에게 주었을 때처럼, 말밤을 모아서 아버지에게 주었을 때처럼 한 번 더 칭찬받고 싶었다. 가족들을 도와주고 싶었다. 그런데 보석산에 군생하던 그 버섯을 양손에 모아 들고 허리까지 오는 잡초를 가르며 참배길로 돌아가는 길에 웬 남자가 내 앞을 막아섰다. 석양이 역광으로 비쳐 얼굴이 어두침침했다. 남자는 손을 뻗어 버섯을 만져보더니 내가 들고 있던 버섯을 모조리 빼앗았다.

"어디서 찾았어⋯⋯?"

나는 아무 말 못 하고 그저 몸을 돌려 나무 사이 안쪽을 가리켰다. 남자는 버섯을 든 채 뭔가에 끌려가는 듯한 기세로 서둘러 그쪽으로 갔다. 그때 비로소 얼굴이 보였다. 이름은 모르지만 가게에 술을 마시러 오는 갑뿌 중 한 명의 아들이다. 버섯 농가 주인의 외아들. 버섯 농가 사람이 버섯을 빼앗다니, 나는 내가 뭔가 엄청난 걸 발견했다고 생각했다. 어마어마하게 귀중한 버섯을 발견했다고. 황혼이 지는 참배길에서 버섯을 빼앗겼다는 슬픔보다, 귀중한 버섯을 발견했다는 감격에 가슴이 떨렸다. 양손을 보자 곱은 손가락 사이에 버섯이 딱 하나 남아 있었다. 버섯을 집으로 가지고 돌아간 나는 방에서 어머니의 도감을 꺼내 국어사전과 번갈아 보며 열심히 읽었다.

그리하여 버섯의 정체와 버섯이 지닌 무서운 힘을 알았다.

4

알전구만 켜놓은 방에서 천장을 올려다보았다.

추위가 심해진 탓인지 이번에 준비된 이불은 세 겹 누비이불이라 무거워서 몸도 못 뒤척이겠다고 유미는 투덜댔지만, 어느덧 잠들어 옆에서 새근새근 규칙적인 숨소리를 내고 있다. 그 숨소리에 겹쳐 복도에서 물이 똑똑 떨어지는 소리가 들린다. 동결 방지를 위해 꽉 잠그지 않은 수도꼭지에서 물방울이 떨어지는 것이리라.

탁한 홍수처럼 되살아난 참배길의 기억은 마치 방금 겪은 것으로 착각할 만큼 강렬한 생동감과 함께 머릿속에 소용돌이쳤다. 그 소용돌이가 이렇게 누워 있는 동안에도 또 다른 기억을 빨아들인다. 빨아들이고 또 빨아들이며 거대해져서 머릿속을 가득 채운다. 30년 전 신울림제. 그날 일어난 모든 일. 누나가 꽂은 은색 머리핀도, 그 새 모양 머리핀을 보고 벼락이 떨어질 테니 위험하다고 내가 말한 것도. 기억은 느릿느릿 소용돌이치며 조각난 시간을 흡수해 점점 커진다. 31년 전, 어머니가 돌아가신 날에 보고 들은 모든 것을 나는 다시 겪었다. 의식 없는 어머니. 하얀 병실에서 울던 끝에 토한 것. 아버지가 나를 화장실에 데려갔던 것. 병실에 돌아온 뒤 아버지가 중 얼거린 말을 나는 다시 내 두 귀로 들었다. 기요사와 데루미가 이야 기해준 그 말.

—후지와라 미나토는 부인이 죽어도 된다고 했어.

바깥에서 사람 목소리가 울려 퍼졌다. 신울림제에서 술에 취해 집 으로 돌아가는 남자들. 30년 전과 하나도 다를 바 없다. 이 마을에서 는 아무것도 변하지 않는다.

소리가 났다.

옆방 문이 여닫히고 맨발로 바닥을 밟는 발자국 소리가 찰싹찰싹 복도를 이동한다. 우리 방 앞을 지나쳐 계단을 밟는 소리가 이어진 다. 나는 몸을 일으켜 귀를 기울였다. 발소리는 점점 멀어지다 사라 졌고, 물방울이 떨어지는 소리만 드문드문 들려왔다.

일어나서 미닫이문으로 다가갔다. 소리 나지 않게 조심해서 문을 열었다. 복도로 나가서 옆방을 보자 방에 불이 켜져 있는지 문틈으 로 빛줄기가 새어 나왔다. 방 앞으로 가서 손끝으로 아주 살짝 문을 두드렸다. 대답은 없었다. 손가락을 문손잡이에 대고 힘을 주었다. 하지만 문이 뻑뻑한지 꿈쩍도 하지 않았다. 오른손에 왼손을 대고 두 손으로 당겼지만 문은 덜컹거릴 뿐 움직이지 않았다.

"뭐 하세요?"

뒤에서 소리가 났다.

돌아보자 아야네가 어두운 계단 중간에 서서 나를 보고 있었다.

"잠이 안 와서 이야기라도 좀 할까 싶어서요."

나는 문손잡이에서 손을 떼고 어둠 속으로 몸을 돌렸다.

"그러시군요. 내려가서 이걸 가져왔어요. 접수대 옆에 놓여 있던 게 생각나서."

옷이불이라고 부르는, 기모노 모양으로 소매가 달린 이불 같은 방한구였다. 이 마을에 살 때 우리 가족도 어머니가 만든 걸 썼었다.

"이거 어깨가 따뜻할 것 같아서 좋네요. 이름이 뭐죠?"

"가이마키 아닌가요?"

"그게 아니라, 요 부근에서 사용하는 독특한 명칭이 있는데……
아아, 생각났다, 옷이불이다."

그렇게 말하며 아야네는 흔들림 없는 걸음걸이로 발소리도 없이
다가왔다. 아까 방을 나서서 내려갈 때는 미닫이문 너머로도 들릴
만큼 발소리가 났는데.

"필요하시면 이거 쓰실래요? 저는 하나 더 가져오면 되니까."

"아뇨, 괜찮습니다. 이제 주무시려고 했군요. 저도 자야겠습니다."

그의 옆을 지나쳐 방으로 돌아가려 하자 목소리가 쫓아왔다.

"이야기는 안 하시고요?"

"다음에 하죠, 뭐."

알겠다며 아야네는 방 문에 손을 댔다. 비결이 있는지 그리 힘을
쓰는 것 같지도 않은데 문이 스르르 열렸다. 아야네가 문가에서 이
쪽으로 고개를 돌리자 방 불빛 속에 얼굴이 절반만 드러났다.

"그라믄 안녕히 주무이소."

콧속이 확 뜨거워지는 걸 느끼며 내가 말없이 고개를 갸웃하자,
아야네는 이를 절반만 보이며 웃었다.

"이 지방 말로 그럼 안녕히 주무시라는 뜻이에요."

나는 고개를 끄덕이는 척 그를 외면하고 방으로 들어갔다. 뒤에서
손으로 문을 닫으려 했지만 지금까지 쉽게 여닫혔던 문이 잘 움직이

277

지 않았다. 안달이 나서 몸을 돌려 양손으로 힘껏 문을 당겼다.

어두운 방을 나아갔다. 진흙 속을 걷는 것처럼 다리가 무거웠다. 간신히 유미가 누운 이부자리까지 가서 바닥에 무릎을 꿇었다. 딸은 잠에 푹 빠졌는지 이런저런 소리가 났는데도 깨어날 기미가 없다. 희미한 알전구 불빛에 비친 유미의 얼굴을 들여다보자 눈꺼풀 밑에서 두 눈이 바쁘게 움직이고 있다. 15년 전에도 얇은 눈꺼풀 밑에서 이렇게 눈알이 움직였던 게 기억났다. 좋아하는 어린이집 등하원용 가방이 찢어진 날. 에쓰코 말로는 찢어진 가방을 보고 유미는 아무렇지도 않은 표정이었다. 하지만 어린이집에서 돌아와 에쓰코가 가방을 버리려 하자 갑자기 터뜨린 울음을 좀처럼 그치지 않았다. 가방이 찢어져서 슬펐는데도 꾹 참고 있었던 걸까. 아니면 좋아하는 가방과 이별하기가 슬펐던 걸까. 나는 딸의 기분을 상상하며 그날 밤도 지금처럼 잠든 딸의 얼굴을 바라보았다.

그다음 날, 에쓰코는 새 가방을 만들 천을 사러 나갔다가 사고를 당했다. 유미의 다정한 마음씨가 일으킨 사고. 아빠를 위해 볕이 잘 드는 곳으로 옮긴 엉겅퀴 화분. 화분이 떨어져 경차 앞 유리창을 산산조각 냈고, 폭주한 차가 에쓰코를 쳤다. 그 사실을 알고 나는 어떻게 했는가. 딸의 인생을 지키려고 했다. 몰라도 되는 일을 영원히 알지 못하게. 기억에서 지워진 행동을 영원히 떠올리지 못하게. 대체 그건 어느 정도의 죄일까. 이미 벌어진 일은 달라지지 않는다. 죽은 사람이 살아나지도 않는다.

진실을 끝까지 숨기는 건 얼마나 큰 죄일까.

—난 틀리지 않았어.

하타가미를 떠날 때 아버지가 중얼거린 말이 무슨 의미인지 나는 이제야 이해했다.

30년 전, 독버섯 사건이 일어난 날.

겨울철 첫 벼락이 떨어진 날 이른 아침.

—후지와라 미나토 씨가 신사 안뜰로 들어오는 모습을 어머니가 봤어요.

사무소에서 기에가 들려준 어머니의 목격담. 기에가 지금도 보관하고 있다는 편지 내용에 따르면 다라베 요코는 *아버지가 신사 작업장에 들어가 라이덴국 냄비에 하얀 물체를 넣는 모습을 목격했다. 그것이 흰알광대버섯이었다는 사실을 사건이 발생한 뒤에 알았다.* 다라베 요코는 자신이 목격한 내용을 편지에 써서 아버지에게 주었다. 정확한 내용은 나도 모른다. 내용을 정확하게 아는 사람은 편지를 쓴 다라베 요코, 편지를 받은 아버지, 아버지가 편지를 넘겨준 기에, 그리고 그 순간을 카메라에 담은 방송 제작진뿐이다.

여기서 한 가지 가능성이 생긴다.

저마다 알고 있는 편지 내용이 다를 가능성.

30년 전, 아버지는 다라베 요코에게 받은 편지를 수정했다. 그날 기에가 아버지에게 받아서 카메라에 촬영된 건 수정한 뒤의 편지다.

편지를 수정할 때 아버지는 분명 글씨를 지우지도 추가하지도 않았다. 그랬다가는 어머니의 글씨에 익숙한 기에에게 대번에 들킬 테니까. 하지만 내용을 크게 바꾸기 위해서는 글씨를 추가할 필요도, 지울 필요도 없었다. 내 생각이 옳다면 아버지는 다라베 요코의 편지에 단지 선을 두 개 추가했을 뿐이다.

모든 것을 확실히 밝히기 위해서는 내 눈으로 편지를 보는 수밖에 없다.

5

 문을 두드리는 소리에 눈을 뜨자 장지창에 희미하게 흰 빛이 돌
았다.

 못 잘 줄 알았는데 어느 틈엔가 아침이 된 모양이다. 나는 세 겹
누비이불을 걷고 일어나서 방문을 열었다. 하지만 분명 문을 두드리
는 소리를 들었는데 아무도 없었다. 복도 좌우를 보자 민박집 주인
이 계단 옆 바닥을 청소하고 있었다.

 "아아, 미안허이. 방금 이게 부딪혀서."

 쓴웃음을 지으며 들어 올린 건, 머리 쪽 시트를 갈아 끼워서 쓰는
자루 달린 청소 도구였다.

 "옛날에는 바닥에 웅크려서 걸레질을 했지만, 요즘은 이런 도구
가 있으니 편리하지. 손님, 아침을 바로 드실 건가."

 나는 유미를 보려고 방으로 고개를 돌린 뒤에야 이부자리가 비어
있음을 알아차렸다. 다시 주인을 보자 주인은 검지로 허공을 두세
번 찌르는 시늉을 했다. 손가락이 향한 곳은 아야네의 방이다.

 "옆방요?"

주인이 고개를 끄덕이길래 나는 유카타를 여미고 옆방으로 향했다. 빽빽한 문을 양손으로 열자 평상복으로 갈아입은 유미와 아직 유카타 차림인 아야네가 방바닥에 마주 앉아 있었다. 놀랍게도 두 사람 사이에는 아버지가 찍은 사진이 죽 놓여 있었다. 독버섯 사건이 일어나기 전날에 찍은 20여 장의 사진. 안녕하세요, 하고 인사하며 아야네가 손을 들자 유미도 내 쪽을 돌아보고 웃었지만, 내 표정을 보자마자 웃음을 거두었다.

"……뭐 하는 거야."

"아, 지금 아야네 씨한테 사진에 대해 이것저것 배우고 있어요."

"그 사진은…….."

내가 말을 잇지 못하자 유미는 뺨을 끌어올려 다시 웃었다.

"입수처는 말하지 않았으니까 걱정 마세요."

대체 그건 무슨 뜻인가.

"에이, 두 분 다 짓궂으시네요. 저보다 훨씬 취재를 많이 진행하셨으면서."

아야네가 아직 묶지 않은 긴 머리에 손가락을 찔러 넣고 고개를 움츠렸다.

"그런 줄도 모르고 어젯밤에 자랑스레 옛날 VTR을 보여드렸지 뭡니까. 설마 후지와라 미나토와 접촉하셨을 줄이야. 놀랍네요."

과연, 유미가 그렇게 설명한 모양이다. 후지와라 미나토와 접촉해 그가 옛날에 마을에서 찍은 사진을 입수했다는 식으로. 하지만 아야네에게 그런 거짓말이 통하리라고 진심으로 믿는 걸까.

"이분, 입이 아주 무겁네요. 후지와라 미나토가 지금 어디서 어떻게 지내는지, 어떤 방법으로 이 사진을 입수했는지 전혀 가르쳐주시질 않아요."

"아야네 씨는 일종의 라이벌이니까요."

"그런 말씀 마시고 서로 협력하죠."

나는 문가에 서서 두 사람을 말없이 바라보았다. 아버지, 그러니까 후지와라 미나토가 세상을 떠났다는 사실을 유미가 아무래도 말하지 않은 듯하지만 아야네는 정말로 모를까. 나는 어제 라이덴 신사의 배전에서 구로사와 소고, 나가토 고스케와 대치했을 때 후지와라 미나토가 죽었음을 알렸다. 만약 그 뒤에 그들이 그 소식을 다른 사람에게 전했다면 신울림제에서 마을 사람들과 술을 마시며 시간을 보낸 아야네의 귀에 들어갔어도 이상할 것 없다.

"그나저나 이 사진, 참 귀엽군요."

아야네가 잠든 내 얼굴이 찍힌 사진을 가까이서 들여다보았다.

"아마 후지와라 미나토의 아들 유키히토겠죠. 벼락을 맞은 두 아이 중 남동생. 자면서 울다니…… 무서운 꿈이라도 꾸는 걸까."

"방으로 돌아가."

나는 유미에게 그렇게만 말하고 문에서 멀어졌다. 우리 방에 서서 기다리고 있으니, 잠시 후 유미가 사진 다발을 들고 돌아와 조용히 문을 닫고 당황한 눈으로 나를 보았다.

"남에게 보여줘도 되는 사진이 아니야."

나는 일부러 옆방까지 들리게 목소리를 냈다.

한편 유미는 내게만 들리게끔 속삭였다.

"뒤에 할아버지 글씨가 적힌 사진은 안 보여줬어. 아빠가 들어왔을 때 사진만 늘어놓은 상태지, 사건이나 할아버지 이야기는 아직 꺼내지도 못했고. 원래 야쓰가와 교코에 대해 이것저것 묻고 싶어서

간 거야. 사진은 이야기를 꺼낼 구실 삼아 가지고 갔달까."

"얼마나 있었어?"

"한 10분 정도."

"무슨 이야기를 했는데."

"말했잖아, 야쓰가와 교코에 대해 이것저것 물어봤는데…… 아야네 씨가 친절하게 대답해줘서…… 저기, 어쩐지……."

유미는 눈을 깜박이며 고개를 숙였다가 바로 다시 눈을 들었다.

"어쩐지 아빠 아닌 것 같아."

아까 유미의 얼굴에 맺힌 표정, 지금도 맺혀 있는 그 표정이 당혹감이 아니라 공포임을 나는 뒤늦게 깨달았다. 딸을 향한 매서운 눈빛을 서둘러 누그러뜨리려 했지만 잘되지 않았다.

"그럴 만하지. 아빠하고 직접 관계 있는 이야기니까 내 기분이랑은 전혀 다를 거야. 아야네 씨한테 사진을 보여주다니 경솔했어. 미안해."

유미는 사진 다발을 가슴에 대고 고개를 숙였다. 유미가 고개를 다시 드는 동안도 내 눈에서는 긴장이 풀리지 않았고 뺨도 묵직한 점토 같았다. 그렇지만 말만이라도 딸에게 익숙한 목소리로 하려고 노력했다.

"그 사람 어머니 이야기는 도움이 됐니?"

"응, 인물 사진이 특기였다는 건 물론 알고 있었지만, 작은 극단의 사진 촬영을 의뢰받은 적이 있었대. 촬영 중에 야쓰가와라는 나가노 출신의 배우와 사귀었고 결혼에 골인했지. 아, 그 야쓰가와라는 배우도 재미있는데……."

멀리서 구급차 사이렌 소리가 들렸다. 유미는 말을 멈추고 창가로

다가가 장지창을 옆으로 열었다. 아침 안개로 부예진 풍경 속에서 사이렌은 라이덴 신사를 향해 멀어졌다.

6

"흉기는 아직 발견되지 않은 모양이에요."

아야네가 주차장에서 기다리고 있던 나와 유미에게 돌아왔다.

"제법 무거운 물건일 것 같은데…… 대체 뭘까요."

"사무소에 있던 유리 재떨이가 큼직하니 무거워 보였습니다만."

"아, 그렇지, 재떨이. 그거라면 가져갈 만하네요. 흉기에 지문이 선명히 남을 테니까요. 지문을 닦아내기보다 가지고 가는 게 범인 입장에서는 간단하고 확실해요."

라이덴 신사에서 구로사와 소고의 시신이 발견됐다.

"사이렌 소리가 신사 쪽으로 향하는 것 같아."

민박집 창문으로 고개를 내밀고 있던 유미가 보러 가고 싶다고 떼를 썼고, 나도 마음에 걸리는 일이 있었으므로 옷을 갈아입고 방을 나섰다. 복도에서 카메라를 든 아야네와 마주쳤다. 그도 사이렌 소리가 신경 쓰여서 신사로 가려던 참이었다기에 어쩔 수 없이 아야네를 차에 태워 셋이 함께 신사에 도착한 것이 고작 10분 전이다.

재빨리 숙소를 나선 덕에 보석산도 신사도 아직 출입금지가 아니었으므로 나는 천연덕스러운 얼굴로 주차장에 차를 댔다. 주차장에 구급차와 경찰 차량으로 보이는 왜건과 세단이 각각 한 대씩 주차되어 있었고, 도리이 너머 안뜰 한복판에 엎어져 있는 구로사와 소고의 시신이 보였다. 이쪽을 향한 백발 뒤통수가 검붉게 물들어 있었지만, 흉기는 없고 땅에 그가 쓴 손전등이 널브러져 있을 뿐이었다.

그 광경을 보자마자 아야네는 마치 진귀한 곤충이라도 발견한 어린아이처럼 차에서 뛰쳐나갔지만, 당연히 형사에게 바로 제지당했다. 긴 코트를 입은 어수룩한 인상의 젊은 형사는 요시 아무개라고 이름을 대고 나서 수상쩍은 침입자의 신원을 확인했다. 아야네는 "신울림제를 취재하러 마을에 머물고 있는 야쓰가와입니다" 하고 솔직하게 대답하고 일단 물러났지만, 상대가 눈을 떼자마자 다시 안뜰로 들어갔다가 드디어 돌아왔다.

이제 파란색 시트로 즉석 가림막을 설치했으므로 구로사와 소고의 시신은 보이지 않는다. 아까부터 파란 작업복과 모자를 착용한 여러 남자들이 현장을 드나들었고, 쉴 새 없이 카메라 플래시가 터졌다. 안뜰 테두리에 줄지은 신울림제용 등롱에는 불빛이 없다.

"사무소도 들여다보고 왔어요. 무슨 일이 있었는지 신관님께 물어보려고요."

"봤습니다."

"그런데 아까 그 형사님이 또 막더라고요."

"네, 그것도 봤고요. 신관님은 사무소에 계신가요?"

"계셨어요. 중년 형사가 뭔가 이것저것 물어보는 것 같던데요. 여기 너무 오래 이러고 있으면 저희한테도 질문할 것 같네요."

고개를 끄덕이는 내 얼굴을 힐끗 보고 나서 아야네는 안뜰로 몸을 돌렸다. 그 모습도 주변 풍경도 왠지 현실감이 없어 눈앞에 펼쳐진 한 장의 그림처럼 보였다.

"그나저나 이 사건…… 수사에 애먹을 것 같네요. 흉기는 범인이 가져간 모양이고, 땅이 단단해서 범인의 발자국도 잘 안 남을 테고. 게다가 어제는 마을 사람들로 북적거렸잖아요. 땅에 발자국이 남았더라도 온통 뒤섞였을 거예요. 그런데 왜 살해당했을까요?"

글쎄요, 하고 나는 고개를 기울였다.

"도둑의 소행일까요?"

"금품을 뺏으려고 강도가 덮쳤다는 말씀이세요?"

"뭐, 그렇게 볼 수도 있겠지만, 아닐 수도 있죠. 예를 들어 신사에서 도둑질을 하려는데 마침 구로사와 소고 씨가 나타났다. 얼굴을 들켰으므로 하는 수 없이 때려 죽였다."

"얼굴을 들켰는데 뒤에서요?"

"범인과 피해자가 아는 사이라면, 그런 상황에서 뒤에서 때릴 수 있을지도 모르죠."

"아아, 그렇군요. 서로 아는 사이라. 고려해볼 만하네요. 그렇다면 범인은 도둑질하고 나서 죽인 거겠죠? 도둑질하기 전이라면 얼굴을 들킨들 도둑질을 포기하면 그만이니까요."

"잘 모르겠습니다. 그냥 상상일 뿐이라서요."

"그나저나 편집자님은 분명 천성이 착한 분이시군요."

"왜요?"

"그야 사람이 맞아 죽었다고 하면 보통은 원한 관계가 있지 않을까 의심하잖습니까. 그런데 느닷없이 도둑이라고 하시니까요. 이야, 착한 분이세요. 저는 아까 시신을 보자마자 누군가에게 원한을 샀구나 싶었다니까요."

"물론 실제로는 그럴 수 있죠."

"그런데…… 흠, 구로사와 소고 씨라."

아야네는 입속으로 중얼거리는가 싶더니 아주 신기하다는 듯이 내 얼굴을 들여다보았다.

"얼굴이 보이지 않았는데 용케 아셨네요."

"그가 어제 신울림제를 취재하러 왔을 때랑 같은 복장이어서요. 큰 덩치도 특징적이고요. 하지만 다른 사람이라면 죄송한 일이죠."

"저도 보자마자 구로사와 소고 씨라고 생각했어요."

옆에서 유미가 입을 열었다. 유미는 시신을 본 순간부터 아무 말도 못 하고 우두커니 서 있을 뿐이었지만, 시트로 가림막을 설치한 덕분인지 많이 진정된 모습이었다.

"무서워서 말 못 했지만…… 역시 구로사와 소고 씨예요. 그죠?"

말꼬리를 올려서 묻자 아야네는 상황에 어울리지 않게 웃음을 지었다.

"제 생각도 그래요."

"죄송합니다만 출입금지 구역이라서요."

멀찍이 떨어진 곳에서 목소리가 날아들었다. 아까 요시 아무개라고 이름을 댄 젊은 형사가 하얀 입김을 내뿜으며 종종걸음으로 다가왔다. 추위로 볼이 발그레해진 탓에 아주 진지한 표정인데도 어쩐지 쾌활해 보였다.

"이제 참배길 입구를 봉쇄할 예정이니 차를 몰고 산에서 나가주시기 바랍니다."

우리가 지시에 따르려 하자 경찰이 예상대로 만약을 위해서라며 연락처를 알려달라고 했다. 내가 어떻게 할지 재빨리 궁리하는 사이에 아야네가 호주머니에서 자기 명함을 꺼내서 건넸고, 나와 유미의 가명도 형사에게 알려주었다.

"저희 모두 민박집 주목에 머무는 중이에요."

형사는 민박집을 아는 듯 고개를 끄덕인 뒤 어젯밤부터 오늘 아침까지 수상한 일이나 인물을 목격하지 않았느냐고 물었다. 하지만 크게 기대를 품고 물어본 것은 아닌지, 우리가 고개를 젓자 더는 질문하지 않았다.

"아까 현장을 보셨을 텐데요…… 수사에 지장이 생길 수도 있으니 다른 사람에게는 말씀하지 말아주시면 감사하겠습니다."

우리는 다 같이 고개를 끄덕였다. 젊은 형사는 우등생 같은 각도로 머리를 숙이고 부랴부랴 파란색 시트로 돌아갔다. 그 뒷모습을 바라보며 나는 아야네가 고분고분하게 구는 것에 위화감을 느꼈다. 성가시게 들러붙어서 이것저것 캐내려고 하지 않을까 싶었는데.

"그런데 저…… 아까랑 뭔가 달라진 점 없나요?"

아야네가 양손을 펼치며 아주 작게 속삭였다. 나는 무슨 소리인지 이해하지 못했지만, 잠시 뒤 유미가 알아차렸다.

"아, 카메라?"

"좀 더 큰 소리로."

"카메라가,"

"어이쿠!"

아야네가 크게 소리치자 젊은 형사가 돌아보았다.

"큰일 났네, 카메라를 두고 왔어. 형사님, 죄송합니다. 아까 사무소를 들여다보다 혼났을 때 당황해서 카메라를 두고 왔는데요. 가서 가져와도 될까요?"

아야네가 당장이라도 달려갈 낌새를 보이자 젊은 형사는 재빨리 제지하고 직접 사무소로 향했다. 잠시 뒤 그가 디지털 일안 리플렉스 카메라를 들고 돌아와서 발그레한 얼굴로 웃으며 아야네에게 건네주었다.

"정말 감사합니다. 어휴, 십년감수했네. 살인 현장에 물건을 두고 갔다가는 범인 취급당할지도 모르는데."

아야네는 렌즈 커버가 덮인 카메라를 받아서 얼른 차로 이동했다. 그러고는 멋대로 뒷좌석에 올라타 문을 닫으며 말했다.

"그럼 산을 내려갈까요."

그때 아야네의 얼굴에 떠오른 신호 같은 표정이 무슨 뜻이었는지, 차로 참배길을 내려갈 때 밝혀졌다.

그는 디지털카메라로 사무소 내부의 음성을 녹음한 것이다.

"아무래도 동영상을 찍는 건 위험하니까 렌즈 커버를 덮어놓고 소리만 녹음했어요. 바로 들어볼까요."

참배길을 내려가는 차 안에서 아야네가 음성을 재생했다. 약간 알아듣기 힘들었지만 남자 목소리가 차 안에 퍼져나갔다. 기에와 이야기했다는 중년 형사이리라.

―이봐, 나이도 먹을 만큼 먹은 양반이 이런 상황에서 여기저기 멋대로 들락거리면 안 된다는 것도 모르나.

―닷하하.

닷하하, 하고 뒷좌석에서 똑같은 소리가 겹쳤다. 지금 이건 아야네가 사무소에 들어갔을 때 녹음된 음성이 틀림없다. 덜커덕, 하는 묵직한 잡음은 그가 카메라를 어딘가 몰래 내려놓는 소리이리라. 계속 듣고 있으니 이윽고 젊은 형사가 들어와 아야네를 사무소에서 데리고 나갔다. 중년 형사는 "머리 꼬라지하고는" 하고 업신여기듯이 중얼거린 뒤 태도를 싹 바꾸어 진중한 투로 말했다.

─그렇다면 구로사와 씨는 혼자 저기 안쪽 방에 있었다는 겁니까.

─네. 원래는 나가토 씨와 함께 술을 드셨는데, 11시 좀 넘어서 구로사와 씨가 잠들자 나가토 씨는 먼저 돌아가셨어요.

─선잠에 빠진 구로사와 씨만 남았다?

─저는 축제 뒷정리를 해야 해서 구로사와 씨 등에 이불을 덮어드리고 사무소와 옆의 작업장을 왔다 갔다 했죠. 날짜가 바뀐 뒤에 아무도 집에는 가셔야지 싶어서 깨웠더니 겨우 눈을 뜨셔서…… 차로 댁까지 바래다드리겠다고 했지만 필요 없다고 거절하시더군요.

─걸어서 갔다는 말이군요.

─구로사와 씨 댁은 산기슭이고, 매년 있는 일이라 별 걱정 없이…….

어두운 밤에 산길을 걸어 집에 간다고 하면 신울림제를 모르는 사람은 놀랄지도 모르겠다. 하지만 축제 때는 다음 날 아침까지 참배길에 차량 통행이 금지되므로 이 마을 어른에게는 아주 자연스러운 행동이다. 다들 걸어서 신사에 오고, 늦게까지 신사에 있으려는 사람은 돌아갈 때 쓸 손전등을 각자 지참한다.

─배웅은 어떻게 했습니까?

─저기 사무소 문 앞에서요. 추우니까 빨리 닫으라고 하셔서 구로사와 씨가 가시는 걸 잠깐 지켜보다가 문을 닫았어요.

─그 뒤에는 못 봤다?

─네.

―사람 목소리나, 다른 소리는?

―못 들었습니다.

―당신이 신고한 건 오늘 아침…… 어디 보자…….

종이를 넘기는 소리.

―7시 23분. 그때 처음으로 구로사와 씨가 거기 쓰러져 있는 걸 본 거로군요.

―네. 밤에는 안뜰이 컴컴해서 새벽 2시쯤에 정리를 대충 마치고 집에 돌아갈 때도 전혀 몰랐어요. 땅에 떨어진 손전등이 켜져 있었다면 물론 알아차렸을 테지만요.

―아까 보니까 스위치가 꺼져 있더군요. 습격을 받고 떨어뜨렸을 때 꺼진 건지, 아니면 범인이 끈 건지는 모르겠지만.

잠시 침묵이 흐른 뒤 다시 형사의 목소리가 이어졌다.

―자알 생각해보세요. 정말로 사람 목소리나 다른 소리는,

그때 종종걸음 치는 발소리가 다가오더니 버스럭버스럭 잡음이 섞였다.

―……뭐야?

―그게, 아까 그 더럽게 성가신 장발 남자가 이걸 두고 갔다고 해서요.

젊은 형사가 카메라를 들고 안뜰을 이동하는 발소리.

―정말 감사합니다.

아야네의 목소리.

―어휴, 십년감수했네. 살인 현장에 물건을 두고 갔다가는 범인 취급당할지도 모르는데.

"과연…… 예상외의 사실은 하나뿐인가."

아야네가 재생을 멈추고 중얼거렸다.

"그게 뭡니까?"

물으면서 룸미러를 보자 아야네는 눈썹에 힘을 주고 허공을 노려보고 있었다.

"그 젊은 형사님이 의외로 입이 험했다는 거요."

7

"나 때문에 그런 끔찍한 광경을 봤네. 미안해."

나는 유미와 나란히 강가에 쪼그려 앉아 있었다.

"아빠가 사과할 일은 아니지. 내가 가고 싶다고 떼썼으니까. 뭐, 설마 시체가 있을 줄은 몰랐어……."

이제 한낮이 다 되었지만 높이 떠 있어야 할 해는 뒤쪽 산에 가려졌다. 눈 앞에 펼쳐진 강은 침침한 잿빛이고, 이따금 산에서 바람이 내리 불면 수면이 닭살 돋은 것처럼 일렁였다.

"아빠도 처음이지, 여기 오는 건?"

보석산 북쪽. 31년 전 어머니가 의식을 잃은 채 발견된 강이다.

어머니가 돌아가시고 하타가미를 떠나기까지, 여기 와보고 싶었던 게 물론 한두 번이 아니다. 하지만 아버지가 가지 말라고 했다. 부모가 죽을 지경이 된 곳을 자식에게 보여줘서는 안 된다는 생각이었을까, 아니면 그저 내게는 위험하다는 생각이었을까.

신사에서 숙소로 돌아온 뒤 우리는 시치미를 뚝 떼고 아침을 먹었다. 민박집 주인은 왜 이른 아침부터 사이렌 소리가 들렸을까 궁금해했지만, 젊은 형사가 당부한 대로 셋 다 모르는 척 적당히 얼버무렸다. 그 뒤 나와 유미는 다시 민박집을 나서서 차를 타고 보석산 서쪽 기슭으로 향했다. 제방에 차를 대고 강을 따라 여기까지 왔지만, 강가의 돌이 죄다 큼지막하니 발밑이 불안정해서 한 걸음 내디딜 때마다 중심을 잡느라 애먹었다. 31년 전, 아버지가 어머니를 업고 갈 때 얼마나 힘들었을지 새삼 실감했다.

"아빠, 돌아갈 때 나 업고 가볼래?"

"무리야."

"하긴. 당시의 할아버지보다 나이도 더 많으니."

애써 웃음을 지으며 침침한 수면을 바라보았다. 건너편까지 10미터쯤 될까. 이 강은 시나노가와강으로 흘러드는 지류 중 하나로, 이름은 봄안개강이다. 겨울철이면 가끔 강이 얼어붙는데, 얼어붙은 강에 흩날린 눈이 봄안개와 비슷해서 그런 이름이 붙었다. 하지만 하타가미 사람들은 그저 '강'이라고 불렀고, 지금도 그런 듯하다.

"강도 어는구나."

강 이름의 유래를 들려주자 유미는 몹시 놀라워했다.

"아빠도 이 강이 얼어붙은 걸 본 적 있어?"

"아니…… 겨울철에는 강에 가지 말라는 교칙을 칼같이 지켰지. 여름에는 자주 친구들과 잠자리를 잡으러 왔지만."

"잠자리?"

"그렇게 신기해할 정도는 아니잖니."

물론 이렇게 후미진 곳이 아니라 아까 차를 세운 곳 부근에서 잠자리를 잡았다. 당시 아이들은 잠자리를 잡을 때 기다란 머리카락 양끝에 새끼손톱만 한 돌을 하나씩 묶어서 공중에 던졌다. 그러면 잠자리가 날아와서 머리카락에 엉켜서 떨어진다. 잠자리는 모기나 파리같이 작은 벌레를 잡아먹으므로, 빙글빙글 도는 돌을 먹이로 착각해 날아오는 모양이다. 그러다 머리카락에 걸려서 땅에 떨어진다. 지금 생각하면 실을 사용해도 상관없었을 것 같지만, 당시 우리는 머리카락이 잠자리의 눈에 보이지 않는다는 이야기를 믿었다.

"밀잠자리나 왕잠자리, 운이 좋으면 장수잠자리도 잡곤 했지."

우리 머리카락은 길이가 모자라서, 다들 어머니 머리카락을 티슈에 싸서 들고 왔다. 나도 집에 떨어져 있는 긴 머리카락을 몇 가닥 주워 갔지만, 어머니 머리카락은 너무 가늘어서 잘 끊어졌기에 늘 누나 머리카락을 썼다. 하지만 나는 반드시 어머니 머리카락이라고 거짓말했다. 친구들이 들고 온 머리카락은 전부 튼튼하고 반질반질 윤이 났기 때문이다. 강가에서 잠자리를 여러 마리 붙잡고 해 질 녘에 집에 돌아가면 나는 또 거짓말을 했다. 채집통을 보여주며 어머니 머리카락으로 잡았다고 말한 것이다. 그 말을 들으면 어머니는 늘 기쁜 표정을 지었다. 몸이 약하고 수척하지만 일할 때는 남들 못지않은 어머니였다.

"아빠도 곤충을 잡고 그랬구나."

"내가 어린 시절을 어떻게 보냈을 거라고 생각한 거야?"

유미는 고개를 살짝 갸웃했다.

"한 번도 생각 안 해봤어."

내가 마을 이야기를 하지 않았다는 것은, 어린 시절 이야기를 한 번도 하지 않았다는 뜻이다.

산에서 바람이 내리 불자 수면이 일렁였다. 날아온 낙엽이 강에 떨어져 빙빙 돌면서 흘러갔다. 유미가 카메라를 들고 셔터를 몇 번

눌렀다. 지금쯤 뒤쪽 보석산에서 경찰이 나무 사이를 돌아다니며 살인사건의 단서를 찾고 있을까. 흉기는 발견됐을까. 하타가미에서는 사람들이 사건에 대해 수군거리고 있을까.

"……으아, 부서졌네."

유미가 다운 재킷 호주머니에서 센베이 봉지를 꺼냈다. 아침을 먹고 방 좌식 탁자에 놓여 있는 걸 가져온 모양이다.

"다른 것도…… 아아…… 부서졌네."

차에서 내리느라 그랬는지 아니면 강가를 걸어오느라 그랬는지, 센베이는 둘 다 부서졌다. 유미는 봉지 하나를 뜯어 센베이 조각을 입에 넣고, 남은 조각을 내게 내밀었다. 조용한 강가에서 센베이를 깨물자 소리가 뇌를 흔드는 듯 크게 울려 퍼졌다.

"저기…… 구로사와 소고는 왜 살해당했을까?"

유미는 빈 봉지를 뭉쳐서 움켜쥐었다.

"누가 그랬을 것 같아?"

"내가 어떻게 알겠니."

더는 둘 다 입을 열지 않았고 바람도 이미 멎었다. 어느덧 완벽한 정적이 우리를 감쌌지만, 금세 스마트폰 진동음이 끼어들었다. 잿빛 강을 앞에 두고 있자니 호주머니에서 울리는 익숙한 소리도 처음 듣는 소리처럼 느껴졌다.

전화를 받자 누나는 어젯밤 전화했을 때와 똑같이 이야기했다. 가게에 갔지만 나도 유미도 없어서 걱정돼서 전화했다고. 하지만 나는 지난번과 달리 지금 어디 있는지 솔직히 대답했다. 그러기로 마음먹고 있었다.

"유미와 함께 하타가미에 있어."

누나 목소리가 들리기까지 한참이나 걸렸다.

그동안 나는 일어서서 강가를 걸으며 유미와 거리를 두었다.

―……둘이서 왜 하타가미에 갔어?

"누나가 진정되면 이야기하려고 했어."

유미와 함께 열어본 아버지의 골판지 상자. 거기에 들어 있던 앨범. 어머니의 무덤을 찍은 사진과 그 사진 뒷면에 적힌 글씨. 앨범에 깔려 있던 20여 장의 사진. 우리가 본 모든 것을 누나에게 들려주었다. 그다음 날 내가 충동적으로 이 마을에 온 것도, 유미가 나를 쫓아온 것도. 신울림제 날 배전에서 구로사와 소고와 나가토 고스케에게 아버지가 남긴 글씨를 들이댄 것도, 두 사람이 냉담하게 나를 무시했다는 것도. 하지만 신사 안뜰에서 구로사와 소고의 시신이 발견됐다는 사실은 말하지 않았다. 말할 수 없었다.

오른쪽 귀를 압박하는 듯한 긴 침묵 뒤에 드디어 누나가 입을 열었다.

―갑뿌 네 명이 어머니를 죽였다는 건…… 무슨 소리야?

"모르겠어."

멈춰 서서 돌아보았다. 저 멀리 있는 유미에게는 이제 목소리가 들리지 않을 것이다.

"누나…… 늘 유미를 걱정해줘서 고마워."

―뭐?

"유미는 엄마가 없지만 늘 누나가 곁에 있어줘서 다행이야. 유미가 어렸을 때도 내가 어린이집에 데리러 못 갈 때는 누나가 갔잖아."

―유키히토 짱, 왜 그래? 저기, 아까 그 이야기…….

"언젠가 내게 무슨 일이 생기면 유미를 잘 부탁해."

─얘가 뭐라는 거야. 이상한 소리 하지 마.

"아버지가 돌아가시고…… 이제 나한텐 누나밖에 없으니까."

어느새 두 눈에서 눈물이 넘쳐흘렀다. 잿빛 수면과 들쭉날쭉한 돌로 가득한 강가와 저 멀리에 오도카니 앉아 있는 유미의 모습이 찌부러뜨린 것처럼 일그러졌다.

"유미는 행복하게 살면 좋겠어."

제 6 장

최후의
살의와
결말

1

　나무줄기에 남은 상처는 날카로운 발톱으로 찢어발긴 것처럼 보이기도 했다.

　별똥별 사진을 찍으러 온 밤, 이 삼나무가 눈앞에서 벼락을 맞았을 때 시노바야시 유이치로는 10미터쯤 떨어진 곳에 서 있었다.

　지금 내가 서 있는 곳 근처에.

　안쪽으로 몇 걸음 나아갔다. 20미터쯤 되는 벼랑 밑에 뒤틀린 형태로 말라붙은 흙과 모래가 보였다. 저기 있던 시노바야시 유이치로의 시체를 다음 날 아침에 기에가 발견해 경찰에 신고했다. 과연 경찰은 아직도 그걸 단순한 사고로 보고 있을까. 아니면 구로사와 소고의 죽음과 뭔가 관련이 있다고 여기기 시작했을까.

　라이텐 신사에서 구로사와 소고의 시신이 발견된 다음 날, 정오가 조금 지난 시간이었다. 석유 부자가 살해됐다는 소식이 이미 온 마을에 퍼진 듯, 차를 몰고 보석산으로 오는 동안 여기저기서 사람들이 이마를 맞대고 소곤소곤 속삭이는 모습을 보았다. 곁을 지나칠 때 사람들은 하나같이 겁먹은 눈으로 쳐다보았지만, 내 차에만 그러는 것은 아니리라.

보석산은 출입금지가 해제됐지만 차량은 아직 들어갈 수 없었다. 기슭에 차를 대고 걸어서 산길을 올라가자 수십 미터 간격으로 경찰관이 서 있었고, 첫 번째 경찰관이 이름과 용건을 물었다. 나는 후지와라 유키히토라고 본명을 밝히고, 신사에 다라베 기에를 만나러 간다고 사실대로 대답했다. 젊어서 그런지 경찰관은 내 이름을 듣고 뭔가 이상해하는 기색은 없었지만, 아버지 이름을 알려주면 물론 안색이 바뀌었으리라. 마을 사람은 아니더라도 이 지역 사람일 테니까.

신사 주차장에 경찰이 타고 온 차가 여러 대 주차돼 있었고, 도리이 옆에는 어제 본 젊은 형사가 보초병처럼 서 있었다. 안뜰에 경찰이 많아 보여서 나는 성가신 일을 피하기 위해 신사로 이어지는 길로 들어가지 않고 그대로 산길을 올라 벼락터로 왔다.

벼랑 옆을 걸어 벼락 맞은 삼나무에 다가갔다.

껍질이 세로로 크게 벗겨진 삼나무는 허연 속살을 드러낸 채 반쯤 죽은 상태로 벼락터 가장자리에 서 있었다.

"옛날 사람들은 뇌수가 발톱으로 찢은 자국이라고 생각했대요."

삼나무 곁에 선 기에가 여기서 만나고 처음으로 말을 꺼냈다.

"뇌수요……?"

"벼락을 부리는 짐승요."

번개구름 속을 뛰어다니다가 가끔 지상에 내려와 사람, 나무, 건물을 덮치고 하늘로 돌아갈 때 이렇게 발톱 자국을 남긴다는 짐승.

"에도시대에 그린 그림을 본 적이 있는데, 그렇게 무섭게 생기지는 않았더라고요. 사향고양이와 비슷하게 생겼어요."

"뇌수는 신이 아니로군요."

허옇게 드러난 나무의 속살을 만지자 마치 비명을 지르듯이 머리 위에서 나뭇잎이 버스럭거리고 주위에 내리쬐던 모자이크 모양의 햇빛이 흔들렸다.

"벼락은 신이 내리는 천벌이라고 아야네 씨가 그러던데요."

기에는 턱을 들어 삼나무를 올려다보았다.

"전부 인간이 지어낸 이야기예요. 이 상처는 뇌수의 발톱 자국도 아니고, 신이 내리는 천벌도 아니죠. 그저 전류 때문에 나무 속 수분이 끓어올라 부피가 늘어나서…… 껍질이 찢어졌을 뿐이에요."

숙소를 나서기 전, 나는 신사에 전화를 걸어 기에를 벼락터로 불러냈다. 처음으로 기에에게 본명을 밝히고 하고 싶은 이야기가 있다고 했다. 내 말에 호응만 하던 기에는 마지막으로 알겠습니다, 라고 중얼거리고 전화를 끊었다. 나는 그 반응으로 역시 기에가 내 정체를 알고 있었다고 확신했다.

약속 시간인 12시보다 조금 일찍 벼락터에 도착하자, 잠시 뒤에 약식 신관복 차림의 기에가 나타났다. 우리는 가볍게 인사를 나눈 뒤 말없이 걸음을 옮겨 이 나무 곁에 섰다.

"유키히토 씨 혼자 오셨군요."

"네, 그건 왜요?"

이 마을에 살 때 나는 기에와 자주 마주쳤다. 기에는 눈이 마주치면 미소를 지어주었고 나도 수줍은 웃음으로 답했다. 한번은 함께 버스를 타고 영화도 보러 갔다. 이처럼 서먹서먹하게 대화할 날이 올 줄은 꿈에도 몰랐다.

"늘 여자분과 함께 다니시길래요."

"딸은 숙소 근처를 돌아다니며 사진을 찍고 있습니다. 대학에서 사진 공부를 하거든요."

기에의 얼굴을 살폈지만 고개만 살짝 끄덕일 뿐이라, 유미가 내 딸이라는 사실까지 알고 있었는지는 판단할 수 없었다.

"따님이 사진을 공부하는 건 할아버님의 영향인가요?"

기에가 아버지 화제를 꺼낼 때도 망설임은 느껴지지 않았다.

"사진이 아버지 취미였다는 건 아버지도 저도 딸에게 이야기한 적 없습니다. 그러니 영향을 받은 게 아니라 유전 아니겠느냐고 유미가 그러더군요."

"이름이 유미로군요."

"저녁 석 자에 볼 견 자를 써요. 하루하루 석양을 행복하게 바라보기를 바라는 마음을 담아 아내와 함께 지었죠."

"멋진 이름이에요."

옆얼굴만 보고서는 역시 기에가 뭘 알고 있는지, 어디까지 알고 있는지 헤아릴 수 없다.

"이 나무는…… 죽을까요?"

나는 껍질이 무참하게 벗겨진 삼나무를 올려다보며 물었다. 기에는 한 손을 들어 드러난 나무 속살을 만지며 고개를 저었다.

"살 거예요. 벼락을 맞는 바람에 한동안은 시간이 멈출지도 모르지만요."

나무에도 의식이 있을까. 기억이 존재할까.

생각에 사로잡혀 있던 나는 기에의 입에서 튀어나온 말에 화들짝 놀라 현실로 되돌아왔다.

"제가 여기서 뛰어내리려 했다는 걸 아사미 쨩에게 들으셨나요?"

"……뛰어내리려 했다고요?"

"아주 옛날에요. 중학교 1학년 때였죠."

"어째서요?"

기에는 시시한 이유라며 옆얼굴을 보인 채 대답했다.

"제가 미래에 라이덴 신사를 이어받게 된다는 이야기를 처음 어머니께 들었을 때 몹시…… 두려웠거든요."

옆에 선 기에의 몸을 무심코 바라보았다. 약식 신관복은 기에의 몸과도 기에의 존재 자체와도 완벽하게 어우러져서, 이 모습으로 살아가기를 두려워했다는 게 도무지 상상이 안 된다. 하지만 생각해보면 특수한 직업이고, 특수한 인생이다. 그러한 직업과 인생이 자신에게 주어졌을 때 기분이 어땠을지 제3자가 상상하기란 불가능하다.

"물론 결혼하면 남편이 신관직을 이어받을지도 모르죠. 그래도 신사 일을 하면서 살아간다는 건 변함없어요. 좁은 마을의 작은 산에 살며 나이를 먹는다는 건 달라지지 않아요."

기에는 고개를 들어 벼랑 저편에 시선을 주었다. 눈앞에는 한낮의 햇빛을 받은 바다가 펼쳐져 있지만, 수평선은 늦가을 안개에 파묻혀 보이지 않는다.

"학교에서도, 책에서도, 텔레비전에서도…… 아이의 미래는 한없이 폭넓으니 어떤 길도 선택할 수 있다고 가르치죠. 저도 그걸 믿었고요. 그런데 어느 날 갑자기 내게는 좁은 외길밖에 없었다는 사실을 알자 너무 무서웠어요."

"그래서…… 죽으려고 했다고요?"

하지만 기에는 고개를 저었다.

"어른이 되면 어린 시절에 품었던 감정을 떠올리기가 힘들어지죠. 하지만 죽으려고 했다기보다는 다른 세상으로 뛰어들려는 기분이었던 것 같아요. 여기서 뛰어내리면 더는 내가 아니다…… 그런 맥락 없는 확신에 찼었던 게 기억나요. 학교에서도 집에서도 저는 늘 여기에 서 있는 제 모습을 머릿속에 그렸어요. 상상 속에서는 언제나 아름답고 즐거워 보이는 풍경이 눈앞에 펼쳐져 있었죠."

하타가미와 비슷하지만 분명히 다른 풍경. 마치 이 마을에 눈부신 햇살을 비춘 풍경 같았다고 기에는 말했다. 머릿속에 그릴 때마다 그 풍경은 생생해졌고, 마침내 자기가 있는 진짜 세상보다 훨씬 진짜처럼 느껴졌다.

"그렇게 지내던 어느 날, 학교에서 쉬는 시간에 아사미 쨩이 말을 걸었어요."

그렇게 말한 뒤 기에는 이 마을에서 30년 만에 만나고 나서 처음 보는 행동을 했다.

내 눈을 보고 미소 지은 것이다.

"무슨 일 있었느냐고 묻더군요. 얼마 안 되는 반 아이들 중에서도 아사미 쨩과는 이야기해본 적이 거의 없어서 몹시 놀랐어요. 하지만 남에게 상의해본들 이해해줄 리도 없으니 아무 일도 없다고 말하고 화장실로 도망쳤죠. 그래서인지 아사미 쨩도 더는 말을 걸지 않았지만…… 저를 걱정하는 눈치였던 건 똑똑히 기억해요."

하지만 당시 기에에게는 그런 누나의 태도도 거추장스럽고 강압적으로 느껴졌다. 그리고 가슴속에는 여전히 벼랑에 서서 아름답고 즐거운 풍경을 바라보는 자신의 모습이 있었다.

"토요일이었어요. 낮에 수업이 끝나자 저는 집에 돌아가지 않고 벼락터로 와서 처음으로 여기 섰어요. 삼나무 바로 오른쪽이었으니까, 지금 서 있는 곳과 같은 곳에요."

그날은 날씨가 흐려서 익숙한 바다가 침침한 잿빛으로 보일 뿐이었다. 하지만 두 눈을 감자 지금까지 상상했던 어느 순간보다 선명하게 그 풍경이 보였다.

"제가 다가간다기보다 감은 눈 속에서 풍경이 제게 다가오는 것 같았죠."

하지만 실제로는 기에가 벼랑으로 걸어갔다. 뒤에서 부르는 소리에 눈을 떴을 때는 허공으로 발을 내딛기 일보 직전이었다.

"아사미 짱이 벼락터 어귀에서 목청이 터져라 저를 불렀어요. 누가 그렇게 큰 소리로 제 이름을 부른 건 처음이었죠."

누나는 우연히 벼락터에 나타난 게 아니었던 모양이다.

"뒤를 밟았대요. 그날뿐만 아니라 매일. 제가 이상하다고 느꼈을 때부터 하루도 빠짐없이 수업이 끝나면 저를 몰래 따라다닌 거예요. 보석산 참배길을 따라 집에 들어갈 때까지 쭉. 이야기도 거의 해본 적 없는 반 아이인데 말이죠."

여기서 누나와 무슨 대화를 나누었는지 기에는 말하지 않았다. 다만 뛰어내릴 생각을 버렸다는 것, 반 아이 앞에서 난생처음 울었다는 것, 벼락터에 선 자신의 모습 대신 누나의 얼굴이 떠오르게 되었다는 것을 가르쳐주었다.

"아사미 짱이 없었다면…… 저는 지금 이렇게 살아 있지도 못했을 거예요."

행복한 얼굴로 중얼거려도 될 말이건만, 바다를 바라보는 기에의 눈은 잿빛이었다. 눈앞에 펼쳐진 바다와 하늘은 푸른 빛을 뿜어내는데 눈은 그 색깔을 받아들이지 않고 오히려 완강히 거부했다.

"30년 전, 어머니가 배전에서 목숨을 끊는 걸 말리지 못한 게 지금도 한스러워요. 아사미 짱처럼 말리지 못한 게, 미리 눈치채지 못한 게요."

안개가 해수면을 따라 이동했다. 자세히 보지 않으면 모를 정도지만, 흘러가는 시간처럼 끊임없이 움직인다. 안개를 바라보는 기에는 귀밑머리가 희끗희끗했다.

"실례했습니다."

갑자기 기에가 내 쪽으로 몸을 돌렸다.

"하실 말씀이 있으신 건 유키히토 씨였는데."

방금 지었던 미소는 온데간데없이 사라졌다. 마치 다른 사람과 얼굴이 뒤바뀐 것처럼 눈에서도 입매에서도 미소의 흔적조차 찾아볼 수 없었다.

"보여드리고 싶은 게 있습니다."

나는 호주머니에 손을 넣어 스마트폰을 꺼냈다. 오늘 아침 기에에게 전화를 걸었을 때부터 망설임은 없었다. 화면에 사진을 띄워서 내밀자 기에는 스마트폰을 받아서 얼굴 앞으로 가져갔다가, 햇빛 때문에 잘 보이지 않는 듯 다른 손으로 그늘을 만들었다.

그리고 표정이 딱딱하게 굳었다.

"문밖에 서 있는 사람…… 당신인가요?"

대답 없이 기에의 야윈 목 앞부분만 희미하게 움직였다.

"유미가 찍은 사진입니다. 보통 사람을 사진에 담는 공부를 하고 싶다며 가끔 그런 사진을 찍죠."

일취 문밖에 서 있는 여자.

기에와 아주 닮은 여자.

"보름쯤 전, 11월 8일 오후 8시 반경에 찍었습니다. 요즘 디지털

카메라는 편리해서, 사진을 스마트폰에 보낼 수 있다길래 아까 숙소를 나서기 전에 유미에게 보내달라고 했죠."

미동도 없이 화면을 바라보던 기에가 갑자기 스마트폰을 쑥 내밀었다.

"저 아니에요."

"당신으로 보이는데요."

나는 표정 변화를 놓치지 않으려고 기에의 얼굴에서 시선을 돌리지 않았다.

"이렇게 먼 가게까지 뭐 하러 왔습니까? 절대 우연은 아닌 것 같습니다만."

"그러니까 저 아니라고요."

"마을을 떠난 우리가 어떻게 살고 있는지 살펴보러 온 겁니까?"

"왜 제가 그런,"

"당신은 15년 전에도 가게 입구에 서 있었죠. 그때는 저와 지척에서 얼굴을 마주쳤고요."

"전혀 모르는 이야기예요."

우리는 서로 상대의 눈을 바라보았다. 기에의 얼굴에는 희미하게 미소마저 맺혔다. 하지만 그건 아까 누나 이야기를 할 때 지었던 미소와는 달리 거짓 웃음이다. 내가 다음 말을 꺼낸 순간, 기에의 얼굴은 마치 인형처럼 표정이 변하지 않은 채 생기만 사라졌다.

"내가 어디서 이 사진을 찍었는지 왜 묻지 않죠?"

바람이 반쯤 죽은 삼나무를 흔들었다.

"이 사진은 아버지가 사이타마에서 개업하고, 지금은 제가 맡아 운영하는 일취라는 가게에서 찍은 겁니다. 그걸 설명하지도 않았는데, 당신은 전부 아는 것 같은 태도였죠. 먼 가게라고 했을 때 가게가 어디 있는지도 물어보지 않았고요. 왜죠?"

인형은 모자이크 모양으로 그림자가 드리운 뺨을 기묘하게 끌어올렸다.

"자백하자면, 가끔 갔었어요. 그 뒤로 여러분이 어떻게 지내는지 걱정돼서 몇 번 살펴보러 갔었죠. 저를 만났다가 옛일이라도 떠오르면 좋지 않을 것 같아서 늘 입구에서 보고 돌아갔고요."

"가게 위치는 누구한테 들었습니까?"

예상외의 대답이 돌아왔다.

"아사미 짱한테요."

"……누나가 알려줬다?"

"마을을 떠나기 며칠 전에 아사미 짱이 이사 가는 곳의 주소를 알려줬는데…… 그때 약속했어요. 어딜 가든 사는 곳만큼은 꼭 알려주자고. 저야 물론 신사를 떠날 일이 없었으니 연락한 적 없지만, 아사미 짱은 딱 한 번 편지를 보냈죠. 분명 가족과 함께 마을을 떠나고 나서 2년 뒤, 28년 전 초여름이었어요."

누나가 집을 나가 자취를 시작하고, 아버지와 내가 일취의 2층으로 거처를 옮겼을 무렵이다. 확실히 시기는 맞다.

"편지에 아사미 짱이 세 든 연립주택 주소와 아버님이 차린 일취라는 가게 이름이 적혀 있었죠. 사이타마에 일취라는 일식 요리점은 한 곳뿐이라 가게 위치는 금방 알아냈어요. 그 뒤로 기회를 봐서 1년에 한 번 정도 여러분이 어떻게 지내는지 살펴보러 간 거예요."

기에의 이야기에서 모순이나 이상한 점은 찾을 수 없다. 사는 곳이 바뀌면 연락하자고 누나와 약속한 것도, 28년 전에 딱 한 번 누나가 편지를 보낸 것도 분명 사실이리라. 누나에게 확인하면 바로 들통날 거짓말을 할 리는 없다.

"물론 아사미 짱의 자취집에도 갔었고요. 하지만 만나지는 않았어요. 만나면 서로 괴로운 일만 떠오를 테니까요. 그래서 늘 골목에 숨어서 건물만 바라봤죠. 딱 한 번 아사미 짱이 집에 드나드는 모습을 봤는데, 그걸로 충분했어요. 아버님이 돌아가신 것도 얼마 전까지 몰랐을 정도예요. 물론 그 사진에 찍힌 날, 11월 8일이라고 하셨던가요? 그날 가게를 들여다보고 아버님이 안 계시다는 건 알았지만요."

"아버지가 돌아가신 건…… 누구한테 들었습니까?"

"신울림제 날 구로사와 씨와 나가토 씨께 들었어요. 유키히토 씨가 배전에서 두 사람과 뭔가 이야기한 뒤에요."

술술 대답하는 기에의 말에는 역시 모순도 이상한 점도 없다.

하지만 나는 아직 제일 궁금한 걸 묻지 않았다.

"15년 전 일은 뭡니까?"

"……뭐라니요?"

"그때 가게 직원에게 저희 가족에 대해서 물어봤었죠. 늘 입구에서만 보고 갔다고 하셨는데, 15년 전에는 왜 그런 겁니까?"

에쓰코가 죽은 지 얼마 되지 않은 그때만 왜 가족에 대해 물어봤을까. 15년 전이라는 그 시기에 대체 내가 모르는 뭐가 숨어 있단 말인가.

"그건……."

말하다 말고 기에는 처음으로 눈을 내리깔았다. 할 말을 찾는지 어중간하게 벌어진 입을 살짝 움직거렸다.

"그냥 한번쯤 물어보고 싶었을 뿐이에요. 여러분이 어떻게 지내는지 바라만 보다가 좀 더 자세히 알고 싶어져서요."

상상했던 대답이다. 기에가 뭘 알고 뭘 감추든, 그런 식으로 대답할 것이라 애초에 예상했었다. 어떻게 추궁해도 분명 같은 대답만 돌아오겠지.

하지만 나는 이런 경우 어떻게 대응할지도 미리 정해두었다.

"시노바야시 유이치로가 저희 집에 전화했었습니다."

나는 일부러 느닷없이 그 이름을 꺼냈다.

"여기서 떨어져 죽은 시노바야시 유이치로 말입니다."

눈꺼풀이 끌어당긴 듯 올라가서 눈동자가 다 보일 만큼 커진 눈으로 기에가 내 얼굴을 응시했다. 하지만 입은 열지 않았다.

"저희가 이 마을에 처음 돌아오기 얼마 전에요. 전화한 뒤에 가게에도 왔고요. 가게 위치를 어떻게 알았는지는 모르겠습니다. 아까 일취라는 이름으로 가게 위치를 찾았다고 하셨는데, 시노바야시 유이치로는 가게 이름도, 아버지가 사이타마에서 가게를 새로 차렸다는 것도 몰랐을 겁니다. 하타가미 사람 중에 그 가게를 알고 있던 사람은 분명 당신뿐이었을 거예요."

크게 벌어진 기에의 두 눈을 나는 똑바로 바라보았다.

"당신이 그에게 가르쳐준 겁니까?"

기에는 경련하듯 고개를 젓고 내게 더 가까이 다가왔다.

"그 사람이…… 유키히토 씨에게 뭐라고 하던가요?"

"말 못 합니다."

"저한테 이것저것 물어놓고 제 질문에는 대답하지 않겠다고요?"

기에의 얼굴에 역력한 감정이 대체 뭔지는 정확히 모르겠다. 공포에 제일 가까울 것이다. 기에는 뭔가를 두려워한다. 시노바야시 유이치로가 내게 연락했다는 사실을 알고서.

"당신 어머니가 30년 전에 내 아버지에게 남긴 편지를 주십시오."

나는 교환 조건을 제시했다.

"시노바야시 유이치로가 내게 무슨 이야기를 했는지 알고 싶다면, 그 편지를 줘요."

기에는 뒤로 물러나서 눈을 내리깔더니, 잠시 뒤 눈을 들어 사나운 발톱을 감춘 육식동물 같은 눈빛을 던졌다.

"그게 무슨 말씀이죠?"

"아실 텐데요?"

우리는 껍질이 벗겨진 삼나무 곁에 마주 선 채 팽팽한 실로 눈이 연결된 것처럼 꼼짝도 하지 않았다. 그 실을 소리도 없이 끊은 것은 기에였다. 기에는 어깨를 추켜올리며 고개를 돌렸다.

"편지는 보시지 않는 편이 좋을 거예요."

내가 대꾸하려 했을 때 뒤에서 발소리가 들렸다. 돌아보자 벼락터 어귀에서 볼이 발그레한 젊은 형사가 이쪽으로 뛰어오고 있었다.

"만약 편지를 넘길 생각이 있으면 연락 주십시오. 오늘 아침에 전화했을 때 알려드린 번호로요."

기에가 대답하기 전에 젊은 형사가 헐레벌떡 우리 앞에 다다랐다. 그는 기에에게 뭔가 말하려다 나를 힐끗 보고 입을 꾹 다물었다.

"……제가 있으면 불편하신가요?"

내가 먼저 물어보자 형사는 순순히 고개를 끄덕이며 죄송하다고 사과했다.

"신관님과 중요한 이야기를 해야 해서요."

나는 마지막으로 기에와 짧게 눈인사를 나눈 뒤 숙소로 돌아가겠다는 말을 남기고 자리를 떴다. 어느 정도 거리가 벌어지자 형사가 빠르게 말하는 소리가 들렸다. 뭐라고 하는지는 전혀 못 알아들었지만, 중요한 내용이라는 것은 말투로 짐작이 갔다.

2

숙소로 돌아오자 유미는 아직 돌아오지 않았는지 방에 없었다.

서 있을 수가 없어서 좌식 탁자 옆에 털썩 무릎을 꿇었다. 보석산에서 돌아오는 길에 취재 관계자 같은 사람을 두 번 보았다. 예상보다 숫자가 적은 건 현재로서는 그저 외진 시골 마을에서 한 남자가 살해당한 사건에 불과하기 때문이리라.

스마트폰을 꺼내 뉴스를 검색했다. 기사가 몇 개 떴지만 매스컴은 역시 살해당한 구로사와 소고가 30년 전 사건의 생존자임을 아직 모르거나, 아니면 보도를 자제하고 있는 듯하다. 그러나 결국은 반드시 보도될 것이다. 30년 전처럼 취재진이 마을에 몰려올지도 모르고, 내 정체가 널리 알려질 가능성도 있다. 그러면 더는 지금처럼 마을 곳곳을 자유로이 돌아다닐 수 없다.

아까 기에와 나눈 이야기를 곱씹으며 인터넷 창을 닫고 누나의 번호를 찾았다. 등록된 이름은 '후지와라 아사미'다. 번호를 저장할 때 처음에는 '누나'로 등록했지만, 며칠 뒤에 이름으로 바꾸었다. '누나'로 등록하면 주소록 제일 위에 표시되는 것이 몹시 거슬렸다. 대체 뭐가 거슬렸는지 그때는 깊이 생각해보지 않았지만 이제는 안다.

떠올리고 싶지 않았던 것이리라. 떨어져 지내는 가족으로서 물론 누나는 언제나 마음속에 있지만, 갑자기 '누나'라는 글씨를 보게 되면 제일 먼저 시야를 스치는 것은 피부의 번갯불 모양 흉터와, 흉터 쯤은 아무렇지도 않다는 듯이 웃는 누나, 그리고 좀 더 자연스럽게 웃던 시절의 누나다. 나는 그게 싫었다. 기회가 있을 때마다 인터넷으로 독버섯 사건을 찾아보면서도 느닷없이 떠오르는 건 싫었다. 온 힘을 다해 지켜온 일상의 균형을 유지할 수 없을까 봐 무서웠다. 누나는 매일, 아니 어쩌면 하루에 몇 번이나 바뀌어버린 자신의 인생을 생각했을 텐데.

무릎으로 선 채 발신 버튼을 눌렀지만 연결음은 들리지 않았다.

다다미에 앉아 다른 번호에 전화를 걸었다. 하타가미에 처음 온 날 오후, 전직 수간호사 기요사와 데루미와 약속을 잡느라 통화했던 이력이 남아 있었다.

"요전에 찾아뵀던 후카가와입니다."

작가와 카메라맨을 대동해 댁에 갔었던 사람이라고 말하자 기요사와 데루미는 금방 기억해냈다.

─이보게, 신사에서 어제…….

내가 용건을 꺼내기도 전에 기요사와 데루미가 먼저 구로사와 소고 살해사건을 언급했다. 마치 자기도 살해당할지 모른다는 듯이 잔뜩 겁먹은 목소리로. 기요사와 데루미는 사건에 관해 들은 사실을 맥락 없이 늘어놓다가 숨이 찬지 잠깐 쉰 다음 다시 말을 이었다. 하

•   누나는 일본어로 '아네'이고 '아'는 일본의 표음문자인 히라가나의 첫 번째 글자다.

지만 많이는 모르는 듯 같은 내용을 되풀이하길래 나는 적당히 끼어들었다.

"경찰이 수사하는 중이니까 범인은 금방 잡힐 겁니다."

—그렇지만 범인이 어디의 누구인지…….

"그것 말고 다른 용건으로 전화드렸습니다. 요전에 찾아뵀을 때 들려주신 이야기 말씀인데요."

당혹스러움과 짜증이 뒤섞인 숨소리가 들렸다.

"31년 전 밤에 후지와라 미나토 씨의 아내인 후지와라 하나 씨가 의식불명 상태로 병원에 실려 왔을 때의 이야기요. 한 가지만 더 확인하고 싶은 점이 있어서요."

—확인이라니, 그때 전부 확인했잖나?

"후지와라 미나토 씨가 병실에서 했다는 말요. 침대에 누운 자기 아내가 죽어도 된다고 말했다고요."

확인하고 싶었다. 과거의 모든 일을. 아야네의 디지털카메라에 담긴 시노바야시 유이치로의 영정사진을 보았을 때 되살아난 내 기억이 정말로 옳은지를.

"그 말은 기요사와 씨가 직접 들으신 겁니까?"

—아니, 그랑께 난 그때 선생님이랑 병실에서 나갔다고 했잖나.

그렇다, 병실에 있던 건 다른 젊은 간호사와 아버지, 그리고 나뿐이었다. 기요사와 데루미는 치료 방법을 의논하기 위해 의사와 방에서 나갔다.

"즉, 기요사와 씨는 그때 병실에 있던 간호사에게 이야기를 들었다는 말씀이시군요."

—일하다가 짬이 났을 때 알려줬지. 후지와라 미나토가 병실에서

그런 소리를 하더라고.

기억난다. 지금은 기억해낼 수 있다. 그때 나는 어머니 침대 곁에서 울면서 뭔가 할 수 있는 일이 없을까 간절히 생각했다. 입김을 분 양손을 어머니 얼굴과 목에 대면서 차가운 강에 잠겨 있었던 몸을 덥히려고 했다. 깨어나길 빌면서. 나를 봐주길 바라면서.

"그 간호사는 지금 어떻게 지내고 계십니까?"

─그로부터 몇 년쯤 뒤에 그만두고 고향으로 돌아갔어.

"그 간호사는 그다음 해 신울림제에서 후지와라 미나토 씨의 아이들이 번개에 맞았을 때, 아들을 돌보아준 분 아닌가요?"

물어보자 짤막한 정적이 흐른 뒤 큰 목소리가 들렸다.

─그래, 맞아. 그 아이야. 어떻게 알았나?

"여러모로 조사했거든요."

─그런데 왜 31년 전 일을 지금 또 확인하는 거지? 설마 어제 갑뿌가 살해당한 사건과 후지와라 미나토가 무슨 관계라도 있나?

"아무 관계도 없습니다."

아래층에서 목소리가 들렸다. 잇달아 말을 주고받으며 계단을 올라온다. 한 명은 아야네인데, 다른 남자는 대체 누굴까.

"갑자기 연락드려서 정말 죄송합니다."

벽도 문도 얇은 걸 고려해 짤막한 인사를 붙이고 전화를 끊었다.

다가온 발소리는 복도를 지나쳐 옆방 앞에서 멈췄다. 나는 일어서서 발소리가 나지 않게 다다미 위를 나아갔다. 문을 살며시 열고 옆방을 보자 회색 작업복 차림의 덩치 큰 중년 남자가 아야네에게 양손으로 뭔가를 건네고 있었다. 몸에 가려서 잘 보이지 않지만, 냄비일까.

"이야, 맛있겠네요. 게다가 방까지 가져다주시고 정말 감사합니다. 경비를 절감하려고 식사 없이 방만 이용 중이라 밥은 늘 밖에서 적당히 먹거든요. 이게 있으면 오늘부터 영양 만점입니다. 민박집 사장님도 국을 데우는 것 정도는 허락해주시겠죠. 아니, 아무래도 좀 뻔뻔한가."

개안타, 개안타, 하고 남자가 말하고 나지막하게 웃었다.

"냄비는 나중에 돌려주면 된다. 그라믄 나는 일이 있응께 이만."

남자가 몸을 돌림과 동시에 나는 몸을 뒤로 물리고 문을 닫았다. 상대의 얼굴은 확인하지 못했고 좁은 이마만 인상에 남았다.

계단 쪽으로 멀어지는 발소리를 들으며 좌식 탁자로 돌아왔다. 옆에 놓인 유미의 배낭은 지퍼가 열려 있어 아버지의 사진이 든 봉투가 살짝 보였다.

봉투에서 사진을 꺼내 좌식 탁자에 내려놓았다. 제일 위에 있는 것은 어머니 무덤 사진이었다. 창문으로 비쳐드는 빛을 받아 표면의 올록볼록한 부분이 약간 도드라졌다. 이 올록볼록한 부분 뒤에는 아버지가 검정 볼펜으로 여러 번 꾹꾹 눌러 쓴 '결행'이라는 두 글자가 있다.

"계세요?"

문밖에서 아야네의 목소리가 들렸다. 없는 척할까 했지만 아까 복도를 엿본 걸 들켰을지도 모른다. 나는 사진을 배낭에 넣고 일어서서 문을 열었다.

"어, 혼자세요? 카메라맨은요?"

아야네는 아까 남자에게 받은 냄비를 양손으로 들고 있었다.

"사진 찍으러 나갔습니다."

"그렇군요, 아쉽네요. 마을 분이 만들어주신 버섯국을 같이 먹으려고 가져왔는데. 왜, 신올림제에서 콧구멍이 길쭉한 분이랑 친해졌다고 했잖아요. 사실 저, 신올림제 때 깜빡하고 버섯국을 못 먹었거든요. 사진 찍는 사이에 다 떨어졌더라고요. 아까 근처에서 그분을 만나서 그 이야기를 했더니 자기가 만들어주겠다면서 이렇게."

아야네는 냄비를 자랑스럽게 쳐들었다.

"저는 됐습니다."

"유키히토 씨, 버섯은 별로 안 좋아하세요?"

"네, 별로요."

대답한 뒤에야 그가 나를 본명으로 불렀다는 걸 깨달았다.

3

"……따끈하네요. 아니, 좀 미지근한가."

아야네는 좌식 탁자에서 버섯국을 먹으며, 그래도 만족스러운 듯이 콧숨을 내쉬었다.

"찻잔을 빌려 써서 죄송해요. 나무젓가락은 많이 받았는데 정작 중요한 그릇은 생각도 못 해서."

김으로 안경이 뿌예진 아야네 앞에는 아까 남자에게 받았다는 나무젓가락이 한 움큼이나 놓여 있다.

"……언제부터였습니까?"

"네?"

"언제부터 제가 누구인지 아셨느냐고요."

처음부터요, 하고 아야네는 웃었다.

"평생 인물 사진을 찍었던 어머니의 피를 물려받았기 때문인지도 모르겠네요. 저는 사람의 얼굴을 볼 때 헤어스타일이나 안경, 화장보다 눈, 귀, 골격 등 그 사람 본연의 특징에 주목하는 버릇이 있어요. 그래서 밤에 벼락터에서 유키히토 씨와 누님을 봤을 때, 흐릿한 헤드램프 빛 속에서도 감이 딱 왔죠. 독버섯 사건의 VTR을 수없이 확인하면서 두 분의 젊은 시절 얼굴 사진도 여러 번 봤으니까요."

아야네는 남은 버석국을 후루룩 마시고 입에 댄 찻잔의 밑부분을 탁탁 두드렸다.

"그 뒤에 벼락이 떨어졌을 때 누님이신 아사미 씨가 그렇게 허둥거리는 걸 보고 역시나 싶었죠. 하지만 두 분이 정체를 감추고 계신 것 같았고, 저도 백 퍼센트 확신한 건 아니라서 모르는 척하기로 했어요. 자연스럽게 행동하려고 애쓴 나머지 그, 벼락은 신이 내리는 천벌이라는 둥 지금 생각하면 아주 듣기 거북한 소리를 해서 죄송합니다."

아야네는 그렇게 미안해 보이지도 않는 얼굴로 말하고 텅 빈 찻잔을 좌식 탁자에 내려놓았다.

"그런데 그 카메라맨은 따님인가요?"

나는 고개를 끄덕이고 저녁 석 자에 볼 견 자를 써서 유미라고 한다고 대답했다.

"실은 아직 사진 공부를 하는 대학생입니다. 아야네 씨 어머님의 팬이라 별똥별 사진이 담긴 그 사진집을 늘 끼고 살죠."

"그거 기쁘네요. 돌아가신 어머니도 기뻐하실 거예요. 그런데 유미라, 좋은 이름이군요. 미나토, 유키히토, 유미 3세대."

"유미가 제 딸이라는 건 어떻게 아셨죠?"

물어보자 뜻밖이라는 표정을 지었다.

"그야 같은 방을 쓰시고, 애초에 서로 닮았잖습니까."

못 들어본 말이다. 에쓰코가 살아 있을 때나 지금이나 다들 유미는 엄마를 닮았다고 했고, 내 생각도 그렇다.

"닮았나요?"

"손이랑 귀 모양이 빼다박았어요."

무심코 내 두 손을 바라보았다. 그동안 아야네는 나무젓가락을 집어 좌식 탁자 위에 늘어놓기 시작했다. 세로로 두 개, 가로로 두 개. 한자 '우물 정#' 같은 모양을 만들고 잠시 내려다보다가 손으로 왼쪽 아래를 가렸다.

"제가 전국을 돌아다니며 옛날 사건을 조사한다고 말씀드렸잖아요. 예전에 나가노에서 한 오래된 사건을 조사한 적이 있어요. 그러다 묘한 일에 휘말렸고, 그 와중에 어떤 여자분이 우물에 빠져서 돌아가셨죠. 자살이었습니다."

아야네가 나무젓가락 일부를 가렸던 손을 들었다. 다시 '우물 정' 자가 나타났다. 또 같은 곳을 가리길래 자세히 보자 '여자 여女'라는 한자로 보였다.

"세상에…… 슬픈 일은 적은 편이 좋죠."

아야네는 등을 웅크리고 나무젓가락 일부를 가렸다 말았다 하면서 중얼거렸다. 당연한 그 말이 왠지 가슴 한복판에 푹 박혔다. 갑작스레 아픔이 밀려와 나는 아무 말도 할 수 없었다.

"그건 그렇고 한자는 참 재미있지 않나요? 이렇게 일부를 가리거나, 선을 지우거나 덧붙이기만 해도 전혀 다른 한자가 되죠. 이런 퀴즈도 있습니다. 자, 나무젓가락을 두 개만 움직여서 동물로 만들어보세요."

아야네는 나무젓가락 열두 개로 '밭 전田' 자를 만들었다. 변마다 나무젓가락 두 개를 사용했다. 즉 나무젓가락 여덟 개로 만든 커다란 '입 구口' 자 속에 나무젓가락 두 개를 이은 세로대와 가로대가 놓여 있다.

"동물 모양은 만들어도 실격입니다. 동물을 나타내는 한자를 만드는 거예요."

나무젓가락을 아무리 바라보아도 도무지 모르겠다. 저쪽 두 개, 이쪽 두 개를 집어 다른 곳에 놓아도 '가운데 중中'자나 '일백 백百' 자, '아침 단旦'자는 만들 수 있지만, 동물을 나타내는 한자는 나오지 않는다. 나무젓가락을 적당히 움직이다가 네발짐승 같은 모양이 만들어졌지만 동물 모양은 실격이다. '사년巳年'의 사는 '뱀 사巳' 자니까 그 한자를 만들어보려고 했지만 역시 잘되지 않았다.

"시간 끝났습니다. 정답을 공개할게요."

아야네는 나무젓가락 열두 개로 만든 '밭 전' 자의 왼쪽 아래 세로대를 집어 글자 위에 놓고, 오른쪽 아래 세로대를 비스듬히 아래로 옮겼다. 그러자 '벌레 충虫'이라는 한자가 만들어졌다.

"고작 선 두 개 차이인데 완전히 다른 한자로 변해요. 재미있죠?"

등에 닿은 보이지 않는 손이 소리도 없이 등뼈를 지나쳐 심장을 움켜잡았다. 나는 말없이 좌식 탁자의 나무젓가락을 노려보며, 사방의 벽이 나를 향해 다가오는 것 같은 착각에 휩싸였다.

아야네는 눈치챈 걸까.

30년 전에 아버지가 한 짓을 아는 걸까.

간신히 고개를 들자 아야네는 내가 아니라 벽 앞에 놓인 유미의 배낭을 보고 있었다. 아까 내가 서둘러 쑤셔 넣은 사진 다발이 잠그지 않은 지퍼 사이로 살짝 보였다.

"요전에 유미 씨가 제 방에서 보여주신 사진인가요?"

"네."

어차피 한번 봤으니 무의미한 거짓말을 한들 소용없다.

"30년 전, 신울림제 전날에 찍은 사진이죠."

"유미가 그런 이야기까지 했습니까?"

"사진에 찍힌 벽걸이 일력을 보고 알았습니다."

"예리하시군요."

"그 밖에도 그때 생각한 점이 몇 가지 있는데요."

아야네는 얼굴은 가만히 둔 채 곁눈질로 이쪽을 보았다.

"듣고 싶으세요?"

망설인 끝에 나는 고개를 끄덕였다.

나는 봉투에서 사진 다발을 꺼내 좌식 탁자에 내려놓았다. 다만 뒷면에 아버지 글씨가 적힌 어머니 무덤 사진은 손에 쥐고 있었다. 아야네는 그걸 보았지만 아무 말도 하지 않았다.

"좀 살펴보겠습니다. 으음, 이건 아니고, 이것도 아니고, 이거…… 아아, 이건가."

사진 다발에서 골라낸 것은 마당을 찍은 사진이었다. 어머니가 가꾸었고, 뒤이어 누나가 돌본 남향 마당. 사진 찍기 1년 전에 있었던 어머니의 죽음과도, 다음 날에 하타가미에서 일어날 사건과도 무관하게 늦가을 꽃들이 아름답게 피어 있다. 그 사진을 한동안 자세히 들여다보던 아야네가 한 곳을 가리켰다. 늘어선 꽃과 풀의 맨 앞. 거기에 꽃은 없다. 갈색으로 변한 이파리 몇 개와 삐쩍 마른 꽃줄기 몇 가닥이 있을 뿐. 꽃줄기 끝에 달린 타원형 꽃의 잔재는 하나같이 고개를 축 늘어뜨렸다. 11월 하순에 찍은 사진이라 식물 전체가 갈색으로 시들었지만…….

"엉겅퀴네요."

아야네가 알아맞혔다.

"돌아가신 어머니가 제일 좋아하는 꽃이었습니다."

어머니는 매년 정원에서 제일 눈에 띄는 이곳에 엉겅퀴를 키웠다. 여름이면 보드라운 바늘을 모아놓은 듯한 보라색 꽃이 바람에 흔들리는 모습이 예뻤다. 에쓰코와 결혼했을 때 내가 대형마트에서 엉겅퀴 씨앗을 사 온 것도 그 광경을 기억하고 있었기 때문이다. 그 하얀 화분에 흙을 채우고, 씨앗을 심고, 어머니와 누나처럼 잘 알지는 못하지만, 씨앗 봉지에 적힌 방법대로 돌보았다. 엉겅퀴는 해마다 베란다에서 작은 꽃을 피웠다.

"좀 더 정확하게 말하자면 흰무늬엉겅퀴예요."

"그런 이름이군요."

정식 이름은 처음 듣는다. 아니, 어머니나 누나가 가르쳐주었지만 잊어버렸는지도 모른다. 마당에 키웠던 엉겅퀴는 내가 베란다에다 키웠던 엉겅퀴보다 훨씬 크고 기운이 넘쳤다. 잎 한가운데 길게 뻗은 굵은 흰색 잎맥 양옆에 여러 갈래로 갈라진 하얀 무늬가 예뻤다. 어린 시절, 봄날 아침 일찍 마당에 놀러 나갔다가 나는 처음으로 엉겅퀴 잎을 가까이에서 들여다보았다. 그러고는 밤새 눈이 내린 줄 알고 놀랐다. 하얀 무늬가 녹다 남은 눈처럼 보였기 때문이다. 집에 달려가서 어머니에게 말하자, 어머니는 수척한 몸으로 배를 잡다시피 하며 웃었다.

"시들었는데 정확한 이름까지 용케 아셨네요."

"찍었습니다."

"이게 흰무늬엉겅퀴라는 걸요?"

아야네는 고개를 끄덕이고 사진 위아래를 바꾸어서 내게 밀어주었다.

"흰무늬엉겅퀴는 원래 지중해 연안에서 일본으로 넘어온 식물인데, 영어로는 밀크시슬이라고 하죠. '시슬'은 엉겅퀴라는 뜻으로, 잎맥을 따라 하얗게 뻗은 무늬가 마치 흐르는 우유처럼 보여서 붙은 이름이에요. 마리아엉겅퀴라는 별명도 있는데요. 성모 마리아의 모유가 엉겅퀴 잎에 떨어져 아름다운 무늬가 생겼다는 설에서 그런 이름이 붙었죠."

듣고 보니 잎에 있던 그 하얀 무늬는 우유가 흐르는 모양과도 비슷했다.

"덧붙여 「곰돌이 푸」에서 당나귀 이요르가 엉겅퀴를 즐겨 먹는 걸로 나오죠."

묵묵히 고개를 끄덕이며 다음 이야기를 기다렸다. 하지만 아야네는 더 이상 설명하지 않고 그저 내게 희미한 웃음을 지을 뿐이었다.

"인터넷에 검색하면 더 다양한 내용이 나올 겁니다."

아야네는 그렇게만 말하고 마당 사진을 다발에 되돌려놓았다.

"아까 사진에 대해 생각한 점이 몇 가지 있다고 하셨는데…… 또 있나요?"

"있습니다."

아야네는 사진 다발을 트럼프 카드처럼 펼쳤다. 그가 어느 사진을 뽑을지, 무슨 말을 하려는지 알 것 같았다.

나는 입을 다물고 상대가 움직이길 기다렸다.

하지만 결국 다음 이야기는 듣지 못했다. 아래층에서 현관문이 열리고 발소리가 계단을 올라왔기 때문이다. 유미가 집에 들어올 때 늘 들리는, 빛을 보듯 경쾌한 발소리였다.

"제가 두 분의 정체를 알아차린 건 어떡할까요?"

작은 목소리로 확인하길래 내가 "아야네 씨의 의사에 맡기겠습니다" 하고 대답했을 때 방문이 열렸다. 우리는 아무 일도 없다는 표정으로 고개를 돌려 문가에 선 유미를 보았다.

"아아, 카메라맨이 오셨네. 지금 편집자님께 제 책을 좀 내달라고 부탁하는 중이었어요. 거절하셨지만요. 아, 이건 제가 얻어 온 버섯 국이에요. 한 그릇 드릴까요?"

"감사합니다. 나중에 먹을게요."

유미는 왠지 부리나케 다가오더니 좌식 탁자 앞에 꿇어앉았다. 청바지 밑단에 작은 낙엽 조각이 몇 개 붙어 있었다.

"사진 찍으러 여기저기 돌아다니는데 사람들 눈이 엄청 무서웠어요. 어쩐지 눈동자가 없는 것 같은…… 아니, 제대로 있었지만……."

내가 예전에 느꼈던 인상과 완전히 똑같아서 놀랐다.

"다들 그렇게 눈이 무서운가요? 저랑 아까 같이 있었던 사람은 콧구멍이 세로로 길쭉했는데."

아야네가 뜻 모를 농담을 했지만 유미는 웃음 한 점 없이 좌식 탁자에 양손을 짚고 몸을 내밀었다.

"아야네 씨가 계셔서 마침 잘됐네요."

"네?"

"실은 전에 보여주신 VTR에 이상한 점이 있는 걸 알았거든요."

4

―똑똑히 기억합니다.

아야네가 가져온 노트북에서 농협 직원 도미타 씨의 가라앉은 목소리가 들렸다.

화면에 나온 건 아야네가 편집한 옛날 뉴스 영상의 후반부, 아버지가 독버섯 사건의 범인으로 의심받은 뒤에 방송된 뉴스다.

―안 먹느냐고 물어보니 묘한 맛이 나서 안 먹을 거라고 했어요.

여기, 하고 유미가 영상을 일시 정지 했다.

"어떻게 생각하세요?"

나는 애매하게 고개를 저었지만 아야네는 어쩐지 기뻐 보였다.

"알아차렸어요?"

유미는 일단 고개를 끄덕이고 나서 어, 하고 두 눈을 크게 떴다.

"아야네 씨도 알아차리셨어요?"

"이상하다고는 생각했죠."

"맞아요, 이상해요."

나도 잠자코 있을 수만은 없어서 입을 열었다.

"어디가 이상하죠? 단순한 이야기잖습니까. 후지와라 미나토는 축제 날 아침 일찍 라이덴국에 흰알광대버섯을 넣었다. 하지만 갑뿌들이 라이덴국을 일반 버섯국 냄비에 나누어주기도 하니까 자기 그릇에 독버섯이 들어 있을 가능성을 고려해 버석국을 먹지 않았다. 묘한 맛이 난다고 한 건 먹지 않기 위한 핑계였다."

나는 화면 속 도미타 씨를 눈으로 가리켰다.

"확신 있는 말투니까 이 남자의 거짓말이나 착각도 아닌 것 같은데요."

"그렇죠, 이 증언은 저도 진짜라고 생각해요. 하지만 그렇다면 더 이상하죠."

유미는 노트북 화면을 내 쪽으로 돌렸다.

"마을 사람들도 버석국을 먹었잖아요? 묘한 맛이 안 난다는 건 누구나 알고 있었을 거예요. 그렇기에 뉴스가 나간 뒤 의혹이 깊어진 거고요. 그런데 할아, 후지와라 미나토는 왜 굳이 이런 소리를 한 걸까요? 누가 들어도 금방 거짓말임을 알아차릴 텐데."

할아버지라고 말할 뻔했을 때 유미는 아야네를 힐끔 보았지만, 그는 모르는 척 턱을 쓰다듬었다.

"버석국을 먹지 않기 위한 핑계는 그 밖에도 얼마든지 있잖아요. 뜨거운 음식을 잘 못 먹는다든가."

"그래서, 어떻게 생각했죠?"

책상다리를 한 아야네는 깍지 낀 손을 가랑이 사이에 놓으며 물었다.

"후지와라 미나토는 과연 왜 그런 소리를 했는가?"

"저는 두 가지 가능성이 있다고 생각해요. 하나는 단순히 후지와라 미나토가 핑계 대기에 실패했을 가능성이에요. 그는 독버섯을 넣은 라이덴국이 일반 버섯국에 섞여 있을까 염려해서 만약을 위해 먹지 않았다. 그런데 실수로 묘한 맛이 난다는 핑계를 대고 말았다."

"과연, 인간미 있네요. 다른 하나는요?"

"일부러 부자연스러운 소리를 했다."

"그건 왜죠?"

모르겠어요, 하고 유미는 입술을 삐죽였다.

"다만 자신에게 의혹을 집중시키기 위해서였다고 볼 수는 있겠죠. 일부러 그런 발언을 했다면."

"하지만 이 발언은 아직 사건이 일어나기 전에 했는데요?"

"그거예요. 예를 들어 이렇게 생각할 수는 없을까요? 후지와라 미나토는 범인이 아니었다. 하지만 어쩌다 보니 그해 라이덴국에 흰알광대버섯이 들어갈 것을 사전에 알고 있었다. 누가 그러려는지도 알고 있었다. 하지만 범행을 제지하지 않고, 오히려 사건 이후에 자신이 의심받도록 그런 발언을 했다."

"즉, 범인을 지키려고 거짓말을 했다는 건가요?"

"그런 셈이죠."

아야네는 흠흠, 하고 고개를 끄덕이며 물었다.

"그렇다면 어느 쪽 가능성이 더 높을까요? 후지와라 미나토가 핑계 대기에 실패했을 가능성과 누군가를 지키려고 거짓말했을 가능성 중에."

"뭐라고 말은 못 하겠네요."

유미의 답변은 빨랐다.

"둘 다 완전히 가설이라서요."

"그렇군요, 현명해요."

"아야네 씨는 어떻게 생각하세요?"

아야네는 몸을 젖히고 팔짱을 끼더니, 뭔가 계량하는 듯한 눈으로 유미를 보았다. 그는 상대가 안절부절못할 만큼 긴 침묵 뒤에 드디어 팔을 풀고 검지를 세웠다.

"저는 가능성이 하나 더 있다고 생각해요."

"뭔데요?"

대답하기 전에 아야네는 내게 얼굴을 돌리고 입꼬리를 살짝 끌어올렸다.

"후지와라 미나토는 핑계를 대지도 거짓말을 하지도 않았다."

아야네는 말을 마치자 마치 시험하듯 입을 꾹 다물고 정지 화면으로 눈을 돌렸다. 나는 미동도 없이 아야네의 옆얼굴만 바라봤고, 시야 끝에서 유미가 거듭 고개를 갸웃거렸다. 그렇게 한동안 아무도 말을 꺼내지 않아 침묵만 귀를 때렸다.

"……즉?"

간신히 목소리를 밀어내자 아야네가 내게 시선을 휙 돌렸다.

"즉, *버섯국에서는 정말로 묘한 맛이 났다.*"

"계시는가."

갑자기 문을 두드리는 소리와 함께 민박집 주인의 목소리가 들렸다. 복도를 걸어오는 발소리를 전혀 못 들었다. 아야네와 유미도 놀랐는지 움찔하며 상체를 세우더니 마주 보고 살짝 웃었다. 나는 방금 아야네가 꺼낸 말에 마음을 사로잡힌 채 네, 하고 대답했다.

"손님한테 볼일이 있다는 사람이 밑에 계시는데."

"누구신데요?"

"라이덴 신사의 신관님."

오, 하고 아야네가 입을 동그랗게 벌리며 짐작 가는 구석이라도 있다는 것처럼 나를 보았다.

나는 아무 말 없이 일어서서 방을 나섰다.

5

"오늘 밤은 벼락이 칠지도 모르겠네요."

약식 신관복에 코트를 걸친 불협화음 같은 차림새로 기에는 하늘에 시선을 주었다. 옆에서 나도 하늘을 보았다. 바다 쪽인 보석산 오른쪽에 회색 구름이 등을 웅크리고 있었다.

민박집 현관에 서 있던 기에와 함께 누가 먼저랄 것도 없이 건물 뒤로 걸어온 참이었다. 함석판이 붉게 녹슨 창고와 지금은 사용하지 않는 듯한 소각로. 땅에 방치된 목재 조각은 검게 부식됐다.

"아까 형사님과는 무슨 이야기를 하셨어요?"

나는 벼락터에서 있었던 일을 물어보았다. 기에는 나를 외면한 채 구로사와 소고를 살해할 때 사용된 것으로 추정되는 흉기를 경찰이 발견했다고 알려주었다.

"다른 사람에게 말하지 말라고 했지만……. 어린아이 머리만 한 크기의 돌이었어요. 그걸 보관해둔 경찰 차량까지 데려가서 본 적 있느냐고 묻길래 모르겠다고 솔직하게 대답했어요. 돌은 전부 비슷해 보이니까요."

"돌을 어디서 발견했는지는 들으셨는지요?"

"제 의견을 듣고 싶었는지 가르쳐주더군요. 신사에서 산속으로 잠시 들어가면 작은 계곡이 나오는 거 아시죠? 거기서 발견했대요."

신발 앞축에 떨어진 병든 나뭇잎이 힘없이 흔들렸다. 날씨가 불길하고 눅눅하게 급변할 것을 알리는 바람의 짓이었다.

"물속에서요?"

"바위 위에 있었대요. 그 계곡에 버섯을 따는 사람들이 가끔 운을 점치는 높은 바위가 있는데, 그 위에 있었다고."

성의 없게 그냥 '운수 바위'라고 부르는 그 바위는 계곡 중간쯤에 있다. 먼 옛날에 산비탈에서 굴러떨어졌는지 계곡 바닥에 박힌 모양새고, 높이는 3미터 정도다. 윗부분이 조금 평평해서 옛날부터 버섯 따는 사람들이 물가에서 작은 돌을 바위 위에 던지며 반쯤 놀이 삼아 그날의 수확을 점쳤다. 돌이 바위 위에 올라가면 버섯을 많이 딸 수 있다고 한다.

"마을 사람이라면 누구나 아는 곳이군요. 그런데 범인은 대체 왜 사람을 죽이는 데 사용한 돌을 그런 곳에 던져놓았을까요?"

"경찰도 제 의견을 물어보던데, 저도 모르겠어요. 다만…… 어느 정도 키가 크고 힘이 센 사람 짓이겠죠. 노인이나 여자, 물론 아이한테는 무리일걸요. 경찰에도 그렇게 말했지만, 제가 말하지 않아도 그 정도는 아는 눈치였어요."

말하는 도중에 뾰족한 바늘 같은 귀울음이 고막 안에 흘러들었다. 양옆에 늘어뜨린 두 팔과 몸을 지탱하고 있는 두 다리에서 감각이 사라지고, 카랑카랑한 소리로 가득한 머리만 공중에 떠 있는 것 같았다. 기에가 내게로 몸을 돌리고 오른손을 코트 호주머니에 넣었다.

기에가 꺼낸 하얀 봉투가 무엇인지 나는 한눈에 알아보았다.

어디 보관해놓고 아예 꺼내지 않은 건지, 아니면 늘 신중한 손길로 만진 건지 봉투는 30년 전과 전혀 달라지지 않은 것 같았다.

"이걸 드리러 왔어요. 원래 유키히토 씨 아버님께 어머니가 드린 거니까 제가 가지고 있어서는 안 되겠죠."

나는 기에가 내민 봉투를 감각 없는 손으로 받았다.

"이만 실례할게요."

나를 향한 기에 눈의 흰자위가 희미하게 빛나는 것처럼 보였다.

"……건강하세요."

그 말을 끝으로 기에는 등을 돌려 걸어갔다. 그 모습이 민박집 모퉁이를 돌아 사라지고, 이윽고 발소리도 멀어졌다. 나는 봉투에 손가락을 넣어 내용물을 꺼냈다. 삼등분으로 접은 편지지. 30년 전, 우리 가게 문 앞에서 기에가 펼친 편지지. 그게 지금 내 손에 있다. 나는 편지지를 양손으로 펼쳤다. 30년 전에 다라베 요코가 쓴 글씨. 독버섯 사건의 목격담. 내 두 눈이 문장을 좇는다. 편지지 위를 몇 번 왕복하던 시선이 어떤 부분에 머무른다. 손끝이 떨리고, 입술이 떨리고, 폐가 떨리고, 오열이 새어 나온다. 어느덧 나는 땅에 무릎을 꿇고 소리 죽여 울고 있었다.

6

번개구름이 나지막하게 으르렁거리며 하타가미를 뒤덮었다.

보석산이 시야 왼쪽을 검게 덧칠했고 오른쪽에 있을 밭과 비닐하우스도 밤의 장막에 가려져 보이지 않는다. 가끔 하늘이 무섭게 울리지만, 아직 번개는 치지 않아서 골목을 걸어가는 내 모습은 어둠에 녹아든다.

앞에 희미하게 보이는 불빛이 발걸음에 맞추어 흔들렸다.

이웃이라고 부를 만한 거리에 집은 하나도 없고, 보이는 것이라고는 나가토 고스케의 집에 켜진 저 불빛뿐이다. 나는 추위는 물론이고, 벼락을 맞을지도 모른다는 공포조차 느끼지 못하고 산기슭에 있는 그 이층집으로 다가갔다.

산울타리 앞에 도착해 걸음을 멈췄다. 나한송일까, 뾰족한 잎 너머를 들여다보았다. 아까부터 보였던 불빛은 살짝 열린 덧문 틈새로 새어 나오는 듯하다. 아마도 저기는 거실이고, 그 밖에 불 켜진 방은 없다. 나는 산울타리를 따라 왼쪽으로 걸어갔다. 산울타리 모퉁이에 다다르자 오른쪽으로 꺾어 집과 보석산 사이로 들어갔다.

아무것도 보이지 않는 어둠 속을 나아가는데 안녕하세요, 하고 목소리가 들렸다.

두 발이 땅에 못 박힌 듯 꼼짝도 할 수 없었다. 숨죽인 채 두 눈을 크게 뜨고 눈알만 굴려서 주변을 살폈다. 바람이 불어 낙엽이 발치를 스치고 지나갔다. 산울타리와 보석산 사이는 완벽한 암흑이라 하나도 알아볼 수가 없었다.

"여깁니다."

왼편에 원뿔 모양 불빛이 켜졌다. 말을 건 사람은 산비탈에 뻗은 나무뿌리에 걸터앉아 가랑이 사이에 늘어뜨린 두 손으로 손전등을 쥐고 있었다.

"유키히토 씨…… 이런 데서 뭐 하세요?"

작게 속삭이는 목소리인데도 또렷하게 들렸다.

"당신하고는 상관없는 일입니다."

"유미 씨는 숙소에 있나요?"

"피로가 쌓여서 몸이 안 좋은지 일찌감치 잠자리에 들었습니다."

유미를 남겨두고 민박집을 나선 것이 10시경. 그때 아야네의 방에서 소리는 들리지 않았지만 문틈으로 불빛이 새어 나왔으므로 안에 있다고 생각했다. 설마 여기서 마주칠 줄은 꿈에도 몰랐다.

"기회를 봐서 여쭤보려고 했는데, 오늘 오후에 신관님은 뭐 때문에 민박집까지 오신 건가요?"

"편지를 주러 오셨습니다. 30년 전, 다라베 요코 씨가 쓴 편지요. 원래 저희 아버지에게 드린 거니까 자기가 가지고 있어서는 안 된다면서요."

"그걸 보여주실 수는……?"

잠자코 고개를 젓자 아야네는 순순히 물러났다.

"안 된다면 할 수 없지만, 어쨌거나 빨리 처분하시는 게 좋을 거예요. 비슷한 펜으로 고쳤어도 페이퍼 크로마토그래피로 잉크를 감정하면 뭘 어떻게 고쳤는지 밝혀질 테니까요. 설령 30년이 지났더라도, 현재의 기술이라면 가능해요."

나는 대답 없이 어둠에 가라앉은 상대의 얼굴을 바라보았다.

아야네는 일어서서 내게 등을 돌리더니 산비탈에 손전등 불빛을 비추었다.

"플라톤이 쓴 동굴에 대한 비유를 아세요?"

그가 한 손을 들어 손전등 앞에 댔다. 기묘하게 일그러진 손가락 그림자가 흙에 비친 동그란 불빛 속에 나타났다.

"죄수 몇 명이 어릴 적부터 손발과 목이 묶인 채로 동굴 속에 살았습니다. 그들은 벽을 보고 앉아야 했고, 뒤돌아보는 건 용납되지 않았죠. 등 뒤에는 커다란 횃불이 있고, 사람과 동물 모형이 횃불과 죄수들 사이에서 움직입니다. 즉, 죄수에게는 벽에 비친 모형의 그림자만 보이는 상황이죠. 그러면 어떻게 되느냐. 벽만 보고 사는 죄수들은 그 그림자가 세상의 모습이라고 믿게 됩니다."

아야네는 이야기하며 빛 속에서 손가락을 흔들었다.

"그런데 어느 날 죄수 하나를 사슬을 풀어주고 동굴 밖으로 데리고 나갑니다. 그는 햇빛이 눈부셔서 처음에는 아무것도 볼 수 없습니다. 하지만 점차 물건과 사람이 보이고 마침내 세상의 진정한 모습을 목격합니다. 그리고 지금까지 봤던 것이 그림자라는 사실을 비로소 이해하죠. 이제 그는 어떻게 하는가. 진실을 모르는 다른 죄수들을 딱하게 여겨 자신이 본 진실을 알리고자 동굴로 돌아갑니다.

하지만 바깥의 햇빛에 익숙해져서 이번에는 동굴 속이 전혀 보이지 않습니다."

손전등을 끄자 완벽한 어둠이 우리를 감쌌다.

"그러자 다른 죄수들은 이렇게 생각합니다. 놈은 바깥세상에 나가는 바람에 눈이 멀었다고. 그리고 죄수들은 그가 뭐라고 말하든 바깥세상으로 나가기를 거부합니다. 자기 눈을 지키기 위해, 설령 상대를 죽여서라도 동굴 속에 머무르려고 하죠. 바깥세상이 얼마나 멋진지 아는 그는 어떻게든 다른 죄수들을 밖으로 데리고 나가고 싶어 하지만, 뜻은 이루어지지 않습니다. 그리고."

다시 손전등을 켜자 일그러진 손가락 그림자가 산비탈에 비쳤다.

"결국 그는 예전처럼 동굴에서 살아갑니다. 언젠가 모두를 바깥세상으로 데리고 나갈 수 있기를 바라며 컴컴한 곳에서 또 그림자만 보고 살아가는 거죠."

아야네가 이쪽으로 돌아섰다.

"이 동굴의 비유는 다양하게 해석할 수 있어요. 진실을 보기 위해서는 훈련이 필요하다든가, 심한 고통이 수반된다든가, 진실을 남에게 알려주기 위해서는 긴 시간이 필요하다든가. 또는 인간은 진실이 아니라 자기가 만들어낸 우상을 믿고 싶어 한다든가. 하지만 지금까지 다양한 사건을 겪어보니 저는 이런 생각이 들더군요. 사실 밖에 나간 죄인은 *봐서는 안 될 것*을 본 게 아닐까. 그래서."

하늘에서 번뜩인 빛이 나무와 산울타리를 푸르스름하게 비쳤다. 울퉁불퉁한 나무껍질과 뾰족한 나뭇잎까지 선명하게 드러난 직후, 모든 것이 잔상으로 바뀌고 한발 늦게 천둥소리가 공기를 찢었다.

"그래서 그는 동굴로 돌아가 모두와 함께 거짓된 세상을 보면서 살기를 선택한 것 아닐까."

봐서는 안 될 것.

"……유키히토 씨는 어떻게 생각하세요?"

"그야 죄인에게 물어봐야 알겠죠."

그러네요, 하고 아야네는 어깨를 들썩이며 웃었다.

"상의할 일이 있습니다만, 이거 어떻게 할까요?"

아야네가 청바지 호주머니에서 뭔가 작은 물건을 꺼냈다.

"제 디지털카메라에서 꺼낸 SD카드입니다. 벼락터에서 처음 뵀을 때 벼락이 떨어지는 순간을 포착한 사진도 여기 저장돼 있어요."

"그 이야기를 왜 저한테 하시죠?"

발뺌이 통하지 않으리라는 건 이미 알고 있었다.

"제가 벼락 떨어지는 순간을 필름 카메라로 찍은 줄 알고 필름을 훔치셨잖아요. 하지만 실은 디지털카메라로 촬영한 걸 알고, 이번엔 그걸 어떻게 하려고 했죠. 방에 숨어들려다가 저한테 들켰지만."

"왜 제가 아야네 씨 카메라에서 필름을 훔칩니까? 애당초 카메라에 필름 넣는 걸 깜박했다고 본인이 말씀하셨던 걸로 기억하는데."

"그야 물론 거짓말이죠. 아무리 그래도 그런 실수는 안 해요. 설령 깜박했더라도 필름을 감을 때 감촉으로 알 수 있으니까요."

나는 고개를 끄덕이지도 젓지도 않았지만, 딱 한 가지를 더 아야네에게 물어보았다.

"찍혀 있었습니까?"

손전등에서 퍼져나간 빛을 받으며 아야네는 고개를 끄덕였다.

"변명이 불가능한 사진입니다. 벼락 맞은 나무 곁에서 시노바야시 유이치로 씨의 가슴을 떠미는 순간이 분명하게 찍혔어요."

세상이 숨을 멈추고 크게 요동쳐서 나는 힘 빠진 두 다리로 몸을 지탱하며 아야네의 손에 얹힌 SD카드를 노려보았다.

"자, 마음대로 하시죠."

아야네가 내게 손을 내밀었다.

"저는 정의의 사자고 뭐고 아무것도 아닙니다. 딱히 사건을 해결하고 싶은 게 아니라 그냥 조사할 뿐이에요. 설령 그러다가 우연히 누군가 죄를 지었다는 걸 알더라도⋯⋯."

아주 잠깐 머뭇거렸다.

"알았다, 단지 그뿐이에요."

나는 손을 뻗어 SD카드를 움켜쥐었다.

"필요한 사진은 다른 SD카드로 옮겼으니 그건 어떻게 처분하셔도 상관없어요."

"⋯⋯믿어도 되겠습니까?"

"그것도 마음대로 하시죠."

나는 왼손에 움켜쥔 SD카드를 바지 호주머니에 쑤셔 넣었다. 아야네는 낙엽을 밟으며 물러나 아까 앉아 있던 곳으로 돌아갔다.

"교환 조건 같아서 좀 그렇지만, 대신에 가르쳐주시지 않겠어요? 왜, 30년 전에 유키히토 씨 아버님이 독버섯 사건 용의자로 지목됐을 때 아사미 씨가 아버님의 알리바이를 증명했잖아요."

라이덴국에 흰알광대버섯을 넣었다고 추정된 신울림제 날 아침, 누나는 아버지가 집에서 한 발짝도 나가지 않았다고 경찰에 진술했다. 누나는 사건 전에 벼락을 맞고 의식을 잃어 그 뒤에 무슨 일이 일어났는지와 아버지가 용의자로 지목된 것을 몰랐으므로 진술은 있는 그대로 받아들여졌다. 그리고 수사는 암초에 부딪혔다.

"그거 정말이었나요?"

나는 고개를 저었다.

"경찰에 거짓말을 했다고 예전에 누나가 말해줬습니다. 실은 며칠 전에 깨어났고, 독버섯 사건에 대해서도 아버지가 범인으로 의심받는다는 것도 전부 기에 씨에게 들었다고 하더군요."

"그렇다면…… 아사미 씨는 가족을 지키기 위해 거짓말을 한 거로군요."

"그런 셈이죠."

그렇단 말이지, 하며 아야네는 어두운 산울타리에 시선을 주었다.

"한 가지 알려드릴게요. 이 집 건너편에 저목장*이 있는데요……. 거기 쌓인 목재 뒤에 차 한 대가 은밀하게 세워져 있습니다. 안에 사람이 있는 것 같아서 들여다보니 놀랐는지 몹시 화를 내더군요. 탑승자는 두 명. 라이덴 신사에서 신관님에게 진술을 청취한 중년 형사와, 태도는 싹싹하지만 실은 입이 험한 그 젊은 형사입니다."

나는 바로는 아무 말도 할 수가 없었다.

"왜 경찰이 이 집 근처에 있죠?"

지금 우리는 나가토 고스케의 집 뒤에 있다. 왼쪽에 보석산, 오른쪽에 산울타리. 저목장은 여기를 빠져나가면 나온다.

"글쎄요……. 나가토 씨가 신변을 보호해달라고 부탁했는지도 모르죠. 물론 무슨 일이 벌어지고 있는지는 본인도 잘 모르지 않을까 싶습니다만."

30년 전 신울림제 때 흰알광대버섯이 든 라이덴국을 먹고 갑뿌

•　목재를 오랜기간 저장하는 곳.

네 명 중 아라가키 금속 사장 아라가키 다케시와 버섯 농가 주인 시노바야시 가즈오가 죽었다. 그리고 30년 뒤 신울림제 때 살아남은 두 사람, 석유 부자 구로사와 소고와 병원장 나가토 고스케 앞에 내가 나타났다. 후지와라 미나토가 남겼다고 추정되는 원한 어린 글씨를 들고. 그 뒤에 구로사와 소고가 신사에서 살해돼 남은 사람은 나가토 고스케뿐이다. 그가 경찰에 신변 보호를 요청하리라는 건 생각해보면 충분히 예측이 가능하다. *아야네 말마따나 무슨 일이 벌어지고 있는지는 이해하지 못했더라도.*

"지금 이 집에 침입하려고 시도하면 아주 곤란해질 거예요."

아야네의 말이 옳다.

"그리고…… 오늘 오후에 민박집 방에서 하다 말았던 이야기 있잖아요. 왜, 유키히토 씨 아버님이 30년 전 신울림제 전날에 찍은 사진에 대해 또 생각한 점이 있다고요."

"그러셨죠."

"처음에 유미 씨가 제 방에서 그 사진을 보여줬을 때, 도깨비불 같은 게 찍힌 사진이 있었어요. 도깨비불은 유미 씨가 사용한 표현이지만."

누나의 뒷모습이 찍힌 사진. 대각선 맞은편 집의 창문이 애매한 동그라미 모양으로 부옇게 흐려진 상태였다. 창문과 크기가 비슷한 정체불명의 부연 동그라미는 확실히 인간의 혼이 공중에 떠 있는 것처럼 보이기도 했다.

"유키히토 씨는 그게 뭔지 아세요?"

"지금은 압니다."

그건 눈이다. 렌즈 바로 옆으로 떨어지는 눈 알갱이가 초점에서 벗어나 그렇게 부옇고 애매한 원형으로 찍힌 것이다.

"단 한 번 크게 우는구나 눈 호령이여."

아야네는 민박집 주인이 저녁 먹을 때 들려준 시구를 중얼거렸다.

"서태평양 쪽에서 벼락을 '눈 호령'이라고 부르는 건 벼락이 치고 나서 눈 내리는 시기가 오기 때문이에요. 하타가미에서는 유독 그랬고요. 일단 벼락이 친 다음에, 눈이 내린다. 하지만."

그는 계속 으르렁거리는 하늘로 얼굴을 들고 짧게 숨을 내뱉었다.

"반드시 그런 건 아니죠."

목소리의 여운이 정적 속으로 사라졌을 때 어디서 무슨 소리가 울렸다.

명확하고 단조로운 음정의 아주 작은 전자음. 아야네가 재빨리 고개를 돌려 산울타리 너머를 보았다. 하지만 나뭇잎에 가려서 윤곽을 잃은 집만 눈에 들어올 뿐이다. 나는 몸을 돌려 낙엽을 박차고 뛰어갔다. 산울타리를 따라 달리다 모퉁이를 왼쪽으로 돌아 덧문 사이로 불빛이 보였던 곳까지 돌아갔다. 하지만 이미 불빛은 없고 집 전체가 어둠에 잠겨 있었다. 아니, 건물 오른쪽에 작은 주황색 불빛이 켜졌다. 집을 옆에서 보고 있어 확실하지는 않지만, 아무래도 불빛은 현관에 낸 창문에서 새어 나오는 듯하다. 아까 들린 전자음은 역시 초인종 소리였을까.

산울타리 너머를 주시했다.

문이 안에서 열리고 주황색 불빛이 옆으로 뻗었다.

집 안에서 나온 사람은 어정쩡하게 몸을 흔들며 느릿느릿 이동해 어둠 속으로 사라졌다. 나가토 고스케일까. 그의 아내일까. 시선을 모았을 때 어둠 속에 다른 사람이 나타났다. 뭔가 끌어안고 있는 것 같은 그 사람은 야생 동물처럼 민첩하게 집으로 들어갔고, 그 직후에 문이 세게 쾅 닫혔다.

처음에 봤던 사람이 부리나케 집으로 돌아갔다. 문에 손을 뻗고 망가진 기계처럼 부자연스럽게 움직인다. 문을 열려고 하지만 열리지 않는 듯하다. 꼼짝도 못 하고 가만히 서서 그 모습을 지켜보고 있는데, 낙엽을 밟는 소리가 다가오더니 아야네가 얼굴을 들이댔다.

"어떻게 된 거죠?"

"초인종을 울린 사람이 집에서 누가 나온 틈에 안으로 들어갔습니다."

"그리고 문을 잠갔다?"

내가 고개를 끄덕였을 때 현관에 서 있던 사람이 절박하게 소리쳤다. 여자 목소리다. 나가토 고스케의 아내였던 모양이다. 집 안에서 방에 불을 켠 듯 덧문 사이로 빛이 새어…… 아니, 그게 아니다.

"큰일 났어요!"

아야네가 날카롭게 속삭이는 사이에도 덧문 사이로 보이는 빛은 흔들리면서 더 밝아졌고, 어느새 1층 다른 창문에서도 빛이 새어 나오기 시작했다. 남자들의 목소리가 들렸다. 저목장에서 대기하고 있던 형사들이 틀림없다. 그들은 알아듣지 못할 이야기를 주고받으며 정원으로 들어가서 현관에 선 나가토 고스케의 아내와 고함을 지르듯 큰 소리로 대화했다. 이어서 두 형사는 우리 쪽으로 이동해 덧문 앞에서 다시 크게 소리쳤다. 그들이 덧문을 떼어내다시피 거칠게 열자 빛이 넘쳐났고, 집 전체가 빛을 발하며 어둠 속에서 그 모습을 드러냈다. 열기로 일그러진 공기 저편에 활활 불타오르는 커튼과 바닥이 보였다. 그냥 라이터나 성냥으로 붙인 불이 아니라는 걸 한눈에 알 수 있었다.

유리가 깨지는 소리와 함께 실내의 화염이 부풀어 올랐다. 젊은 형사가 정원의 돌을 집어던져 창문을 깬 것이다. 중년 형사가 펄쩍 달려들어 자물쇠를 열고 창문을 옆으로 쭉 밀었다. 불길이 한층 거세졌지만 방 전체가 불타고 있는 건 아니라서 아직 바닥에는 발 디딜 곳이 있었다. 실내로 뛰어든 형사들이 악쓰는 소리가 들렸다. 분명 실내에 있는 누군가에게 외치는 소리였다. 그 소리를 들은 순간 내 몸이 보이지 않는 사슬에서 풀려났다.

나는 산울타리를 따라 왼쪽으로 달리다 모퉁이를 오른쪽으로 꺾어 낙엽 위를 빠져나갔다. 집 뒤편은 시간이 멈춘 것처럼 어두웠다. 바로 뒤를 쫓아오는 아야네의 발소리를 들으며 달렸다. 다시 산울타리 모서리가 가까워졌을 때, 누군가가 산울타리를 뚫고 튀어나오는 것이 보였다. 나는 시야가 크게 흔들려 낙엽 속을 나뒹굴었고, 뒤따라오던 아야네는 내게 걸려 넘어졌다. 나는 땅을 누르며 상체를 세우고 힘껏 외쳤다.

"오른쪽이요!"

나는 도망자를 쫓아 집을 뛰쳐나왔지만, 아직 산울타리 안쪽에 있는 두 형사에게 들리도록 소리쳤다.

"저 목장 쪽으로 도망쳤습니다!"

펄쩍 뛰듯이 일어난 아야네가 내 몸을 넘어 다시 달려갔다. 낙엽 흩어지는 소리에 섞여 앞에서 산울타리가 버스럭거렸다. 두 형사가 밖으로 나온 것이리라. 아야네가 뭐라고 짤막하게 소리쳤다. 형사들의 대꾸는 들리지 않았고, 누구도 보이지 않았다. 나는 염원으로 가득 찬 몸을 일으켜 보석산으로 들어갔다.

빽빽한 나무 사이를 누비며 산비탈을 달렸다. 나뭇가지와 잎사귀가 연신 얼굴을 때리는 소리와 내 숨소리 때문에 아무것도 들리지 않는다. 아무것도 보이지 않는다. 그런데 그때 하늘에서 거대한 플래시가 터졌다. 앞이 밝아지자, 하얗게 정지된 광경 속에서 움직이는 것이 딱 하나 눈에 들어왔다. 궁지에 몰린 짐승처럼 산비탈을 옆으로 타고 간다. 다시 주변이 어둠에 갇혔을 때 나는 이미 그 뒷모습을 쫓아 달리고 있었다. 하늘이 울부짖는다. 천둥소리가 꼬챙이처럼 두 귀를 꿰뚫었다. 앞에서 절규하는 소리가 천둥소리에 겹쳤다.

"멈추지 마!"

온몸에 가득한 염원이 내 목구멍에서 튀어나왔다.

"달려!"

두 다리를 열심히 움직였건만, 더는 번갯불이 주변을 비추어주지 않아 어두워진 시야가 눈물로 흐려지기만 했다. 나는 의미 없이 신음을 토해내며 한없이 펼쳐진 나무 사이를 달렸다. 멈추지 말라고 염원하며. 끝까지 달아나기를 바라며.

그때 갑자기 내 이름을 부르는 소리가 들렸다.

마치 오랫동안 가만히 있던 사람의 것처럼 평온한 목소리였다. 결코 가까이에서 들린 것이 아닌데도, 마치 바로 옆에서 속삭이듯 똑똑히 귀에 와 닿았다. 목소리가 난 쪽으로 달렸다. 나무들이 사라지고 어둠이 탁 트였다. 비탈에서 허공으로 튀어나온 커다란 바위. 그 위에 기도하듯 양손을 가슴 앞으로 들어 올린 실루엣. 아니, 은색으로 빛나는 것이 있다. 희미한 별빛이 양손과 가슴 사이에서 은색으로 반사됐다.

"미안해."

목소리가 들림과 동시에 그 사람의 양손이 움직였다. 차분하지만 힘 있는 손놀림과 함께 은색 빛이 가슴속으로 빨려들었다. 실루엣이 석상처럼 뻣뻣이 뒤로 쓰러져서 사라지자마자, 수면을 가르는 소리가 크게 울려 퍼졌다. 내가 도착해서 딱딱한 바위에 무릎을 꿇었을 때는 이미, 얼어붙을 만큼 차가운 봄안개강이 소리도 없이 흐르고 있을 뿐이었다.

当神社で執り行った神鳴講の之前、早朝の雷の中、
私はあなたが作業場に入るのを見てしまいました。
あなたはほか白い物を雷電汁の鍋に入れて立ち去り、
私はすぐに鍋の中を確かめ、それがキノコであると知り
ました。猛毒のシロタマゴテングタケであることも頭をよぎり
ました。しかし私は、汁を廃棄せず、また誰にも打ち
明けることもせず、二人が亡くなり、二人が重症に陥った
ままでいます。
その責任を背負って生きていくことは、私にはもう
出来ません。
この手紙は、捨ててしまっても一向に構いません。
全てはあなたにお任せします。ただ、御家族のことを
考えてほしいと、それだけを願っています。

平成元年 十二月 十日

雷電神社宮司

太良部容子

신사에서 신울림제가 열리기 전, 이른 아침 벼락 속에서 저는 당신이 작업장에 들어가는 모습을 봤습니다. 당신이 하얀 물체를 라이덴 국 냄비에 넣고 떠난 뒤, 저는 즉시 냄비를 확인해 그것이 버섯임을 알았습니다. 맹독이 있는 흰알광대버섯일 가능성도 머리를 스쳤습니다. 하지만 저는 국을 버리지 않았고, 당신이 버섯을 넣었다는 사실도 밝히지 않았습니다. 그 결과 두 분이 돌아가시고 두 분이 중태에 빠졌습니다. 저는 그 책임을 짊어지고 살아갈 수 없습니다.

이 편지는 버려도 전혀 상관없습니다.

모든 것은 당신에게 맡기겠습니다. 다만 가족을 생각해주길 바랄 따름입니다.

헤이세이 원년 12월 10일

라이덴 신사 신관

다라베 요코

애필로그

뇌신

1

불에 탄 나가토 고스케의 집에서 녹은 플라스틱 석유통이 발견됐다는 사실을 우리는 뉴스로 알았다.

침실이 있는 이층으로 이어지는 계단에서 발견됐다고 한다.

"분명 신사에 있던 석유통일 거예요."

내 정면에 앉은 기에는 신관복이 아니라 스커트와 블라우스 차림이다.

"등유가 든 석유통 하나가 작업장에서 없어졌더라고요. 그리고 식칼도 한 자루 보이지 않고요."

우리가 모인 곳은 기에의 집이었다. 화재가 발생하고 이틀이 지난 오늘, 좌식 탁자에 둘러앉은 사람은 나, 기에, 유미, 아야네 총 네 명이다. 앞에는 기에가 내준 차가 놓여 있지만, 이야기를 시작하기에 앞서 긴 침묵을 지키는 동안 다 식어버렸다.

좌식 탁자 위에는 사진을 펼쳐놓았다. 30년 전 신울림제 전날에 찍은 사진 20여 장과 어머니의 무덤 사진 한 장. 무덤 사진은 아버지가 쓴 글이 보이도록 뒤집어놓았다.

"식칼을 준비한 건 마지막에 스스로 목숨을 끊기 위해서였을지도 모르고."

아야네가 등을 웅크리고 중얼거렸다.

"아니면 처음에 현관문 초인종을 눌렀을 때 나가토 고스케가 나오면 그 자리에서 찔러 죽일 작정이었을지도 몰라요. 하지만 아내가 나왔죠. 그래서 재빨리 안으로 들어가서 문을 잠그고 방에 불을 지른 거예요."

그럴 수도 있고 아닐 수도 있다. 본인에게 물어볼 수 없는 이상, 진실은 알 수 없다.

하지만 나는 아야네가 꺼낸 다음 의문에 대해서만큼은 확고한 답을 내놓았다.

"부부가 깊이 잠든 틈을 노려서 집에 불을 질렀으면 확실했을 텐데…… 왜 초인종을 눌렀을까요?"

"나가토 고스케의 아내가 말려들지 않도록 하려고요."

아야네도 같은 생각이었는지 잠자코 턱을 당겼다.

"무관한 사람을 끌어들이기 싫었던 겁니다. 그래서 처음에 초인종을 눌렀고, 그래서……."

그래서 실패했다.

나가토 고스케는 죽지 않았다. 형사들이 깬 창문으로 뛰쳐나와, 화상은 입었지만 목숨을 건졌다.

그날 밤, 보석산을 내려온 나는 소방차 사이렌 소리를 뒤로하고 어둠 속을 걸었다. 민박집으로 돌아오자 창문 앞에 서 있던 유미가 돌아보더니, 휘둥그레진 눈으로 연달아 질문을 퍼부었다. 말투를 듣건대 내가 사이렌 소리를 듣고 먼저 깨어나서 상황을 살펴보러 다녀

온 줄 아는 것 같았다.

하지만 유미는 금세 내 옷이 흙 범벅임을 알아차렸다.

눈살을 찌푸리며 말을 끊는 딸 옆에서 나는 창밖에 펼쳐진 하타가미를 바라보았다. 어둠 속 한 부분만 다른 세상처럼 붉은빛을 뿜어냈고, 거기서 피어오르는 연기가 번개구름과 합쳐져 마을 전체가 진흙탕처럼 탁해졌다. 진흙탕 밑을 기듯이 오갔던 수많은 불빛은 화재 현장을 보러 온 마을 사람들의 차와 경찰차의 헤드라이트 불빛이었을 것이다.

그 어떤 말도 찾지 못하고 창가에 우두커니 서 있자니 아야네가 돌아와 방문을 두드렸다. 문을 열자 그는 귓속말로 그 뒤의 자초지종을 알려주었다. 나가토 고스케의 집에서 튀어나온 사람을 찾아 형사들과 함께 저 목장으로 향했지만 찾지 못했다는 것. 그런 뒤에 두 형사가 질문을 퍼부었지만 아무것도 모른다고 잡아뗐다는 것. 나와 만났다는 이야기는 하지 않았다는 것. 덧붙여 형사들의 말투로 추측건대 그들도 나가토 부부도 도망친 사람을 확실히 보지 못한 것 같다고 아야네는 말했다. 거센 불길과 연기 때문에 남자인지 여자인지도 모르는 눈치였다고 한다. 자기가 현장 근처에 있었던 이유는 저 목장에 잠복한 경찰차를 보고 무슨 일이 일어나지 않을까 싶어 나가토 고스케의 집 주변을 어슬렁거리고 있었다는 식으로 둘러댔다.

─그쪽은 어떻게……?

그 짧은 질문만으로도 의미가 전달됐고, 아야네 역시 내 짧은 대답을 듣고 의미를 이해했다.

─자기 가슴을 찌르고 봄안개강에.

조용히 눈을 내리뜬 아야네는 눈을 들지 않고 문가를 떠나 자기 방으로 들어갔다. 그 뒤로는 아무 소리도 들리지 않았고, 대신이라는 듯 벼락이 몰고 온 빗방울이 민박집 지붕을 두드리기 시작했다. 하지만 젖은 창문으로 보이는 붉은 불길은 약해지기는커녕 한층 세차게 타올랐다.

몹시 당황한 유미를 일단 앉혔다. 우리는 각자 이부자리에 앉아 마주 보았다.

누나가 자기 가슴을 찌르고 봄안개강에 몸을 던졌다는 사실을 알리자 유미는 전혀 믿는 기색 없이, 생뚱맞은 농담이라고 여겼는지 나무라는 듯한 눈으로 나를 쳐다보았다. 하지만 이윽고 내 말이 진실임을 깨닫자 표정이 안에서부터 무너졌다. 딸은 다다미를 두드리며 큰 소리로 울었다. 어린아이처럼. 네 살 때 엄마의 죽음을 알려주었을 때처럼. 어쩌다 그랬어. 대체 무슨 일이 있었던 거야. 북받치는 오열을 쏟아내는 틈틈이, 유미는 거의 알아듣지 못할 목소리로 설명을 요구했다.

오늘 아침까지 나는 대답하지 않았다.

모르는 일이 너무 많았기 때문이다. 오해는 때때로 무서운 결과를 초래한다. 이번 일을 나 혼자 설명할 수는 없다. 기에와 아야네의 이야기가 꼭 필요했다.

화재가 발생한 다음 날 아침에 나는 라이덴 신사에 전화를 걸어 이번 일에 대해 이야기하고 싶다고 말했다. 기에는 알겠다고만 대답하고 전화를 끊었고, 하루가 더 지난 오늘 아침 연락이 와서 이렇게 기에의 집에 모인 것이다.

누나의 시신은 아직 발견되지 않았다. 차가운 강바닥에 가라앉은 걸까, 비가 내려 불어난 강물을 타고 바다로 떠내려간 걸까.

"쭉…… 여기에 있었군요."

사방을 둘러보았다. 우리가 있는 거실. 오른쪽 옆에 이어진 부엌. 그 끄트머리에 보이는 계단. 나와 유미가 하타가미에 머무는 동안, 누나가 이 집에서 지냈다는 걸 방금 기에에게 들었다.

"저건 누나의……?"

왼쪽 벽 앞, 낡은 나무 선반 구석에 필통이 덩그러니 놓여 있었다. 이 마을에 살던 시절, 버스를 타고 영화관에 가서 사 온 「이웃집 토토로」 필통이었다.

하지만 기에는 천천히 고개를 저었다.

"제 거예요."

그때 누나와 함께 산 필통을 이제껏 가지고 있었던 모양이다.

아직 제대로 알아내지 못한 기에의 심정을 헤아리며 나는 옛날에 누나에게 주려고 산 필통을 생각했다. 조화를 조각보처럼 오목조목 붙인, 좀 더 어른스러운 디자인의 필통. 사이타마에서 중학교에 다니던 시절, 그걸 들고 좁은 집으로 돌아왔을 때 방에는 열리지 않은 누나의 생일 파티 흔적이 남아 있었다. 결국 나는 필통을 주지 못했고 지금도…… 아니, 마지막까지 주지 못했다.

솟구치는 무수한 말들이 점토처럼 목구멍을 틀어막았다. 내가 기에에게 전화를 걸어 이번 일에 대해 이야기하고 싶다고 했으면서, 무슨 말부터 꺼내면 좋을지 알 수 없었다. 옆에 앉은 유미를 보았다. 화재가 난 밤부터 우느라 한 번도 마른 적 없이 빨갛게 부은 두 눈이 방치된 두 개의 상흔 같아서 가슴이 아팠다.

"처음부터 차례대로 정리해볼까요."

고개를 든 아야네가 만나고 처음으로 헛웃음을 지었다.

"이번 일이…… 대체 뭐였는지."

저마다 고개를 끄덕인 뒤 일단 시선이 흩어졌다가 기에의 얼굴에 모였다. 기에는 우리의 눈빛을 가슴속에 갈무리하듯 천천히 눈을 내리깔았다.

"제 집 현관에서 아사미 짱을 봤어요. 벼락터에 벼락이 떨어지고 이틀 뒤…… 벼랑 밑에서 시노바야시 유이치로 씨의 시신이 발견된 다음 날에요."

즉, 우리 세 명이 하타가미를 떠난 다음 날. 나와 유미가 집에서 아버지의 골판지 상자를 열고 앨범과 마지막으로 찍은 사진 20여 장을 발견한 날이다.

"저녁이 다 되도록 배전에서 신울림제를 준비했는데요. 시데를 접다가 손가락을 살짝 베여서 반창고를 찾으러 집에 갔더니 아사미 짱이 현관 옆 화단 뒤에 서 있더군요."

기에 짱, 하고 누나가 기에를 불렀다고 한다.

새빨갛게 충혈된 두 눈을 크게 뜨고서.

"그 뒤에도 그저 제 이름만 계속 불렀어요. 처음에는 벼락터에서 받은 충격이 아직 가시지 않은 줄 알았죠. 아사미 짱 옆에 벼락이 떨어져서 완전히 넋 놓은 채 부축받아 사무소에 온 게 이틀 전이었으니까요."

기에는 누나를 집으로 데리고 들어가서 이야기를 들었다.

"단어를 잘 연결하지 못하고 툭툭 끊어지는 말투였지만, 아사미 짱이 혼자 마을에 왔다는 걸 알았어요. 유키히토 씨, 유미 씨와 함께 사이타마로 돌아갔다가 다음 날 바로 전철을 갈아타고 돌아온 것 같더군요."

나와 유미가 다시 하타가미를 찾은 것은 그다음 날이다. 신울림제가 열린 라이덴 신사, 사진관, 장례식장, 묘지를 돌아다녔고, 밤에 누나에게 전화가 온 걸 기억한다.

ㅡ유키히토 짱, 지금 어디야?

기에의 집에 있던 누나는 나와 유미가 신사 안뜰을 걷는 모습을 창문으로 보았는지도 모른다. 그리고 우리가 하타가미에 대체 뭘 하러 왔는지 궁금해 전화를 건 것 아닐까.

ㅡ드라이브하러 나왔어.

나는 그렇게 대답했다.

ㅡ어디를 드라이브 중이니?

ㅡ뭐, 여기저기. 적당히 다니는 중이야.

짧은 대화 뒤에 민박집 주인이 저녁을 먹으라고 불러서 나는 서둘러 전화를 끊었다. 거짓말하는 데 정신이 팔려 누나가 사이타마에 있을 것이라 철석같이 믿고서.

"누나는 여기 와서 무슨 이야기를 했습니까?"

"30년 전 신울림제 때 라이덴국에 흰알광대버섯을 넣은 건 자기라고 말했어요."

기에의 말에 유미가 고개를 휙 들었다.

"……그게 무슨 소리예요?"

그 눈에 의문과 당혹스러움이 가득한 것도 무리는 아니다.

"독버섯 사건의 범인이 고모라는 말이에요? 그럴 리 없어요. 여기, 할아버지가 쓴 글을 보면 알잖아요."

구로사와 소고, 아라가키 다케시, 시노바야시 가즈오,

나가토 고스케

네 명이 죽었다

라이덴국

흰알광대버섯, 흰우단버섯

같은 색깔

신울림제 당일까지 결의가 바뀌지 않으면 결행

사진 뒷면을 가리키며 호소하는 유미를 기에가 조심스레 말렸다.

"아사미 쨩 아버님이 계획한 건 맞아요."

"그건 또 무슨 말이에요?"

"당시 마을 사람들도, 경찰도, 절반은 옳았어요. 흰알광대버섯을 사용한다는 무서운 계획을 세워 갑뿌 네 명을 죽이려 한 건 후지와라 미나토 씨였습니다."

"하지만 방금 범인은 고모라고······."

"설명하려면 아까 아야네 씨가 말씀하신 대로 처음부터 차례대로 이야기할 필요가 있어요."

기에가 말한 '처음'이란 이 집에서 누나가 기에에게 털어놓은 31년 전의 일이었다.

2

그 일은 사무소 안쪽에 있는 그 방에서 일어났다.

31년 전, 신울림제 전전날 밤, 어머니는 다른 여자 세 명과 함께 작업장에서 버석국을 준비했다. 예년보다 시간이 걸려서 늦은 시각에야 겨우 준비가 끝났고, 사무소 안쪽 방에서는 네 갑뿌가 전야제라는 핑계로 술을 마시고 있었다. 그들은 가게에 중요한 손님이었으므로 어머니는 돌아갈 때 방을 들여다보고 인사했다. 그때 딱 보자마자 남자들의 낌새가 심상치 않았다고 한다. 그들은 술을 못 하는 어머니에게 한잔하고 가라고 강요했다. 따라준 술을 거절하지 못하고 몇 모금 마시자 이번에는 풍로에 구운 버섯을 권했다.

"버섯을 먹자 갑자기 환각이 보이기 시작하고 시간 감각도 없어졌는데…… 정신이 들자 폭행을 당하고 있었다고……."

주먹이나 손바닥으로 때렸다는 의미의 폭행은 아니었으리라.

행위 도중에 정신을 차린 어머니는 방의 창문으로 달아나서 산속을 달렸다. 사무소가 아니라 바깥으로 뛰쳐나간 건 풍로를 사용하느라 창문을 열어두었기 때문인지도 모르고, 그 *버섯*이 어머니에게서 판단력을 빼앗았기 때문인지도 모른다.

"정신없이 산속을 달리는 내내 어머님은 몸을 깨끗이 해야 한다는 생각뿐이셨대요."

역시 그 버섯이 어머니의 정신에 이상을 초래한 것이리라. *내가 발견한 버섯*이. 병약한 몸으로 얼어붙을 만큼 차가운 봄안개강에 뛰어들면 목숨이 위험하다는 것 정도는, 평소의 어머니라면 알고 있었을 것이다. 평소 같았으면 가족을 남겨두고 세상에서 사라질 위험이 있는 일은 절대 하지 않았을 것이다.

"그 뒤에 신울림제를 준비하던 저희 어머니가 주차장에서 차를 보셨어요. 이미 집에 가셨을 아사미 짱 어머니의 차가 주차장에 남아 있었던 거죠."

다라베 요코는 수상하게 여기고 주위를 살펴보았지만 어머니는 어디에도 없었고, 방에서 술을 마시던 네 갑뿌에게 물어도 보지 못했다는 대답이 돌아왔다. 어머니가 사무소 안쪽 방에 들어갈 때 벗은 신발은 분명 그들이 감추었으리라.

그 뒤에 마을 사람들을 모아 수색을 시작했다. 처음에 신발만이 신사 근처에서 발견된 건, 갑뿌들이 수색을 돕는 척하면서 신발을 거기 버렸기 때문일 것이다.

결국은 아버지가 차가운 봄안개강에 쓰러져 있던 어머니를 발견했다. 아버지는 어머니를 업고 구급차가 기다리는 길까지 그 험한 강가를 걸어갔다.

"나가토 종합병원으로 실려 가신 어머님은 깊은 밤에야 딱 한 번 의식을 되찾으셨어요. 그때 병실에는 아사미 짱 혼자 있었고요."

울던 끝에 토한 나를 아버지가 병실 밖으로 데려나갔을 때다. 수

간호사였던 기요시와 데루미도 내가 토한 걸 청소한 뒤 걸레를 빨러 나갔다.

"어머님은 산소마스크를 벗고 끊어질락 말락 하는 목소리로 자신에게 일어난 일을 아사미 쨩에게 말씀해주셨대요."

기요시와 데루미가 그랬다. 자기가 걸레를 빨아서 병실에 돌아왔을 때, 어머니가 누나에게 뭔가 말하고 있었다고. 어머니가 뭐라고 했는지는 못 알아들었지만, 마지막에 두 번 되풀이한 말은 똑똑히 들었다.

―버섯을 먹으면 안 돼……. 그렇게 말했지.

어머니는 누나가 걱정돼서 전부 말해준 것이리라. 코앞까지 닥친 죽음을 의식하며. 딸을 지키겠다는 일념으로.

"어머님이 드신 버섯이 무슨 버섯인지는 모르겠어요. 아사미 쨩도 모르는 것 같았고 어머님도 분명……."

"청환각버섯입니다."

내 말에 모두가 나를 쳐다보았다.

며칠 전 탁한 홍수처럼 밀려든 기억. 아야네가 보여준 시노바야시 유이치로의 영정 사진을 계기로 단숨에 되살아난 기억. 나는 그 기억을 다시 토해내는 기분으로 탁자에 둘러앉은 세 사람에게 들려주었다. 초등학교 4학년 때 보석산에서 발견한 버섯. 나무 밑에 군생하던 그 갈색 버섯은 나도팽나무버섯과 흡사하게 생긴 것이 아주 맛있어 보였다. 나는 복수초 때문에 크게 야단맞아서 속상했다. 이번에는 멋대로 주방에 놓아두지 않고 아버지에게 꼭 먼저 물어볼 생각이었다. 말밤을 가지고 갔을 때처럼 한 번 더 칭찬받고 싶었다. 도움이 되고 싶었다. 하지만 버섯을 양손에 모아 참배길로 돌아가자 시노바야시 유이치로가 내 앞을 막아서더니 버섯을 모조리 빼앗았다.

"어디서 찾았어······?"

내가 나무들 안쪽을 가리키자 시노바야시 유이치로는 서둘러 그쪽으로 갔다. 그 모습을 보고 나는 내가 뭔가 엄청난 걸 발견했다고 생각했다. 버섯을 빼앗겼다는 슬픔보다, 귀중한 버섯을 발견했다는 감격으로 가슴이 떨렸다.

"저는 참배길에 서서 제 양손을 봤습니다."

곱은 손가락 사이에 버섯이 딱 하나 남아 있었다. 버섯을 집으로 가지고 돌아간 나는 방에서 어머니의 도감을 꺼내 국어사전과 번갈아 보며 열심히 읽었다.

그리하여 청환각버섯이라는 이름과, 그것이 강한 환각을 불러일으키는 마약으로 취급된다는 사실을 알았다.

하지만 그때 나는 어떻게 했는가.

"버섯을 집에 가지고 오지 않아서 다행이라고······ 그저 안도했어요. 아버지에게 보여주지 않아서 다행이라고."

어리석었던 생각. 시간을 뛰어넘은 후회. 지금 내 가슴이, 목소리가 떨리는 건 바로 그 때문이다. 시노바야시 유이치로가 청환각버섯을 어디에 어떻게 쓰려고 했는지, 그때 나는 생각도 하지 않았다. 내가 발견한 그 버섯이 나중에 어떤 일을 초래할지 상상조차 못 했다.

"요샛말로······ 매직 머쉬룸의 일종이군요."

찻잔에 말을 걸듯 아야네가 누구의 얼굴도 보지 않고 중얼거렸다.

"성분과 효과는 LSD와 흡사하다고 들었습니다. LSD는 아주 강력한 환각 효과를 내는데, 0.00몇 그램만 섭취해도 인간을 이상하게 만든다고 해요. 20분쯤 지나면 공간이 왜곡돼 보여서 열쇠 구멍으로 방에 들어가려 하는 등 멀쩡한 사람은 이해하기 힘든 행동을 하기도 하죠."

"맞습니다."

기억이 되살아난 밤에 나는 유미 몰래 청환각버섯에 대해 다시 조사했다. 현재는 마약으로 지정돼 고의적인 채취와 소지는 금지되어 있다. LSD와 흡사한 환각 성분은 채취 장소나 시기에 따라 백 배까지 늘어난다.

"저 때문에 청환각버섯이 군생하는 곳을 알게 된 시노바야시 유이치로가 종종 청환각버섯을 따러 가지 않았을까 싶습니다. 그리고 아버지인 시노바야시 가즈오와 다른 세 갑뿌에게 장난감처럼 건넨 게 아닐까 추측되네요."

"그래서 갑뿌들이 나쁜 버릇이 들었다?"

나는 아야네에게 고개를 끄덕였지만 '나쁜 버릇'이라는 가벼운 말과는 그다지 어울리지 않는 결말이다. 그 나쁜 버릇 때문에 어머니는 추악한 폭행을 당했고, 판단력을 상실해 산속을 달리다가 차가운 물에 빠져 목숨을 잃었다. 그 일이 다음 해 독버섯 사건으로 이어졌고, 더 나아가 30년 뒤 이번 일로 이어졌다. 모든 일의 발단은 다름 아닌 내 어리석은 행동이었다. 아버지에게 칭찬받고 싶다는 어린애 같은 마음이었다.

"아빠 탓이 아니야."

내 마음을 읽은 것처럼 유미가 내 소맷부리를 붙잡았다.

"아빠는 할아버지가 기뻐하길 바랐을 뿐이잖아? 도움이 되고 싶었을 뿐이야, 안 그래?"

설령 그 행동이 소중한 누군가의 죽음으로 이어졌다 해도.

—아빠 꽃, 쑥쑥 클 거야.

다시는 돌이킬 수 없는 사태를 초래했다 해도.

—꽃은 해님을 봐야 쑥쑥 큰대.

나는 고개를 끄덕이지도 젓지도 못하고, 그저 무릎에 올려놓은 두 주먹을 꽉 쥐었다. 잠시 뒤 유미가 찻잔을 들어 일부러 소리 내 차를 마신 것도, "그것보다" 하고 뜬금없이 화제를 바꾼 것도, 분명 어렸을 때와 변함없이 다정한 마음씨에서 비롯한 것이다.

"원래 독버섯 사건을 계획한 건 할아버지였다고 아까 기에 아줌마가 말씀하셨잖아요. 할아버지가 네 갑뿌를 죽이기로 마음먹었다고요. 그렇다면 할아버지도 알고 있었다는 뜻이네요. 그 사무소 안쪽 방에서 무슨 일이 있었는지. 고모가 할아버지께 이야기했을까요?"

기에는 애매하게 고개를 저었다.

"이야기하지 않았다고 했어요. 그래서 자기만 아는 줄 알았다고."

"하나 씨 본인에게 들은 건 아닐까요?"

손바닥 밑부분으로 자기 머리를 탁탁 두드리던 아야네가 손을 멈추고 입을 열었다.

"후지와라 하나 씨가 돌아가신 밤, 하나 씨와 가장 오랜 시간 함께 있었던 사람은 미나토 씨입니다. 미나토 씨는 봄안개강에서 발견한 하나 씨를 업고 강가를 걸어 구급차가 기다리는 길까지 갔죠. 무슨 일이 있었던 건지 그때 빈사 상태인 하나 씨가 직접 미나토 씨의 귓가에 대고 말했을 가능성이 높지 않을까 싶어요."

아야네의 추측이 맞을 것이다. 어머니의 고백을 제일 처음 들은 사람은 아버지였다. 그리고 아버지는 그 사실을 자기밖에 모른다고 믿었다. 병실에 없는 사이에 어머니가 의식을 되찾고 다 죽어가는 목소리로 누나에게 말할 줄은 몰랐다. 한편 누나도 자기밖에 모르는 사실이라고 믿었다.

"제일 무책임하게 말할 수 있는 건 저일 테니, 그 뒤에 어떻게 됐을지 멋대로 상상해서 말씀드려보겠습니다. 만약 틀린 부분이 있으면 언제든지 말씀하세요."

아야네의 말에 나와 기에는 고개를 끄덕였다. 우리 세 명이 각자 아는 사실과 모르는 사실은 아마 동등한 수준이리라.

"하나 씨는 그날 밤 병원에서 숨을 거두었습니다. 강가에서 아내의 고백을 들은 미나토 씨는 구로사와 소고, 아라가키 다케시, 시노바야시 가즈오, 나가토 고스케를 가만히 놔둘 수 없었겠죠. 하지만 경찰에 고소해도 피해자 본인이 사망한 이상, 아무 증거도 없어요. 게다가 상대는 하타가미라는 작은 공동체에서 강대한 권력을 휘두르는 네 사람입니다. 증거도 없이 고소해봤자 체포되지 않겠죠."

이 마을에서는 충분히 그럴 법하다.

"그래서 미나토 씨는 직접 네 사람에게 벌을 주려고 했습니다. 그리고 그 결의를 하나 씨 무덤을 촬영한 사진 뒷면에 적었죠."

하타가미에 돌아온 뒤로 몇 번인가 그 가능성에 생각이 미쳤다. 어머니가 갑뿌들에게 추악한 폭행을 당했을 가능성. 아버지가 그 사실을 알고 복수를 계획했을 가능성. 하지만 외면했다. 어머니가 그런 짓을 당했다는 걸, 아버지가 범행을 꾸몄다는 걸 믿고 싶지 않았으니까. 그리고 기요사와 데루미에게 들은 이야기가 그 가설과 맞지 않았으니까.

─후지와라 미나토는 부인이 죽어도 된다고 했어.

아버지가 그렇게 말한 건 어머니가 남자들에게 폭행을 당했기 때문일까. 더럽혀졌기 때문일까. 그런 식으로 생각한 적도 있다. 하지만 역시 어머니의 몸에 무슨 일이 생긴들 아버지가 그런 말을 할 리 없다. 그래서 나도 기요사와 데루미처럼 모든 것이 석연치 않아 난감할 따름이었다.

하지만 이제는 선명히 기억난다.

아버지가 그 말을 했을 때 병실에는 나, 아버지, 그리고 다른 지역 출신의 젊은 간호사가 있었다. 1년 뒤 내가 벼락을 맞았을 때 돌봐준 간호사다. 그 간호사가 표준어를 썼기에 내가 멀리 떨어진 도쿄의 병원으로 실려 온 줄 착각했던 것을 기억한다.

그때 나는 어머니 침대 옆에서 울면서 뭔가 할 수 있는 일이 없을까 간절히 생각했다. 어머니가 깨어나기를, 나를 봐주길 바라면서 입김을 분 양손을 어머니 얼굴과 목에 대고 차가운 강에 잠겨 있었던 몸을 덥히려고 애썼다. 그러자 아버지가 뒤에서 말했다.

"신데모에에."

여기 니가타와 아버지의 고향인 군마에서 "그러지 않아도 된다"는 뜻으로 하는 말이다. 아버지는 내 어린 손길이 적절한 조치를 취하는 의사와 간호사를 방해하지 않도록 슬쩍 타이른 것이다. 그 말을 간호사가 잘못 알아들은 해프닝이었을 뿐이다.*

"후지와라 미나토 씨는 네 갑빠를 살해할 계획을 세웠고, 살해 방법은 다음 해 신올림제 때 라이덴국에 흰알광대버섯을 넣는 것이었습니다. 흰알광대버섯은 그렇게 희귀한 버섯은 아니지만, 그렇다고 금방 구할 수 있는 것도 아니죠. 미나토 씨는 사진 뒷면에 이 글을

•   일본 표준어로 '죽어도 된다'는 '신데모이이'다.

쓴 다음부터 산을 돌아다니며 흰알광대버섯을 모았겠죠. 그리고 몰래 말려서 집이나 가게 어딘가에 보관했습니다. '신울림제 당일까지 결의가 바뀌지 않으면 결행'이라고 썼으니 분명 축제 당일 아침 일찍 신사 작업장에 숨어들어 라이덴국에 흰알광대버섯을 넣을 생각이었을 겁니다."

어머니가 세상을 떠난 지 1년이 지나 드디어 신울림제가 다가왔다. 아버지는 신울림제 전날, 어머니의 1주기 법회를 치른 날에 카메라를 잡고 마치 살아온 증거를 남기겠다는 듯이 지금 탁자에 놓여 있는 사진 20여 장을 찍었다. 그리고 그날 저녁, 사진관 영업이 끝나기 직전에 찾아가서 필름을 맡겼다.

─그 남자가 필름을 맡기면서 그랬어.

당시 사진관 주인이던 노인의 말은, 지금 생각해보면 진실이리라.

─자기 말고 아이들이 대신 사진을 받으러 올지도 모른다고. 요컨대 그 남자는 경찰에 붙잡힐 걸 각오한 셈이야.

"하지만 미나토 씨는 마지막 순간에 마음을 바꿨죠."

그렇다, 마음을 바꿨다.

분명 나와 누나를 생각해서. 엄마의 죽음을 극복하고 살아가야 할 아이들을 생각해서다. 복수와 가족을 양팔에 올린 천칭이 마지막 순간에 가족 쪽으로 기울어진 것이다.

─작년에는 못 먹었답니다.

신울림제 날, 배전 앞에서 버석국을 떠주는 여자들에게 아버지가 평온한 얼굴로 그렇게 말했던 것이 기억난다. 1년 전 세웠던 살해 계획을 자기 의지로 중단한 아버지는 그때 희망에 가까운 뭔가를 보고 있었던 것 아닐까. 모든 것을 잊고 재출발하려는 마음 아니었을까.

그런데 그 직후에 벼락이 누나와 나를 덮쳤다.

─아이들이 벌을 받았어.

온몸에 흉터가 생기고 의식을 찾지 못하는 딸. 기억을 잃은 아들. 아버지는 자신 대신 아이들이 벌을 받았다고 생각한 것이리라. 자기가 라이덴국에 독버섯을 넣겠다는 몹쓸 마음을 먹었기 때문이라고.

"그날 밤, 병원에 구급 환자 네 명이 실려 왔습니다."

구로사와 소고, 아라가키 다케시, 시노바야시 가즈오, 나가토 고스케. 실려 온 네 갑뿌 중 두 명이 사망하고 남은 두 명도 중태에 빠졌다. 그리고 라이덴국에 든 흰알광대버섯이 그 원인으로 밝혀졌다.

"미나토 씨가 단념한 범죄가 실현된 겁니다. 미나토 씨는 숨겨뒀던 흰알광대버섯을 곧바로 확인했겠죠. 그러자 버섯이 없어져 있었고요. 미나토 씨는 어찌할 바를 모르고 허둥댔을 겁니다. 자기가 마지막 순간에 단념한 범죄를 누군가가 실행했다. 하지만 그게 누구일까. 어쩌면 같이 사는 아사미 씨와 유키히토 씨가 범인일 가능성이 머리를 스쳤을 수도 있겠죠. 하지만 어떤 부모가 그런 가능성에 확신을 품겠습니까?"

아야네는 탁자에 손을 뻗어 아버지가 남긴 글씨를 가리켰다.

"아사미 씨가 아버지의 계획을 알게 된 경위는 유키히토 씨, 유미 씨와 똑같았을 겁니다. 사진 뒷면에 적힌 이 글씨를 본 거죠. 그리하여 자기 말고 아버지도 어머니에게 무슨 일이 일어났는지 알고 있을 뿐더러, 네 갑뿌에게 복수할 계획을 세웠다는 걸 알아차렸습니다."

왜 아버지는 사진 뒷면에 글을 적어서 앨범에 붙여놓았을까. 왜 이렇게 발견되기 쉬운 곳에 계획을 써놓았을까. 이제는 그 이유를 알 것 같았다.

나나 누나가 발견하길 바란 것 아닐까. 발견해서 따져 묻기를 바란 것 아닐까. 아이들 앞에서 펑펑 울며 아무 말 못 하고 고개를 젓는다. 그럼으로써 인생을 새로 시작할 실마리를 잡고 싶었던 것 아닐까. 하지만 내가 그걸 발견한 건 세월이 한참 지난 뒤였다. 누나는 30년 전에 발견했지만 아버지에게 따져 묻지 않았고…….

"사진 뒷면에 적힌 글을 본 아사미 씨는 아버지와 동생 모르게 집과 가게를 구석구석 뒤졌습니다. 어딘가 숨겨놨을 흰알광대버섯을 찾아내려고요. 이 부분에 대해서는 기에 씨가 아사미 씨께 구체적인 이야기를 들으셨을 것 같은데…… 어떤가요?"

기에는 시간을 들여 고개를 끄덕였다.

"주방 싱크대 밑에 숨겨둔 종이봉투에 찢어서 말린 하얀 버섯이 들어 있었대요. 그걸 보고 아사미 짱은 하여튼 계획을 말려야 한다, 유키히토가 아직 중학교 1학년밖에 안 됐는데 아버지가 그런 짓을 하게 놔둬선 안 된다는 생각으로 버섯을 자기 방 옷장에 숨겼어요."

아버지가 계획을 실행하지 못하도록.

신울림제에서 무서운 일이 일어나지 않도록.

"하지만 신울림제 날이 다가오자 사진 뒷면에 적힌 아버지의 글씨가 자꾸 떠올랐고…… 사경을 헤매던 어머니, 아버지의 심정, 네 갑뿌에 대한 분노, 부조리한 세상에 대한 불만이 쌓이고 쌓인 끝에,"

자기가 계획을 실행하기로 마음먹었다.

"아사미 짱은 흰알광대버섯이 든 종이봉투를 옷장에서 꺼내서 옷옷 밑에 감추고 신사로 향했어요. 신울림제 전날 이른 아침에요."

전날, 하고 유미가 한숨 쉬듯 중얼거렸다.

그렇다, 전날이었다. 지금까지 다들 신울림제 당일 아침 일찍 누

375

군가가 라이덴국에 흰알광대버섯을 넣었다고 여겨왔다. 하지만 실제로는 하루 전, 신울림제 *전날* 이른 아침이었다.

"여기 있는 사진을 보면 몇 가지 사실을 알 수 있죠."

아야네가 사진 두 장을 끌어당겼다. 누나가 찍힌 사진과 내가 찍힌 사진. 누나는 집 앞 골목 오른쪽을 향해 걸어가고 있고, 앞에 펼쳐진 하늘이 어렴풋이 밝다. 나는 자면서 눈물을 흘리고 있고, 머리맡 시계가 가리키는 시각은 6시 반이다. 이 두 사진을 포함한 사진 20여 장을 처음 보았을 때, 나도 유미도 전부 저녁에 찍은 사진이라고 착각했다. 하지만 11월이 끝나가는 시기인데 오후 6시 반에 하늘이 밝을 리 없다. 아버지는 이 사진을 아침 6시 반에 찍었으며, 누나가 걸어가는 방향에 있는 것은 저녁 해가 아니라 아침 해다. 애당초 골목을 동쪽으로 걸어가는 누나 앞에 저녁 해가 보일 리 없다.

골목 저편을 돌아 간선도로로 나가서 동쪽으로 더 나아가면, 이윽고 왼쪽에 보석산 참배길이 보인다. 우리가 하타가미에 온 첫날, 옛집이 있던 곳에서 라이덴 신사로 향했을 때와 똑같은 경로다.

다음 날 복수를 실행할 작정이었던 아버지는 살아온 증거를 남기겠다는 듯이 카메라를 잡았다. 그러고는 집 구석구석, 어머니가 소중히 아꼈던 마당, 둘이서 차린 가게, 가게 앞에 선 자신을 찍었다. 잠든 나, 집을 나서서 어딘가로 걸어가는 누나의 뒷모습에 대고 셔터를 눌렀다. 설마 누나가 본인이 세운 복수 계획을 직접 실행하러 가는 줄은 상상도 못 하고서.

"여기에 눈이 찍혔습니다."

누나 뒷모습을 담은 사진. 렌즈 바로 옆으로 떨어지는 눈 알갱이가 부옇고 애매한 원형으로 찍혔다.

"하타가미에서는 보통 벼락이 떨어진 다음에 눈이 옵니다. 하지만 그 순서가 반대인 해도 물론 있죠. 예를 들면 독버섯 사건이 일어난 30년 전이 그랬습니다."

그해 신울림제 전날, 아침 일찍 눈이 내렸다. 절에서 어머니의 1주기 법회를 치렀을 때 본당에서 보이는 솔잎이 보얗게 물들어 있던 것을 기억한다.

하지만, 하고 유미가 당혹스러운 표정으로 사진과 아야네의 얼굴을 번갈아 보았다.

"기에 아줌마의 엄마는 신울림제 전날 이른 아침이 아니라, 당일 이른 아침에 범인을 봤잖아요? 대체 그 목격담은 뭔가요? 날짜도 다르고, 사람도 다르고…… 설마 고모를 할아버지로 착각했을 리는 없는데."

"물론 그럴 리 없죠. 다라베 요코 씨가 본 사람은 아사미 씨였습니다."

"그럼 그 편지는,"

"편지에도 처음부터 그렇게 써 있었어요."

아야네가 부탁드려도 될까요, 하고 내게 고개를 돌렸다.

나는 가방에서 봉투를 꺼내 삼등분으로 접은 편지지를 좌식 탁자에 펼쳤다.

신사에서 신울림제가 열리기 전, 이른 아침 벼락 속에서 저는 당신이 작업장에 들어가는 모습을 봤습니다. 당신이 하얀 물체를 라이덴국 냄비에 넣고 떠난 뒤, 저는 즉시 냄비를 확인해 그것이 버섯임을 알았습니다. 맹독이 있는 흰알광대버섯일 가능성도 머리를 스쳤습니다. 하지만 저는 국을 버리지 않았고, 당신이 버섯을 넣었다는 사실도 밝히지 않았습니다. 그 결과 두 분이 돌아가시고 두 분이 중태에 빠졌습니다. 저는 그 책임을 짊어지고 살아갈 수 없습니다.

이 편지는 버려도 전혀 상관없습니다.

모든 것은 당신에게 맡기겠습니다. 다만 가족을 생각해주길 바랄 따름입니다.

헤이세이 원년 12월 10일

라이덴 신사 신관

다라베 요코

"가게를 찾아온 다라베 요코 씨는 후지와라 미나토 씨에게 편지를 주었습니다. 하지만 미나토 씨에게 건넸을 뿐, 실은 아사미 씨에게 쓴 편지였죠. 벼락을 맞고 의식불명 상태로 병원에 누워 있는 아사미 씨에게 언젠가 전해달라고 부탁한 거예요. 물론 미나토 씨가 봉투를 뜯어서 편지를 읽을 줄은 다라베 요코 씨도 예상했겠죠. 편지를 맡기자마자 자기가 목숨을 끊으면 미나토 씨가 내용을 확인하지 않을 리 없으니까요."

다라베 요코는 분명 모든 것을 아버지의 결정에 맡긴 것이다. 딸의 친구인 누나가 지은 죄를 백일하에 드러낼지 말지도 포함해서.

"하지만 여기…… '이른 아침 벼락 속'이라고 적혀 있는데요."

유미가 편지에서 고개를 들고 당혹스러움이 더욱 깊어진 눈빛으로 아야네에게 물었다.

"아침 일찍 벼락이 친 날은 신울림제 전날이 아니라 당일 아니었나요?"

유미 말이 맞는다. 신울림제 전날은 벼락이 치지 않았고 천둥소리도 들리지 않았다. 그렇기에 다라베 요코가 일련의 일을 신울림제 당일 목격한 것으로 추정됐다.

하지만.

"편지에 똑같은 한자가 세 번 나옵니다."

아야네는 편지지를 유미 쪽으로 돌렸다.

"하지만 자세히 보면 하나는 모양이 달라요."

손가락을 뻗어 제일 먼저 나오는 '벼락雷'이라는 글씨를 가리켰다.

"여기에는 원래 '눈雪'이라는 글씨가 적혀 있었습니다."

아버지가 선을 두 개 추가해 벼락으로 바꾼 것이다. 고작 선 두 개가 편지에서 가장 중요한 내용을 뒤바꿨다. 다라베 요코가 신울림제 전날 이른 아침이 아니라, 당일 이른 아침에 범인을 목격한 것으로 보이도록 만들었다. 그리고 당일 아침에 누나는 한 번도 집 밖으로 나가지 않았다.

"다라베 요코 씨가 돌아가신 뒤 봉투를 뜯어 이 편지를 읽었을 때, 미나토 씨는 자기 딸이 독버섯 사건의 범인임을 알았겠죠. 어쩌면 좋을까. 어떻게 해야 올바를까. 미나토 씨는 번민 속에서 냉가슴을 앓았을 거예요. 그런데 고민하는 사이 기에 씨가 취재진과 함께 가게를 찾아왔습니다."

─엄마는 죽기 전에 여기 뭘 하러 왔나요?

그때 아버지는 문가에서 아무 말도 하지 않고 기에와 얼굴을 마주 보았다. 마치 숨조차 쉬지 않는 듯 미동도 없이.

─잠깐만 기다려요.

잠시 뒤 아버지는 그렇게 말하고 2층으로 올라가서 봉투를 들고 돌아왔는데, 선을 두 개 그은 건 그때였을 가능성이 높다. 아무에게도 보여줄 생각이 아니라면 내용을 수정할 필요가 없으니까.

"미나토 씨는 딸 대신 본인이 범인이 되기로 결심한 겁니다. 편지가 아사미 씨 앞으로 왔음을 숨기고, '눈'을 '벼락'으로 바꿈으로써."

다라베 요코가 편지를 건넨 날, 아버지는 영업이 끝날 무렵에 사진관을 찾아가서 지금 탁자에 늘어놓은 사진 20여 장을 받아 왔다. 신울림제 전날, 누나가 아침 일찍 내린 눈 속을 걸어 라이덴 신사 쪽으로 향하는 모습이 찍혔기 때문이다. 사진관에 맡겨놓는 건 위험하다고 생각했으리라.

"물론 미나토 씨는 편지를 읽은 뒤 편지 자체를 처분할 수도 있었을 겁니다. 실제로 여기에 편지를 버려도 상관없다고 적혀 있고요. 하지만 그러지 않고 굳이 자기가 범인이 되기를 선택한 건, 아사미 씨를 확실히 지키기 위해서였습니다."

신울림제 전날 라이덴 신사를 향해 걸어가는 누나를 누가 봤을지도 모른다. 이른 아침이었다지만 작은 마을에서 남의 눈에 전혀 띄지 않고 먼 거리를 이동하기는 힘들다. 그대로 시간이 흘러 마을 사람 모두를 대상으로 수사가 진행됐다면 경찰이 누나에게 다다랐을 것이다. 그러면 누나가 범인이라는 무슨 증거가 발견됐을지도 모른다. 아버지는 그런 사태를 막고자 한 것이다. 편지가 누나에게 왔다는 사실을 숨기고, 자신이 용의 선상에 올라, 혼자만 경찰의 수사 대상이 됨으로써.

─난 틀리지 않아.

아버지의 의도대로 독버섯 사건의 범인은 후지와라 미나토로 추정됐고, 경찰은 아버지를 유일한 용의자로 삼아 수사를 진행했다. 하지만 증거는 발견되지 않았고 얼마 뒤 우리 가족은 마을을 떠났다. 결국 사건은 미제 상태로 공소시효가 성립됐다.

"아사미 씨가 독버섯 사건의 범인인 걸 알았을 때, 미나토 씨는 신울림제에서 먹은 버섯국의 맛이 묘했던 것도 생각났겠죠."

―똑똑히 기억합니다.

농협 직원 도미타 씨가 한 말.

―안 먹느냐고 물어보니 묘한 맛이 나서 안 먹을 거라고 했어요.

"이 사진에 흰무늬엉겅퀴…… 별칭이 마리아엉겅퀴인 식물이 찍혀 있습니다."

아야네가 마당을 찍은 사진을 가리켰다.

"예로부터 약초로 이용했는데요. 씨앗에 함유된 실리마린이라는 성분이 간을 독소로부터 보호하는 걸로 알려져 있어요. 해독 효과가 아주 뛰어나서 설령 흰알광대버섯을 먹어도 10분 이내라면 해독률이 100퍼센트에 달합니다."

옛날에 아버지가 과음했을 때 어머니가 먹인 것도 마리아엉겅퀴의 씨앗이었을 것이다.

"아사미 씨는 이 마리아엉겅퀴 씨앗을 30년 전 신울림제 당일, 미나토 씨의 버섯국에 몰래 넣은 거예요. 씨앗을 달여서 진액을 준비해놨는지, 갈아서 만든 가루를 넣었는지는 모르지만요."

누나는 독버섯이 든 라이덴국이 일반 버섯국에 섞일 가능성을 고려했으리라.

"물론 설령 갑뿌들이 라이덴국을 조금 떠서 일반 버섯국에 넣은들, 버섯국 냄비는 아주 큽니다. 거기 섞인 흰알광대버섯이 만약 누군가의 그릇에 들어갔더라도 미량이었겠죠. 중태에 빠질 확률은 거의 없습니다."

식물에 해박한 누나도 당연히 그걸 알고 있었을 것이다. 아니라면 분명 이 계획을 실행하지 않았다. 수많은 사람을 위험에 빠뜨릴 짓을 누나가 할 리 없다.

"하지만 세상에는 우연이라는 것이 있습니다. 우연히 아버지의 그릇에 독버섯이 많이 들어갈 가능성도 없지는 않아요. 설령 만 분의 1의 확률일지라도, 만 번에 한 번 발사되는 권총을 들고 아버지에게 방아쇠를 당길 수는 없었겠죠."

그래서 누나는 아버지의 그릇에 해독제를 넣었다. 성모 마리아의 이름이 붙은 엉겅퀴 씨앗으로 아버지를 지키려 했다. 마을 사람 모두에게 해독제를 준비해줄 수는 없지만, 하다못해 아버지만이라도 구하겠다는 마음으로. 그 때문에 버섯국의 맛이 변해서 아버지가 거의 입에 대지 않고, 그 모습을 본 도미타 씨의 증언이 후지와라 미나토 범인설을 뒷받침할 줄은 꿈에도 모르고서.

"하지만 의문이 딱 하나 있습니다."

아야네가 기에에게 고개를 돌렸다.

"이 편지를 쓴 다라베 요코…… 기에 씨의 어머님은 아사미 씨가 라이덴국에 하얀 버섯을 넣는 광경을 목격했고, 그게 흰알광대버섯일 가능성까지 머리를 스쳤는데 어째서 그냥 놔뒀을까요? 왜 사건을 막지 않은 걸까요?"

"어머니는 사무소 안쪽 방에서 무슨 일이 있었는지…… 마음속 한구석에서는 짐작했을지도 몰라요."

"후지와라 하나 씨가 네 갑뿌의 폭행 때문에 돌아가신 걸요?"

고개를 끄덕이는 기에의 얼굴이 실제로 통증을 느낀 것처럼 일그러졌다.

"물론 아무 확신 없는, 아주 작은 의혹이었겠죠. 어머니는 갑뿌들을 믿었거든요. 제가 보기에는 그들이 무례하고 오만한 태도로 대해도 늘 웃어넘겼고, 네 사람이 내는 기부금도 진심으로 고마워하면서 받았어요. 그러니 어머니는 분명 그 작은 의혹을 금방 자신의 가슴에서 지웠을 거예요. 후지와라 하나 씨의 죽음에 대해 아무것도 모른다는 그들의 말을 믿고서."

"그렇군요. 그런데 이듬해 아사미 씨가 라이덴국에 흰알광대버섯일지도 모르는 것을 넣는 광경을 봤습니다. 그리고 생각했겠죠. 1년 전에 품었던 의혹은 진실이 아니었을까. 후지와라 하나 씨는 역시 네 갑뿌 때문에 죽었고, 그 사실을 안 아사미 씨가 네 사람에게 무서운 복수를 하려는 것 아닐까?"

하지만 기에는 고개를 저었다.

"아사미 쨩이 라이덴국 냄비에 뭔가 넣는 모습을 본 뒤에도 어머니는 여전히 네 사람을 믿었을 거예요. 적어도 믿으려고 애썼겠죠."

기에는 확신에 찬 말투였다.

"그건…… 어째서죠?"

"만약 의혹이 사실이라면 어머니의 인생이 망가지니까요."

기에의 목소리에 지금까지 드러낸 적 없는 감정이 섞였다. 격정적이고 확신에 찬 목소리. 철없는 어린아이가 무조건 믿는 뭔가에 대해 남의 반대를 무릅쓰고 열띠게 주장하는 목소리.

"이 마을과 이 산에서 신사의 신관으로 살아온 어머니의 인생이 모조리 망가지기 때문이에요."

그 목소리를 듣자 기에가 다라베 요코의 딸이라는 이미 알고 있던 사실에 처음으로 직면한 기분이었다. 단순히 두 사람이 혈연이라는 의미가 아니다. 기에와 다라베 요코도 나와 유미처럼, 서로에게 하나뿐인 부모와 자식이었다. 기에는 방금 '어머니의 인생'이라고 했다. 하지만 외동딸인 자신의 인생도 거기 포함되어 있었음을 기에는 누구보다도 잘 안다. 딸의 인생을 지키기 위해 어머니가 애써 의혹을 억누르고, 갑뿌들을 믿으려 했다는 것을. 그러지 않을 수 없었다는 것을.

"마지막에는 분명…… 신에게 맡길 수밖에 없었겠죠."

신, 하고 아야네가 되뇌었다.

기에는 눈을 감고 아주 살짝 턱을 당겼다.

"만약 의심이 사실이라면 네 갑뿌는 벌을 받아요. 그리고 만약 모든 것이 어머니의 오해라면 신울림제는 아무 일 없이 끝날 테고요. 아사미 짱이 라이덴국에 뭘 넣었는지는 나중에 본인에게 물어보면 된다. 전부 내가 오해했을 가능성도 있다. ……어머니는 분명 그렇게 생각했겠죠."

그래서 다라베 요코는 냄비에서 흰 버섯을 꺼내지도, 라이덴국을 버리지도 않았다. 갑뿌들을 완전히 의심하지도, 의심을 완전히 버리지도 못한 채 모든 것을 신에게 맡겼다.

신관으로 살아온 다라베 요코가 그때 신의 뜻을 진심으로 믿었을지는 모르겠다. 어쨌거나 다라베 요코는 얼마 지나지 않아 신의 존재를 절실히 느끼게 된다. 네 갑뿌가 흰알광대버섯을 먹고 죽음의 문턱에 섰다가 결국 두 명이 목숨을 잃고, 누나가 번개에 맞아 한쪽 귀의 청력과 아름다운 피부를 빼앗긴 바로 그때.

"모든 일이 벌어진 뒤, 어머니가 뒤늦게 얼마나 후회했을지……."

딸인 기에조차 다 헤아릴 수 없는 그 마음을 우리가 어떻게 상상하겠는가. 같은 여자면서 후지와라 하나를 지키지 못한 것. 딸의 친구가 끔찍한 죄를 저지르도록 내버려둔 것. 갑뿌들에 대한 믿음이 그들의 죽음으로 이어진 것. 무엇 하나 돌이킬 수 없는 일들을 한꺼번에 짊어진 다라베 요코는 죄책감으로 한없이 무거워진 몸을 배전미닫이문 위 틀에 매달 수밖에 없었다.

"저는 어렸을 적부터 어머니가 특별하다고 생각했어요. 주변에 있는 평범한 어머니와는 다르게 특별한 존재라고요."

기에는 눈을 감은 채 떨리는 목소리로 말했다.

"하지만…… 어머니도 평범한 사람이었어요. 평범하고 약한 사람이었던 거예요."

다라베 요코가 자살하기 직전에 경찰에 가서 모든 사실을 고백하는 대신 아버지에게 편지를 맡긴 것도 평범한 인간이었기 때문이리라. 자기는 의심을 억누르고 사건을 막으려 하지 않았으면서, 남의 죄는 백일하에 드러내다니, 그럴 수는 없었던 것이리라.

"고모는……."

유미의 시선이 나를 향했지만, 나보다 더욱 큰 존재의 도움을 바라는 눈치였다.

"30년 전에 저지른 일을 쭉 감춰왔던 거야?"

이해하려 애써도 도무지 받아들일 수 없는 것이리라. 아빠가 안심시켜주길 바라면서도, 그런 기대가 절대로 이루어질 리 없다고 생각하는 것이리라.

"30년 내내 거짓말을 하면서 자기가 저지른 짓을 할아버지에게 떠넘긴 거야? 나랑 아빠랑 함께 이 마을에 왔을 때도, 진실을 알고 싶다고 거짓말을……."

나는 유미가 말하는 도중에 고개를 저었다.

"거짓말 안 했어."

진실을 알고 싶다는 누나의 말은 결코 거짓이 아니었다. 30년 전 이 마을에서 무슨 일이 일어났는가. 아버지는 정말로 독버섯 사건의 범인이었는가. 만약 그렇다면 대체 왜 그런 짓을 했는가.

―이유를 알면 아버지에게 품은 감정도 달라질지 모르지.

누나는 정말로 모든 것을 알고 싶어 했다.

"나랑 똑같았던 거야."

유미의 눈동자가 흔들렸다.

"벼락이…… 누나의 기억을 빼앗았어."

측격을 당한 내가 기억을 잃었는데, 직격을 맞은 누나가 기억에 아무 이상도 없을 거라고, 어째서 30년이나 철석같이 믿은 걸까. 유미의 호주머니 속에서 깨진 센베이 두 개처럼, 하나가 깨졌는데 다른 하나가 멀쩡할 리 없다. 벼락을 맞았을 때 누나는 나처럼, 아니 나보다 훨씬 광범위하게 기억을 잃은 것이다. 하타가미를 떠난 뒤로 우리는 과거에 대해 일절 이야기하지 않고 살아왔다. 그 때문에 누나가 기억을 잃었음을, 그리고 그 사실을 계속 숨겼음을 나도 아버지도 눈치채지 못했다.

"그럼 고모는 기억을 잃은 걸 30년이나 숨긴 거야? 아무한테도 말하지 않고 쭉?"

나는 다시 고개를 저었다.

"아무에게도 말하지 않았던 건 아니야."

누나가 병실에서 의식을 되찾았을 때 거기 있었던 사람. 벼락을 맞고 긴 잠에 빠졌다가 깨어난 누나와 제일 먼저 말을 섞은 사람.

"……아는 사람이 있어? 누군데?"

이 질문의 답이 바로 30년 전과 현재를 잇는 도화선의 끄트머리다. 잠에 빠졌던 화약을 폭발시키는 최초의 불씨였다.

"저예요."

기에의 목소리가 떨렸다. 30년 전, 우리 가게를 찾아와 아버지와 마주 섰을 때처럼.

"아사미 짱이 병실에서 깨어났을 때…… 몇 마디 나누어보고 바로 알았어요. 아사미 짱의 기억에는 공백이 많았어요. 그해 있었던 일, 1년 전 일, 훨씬 옛날의 일. 특히 어머님이 신사에서 행방불명됐을 무렵부터 벼락을 맞기 전까지 있었던 일은 대부분 기억하지 못하는 것 같더군요."

떨리는 기에의 목소리에 울음이 섞였다. 이런 목소리를 듣는 건 처음이다. 자기 어머니가 목숨을 끊은 뒤에도, 깨어나지 않는 누나를 병문안하러 왔을 때도, 기에는 한 번도 울먹이는 모습을 보이지 않았다. 분명 목구멍 속에 울음을 가두어두었으리라. 그 대신에 혼자서 수없이 울었으리라.

"어머님이 돌아가신 것조차…… 아사미 짱은 잊어버렸어요."

유미의 온몸에 힘이 들어가는 게 옷 위로도 보였고, 유미의 얼굴은 순식간에 핏기를 잃고 창백해졌다.

"제가 병실에서 아사미 짱에게 알려줬어요. 어머님이 돌아가신 걸 포함해 하타가미에서 일어난 일을 전부. 아사미 짱이 기억을 잃었다는 걸 남에게 들키기 전에요."

어째서, 라는 짧은 말을 끝맺지 못하고 유미의 목소리는 사그라들었다.

"왜냐하면…… 그러지 않으면 아사미 짱 아버님이 경찰에 체포될 것 같았거든요."

당시 경찰은 라이덴국에 흰알광대버섯이 들어갔다고 추정되는 신울림제 당일 아침 집에서 나간 적이 없다는 아버지의 말을 의심했다. 아버지는 아이들과 같이 있었다고 진술했고 그 진위를 가릴 수 있는 누나는 의식불명 상태였으므로, 경찰은 누나가 깨어나기만을 이제나저제나 기다렸다. 반대로 말하면 아버지의 알리바이를 증명하기 위해서도 누나의 증언이 꼭 필요했다.

"그래서 아사미 짱에게 일어난 일을 전부 말해줬죠."

열일곱 살이었던 기에의 과감한 결단. 기에는 병실에서 누나에게 모든 일을 설명했다. 1년 전에 어머니가 변사했다는 것. 올해 신울림제 때 독버섯 사건이 발생했다는 것. 자기 어머니가 자살했다는 것. 자살하기 직전에 우리 아버지에게 편지를 줬다는 것. 거기 적힌 내용. 범인으로 의심받는 아버지의 알리바이가 증명되느냐 마느냐는 누나에게 달려 있다는 것.

"아사미 짱은 누구에게도 울음소리가 들리지 않도록…… 베개에 얼굴을 꽉 묻은 채 제 이야기를 들었어요."

기에의 이야기를 듣고 누나는 분명 마을 사람들과 경찰처럼 아버지를 범인으로 여겼을 것이다. 전부 잊어버렸으니까. 빈사 상태의 어머니가 쥐어짠 목소리로 한 말도, 아버지가 사진 뒷면에 적은 글도, 주방에서 흰알광대버섯을 찾아낸 것도, 그걸 자기가 라이덴국에 넣은 것도. 그리고 자기 몸에 무참한 흉터가 남은 것도, 나중에 어떤 마을 사람이 말했듯이 아버지 대신 자기가 벌을 받았다고 믿은 게 틀림없다. 덧붙여 누나는 아버지의 진술, 신울림제 당일 아침 아이들과 같이 있었다는 진술에 대해서도 크게 오해했을 가능성이 있다. 병실에서 기에게 사건의 자초지종을 듣고 누나는 이렇게 생각하지 않았을까. 아버지는 체포를 피하려고 경찰에 거짓말을 했다. 실은 신울림제 당일 아침, 신사에 가서 라이덴국에 흰알광대버섯을 넣었다. 아이들과 함께 있었다는 말은 거짓말이다. 즉, 자기가 깨어나면 그 거짓말은 바로 들통난다. 누나는 아버지가 딸이 이대로 깨어나지 않기를 바랐다고 생각한 것 아닐까. 그렇게 오해한 탓에 아버지에게 강한 불신이 생겨서 대화조차 않게 된 것이다. 그게 아니라면 사이타마에서 새로 가게를 차려 인생을 다시 시작하려던 아버지에게,

—아빠는 그럴 자격 없어.

그런 말을 했을 리 없다.

"마지막 순간에 아사미 짱은 고개를 끄덕였어요."

그로부터 며칠 뒤 누나는 긴 잠에서 깨어난 척했다. 그리고 병실에 들어온 형사들에게 진술해 아버지의 알리바이를 증명했다. 자기가 기억을 잃었음을 숨기고 아버지가 신울림제 당일 아침에 자기와 함께 있었다고 대답한 것이다. 그럼으로써 누나는 아버지를 지켰다고 생각했다. 단단한 얼음 같은 불신을 품은 채로, 자신을 키워준 부모를 제힘으로 구했다고 생각했다. 하지만 실제로는 아버지가 누나를 지키고 구했다.

"저는 누나가 기억을 잃었다는 걸 좀 더 일찍 알아차릴 수도 있었습니다."

나는 온갖 상황에서 힌트를 놓쳤다.

30년 전 신울림제 날 아침에 누나가 했던 새 모양 금속 머리핀. 머리에 그런 걸 하고 가면 벼락이 떨어지지 않을까 걱정됐지만 빼라고 강하게 말리지 못했다.

—머리핀을 빼라고 좀 더 확실히 말할 걸 그랬어.

후회하는 마음을 사이타마의 좁은 집에서 처음 털어놓았을 때.

—다 잊어버렸어.

누나의 입에서는 더할 나위 없이 명확한 진실이 흘러나왔다.

"이 마을에 온 뒤에도 알아차릴 기회는 얼마든지 있었고요."

누나가 민박집에서 수수께끼 같은 말을 꺼낸 이유도 이제는 안다. 하타가미에 온 첫날, 우리는 방 창가에 나란히 섰다. 그때 옛날에 내가 복수초를 머위꽃으로 착각하고 따 왔던 일이 생각났다. 아버지에게 야단맞고 펑펑 운 뒤에 누나가 복수초에 대해 가르쳐준 것도. 복수초 꽃은 봉오리 상태로 햇빛이 비치기를 가만히 기다리다가, 햇빛을 받으면 고작 10분 만에 활짝 핀다. 따뜻해진 꽃에 모여든 벌레가 꽃가루를 수술에서 암술로 이동시켜 복수초는 점점 늘어난다.

—새삼스럽지만, 왜 그때 복수초에 대해 가르쳐줬어?

—언제?

—왜, 내가 어렸을 적에 *머위꽃*을 따왔을 때.

그때 누나는 잠깐 입을 다물고 있다가 중얼거렸다.

—아주 비슷하니까.

나는 창가에서 고개를 갸웃했다. 머위꽃과 복수초가 비슷하게 생겨서 알려줬다는 뜻일 리는 없다. 비슷하게 생겼기 때문에 어린 내가 바보 같은 실수를 한 거니까.

—……수수께끼야?

―글쎄.

그건 수수께끼도 뭣도 아니었다. 내가 복수초를 따 온 것도, 그래서 아버지에게 심하게 혼난 것도 누나는 기억하지 못했다. 나와 추억을 공유할 수 없었다. 그래서 냉큼 그렇게 말한 것이다. 몰랐던 건 내가 아니라 누나다.

그날 저녁에 우리는 기요사와 데루미의 집을 찾아가 어머니의 병실에서 있었던 일을 들었다. 그리고 빈사 상태의 어머니가 목소리를 쥐어짜 누나에게 뭔가 말했다는 것을 알게 되었다. 그때도 그렇게 중요한 이야기를 누나가 지금까지 언급하지 않았다는 사실이 당황스러웠다. 하지만 누나는 결코 일부러 입 다물고 있었던 것이 아니었다. 누나도 전부 처음 듣는 이야기였다.

"기에 씨, 하나만 더 솔직히 말씀해주세요."

아야네의 목소리는 지금까지보다 더 신중했다.

"어느 시점에선가, 아사미 씨가 독버섯 사건의 범인이라는 걸 알아차리시지 않았나요?"

기에는 대답하지 않았다.

"미나토 씨에게 기에 씨 어머님의 편지를 받았을 때, 또는 그 뒤에 기에 씨는 편지의 글자가 수정됐다는 걸 눈치챘을 겁니다. 어머님은 오랫동안 라이덴 신사의 신관으로 계셨죠. 기에 씨는 어렸을 적부터 어머님이 쓰신 '눈'과 '벼락'이라는 글자를 헤아릴 수 없이 여러 번 봤을 거예요. 그런데 다른 사람들처럼 내내 이 편지에 속아왔다고는 생각하기 힘듭니다만."

기에는 언제까지고 움직이지 않았다. 그 모습이 점차 실체감을 잃어 액자에 담긴 한 장의 그림으로 보일 만큼 오랫동안.

"편지에 손을 댔다는 건 얼마 뒤에 알아차렸어요."

마침내 기에가 입술만 달싹여 아야네의 말을 인정했다.

"아사미 짱이 깨어나고 며칠 지났을 무렵이었죠. 물론 전 그때 왜 편지가 수정되었는지는 몰랐지만, 적어도 아사미 짱 아버님이 진범이 아닐 가능성은 머릿속에 떠올랐어요. 이유는 방금 아야네 씨가 말씀하신 것과 같아요. 만약 아사미 짱 아버님이 범인이라면, 그냥 편지를 처분하면 되죠. 하지만 그러지 않고 일부러 글씨를 고쳐서 제게 줬어요. 그렇다면 누군가를 보호하기 위해 자기가 범인이 되려 했다고밖에 볼 수 없죠. 편지에 적힌 '당신'은 후지와라 미나토 씨가 아닌 것 아닐까. 그렇다면 아사미 짱이나 유키히토 씨 말고는 없었어요."

대체 아버지가 누구를 보호하려 했는가. 누가 라이덴국에 흰알광대버섯을 넣었는가.

"그때 뉴스에서 본 인터뷰가 생각났어요. 신울림제 때 후지와라 미나토 씨가 묘한 맛이 난다며 버석국을 먹지 않았다는 내용의."

후지와라 미나토 범인설을 뒷받침한 그 뉴스가 기에에게는 완전히 다른 의미로 다가왔다.

"다른 의미라니요?"

"예전에 집에 놀러갔을 때 아사미 짱이 어머님의 공책을 보여준 적이 있거든요. 생약이라고 하나요, 마당에 키우는 식물 중 뭐가 어떤 증상에 잘 듣는지 전부 적혀 있더라고요."

어머니가 돌아가신 뒤 누나가 공들여 베낀 공책.

"그중에 마리아엉겅퀴도 있었어요. 씨앗이 간에 좋은 약이 된다는 것, 요 부근에서 유명한 독버섯인 흰알광대버섯에도 뛰어난 해독 효과를 보인다는 것…… 그런 내용이 아사미 짱 어머님 글씨로 꼼꼼하게 정리돼 있더군요. 그 공책을 보며 우리는 독버섯을 먹어도 무사하겠다고 둘이서 웃었던 것도 기억해요."

그 잡담이 떠올랐을 때 기에의 머릿속에서 모든 것이 이어졌다.

"아사미 짱이 진범일 가능성이 제일 높다고 여기게 됐죠. 물론 동기는 몰랐고, 확신이 있었던 것도 아니에요. 지난 30년간 확신을 품었던 적은 단 한 번도 없어요."

"확신은 없었다."

아야네가 기에의 말을 되풀이했다.

"그렇지만 그 의혹을 자기 가슴속에만 담아둘 수는 없었다?"

30년 전 사건과 이번 일을 잇는 도화선.

우리를 하타가미로 불러들인 것.

"30년 전 병실에서 저와 아사미 짱은 약속했어요…… 아사미 짱이 기억을 잃었다는 사실을 아무에게도 말하지 않고 살겠다고. 그리고 아사미 짱은 그 약속을 착실히 지켰죠. 자기 가슴속에만 담아둔 채 30년을 살아왔어요. 하지만 저는……."

기에의 말이 끊어지자 아야네가 조용히 물었다.

"*어딘가에 기록한 것 아닌가요?*"

기에는 아야네의 눈을 빤히 바라본 뒤 딱딱한 물건을 구부리는 듯한 동작으로 고개를 끄덕였다.

"당시 쓰던 일기에 전부 적었어요. 아사미 짱의 병실에서 있었던 일도, 둘이서 한 약속도, 어머니의 편지가 수정된 것도, 아사미 짱이 마리아엉겅퀴의 효력이 적힌 공책을 보여준 것도."

토해내지 않을 수 없었으리라. 독버섯 사건의 범인은 기에의 어머니를 간접적으로 죽였다고도 할 수 있다. 그리고 범인으로 추정되는 사람은 아버지나 누나 중 하나였다. 그래도 기에는 아버지의 알리바이를 증명할 수 있도록 병실에서 누나에게 도움을 주었고, 누나가 진범일 수 있다는 걸 안 뒤에도 그 가능성을 아무에게도 말하지 않았다. 그리하여 두 사람은 경찰의 손아귀에서 빠져나왔고, 우리 가족이 하타가미를 떠날 수 있었다. 열일곱 살인 기에가 그런 결단을 내린 건 일찍이 누나가 어머니를 잃고 슬퍼하는 모습을 가까이에서 봤기 때문일지도 모르고, 누나가 벼락터 가장자리에서 뛰어내리려던 자신에게 새로운 인생을 주었기 때문인지도 모른다. 어쨌거나 일련의 의혹과 일은 가슴에만 가둬놓기에는 너무 컸다. 하다못해 글로나마 토해내지 않을 수 없었다.

"물론 남에게 보여주려고 기록한 건 아니니까 자세히 쓰지는 않았어요. 하지만 일기에는…… 관계자가 보면 무슨 의미인지 쉽게 알수 있는 말이 담겨 있었죠."

"과연…… 일기였군요."

아야네는 천장을 올려다보고 느릿느릿 고개를 끄덕이더니, 기에에게 얼굴을 돌리고 말을 이었다.

"15년 전에 니가타현 나카고시 지진이 발생한 뒤 여기에 도둑이 들었다고 하던데요."

그 이야기는 나도 기요사와 데루미에게 들어서 알고 있다. 지진이 발생한 뒤 산사태를 염려해 기에가 마을의 민박집에서 지낼 때 생긴 일이다. 도둑은 새전함을 부숴 돈을 모조리 훔쳤고, 사무소와 집을 뒤진 흔적도 남아 있었다.

"도둑맞은 물건 중에 일기장도 있었나요?"

"네, 맞아요."

대답하고 나서 기에는 눈물 젖은 눈으로 나를 보았다.

"그 일기장에는 전에 아사미 쨩에게 받은 편지도 끼워놨어요. 아사미 쨩의 새 주소와 일취라는 가게에 대해 적힌 편지요."

우리가 사이타마로 이사하고 2년 뒤에 누나가 보냈다는 편지.

즉, 편지를 훔친 인물은 30년 전의 진실과 우리 가족의 거처를 동시에 알게 된 셈이다.

"누가 훔쳤는지 그때는 짐작도 가지 않았지만…… 무섭고 불안해서 여러분이 어떻게 지내는지 살펴보러 사이타마에 갔죠. 일기장과 편지를 훔친 사람이 어떤 식으로든 접근했을 가능성을 고려해서요."

15년 전, 기에가 일취 앞에 서 있었던 그날이다.

"그때 가게 밖으로 나온 유키히토 씨의 표정에서 뭔가 절박함이 느껴져서 한층 더 불안해졌죠."

에쓰코가 사고로 세상을 떠난 지 얼마 되지 않았을 무렵이라 나는 의심으로 똘똘 뭉쳐 있었다. 누가 사고의 진상을 눈치챈 건 아닐까, 어린 딸이 저지른 일이 들통나지나 않을까, 누군가가 나타나서 유미에게 진실을 알려주는 건 아닐까, 그런 의심으로.

"하지만 가족분들께, 아사미 쨩은 물론 유키히토 씨나 아버님께 물어볼 수는 없잖아요. 결국 어쩌지 못하고 마을로 돌아오는 수밖에 없었죠. 그 뒤로 마을에서 지내면서 일기에 대해 생각하지 않은 날은 하루도 없었어요."

대체 일기를 누가 훔쳐갔을까.

어디에 있을까.

올해 11월 8일에 답을 알았다.

"저녁때 사무소에 전화를 건 어떤 남자가 느닷없이 15년 전에 자기가 일기장을 훔쳤다고 밝히더군요. 제가 아무 말 못 하고 가만히 있으니, 남자는 30년 전 독버섯 사건에 대해 저만 아는 사실을 잇달아 말했어요."

편지를 수정한 것도, 누나가 기억을 잃은 것도, 마리아엉겅퀴에 대해서도.

"전화를 건 남자는 시노바야시 유이치로죠?"

아야네가 확인했다.

"맞아요."

15년 전에 지진이 발생한 뒤, 초라해진 꼴로 하타가미에 나타난 시노바야시 유이치로. 일찍이 기에를 좋아해서 요즘 말로 스토킹을 했던 시노바야시 유이치로. 마을 사람 하나가 그를 알아보고 라이덴 신사에는 갔었느냐고 놀리자 상대를 째려보고 가버렸다.

시노바야시 유이치로는 마을에 있는 동안 신사와 기에의 집에 도둑질하러 들어가서 일기장과 편지를 손에 넣은 것이다.

"그가 전화로 뭐라고 하던가요?"

"그때는 그저 조만간 만나러 가겠다고만 하고 전화를 끊었어요. 시노바야시 유이치로라는 인간이 돼먹지 못했다는 건, 그가 마을을 떠나고 시간이 흐른 뒤에도 잊어버리지 않았기에, 그 인간이 일기를 가지고 있다는 사실에 절망했죠. 물론 제일 먼저 아사미 짱이 걱정됐고요. 저는 15년 전처럼 모든 일을 제쳐놓고 사이타마로 갔어요. 아사미 짱이 사는 연립주택 주변을 돌아다니고, 유키히토 씨의 가게도 살펴봤고요."

그 모습이 유미가 가게 안에서 찍은 사진에 담겼다.

"하지만 역시 아무것도 못 했어요. 일기를 도둑맞았을 때와 마찬가지로, 가족분들께 뭔가 물어볼 수는 없었죠."

당장이라도 입술 사이로 튀어나올 것 같은 절규를 나는 간신히 참았다.

─후지와라입니다.

시노바야시 유이치로가 우리 집에 전화를 한 건, 기에가 전화를 받은 11월 8일에서 일주일쯤 지난 날의 오후다.

─돈을 좀 마련해줬으면 해서 말이야.

그 남자는 내게 돈을 요구했다.

─비밀을 알아.

불길한 예감에 가슴이 싸늘해졌다.

아니, *내게* 요구하려던 것이 아니다.

─사고를 친 건 당신 딸이야. 당신은 그걸 알면서도 감추었고.

시노바야시 유이치로는 통화 상대가 아버지라고 믿었다. 그 남자가 아는 아버지 목소리가 지금의 내 목소리와 비슷했기 때문에. 훔친 일기를 읽고 알아낸 30년 전의 진실로 그는 *아버지를* 협박할 작정이었다. 아버지가 석 달 전에 세상을 떠난 줄도 모르고. 수화기 너머에 있는 사람이 당시 어린애였던 나인 줄도 모르고.

─엉겅퀴를 키운 것도…… 난 다 알아.

처음부터 아무 관계도 없었다. 그 전화는 에쓰코가 죽은 사고와도, 유미가 어린 시절에 저지른 실수와도 무관했다.

─돈을 내지 않으면 당신 딸한테 전부 까발릴 거야.

─그 아이는 아무것도 모릅니다. 아무것도 기억 못 해요.

전화가 오고 나흘 뒤에 시노바야시 유이치로는 가게에 나타났다.

나는 상대의 정체도 모른 채 분노와 불안에 휩싸여 테이블로 갔다.

　一우리 집에 전화했습니까?"

　물어보자 그 남자는 아주 잠깐 당황한 표정을 지은 뒤, 짧은 콧숨과 함께 비열한 표정을 지었다.

　一……자식에게 말한 건가?

　나는 대답하지 않았지만 속으로는 고개를 힘껏 내저었다. 내가 이야기할 리 없다. 유미에게 이야기할 수 있을 리 없다. 하지만 *자식*이란 유미가 아니었다. 나를 가리키는 말이었다. 전화로 아버지를 협박한 줄 알았던 시노바야시 유이치로는 아버지가 통화 내용을 내게 털어놨다고 믿은 것이다.

　"결국 아무것도 못 하고 마을로 돌아오는 수밖에 없었어요. 그런데 며칠 뒤에 느닷없이 아사미 짱과 유키히토 씨, 유미 씨가 신사에 나타났죠."

　"많이 놀라셨겠군요. 마침 시노바야시 유이치로의 전화 때문에 고민이 심할 시기였으니까요. 아니, 물론 우연이겠지만…… 유키히토 씨 가족은 어떤 경위로 하타가미에 오신 거죠?"

　아야네가 쳐다보았지만 나는 말할 수 없다. 옆에 유미가 있다. 나와 시노바야시 유이치로가 대화한 내용을 들려줄 수는 없다. 그것만은 절대로 안 된다.

　"아빠가 과로로 쓰러진 게 계기였어요."

　유미가 대신 입을 열었다.

　"고모랑 셋이서 어딘가 멀리 가보자는 이야기가 나왔는데…… 제가 예전부터 야쓰가와 교코 님의 팬이었던 데다 제 뿌리가 있는 곳에 한번 가보고 싶어서 하타가미에 가고 싶다고 했어요."

"아아, 그랬군요."

"독버섯 사건과 할머니가 돌아가신 이야기를 그때 아빠와 고모에게 처음으로 들었죠. 하지만 영문 모를 일뿐이라…… 실제로 무슨 일이 일어났는지 다시 조사해볼 목적으로 셋이서 마을에 왔어요."

유미는 지금도 그 경위를 의심하는 기색이 없었고, 듣고 있는 아야네와 기에도 마찬가지였다. 하지만 사실 나는 협박자로부터 딸을 떼어놓고 싶다는 일념으로 사이타마를 떠났다. 행선지가 어디든 상관없었다. 협박자의 협박 재료가 15년 전의 교통사고가 아니라 30년 전의 독버섯 사건임을 눈치채지 못하고 하타가미에 오고 말았다. 누나가 사건의 진범이었다는 것도, 기억을 잃었다는 것도 모르고서.

"세 분이 신사에 나타났을 때 얼마나 놀랐는지 말로는 다 표현 못해요."

기에는 창문으로 눈을 돌렸다. 지금은 커튼을 쳐놨지만 안뜰이 두루 보이는 위치에 있는 창문이다.

"아사미 쨩과 그렇게 얼굴을 마주 본 건 30년 만이었어요. 시노바야시 유이치로의 전화를 받고 머릿속이 불안으로 가득했지만, 반갑지 않았다고 하면 거짓말이죠……. 그래도 저는 아사미 쨩이 누구인지 모르는 척했어요."

우리가 하타가미에 왜 왔는지 전혀 짐작 가지 않았기 때문이리라.

"그 뒤 사무소에서 독버섯 사건에 대해 물어봤을 때도, 취재에 응하는 척할 수밖에 없었고…… 다만 아사미 쨩이 지금도 사건의 진실을 기억하지 못한다는 걸 알 수 있었죠. 그것만큼은 안심됐어요."

"벼락터에 벼락이 떨어진 날에 있었던 일이로군요."

"그날 낮이었죠."

"그날 밤에 시노바야시 유이치로는 벼랑 밑으로 떨어져 사망했죠……. 그가 이 마을에 온 건, 전화로 예고했다시피 기에 씨를 만나러 온 거죠?"

기에는 고개를 끄덕였다. 그렇다, 그 남자는 *나를 쫓아온 것이 아니라 기에를 만나기 위해* 하타가미에 온 것이다.

"저녁 8시쯤에 갑자기 사무소를 찾아왔어요."

신울림제 준비를 하고 있는데 문을 열고 들어왔다고 한다.

"30년 만에 얼굴을 봤으니 만약 그 전화가 없었다면 상대가 누구인 줄 몰랐겠지만, 그때는 시노바야시 유이치로라는 걸 바로 알아봤어요. 그 사람은 처음에 쓸데없는 옛날 이야기를 늘어놓다가, 도시에서 장사에 실패해 모든 걸 잃었다는 이야기를 꺼내더니…… 15년 전 손에 넣은 일기장이 생각났다고 제게 똑똑히 말했어요."

"돈이 되겠다고 생각한 걸까요."

기에는 고개를 살짝 저었다. 언제부터였을까, 무릎에 올려둔 양손을 다 죽어가는 하얀 생물처럼 바들바들 떨고 있었다.

"돈뿐만이 아닌 것 같았어요."

기에는 구체적으로 설명하지 않았다. 하지만 온갖 그림자가 응축된 어두운 두 눈을 보자 짐작이 갔다. 일찍이 기에에게 뒤틀린 사랑을 품고 있었던 시노바야시 유이치로는 분명 돈과 함께 더 추악한 요구를 했으리라.

"응하지 않으면 당사자에게, 그러니까 아사미 짱에게 전부 까발리겠다고 했어요. 그러고는 가방에서 일기장을 꺼내서 보여주더군요. 저는 모든 것이 사실이었음을 새삼 깨닫고 각오를 굳혔어요. 돈을 달라는 요구에도, 그 밖의 요구에도."

누나를 지키기 위한 비장한 각오였다. 기에는 시노바야시 유이치로가 누나에게 접촉해 사건의 진실을 말하는 것만큼은, 모든 일을 알리는 것만큼은 반드시 막아야 한다고 생각한 것이다.

"그런데 그때 누가 밖에서 사무소 문을 두드렸죠. 시노바야시 유이치로는 재빨리 일기장을 챙겨서 안쪽 방에 숨었어요. 제가 문을 열자 아사미 짱과 유키히토 씨, 유미 씨가 서 있었죠."

우리는 별똥별 사진을 찍기 위해 벼락터로 가는 길이었다. 주차장에 차를 댄 것에 양해를 구하려고 사무소에 들렀다. 우리가 사무소에 나타났을 때 기에의 기분은 어땠을까. 눈앞에는 과거의 죄를 잊은 누나가 있고, 등 뒤에는 그 죄를 아는 시노바야시 유이치로가 숨을 죽이고 있었다.

"짤막하게 대답하고 얼른 문을 닫자마자 방에서 그 사람이 나왔어요. 하지만 뭔가 잠깐 생각하더니 다시 오겠다는 말을 남기고 사무소에서 나갔죠."

기에가 문가에서 머뭇머뭇 밖을 보자 시노바야시 유이치로는 벼락터로 이어지는 산길 쪽으로 사라졌다.

"아, 이제야 시간 순서를 알겠네요. 그때 저는 벼락터에서 카메라를 세팅하고 있었고, 나중에 올라온 유키히토 씨 일행과 마주쳤어요. 그리고 별똥별 사진을 찍은 뒤에 벼락이 떨어졌죠."

벼락이 떨어지자 공포에 휩싸인 누나가 나무들 사이로 달려갔고 나는 죽어라 쫓아갔다. 그리고 시노바야시 유이치로가 나타났다.

ㅡ미안하지만 지금 당장 돈이 필요해.

그때도 나는 상대가 15년 전에 일어난 교통사고의 진상을 안다고 믿어 의심치 않았다.

—거절한다면 지금 이 자리에서 본인에게 알려줘도 난 상관없어.

나는 손전등을 집어 들고 정신없이 달아났지만, 얼마 달리지도 못하고 비가 내려 진창이 된 땅에 미끄러져 넘어졌다. 내가 어디쯤 있는지도 짐작 가지 않아 손전등을 이리저리 비추는데 그 남자가 보였다. 두개골이 분노로 가득 찼고, 나는 양손으로 진흙을 움켜쥐며 내가 해야 할 일을 생각했다. 천둥소리가 공기를 진동시키고 새하얀 빛이 주변을 비추자 나무 사이에 다시 그 남자의 모습이 나타났다. 벼랑이 있는 벼락터 안쪽에. 나는 어둠 속을 헤엄치듯 나아갔다. 손전등은 그 자리에 버려둔 채 남자가 보이는 곳을 향해. 죽일 작정이었다. 아무도 보지 않는 어둠 속에서, 남자를 벼랑으로 밀칠 생각이었다. 몇 초만 더 빨리 움직였다면 내가 그 남자를 죽였을 것이다. 하지만 마지막 순간, 내가 달려감과 동시에 벼락이 눈앞의 어둠을 찢어발겼다.

"벼락터 안쪽에 벼락이 떨어졌을 때, 유키히토 씨는,"

염려하는 말투와는 반대로 아야네는 나를 똑바로 바라보았다.

"*뭔가를* 보셨죠."

번갯불 속에서 내가 본 것. 아야네의 사진에 우연히 찍힌 것.

"벼락 맞은 삼나무에서 조금 떨어진 곳에 그 남자가 있었습니다."

"그게 전부인가요?"

나는 고개를 젓고 오랫동안 가슴에 엉겨 있던 말을 밀어냈다.

"그 곁에 웅크리고 있던 사람이 벌떡 일어나서…… 양손으로 남자의 가슴을 떠미는 걸 봤습니다."

"아사미 씨였죠?"

"당신의 카메라에 담긴 바와 같습니다."

번갯불이 사라지기까지, 한순간에 일어난 일이다.

누나가 남자의 가슴을 떠미는 모습을 나는 똑똑히 보았다.

다시 어둠이 찾아오고 후들거리는 다리로 다가가자, 으르렁거리는 천둥소리와 세찬 비에 감싸인 벼락터 가장자리에서 누나가 울부짖고 있었다. 아무리 귀를 기울여도 벼랑 밑에서는 아무 소리도 들리지 않았다. 하지만 그때 나는 아무것도 이해하지 못했다. 아무것도 몰랐다. 벼락이 떨어지자 누나가 공포로 정신이 나가서 곁에 서 있던 상대를 충동적으로 떠민 줄 알았다. 혼란스러운 머리로 추리할 수 있는 건 그 정도가 한계였다. 그러고는 울부짖는 누나 옆에서 협박자가 이 세상에서 사라졌음에 안도하기까지 했다.

하지만 진실은 전혀 달랐다.

"왜…… 고모가 시노바야시 유이치로를 죽인 건데?"

유미가 새빨개진 눈으로 나를 보며 호소하듯 물었다.

"그런 짓을 할 이유가 어디 있어?"

"누나는 사람을 죽이려고 했던 게 아니야."

그때 실은 무슨 일이 일어났던 건가.

"기억을 멀리하려 했던 거야."

"……그게 무슨 소리야?"

내가 더는 말을 잇지 않자 아야네가 도와주겠다는 듯이 입을 열었다.

"제 생각도 그렇습니다. 그건 우발적인 살인이었죠. 그리고 그 이유는 살해 대상에게 있는 것이 아니라 아사미 씨 본인의 머릿속에 있었고요."

"고모의 머릿속……."

조건이 갖추어지고 말았던 것이다.

"30년 전에 잃어버렸던 아사미 씨의 기억이 그때 단숨에 되살아났다고 보면 전부 맞아떨어집니다."

울려 퍼지는 천둥소리. 하타가미와 보석산이라는 장소. 신울림제가 열리는 계절. 신울림제를 준비하는 신사. 그리고,

"같은 조건에 놓였을 때 인간의 기억이 되살아나기 쉽다는 건 과학적으로도 증명된 사실이에요. 하지만 아사미 씨에게는 그게 전부가 아니었죠. 더 직접적이고 의도적인 자극이 있었어요. 그 의도적인 자극이 우발적인 살인으로 이어진 겁니다."

"의도적인 자극이라니, 그게 뭔데요?"

"기에 씨가 두려워했던 일을 시노바야시 유이치로가 실행한 것 아닐까요?"

분명 그랬을 것이다.

─거절한다면 지금 이 자리에서 본인에게 알려줘도 난 상관없어.

어떤 식으로 누나에게 이야기했는지는 모른다. 그렇게 긴 말은 필요 없었을지도 모른다. 그 남자는 천둥소리에 겁을 먹고 벼락터 가장자리에 웅크리고 있던 누나에게 30년 전의 진실을 알려주었다. 내가 계속 도망친 탓에 협박의 조준점을 누나에게로 옮긴 것이다.

"하타가미, 보석산, 라이덴 신사, 신울림제, 천둥소리…… 그리고 시노바야시 유이치로 씨가 들려준 이야기. 그것들이 한 덩어리로 뭉쳐 아사미 씨의 모든 기억을 단숨에 끄집어냈다. 그 체험이 어떤 느낌이었을지는 상상에 맡길 수밖에요. 하지만 분명 벼락이 온몸을 휩쓸듯 도저히 못 견딜 기분이었겠죠."

그래서 누나는 앞에서 과거의 진실을 말하는 남자의 가슴을 떠밀

었다.

되살아난 기억을 보이지 않는 곳으로 밀어내듯이.

물론 증거는 없고, 누나에게 물어볼 수도 없다. 하지만 그렇게밖에 생각할 수 없다. 아니, 그렇게 받아들이지 않고서는 앞으로 나아갈 수 없다. 두 사람 사이에는 직접적인 연결고리가 전혀 없다. 누나가 시노바야시 유이치로를 벼락터 아래로 떨어뜨릴 이유가 그것 말고 또 뭐가 있겠는가.

"그 뒤에 저희는 산길을 걸어 신사까지 내려왔죠. 사무소 문을 두드리자 기에 씨가 후의를 베풀어주셔서 휴식을 취할 수 있었습니다. 그런데 구로사와 소고와 나가토 고스케가 사무소를 찾아왔죠."

기억을 되찾은 누나에게 또 조건이 갖추어졌다. 30년 전에 죽이지 못했던 두 사람. 어머니를 죽음으로 몰아넣은 네 명 중 지금도 살아 있는 두 사람. 웃음 섞인 그들의 목소리를 누나는 장지문 너머로 들었다. 일찍이 어머니가 폭행당한 그 방에서.

— 축제 준비는 문제없겠지?

— 문은 단단히 잠그도록 해.

— 정신 이상한 인간이 언제 나타날지 모를 일잉께.

"누나가 복수를 끝마치기로 결심한 건 그때일지도 모릅니다."

— 그놈도 아직 살아 있을 테지.

— 잊어버렸을 무렵에 한 번 더 수작을⋯⋯.

— 우리는 말끔히 잊어버렸지만⋯⋯.

"하지만 30년이나 지났는데."

유미의 말에 아야네가 고개를 저었다.

"갑자기 기억을 되찾은 아사미 씨 입장에서는 분명 세월이 존재하지 않았겠죠. 벼락을 맞고 멈췄던 시간이 다시 움직이기 시작하자 모든 감정이 되살아난 겁니다. 뇌와 마음을 하드웨어와 소프트웨어에 비유하곤 하죠. 30년 전에 고장난 하드웨어가 갑자기 원상태로 돌아와 소프트웨어가 다시 가동됐다. 너무 기계에 빗댔지만, 아마 아주 비슷한 상황 아니었을까요?"

아니, 그 감정은 전보다 훨씬 강렬했을 것이다. 누나는 30년 전 어머니를 위해 복수를 결심했다. 하지만 네 명을 죽인다는 목적을 달성하지 못했을 뿐 아니라, 벼락이라는 벌을 받아 처참한 흉터가 새겨진 몸으로 살아가는 고통을 맛보았다. 그 모든 일이 단번에 되살아난 것이다.

―유키히토 짱.

그날 밤, 누나는 민박집 이불 속에서 나를 불렀다.

―머리핀, 미안해.

내가 당황해서 몸을 누나 쪽으로 돌리자, 어둠 속에서 숨결처럼 어렴풋한 목소리가 들렸다.

―나 때문에 유키히토 짱까지 번개에 맞아서 미안해.

금속 머리핀을 하고 갔던 걸 사과하는 말이 아니었다. 라이덴국에 흰알광대버섯을 넣었다는 이유로 신에게 벼락으로 벌을 받았을 때 곁에 있던 나까지 피해를 입은 걸 사과하는 말이었다.

―마을을 떠날 때, 아버지 탓에 우리가 벌받았다는 말을 들었잖아……. 신은 정말로 있는 걸까.

어린아이가 순수한 의문을 입에 담는 듯한 목소리였다. 하지만 누나에게 답은 이미 명백했다. 신은 모든 것을 보고 있었다. 벌을 주어야 할 인간이 누구인지도 알고 있었다.

그래도,

—이제…… 괜찮겠지?

복수를 끝마치는 걸 허락해주지 않을까. 충분히 벌을 받은 지금이라면 끝까지 가게 놔두지 않을까. 그때 누나는 어둠에다 물었다. 그리고 내게는 들리지 않는 신의 대답을 들었다.

"하기야, 만약 아사미 씨가 벼락터에서 시노바야시 유이치로를 죽이지 않았다면, 그 뒤에 아무 일도 일어나지 않았을 가능성도 있어요."

아야네의 말에 기에가 눈을 내리깔고 턱을 살짝 당겼다. 사람이 뭔가를 진심으로 기원할 때 보이는 몸짓이다. 누나가 이 세상에 없는 지금, 우리는 각자 해석하는 수밖에 없다. 그리고 그 해석이 옳기를 바라는 수밖에.

"아사미 씨는 사람을 죽였어요. 물론 아침에 시신이 발견되기 전까지는 살았는지 죽었는지 몰라서 혼란스러운 마음에 불안이 소용돌이쳤겠죠. 하지만 그는 죽었어요. 그리고 아무도 아사미 씨를 의심하지 않았죠. 그게 되살아난 복수심을 실행에 옮기는 계기가 된 겁니다."

말릴 수 있었던 사람은 나 하나뿐이었다. 만약 누나가 기억상실이었다는 걸 눈치챘다면 벼락이 떨어지는 순간 내가 본 광경의 의미를, 누나가 그 남자를 떠민 이유를 이해할 수 있었는데. 누나와 마주앉아 대화를 나누고 그 뒤의 행동을 말릴 수 있었는데. 하지만 나는 누나가 벼락 때문에 정신착란을 일으켜서 그런 짓을 했다고 믿었다. 이해할 수 없는 광경을 내가 이해할 수 있는 방식으로 덧칠했을 뿐만 아니라, 협박자가 사라졌다고 안심하기까지 했다.

"다음 날 기에 씨가 시노바야시 유이치로의 시신을 발견했죠. 그때 경찰에 설명한 바로는 전날 밤 큰 벼락이 쳐서 아침에 상황을 보러 갔다고 하셨는데, 거짓말이죠?"

기에는 주저 없이 고개를 끄덕였다.

"전날 밤 세 사람을 쫓아가듯 사무소를 나선 그 사람이 결국 돌아오지 않길래, 몹시 걱정돼서 날이 밝자마자 벼락터로 갔어요."

"그리고 벼랑 밑에 떨어진 시노바야시 유이치로 씨를 발견했다."

"이미 숨졌다는 걸 한눈에 알았죠. 하지만 지금 이 이야기를 듣기 전까지 아사미 짱이 떠민 줄은 몰랐어요. 옆에 벼락 맞은 삼나무가 있길래, 사고라고만 생각했는데……. 벼락에 놀라 미끄러졌다든가, 벼락이 떨어진 충격으로 튕겨 나간 게 아닐까 했어요. 있는 그대로 말씀드리자면, 그 사람 시신을 봤을 때 저도 안심했고요."

기에도 나와 같은 심정이었던 것이다.

말을 마친 기에가 가늘고 길게 한숨을 내쉬었다. 30년 전부터 현재까지 반복해서 빼앗겨 거의 남지 않은 생기가 그 한숨과 함께 몸에서 빠져나가는 것 같았다.

"무리도 아니죠. 30년 전 일을 전부 알고서 협박한 남자가 죽었으니까요."

아야네는 고개를 몇 번 끄덕이고 다시 기에의 얼굴로 시선을 돌렸다.

"시노바야시 유이치로가 가지고 있던 일기장은 그때……?"

"진흙에 파묻힌 몸에 숄더백이 감겨 있더군요. 벼랑 밑으로 내려가서 끄집어낸 숄더백을 사무소에서 처분했어요. 경찰에는 그 뒤에 연락했고요."

그날 아침, 나는 누나와 유미를 데리고 하타가미를 떠났다. 차를 타고 가는 동안 입을 다문 채 인형처럼 가만히 뒷좌석에 앉아 있던 누나가 어째선지 바다가 보고 싶다고, 딱 한마디 했다. 옛날에 기에와 둘이서 가기로 약속했다는 바다. 누나는 바닷가에 앉아 아무 말 없이 오랫동안 수평선만 바라보았다. 그때 누나는 대체 뭘 보고 있었을까. 어딘가에 있는, 부조리함이 존재하지 않는 세상이었을까. 아니면 존재할 수 있었던 자신의 과거였을까. 약속대로 기에와 함께 바다에 와서 깔깔거리며 실컷 놀다가 지친 몸으로 집에 돌아오면 가족들이 한 명도 빠짐없이 맞이해준다. 사라져버린 그 과거를 누나는 보고 있었을까.

"처음에 말씀드린 대로, 아사미 짱이 현관 옆에 서 있었던 건 그 다음 날 저녁이었어요."

이 집에서 누나는 머릿속에 떠오른 30년 전의 진실을 기에에게 말했다. 빈사 상태의 어머니에게 들은 말, 아버지가 사진 뒷면에 적은 살인 계획, 그리고 그 계획을 자기가 실행에 옮겼다는 것.

"아사미 짱의 이야기를 듣고 제가 30년 전에 일기에 썼던 내용이 전부 옳았다는 걸 새삼 깨달았죠."

기에는 감은 두 눈에 힘을 주었다. 그 힘으로 어떻게든 감정을 억누르려는 듯이.

"하지만…… 벼락이 친 밤에 시노바야시 유이치로를 벼랑에서 밀어 떨어뜨린 건 제게 말해주지 않았어요."

그야 그럴 수밖에요, 하고 아야네가 말했다.

"아사미 씨는 구로사와 소고와 나가토 고스케를 죽일 작정으로 마을에 돌아왔으니까요. 만약 시노바야시 유이치로를 죽였다고 말하면 기에 씨가 경찰에 신고할지도 모르고요. 그럼 마을에 돌아온 의미가 없죠."

아야네는 냉철하다고도 할 수 있는 의견을 내놓은 뒤 식은 차를 꿀꺽 마셨다.

"그로부터 하룻밤이 지나 신사에서 신울림제가 열렸죠. 밤까지 계속된 축제가 끝난 뒤에 구로사와 소고가 안뜰에서 살해됐고요. 아사미 씨는 분명 마을 사람들이 없어진 안뜰을 이 집 창문으로 관찰하며 기회를 노렸을 겁니다."

늦은 밤에 드디어 그 기회가 찾아왔다. 상대는 술에 취한 데다 인적 없는 어둠 속을 손전등 불빛에만 의지하며 걸어갔으니 누나 입장에서는 죽이기가 그리 어렵지 않았을 것이다. 흉기로 쓸 만한 돌도 주변에 얼마든지 널려 있었다.

"아사미 씨는 돌을 들고 구로사와 소고 뒤로 다가가서 때려 죽였습니다."

아야네는 양손을 내리치는 시늉을 하다 그 자세 그대로 나를 보았다.

"그런데 그 돌을 묘한 곳으로 옮긴 건 유키히토 씨인가요?"

"네, 제가 그랬습니다."

그날 밤, 나는 알전구만 켜놓은 방에서 되살아난 내 기억을 응시하고 있었다. 가끔 골목에 울려 퍼지는 술 취한 마을 사람들의 목소리를 들으며. 그러자 지금까지 한 번도 떠오르지 않았던 다양한 가능성이 차례차례 머릿속을 오갔다. 그 가능성과 내가 보고 들은 수많은 일을 맞춰보았다. 아버지가 사진 뒷면에 남긴 글. 신울림제 전날 아침 일찍 내린 눈. 누나의 사진에 찍힌 하얀 물체. 다라베 요코가 아버지에게 준 편지. 시노바야시 유이치로의 전화. 그 남자의 말한마디 한마디. 그러자 모든 것이 딱 맞아떨어졌다. 30년 전, 아버지가 세운 살해 계획을 누나가 실행해 라이덴국에 흰알광대버섯을 넣었다. 그 사실을 안 아버지는 다라베 요코에게 받은 편지에 선 두 개를 추가해 본인이 용의선상에 올랐다. 시노바야시 유이치로가 알고 있던 '비밀'은 바로 그것이다. 누나는 나처럼 기억을 잃었다. 그 기억을 시노바야시 유이치로가 벼락터에서 되살렸다. 누나가 그 남자를 벼랑으로 떠민 이유는 그것이다. 물론 전부 다 상상에 불과하지만.

"그날 밤, 저는 어머님이 쓰신 편지를 보여달라고 기에 씨에게 부탁하려 했습니다."

내 생각이 옳은지 확인하려면 내 눈으로 편지를 봐야만 했다.

"유미가 잠든 뒤 숙소를 빠져나와 신사로 향했죠."

늦은 시간이었으므로 기에 혼자 신사에 있는 줄 알았다. 그런데 참배길을 빠져나와 도리이에 접어들었을 때 앞에 손전등 불빛이 보였다. 재빨리 도리이 뒤에 몸을 숨기자 취한 사람의 발소리가 어둠 속에 울렸고, 잠시 뒤 뭔가를 때리는 둔탁한 소리와 무거운 물체가 땅에 쓰러지는 소리가 들렸다.

"도리이 옆에서 확인하자…… 손전등이 굴러가며 움직이는 불빛에 누군가가 비쳤습니다."

아주 잠깐이었지만 분명 여자였다. 생김새까지는 보지 못했다. 축제용 등롱을 전부 꺼놔서 사방이 컴컴했다. 잠시 뒤 나는 단단히 마음먹고 걸음을 옮겨 땅에 떨어진 손전등 쪽으로 조심조심 다가갔다. 차가운 흙 위에 뒤통수가 깨진 구로사와 소고가 쓰러져 있었다. 어린아이 머리만 한 크기의 돌이 옆에 떨어져 있고, 돌에 묻은 피가 손전등 불빛에 확실히 비쳤다.

"누나가 범인일 가능성을 떠올렸죠. 기억을 되찾은 누나가 마을로 돌아와서 30년 전에 살아남은 구로사와 소고를 직접 죽인 것 아닐까 하고요."

물론 확신이 있었던 건 아니다. 하지만 아무것도 하지 않고 가만히 있을 수는 없었다. 나는 그 자리에 쪼그려 앉아 윗옷 소맷자락으로 손전등을 껐다. 날이 샐 때까지 구로사와 소고의 시신이 발견되지 않도록.

"그리고 돌을 들고 계곡으로 갔습니다. 처음에는 물속에 던져서 감출 생각이었죠."

하지만 아무 의미도 없는 짓임을 금방 깨달았다. 경찰이 수사하면 흉기가 돌이라는 사실 정도는 쉽게 알아낼 것이다. 어쩌면 좋을까 고민하며 어두운 물가에 다다르자 계곡 중간에 '운수 바위'가 있었다.

"몇 번인가 시도한 끝에 바위 위에 돌을 던져 올리는 데 성공했습니다. 여자 힘으로는 올려놓을 수 없는 곳이니까 경찰을 속일 수 있지 않을까 싶었어요."

돌을 물로 씻고, 던져 올릴 때도 손과 돌 사이에 낙엽을 댔다. 요즘 기술로는 어지간한 물건에서는 다 지문을 검출할 수 있다고 들었기 때문이다.

산을 내려가며 나는 몇 번이고 누나에게 전화를 걸었다. 하지만 전원이 꺼져 있어서 한 번도 연결되지 않았다. 다음 날 아침 안뜰에 방치된 구로사와 소고의 시신을 기에가 발견하자 마을은 소란스러워졌다.

"누나에게 전화가 온 건 그날 오후였습니다."

유미와 함께 봄안개강 강가에 앉아 있을 때 전화가 왔다. 나는 누나에게 우리가 하타가미에 있다고 솔직하게 밝히고, 골판지 상자에서 찾아낸 아버지의 사진과 뒷면에 적힌 글씨에 대해 이야기했다. 그러면서 내 의혹을 불식시킬 말을 찾아 열심히 귀를 기울였다. 하지만 누나가 짤막하게 대꾸할 뿐이라, 나는 의혹과 불안으로 가득한 가슴을 끌어안고 어떻게든 전해야 할 말을 찾았다.

─누나…… 늘 유미를 걱정해줘서 고마워.

만약 누나가 구로사와 소고를 죽였다면, 내가 눈치챘다는 걸 알아주길 바랐다. 만약 앞으로도 뭔가 저지를 작정이라면 부디 단념해주었으면 했다.

─언젠가 내게 무슨 일이 생기면 유미를 잘 부탁해.

하지만 전부 내 망상일지도 모른다.

─아버지가 돌아가시고…… 이제 나한텐 누나밖에 없으니까.

그 망상을 말로 표현하면 누나가 얼마나 상처를 받을까.

─유미는 행복하게 살면 좋겠어.

결국 나는 그렇게만 말하고 전화를 끊는 수밖에 없었다.

"그때도 저는 누나를 말릴 수 있었습니다."

"부질없는 생각이야."

바로 옆에 앉아 있건만, 아득히 먼 곳에서 유미의 목소리가 들리는 것 같았다.

"이제 전부 소용없어."

창밖에서 배전의 방울 소리가 들렸다. 방울 밑에서 손을 마주 모으는 마을 사람들은 신울림제가 끝난 라이덴 신사에서, 여러 사람이 죽은 이 보석산에서, 대체 무슨 소원을 비는 걸까.

기억난다. 이 마을에 살던 때 내가 라이덴 신사의 방울 소리를 듣는 시기는 반드시 1월이었다. 이 소리는 내게 1월의 소리였다. 새해가 밝으면 반드시 가족과 함께 와서 배전 앞 방울을 차례대로 울리고 두 손을 모았다. 수없이 그랬건만, 당시 내가 신에게 무슨 소원을 빌었는지 지금은 하나도 생각나지 않는다. 그저 새로운 일이 일어날 예감에 가슴이 들썩이던 것만 기억에 남아 있다. 하늘에 울려 퍼지는 방울 소리는 언제나 고립된 마을 분위기에 한 줄 틈새를 냈고, 그 틈새로 싸늘하지만 희미하게 빛나는 뭔가가 왈칵 쏟아져 들어오는 기분이 들었다.

"다음 날 아침에 기에 씨가 구로사와 소고의 시신을 발견하고 경찰에 신고하셨는데요."

아야네가 물었다.

"아사미 씨가 범인이라고 생각하신 적은 있나요?"

"의심은 했어요."

기에는 아야네의 얼굴을 보지 않고 대답했다. 그 뒤 유리구슬 같은 기에의 두 눈은 누구의 얼굴로도 향하지 않고 아무것도 없는 곳을 바라보았다.

"아사미 짱이 범인 아닐까. 30년 전에 못다 한 복수를 끝내려는 것 아닐까. 전화로 경찰에 신고하고 나서 아사미 짱에게도 구로사와의 시신을 발견했다고 알렸지만, 그때는 무서워서 아사미 짱의 얼굴을 제대로 보지도 못했을 정도예요."

"기에 씨 이야기를 듣고 아사미 씨는 뭐라고 하던가요?"

"그냥 고개만 살짝 끄덕였을 뿐 아무 말도요. 다음 날 오후에 경찰이 '운수 바위' 위에 흉기로 사용된 돌이 놓여 있었다고 알려주었지만, 그렇다고 의심이 사라진 건 아니었고…….

점차 멀어져가는 듯한 기에의 목소리는 결국 거기서 끊겼다.

"의심하는 마음을 마지막까지 그분께 밝히지는 못하신 거군요."

아야네가 조용히 묻자 기에는 자기 가슴에 귀를 기울이듯 눈을 내리깔았다.

"저도…… 어머니와 똑같았어요."

그 목소리에는 말로 다 형언할 수 없는 후회의 빛이 배어 있었다.

"전부 신에게 맡기자는 생각이었죠. 그래서 아사미 짱에게 아무것도 캐묻지 않고, 저희 집에 머무르게 한 거예요."

내게 자기 어머니의 편지를 주러 왔을 때도, 30년 전의 다라베 요코와 같은 기분이었는지도 모른다. 둘 다 자신이 알고 있는 사실을 전하려고 했다. 다라베 요코는 아버지에게. 기에는 내게. 그럼으로써 거대한 존재의 의지에 모든 것을 맡기려 했다. 그런 것이 있다고 믿고서. 적어도 있기를 바라며. 편지를 받은 아버지는 자신을 희생해 누나를 지키기로 했다. 그 행동이 옳은지 그른지는 모른다. 만약 미래를 내다볼 수 있었다면, 지금의 우리를 볼 수 있었다면 아버지는 그런 선택을 하지 않았을지도 모르겠다. 그래도 아버지는 30년 전 분명 자기 힘으로 누나를 지켰다. 그렇지만 나는 아무것도 하지 못했다. 온갖 상황이 누나를 가리키고 있었건만, 그걸 인정하려 하지 않았다. 봐서는 안 될 것을 본 동굴 속 죄수처럼, 다시 원래 있던 어두운 곳으로 되돌아가 숨죽인 채 익숙한 그림자로 만들어진 거짓 세상을 바라보며, 그것이야말로 진짜라고 나 자신을 달랬다.

"하지만 결국은 무서웠던 거죠."

기에의 말은 곧 나 자신의 말이기도 했다.

"손댈 용기가 나지 않았던 걸, 신이라고 바꿔 말했을 뿐이에요."

기에도 나와 같은 동굴에 있었으리라. 옆에서 숨죽이고 있었으리라. 우리가 겁먹고 어둠 속에 있는 동안, 누나는 식칼과 등유가 든 통을 들고 나토 고스케의 집으로 향했다. 그리고 경찰에 쫓겨 산속을 달리다 차가운 봄안개강에 빠져 사라졌다. 어릴 적부터 잘하는 게 없어 누나에게 걱정만 끼친 동생에게 미안하다는 말을 남기고.

기에가 양손으로 얼굴을 가리고 어린아이처럼 울음을 터뜨렸다. 나는 기에에게서 얼굴을 돌려 벽 앞 선반을 보았다. 옛날에 셋이서 버스를 타고 영화관에 가서 사 온, 누나 것과 똑같은 필통. 기에는 지난 30년간 하타가미에 살면서, 천직이던 신사의 신관으로 지내면서, 누나와 함께한 시간과 병실에서 나눈 약속을 단 한 번도 잊어버린 적이 없다. 중학교 1학년 때 교실에서 누나가 말을 걸었던 것도. 벼락터에서 죽음을 바란 날, 누나가 뒤에서 크게 이름을 부른 것도. 그 뒤에 난생처음 반 아이 앞에서 운 것도. 그 순간부터 두 사람은 늘 이어져 있었다. 멀리 떨어지고 나서도 언제나 서로를 생각했다. 한 명이 차가운 강에 몸을 던지고, 한 명이 그 일을 생각하며 눈물 흘릴 날이 올 줄은 상상조차 못 하고서.

"고모 마음속에서는…… 복수가 끝났을까."

유미가 모두의 가슴속에 있는 의문을 꺼냈다.

"집에 불을 질렀으니 마지막 한 명도 죽었을 거라고 생각하며 세상을 떠났을까."

이 질문에 대답할 수 있는 사람은 없다. 얼어붙을 듯 차가운 봄안개강에 떨어졌을 때, 누나는 모든 일을 다 끝냈다고 믿었을까. 아니면 원통함으로 가득한 가슴을 끌어안은 채 죽어갔을까. 자기 가슴을 찌른 건 이제 뒤가 없다는 걸 깨달았기 때문일까. 아니면 모든 일이 끝나면 그렇게 하기로 미리 마음먹었을까.

배전의 방울이 울렸다. 나는 눈을 감고 빌었다. 그날 밤 식칼이 깊숙이 미끄러져 들어간 누나의 가슴에 아주 조금이나마 평온함이 있었기를. 30년의 세월을 넘어 되살아난 분노와 원한이 마지막 순간에 구름처럼 사라지고 밝은 빛이 비쳤기를.

주차장에서 똑바로 뻗은 좁은 길을 유미와 나란히 걸었다.

상록수 사이로 난 길 끝에 저 멀리 거리처럼 묘비들이 보였다.

"올해는 기일보다 많이 늦었네. 할머니 적적하시겠다."

시가지에서 벗어난 곳이라 소음은 전혀 없다. 우리가 자갈을 밟는 소리만 12월의 건조한 공기 속에 울려 퍼졌다.

"할아버지가 곁에 계시니까 괜찮아."

공동묘지 중간에 있는 어머니의 무덤에 지금은 아버지도 잠들어 있다.

아버지가 돌아가셨을 때 멀리 있는 군마의 가족무덤이 아니라, 여기에 어머니와 같이 유골을 모신 것은 아버지 스스로가 그러기를 바랐기 때문이다. 식도암으로 큰 수술을 받은 뒤 언젠가 찾아올 죽음을 의식했는지, 아버지가 병실에서 내게 부탁했다. 얼마 뒤 아버지는 회복돼 집으로 돌아왔지만, 오랜만에 일취의 주방에서 일하다 뇌출혈로 쓰러져 덧없이 저세상으로 가셨다.

장례식 때 내가 아버지의 유언을 친척에게 밝히자 반대하는 사람은 한 명도 없었다. 아버지의 형제들은 약간 망설이는 눈치였지만,

결국 고개를 끄덕였다. 분명 하타가미 사람들처럼 친척들도 아버지를 무서운 범죄자로 여기고 있었으리라. 아버지가 이 공동묘지에 잠들고 싶어 한 것도 그 사실을 알고 있었기 때문일지 모른다.

"할아버지랑 할머니께 말씀드릴 일이 참 많네."

그러려고 유미와 함께 여기 왔다.

하타가미를 떠난 지 2주쯤 지났지만, 누나의 시신은 여전히 발견되지 않았다. 아마 바다까지 떠내려가 어두운 물속에 가라앉은 것이리라.

언젠가 누나의 직장과 연립주택 관리 회사에서 내게 연락할 것이다. 피해를 주지 않도록 필요한 절차가 있으면 밟고, 그 뒤로는 그저 진실을 모르는 척하고 살아가는 수밖에 없다. 나도 유미도.

몇 달쯤 지나면 경찰에 실종 신고를 해야 할지도 모른다. 하지만 성인은 실종된들 그리 진지하게 조사하지 않으니, 분명 무수히 많은 살벌한 일들에 섞여 금세 잊힐 것이다.

"왜 사람은 남을 죽이는 걸까요."

나와 유미가 하타가미를 떠날 때 주차장까지 배웅을 나온 아야네가 말했다.

"지금까지 이런저런 묘한 일에 휘말리고, 스스로 뛰어들기도 하면서 살인자와 말을 섞을 기회가 몇 번 있었는데요. 살인자라고 다들 마냥 흉포하지도 않았거니와, 인간을 인간으로 여기지 않는 가치관을 앞세우지도 않았어요. 그건 아사미 씨도 마찬가지였을 겁니다. 아니면 이렇게 사람들에게 사랑받았을 리 없죠. 다들 이렇게 아사미 씨를 지키려 했을 리 없어요."

아버지는 자기 인생을 걸고 누나를 지켰다. 어머니는 목숨의 등불이 꺼져가는 순간에도 누나를 걱정하며 안간힘을 다해 마지막 말을 전했다. 기에는 누나의 죄를 30년이나 숨겨왔고, 시노바야시 유이치로에게 그 비밀을 들키고 나서도 몸을 바쳐 누나를 지켰다. 그게 올바른 행동이었는지 그른 행동이었는지는 지금도 모르겠다. 하지만 누나를 아끼는 마음에서 우러난 행동이다. 나만 아무것도 못 했지만, 나도 어릴 적부터 분명 누나를 사랑했다. 그래서 누나가 내 머리에 손을 얹고 그 말을 주문처럼 속삭일 때면 안심이 됐다.

"살의는 분명, 언제나 수없이 소용돌이치고 있을 겁니다. 그 대부분이 살인으로 이어지지 않는 건 그저 운이 좋기 때문인지도 모르겠어요."

아야네는 그렇게 말하며 고개를 젖혀 하늘을 보았다. 하타가미의 하늘은 아래에서 무슨 일이 있었는지 전혀 모른다는 듯 구름 한 점 없이 맑았다. 그저 새의 그림자만이 울음소리도 없이 시야 가장자리를 스치고 지나갔다.

"벼락처럼, 끌어들이는 요소와 응하는 요소가 우연히 맞닥뜨려서 살인이 일어나는 거겠죠. 약간의 불운이 살의를 살인으로 바꾸는 거예요."

이 불운의 시초는 뭐였을까.

내가 보석산에서 청환각버섯을 발견한 걸까. 버섯을 가지고 돌아오는 길에 시노바야시 유이치로와 마주친 걸까. 30년 전 신울림제 때 나와 누나가 신사 배전 앞에 있었던 걸까. 엉겅퀴는 어머니가 제일 좋아하는 꽃이었다. 그래서 나는 에쓰코와 함께 엉겅퀴 씨앗을 사서 베란다 화분에다 심었다. 엉겅퀴를 기르지 않았다면 에쓰코는 죽지 않았을 테고, 그로부터 15년 뒤에 내가 시노바야시 유이치로의 협박을 받고 착각하는 일도 없었다. 우리는 하타가미에 가지 않았을 테고, 누나는 기억을 되찾지 못한 채 지금도 살아 있을 것이다.

"분명 이 세상에는 어떤 신도 없겠죠."

짤막한 작별 인사를 제외하면 그것이 아야네의 마지막 말이었다.

"애기동백꽃이 떨어졌네."

새하얀 자갈 위에 빨간 꽃이 몇 송이 떨어져 있었다. 옆을 보자 그 꽃이 달린 관목이 길가에 가지를 내밀고 있었다.

"애기동백이라는 이름, 오래전 여기 왔을 때 고모가 가르쳐줬어."

빨간 꽃을 피해서 걸음을 옮기는 딸의 새 신발은 녹색이다. 며칠 전 학교에 기말 사진을 제출하러 다녀오는 길에 이 운동화를 사 왔다. 기말 사진으로 제출한 건 하타가미에서 찍은 별똥별 사진이 아니라 가족사진이었다. 아버지, 어머니, 누나, 나, 에쓰코, 유미. 하지만 물론 여섯 명을 함께 찍을 수는 없다. 밤에 거실에서 어린 유미와 누나가 웃고 있는 사진을 바라보고 있는데, 옆에서 갑자기 셔터를 누르는 소리가 났다. 유미는 얼굴에서 일안 리플렉스 카메라를 내리지 않고 눈가를 가린 채 내 건너편을 가리켰다. 거기에 있는 불단에는 아버지와 어머니, 그리고 에쓰코의 영정사진을 놓아두었다.

학점은 따겠지만 개인사가 주제라서 높은 평가는 못 받을 것 같다며 나중에 유미는 웃었다. 그렇게 웃음을 짓는 데만도, 대체 얼마나 많은 노력이 필요했을까.

"어릴 적부터 고모가 이것저것 많이 가르쳐줬지."

기말 사진으로 그걸 선택한 심정도, 제출하고 돌아오는 길에 새 신발을 산 심정도 유미는 말해주지 않았다. 하지만 나는 그 모습에서 희미한 빛을 보았다. 양손으로 얼굴을 가렸을 때 손가락 사이로 보이는 아주 작은, 그래도 분명 사람의 온기를 거친 빛.

"고모가 어린이집에 데리러 오곤 했잖아. 그때 길을 조금 돌아서 집에 가면서 길가에 핀 꽃의 이름이랑, 곤충이나 바람이 꽃가루를 옮긴다는 것도 전부 고모한테 배웠어."

유미의 목소리와 누나의 목소리가 겹쳐서 들렸다.

─엄마가 제일 좋아하는 꽃 이름을 내게 붙여줬어.

내 이름은 아버지가 지었고 누나 이름은 어머니가 지었다. 아버지는 내가 자신보다 넓은 세상에서 살기를 바라는 마음을 담아 '미나토南人'에서 테두리를 떼어내 '유키히토幸人'라는 이름을 지었고, 어머니는 자기가 제일 좋아하는 꽃의 이름을 누나에게 주었다. 한 글자만 바꾼 건 '아자'라는 발음에서 '멍'이 연상될까 봐 걱정했기 때문이다*.

─유럽 신화에서 엉겅퀴는 벼락으로부터 몸을 지켜주는 꽃이래.

어머니에게 배운 그 이야기를 누나가 내게 들려준 건 언제였더라. 자랑스럽게 웃었으니까 30년도 넘게 옛날이다. 눈이 행복해 보였으니까 31년도 넘게 옛날이다.

"어렸을 때 배운 꽃 이름들을 더 확실히 외워둘 걸 그랬어. 계절마다 다른 꽃이 피니까 1년이 지나면 잊어버리고…… 한번 더 배워도 또 잊어버렸지."

우리 발소리가 사방에 울렸다. 앞에 보이는 묘비들이 아주 가까워졌다. 옛날부터 있던 공동묘지라, 화강암이 오래됐는지 새로운지 멀리서도 알아볼 수 있다. 헤이세이로 연호가 바뀌고 나서 만들어진

●   일본어로 '엉겅퀴'는 '아자미', '멍'은 '아자'다.

묘비도 있고, 30년 전 쇼와 덴노가 서거하기 전부터 여기 있는 묘비도 있다. 반년쯤 전에는 헤이와시대도 끝나고 레이와시대가 시작됐다. 시대가 바뀌어도 사람은 저마다 삶을 살다가 무덤 밑에, 바다 밑에 끊임없이 잠든다.

"왠지는 모르지만 지금도 아주 뚜렷이 기억나는 일이 있어."

감정에 떠밀리고 현실에 농락당하고 기쁨과 슬픔 사이에서 피가 날 만큼 입술을 꽉 깨물지만, 그래도 행복만 꿈꾸며 열심히 살아가는 우리를 어디선가 보고 있는 존재가 있을까. 아버지가 한 일. 누나가 한 일. 나와 기에가 한 일. 하지 않은 일. 15년 전 그날, 어린 유미가 아빠에게 베푼 다정한 마음씨. 꺼져버린 목숨. 영원히 지워지지 않는 후회. 그걸 전부 보고 있는 존재가 어딘가에 있을까.

"같은 꽃인데 키우는 곳마다 키가 다른 게 신기해서 고모한테 물어봤었지."

분명 아야네의 말대로일 것이다.

"그랬더니 해님을 보면 쑥쑥 클 거라고 가르쳐줬어."

이 세상에는 어떤 신도 없다.

옮긴이 김은모

일본 문학 번역가. 1982년 대구에서 태어나 경북대학교 행정학과를 졸업했다. 일본어를 공부하던 도중 일본 미스터리의 깊은 바다에 빠져들어 헤어나지 못하고 있다. 아직 국내에 알려지지 않은 다양한 작가의 작품을 소개하고자 노력하고 있다. 옮긴 책으로는 우타노 쇼고의 '밀실살인게임' 시리즈를 비롯해, 고바야시 야스미의 『앨리스 죽이기』, 『클라라 죽이기』, 『도로시 죽이기』, 미야베 미유키의 『비탄의 문』, 이마무라 마사히로의 『시인장의 살인』, 『마안갑의 살인』, 미치오 슈스케의 『투명 카멜레온』, 『달과 게』, 『기담을 파는 가게』, 소네 케이스케의 『지푸라기라도 잡고 싶은 짐승들』, 야쿠마루 가쿠의 『우죄』, 이케이도 준의 『변두리 로켓』, 히가시노 게이고의 『사이언스?』, 아시자와 요의 『아니 땐 굴뚝에 연기는』, 『죄의 여백』 등이 있다.

용서받지 못한 밤

초판 2쇄 발행 2022년 3월 17일
초판 3쇄 발행 2022년 5월 27일

지은이 미치오 슈스케
옮긴이 김은모
펴낸이 김선식

경영총괄 김은영
기획편집 이상화 **디자인** 이은혜 **책임마케터** 이미진
콘텐츠사업2팀장 김보람 **콘텐츠사업2팀** 이은혜, 박하빈, 이상화, 채윤지
편집관리팀 조세현, 백설희 **저작권팀** 한승빈, 김재원, 이슬
마케팅본부장 권장규 **마케팅3팀** 이미진, 배한진
미디어홍보본부장 정명찬 **홍보팀** 안지혜, 김민정, 박재연, 이소영, 김민정, 오수미
뉴미디어팀 허지호, 박지수, 임유나, 송희진, 홍수경
재무관리팀 하미선, 윤이경, 김재경, 오지영, 안혜선
인사총무팀 이우철, 김혜진
제작관리팀 박상민, 최완규, 이지우, 김소영, 김진경
물류관리팀 김형기, 김선진, 한유현, 민주홍, 전태환, 전태연, 양문현

펴낸곳 다산북스 **출판등록** 2005년 12월 23일 제313-2005-00277호
주소 경기도 파주시 회동길 490
대표전화 02-704-1724 **팩스** 02-703-2219 **이메일** dasanbooks@dasanbooks.com
홈페이지 www.dasanbooks.com **블로그** blog.naver.com/dasan_books
종이 IPP **인쇄·제본** 갑우문화사 **후가공** 평창피앤지
ISBN 979-11-306-8142-9 (03830)

• 책값은 뒤표지에 있습니다.
• 파본은 구입하신 서점에서 교환해드립니다.
• 이 책은 저작권법에 의하여 보호를 받는 저작물이므로 무단 전재와 복제를 금합니다.